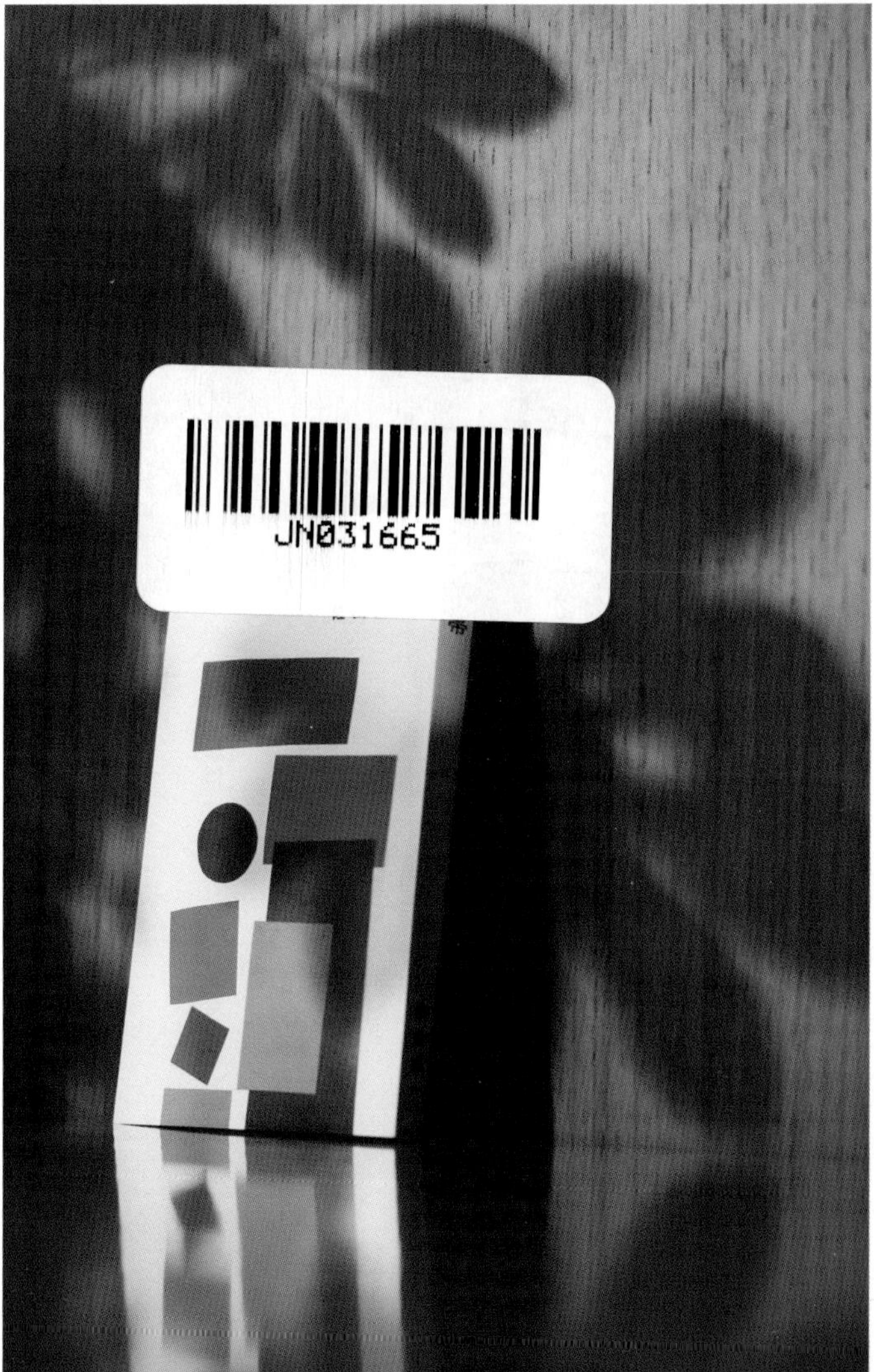

文春文庫

熱帯

森見登美彦

文藝春秋

目次

熱帯

第一章　沈黙読書会

汝《なんじ》にかかわりなきことを語るなかれ
しからずんば汝は好まざることを聞くならん

○

この夏、私は奈良の自宅でそこそこ懊悩《おうのう》していた。

次にどんな小説を書くべきか分からなかったのである。

奈良における私の平均的な一日はじつに淡々としている。朝七時半に起きて、ベランダから奈良盆地を見まわして朝日に挨拶、ベーコンエッグを食べ、午前九時から机に向かう。午後一時に執筆を切り上げ、昼食を取って少し休憩、夕方からふたたび机に向かって執筆以外の雑用や読書。午後七時になったら妻といっしょに夕食を取る。そして日記を書き、風呂に入り、グータラして寝る。執筆がうまくいっているなら何も言うことはない。

しかし書けないときには社会的に「無」に等しい。路傍《ろぼう》の石ころ未満である。

あまりにも書けない日々が続くので、しばしば私はロビンソン・クルーソーの身の上に思いを馳せた。あたかも難破して流れついた無人島で、通りかかる船を空《むな》しく待っているかのようであった。あをによし奈良の四季がうつろうにつれて、貴重な人生の時間は空費されていく。手をこまねいていたらアッという間におじいさんである。確実におばあさん化しているであろう妻と縁側で日なたぼっこである。それならそれで悪くない。

そろそろ白旗を上げようかと私は思っていた。

このような小説家的停滞期にあっては、クソマジメに「小説」なんて読む気になれないものである。重厚な社会的テーマとか、奥行きのある人間ドラマとか、とてもついていけない。机に向かうのもイヤになった私は万年床に寝転がって、『古典落語』を読んだり、『聊斎志異《りようさいしい》』を読んだり、『奇談異聞《きだんいぶん》辞典』を読んで暮らした。それらもあらかた読み終わって、最後に取りかかった巨大な作品群が『千一夜物語《せんいちや》』であった。

しかし人生、何が起こるか分からない。

その出会いが私を不思議な冒険へ連れだしたのである。

〇

『千一夜物語』は次のように始まる。

その昔、ペルシアにシャハリヤール王という王様がいた。あるきっかけで妻の不貞を知った王様はエゲツナイ女性不信に陥り、夜ごとひとりの処女を連れてこさせては純潔を奪い、翌朝にはその首を刎《は》ねるようになった。そんな怖ろしい所業を見かねて立ち上がったのが大臣の娘シャハラザードである。彼女は父親の反対を押し切ってみずから王のもとに侍《はべ》り、不思議な物語を語り始める。しかし夜が明けるとシャハラザードは物語を途中で止めてしまうので、その続きが知りたいシャハリヤール王は彼女の首を刎ねることができない。このようにしてシャハラザードは夜ごとの命をつなぎ、我が身と国民を救おうというのである。

これがいわゆる「枠物語」というもので、『千一夜物語』に収められた膨大な物語のほとんどは、シャハラザードがシャハリヤール王に語ったものとして語られる。シャハラザードの語る物語の中に登場する人物がさらに物語を語ったりするため、いわば物語のマトリョーシカみたいな状況が次々と発生していく。物語そのものも奇想天外で面白いが、この複雑怪奇な構成も『千一夜物語』の醍醐味といえるだろう。

岩波書店のハードカバー版『完訳 千一夜物語』全十三巻。

その第一巻のはじまり、ともにシャハリヤール王のもとに侍ることになった妹のドニアザードが、あらかじめ打ち合わせていたとおり、姉に「寝物語」をせがむ。

するとシャハラザードは次のように言う。

「当然のお務めとして喜んで、お話をいたしましょう。ただし、このいとも立派な、いとも都雅《みやび》な、王様のお許しがありますれば！」

ちょうど不眠に悩んでいたこともあって、シャハリヤール王は悦んでシャハラザードに物語ることを許すのである。かくしてシャハラザードは第一夜の物語を語りだす。

挿絵に飾られた扉頁《ページ》には次のように記されている。

「千一夜　ここに始まる」

まるで巨大な門の開く音が聞こえてくるかのようだ。

この夏に私が読んでいたのは、ジョゼフ・シャルル・ヴィクトル・マルドリュスという人物がアラビア語からフランス語に翻訳したものを日本語へ重訳したものである。この「マルドリュス版」は原典の姿を正しく伝えているかという点では疑問符がつくらしい。しかし読み物としてはやっぱり面白い。

そもそも『千一夜物語』は、東洋と西洋にまたがって偽写本や恣意的な翻訳が入り乱れる、まるでそれ自体が物語であるかのような、奇々怪々の成立史を持つ。その胡散《うさん》臭さも『千一夜物語』の魅力である。詳しく知りたい読者は信頼のおける参考書を紐解《ひもと》いていただきたい。ようするに、この物語の本当の姿を知る者はひとりもいないのだ。『千一夜物語』は謎の本なのである。

○

七月末の昼下がり、私は書斎を出て万年床にバタンと倒れ伏した。

あいかわらず次作の構想は暗礁に乗り上げ、にっちもさっちもいかなかった。いっそのこと、この暗礁に居心地の良い家を建てて暮らそうと私は思い始めた。小さな庭に林檎の木を植え、かわいい柴犬を飼って「小梅」と名づけよう。そして妻を讃える歌を歌いながら、『千一夜物語』を読み返して余生を過ごすとしよう。

そんなふうに隠居生活の設計に余念のない私のかたわらでは、妻が賛美歌を歌いながらちくちくと洗濯物を畳んでいた。枕元に投げだした『千一夜物語』はようやく五百夜を過ぎたところであった。読んでも読んでも終わらないのである。

やがて私は天井を見ながら呟《つぶや》いた。

「どうやら私は小説家として終わったようだ」

「終わりましたか？」と妻が言った。

「終わった。もう駄目だ！」

「急いで決めなくてもいいと思いますけど」

「たしかにわざわざ宣言するほどのことでもない。書かない小説家のことなんて、世間の人々は自然に忘れていくであろう。そして世間の人々もまた同じように忘れられていくし、近代文明は暴走の挙げ句に壊滅するし、いずれ人類は宇宙の藻屑《もくず》と消える。だとすれば目先の締切に何の意味がある？」

悲観的になると私は宇宙的立脚点から締切の存在意義を否定しがちである。

「そんなに悲観しなくても……。果報は寝て待てというでしょう?」

私は妻の意見を重んじる男でもある。「それも一理あるなあ」と思ってごろごろしながら果報を待っていると、洗濯物を畳み終えた妻が『千一夜物語』を指さして言った。

「それはようするにどんなお話?」

じつにむずかしい質問であった。

「美女がたくさん出てくる」

「おやまあ、美女が? それはステキ」

「もちろん美女だけではなくて魔神も出てくる。王様や王子様や大臣や奴隷や意地悪な婆さんも……。次から次へと読んでいると些細なことなんてどうでもよくなって、脳味噌を洗濯したような気分になるんだよ。それにしてもシャハラザードはすごい。よくこんなにえんえんと物語を語れるもんだ」

「よっぽど賢い女性だったんでしょうね」

「それにしても不思議な本だなあ、これは。謎の本だ」

しばらくすると妻は洗濯物を抱えて立ち上がった。

「いったん休んでごはんでも食べたらどうでしょう?」

台所へ行ってみると、昨夜の残りのポトフがあった。甘い小さなカブやソーセージ、ニンジンの切れ端が見えるが、残りはほとんどジャガイモであった。

「これではポトフではなくてポテトフだな」

　私の住まいは奈良某所高台のマンションにあって、ベランダに面したガラス戸からは奈良盆地を見渡すことができる。私はポテトフを食べながら夏の奈良盆地をぼんやり眺めた。こってりとしたクリームのような入道雲が青い空に浮かび、遠方の山々は未知の大陸のように霞んでいる。眼下の街に散らばる濃緑の森や丘は、南洋に浮かぶ島々のようだった。

　こんな風景を他の場所で見たような気がすると私は思った。ぼんやりしているといろいろなイメージが浮かんできた。それは少年時代に家族で出かけたキャンプの思い出だったり、デフォーの『ロビンソン・クルーソー』だったり、スティーヴンソンの『宝島』だったり、ジュール・ヴェルヌの『神秘の島』だったりした。しかし何か肝心なことが思いだせない。それは先ほどの妻との会話に関係しているような気がする。

　私は台所で林檎を剝《む》いている妻に声をかけた。

「さっき何の話をしていたっけ？」

「引退の話？」

「そうじゃなくて……」

「千一夜物語？　シャハラザード？　謎の本？」

　私はスプーンの手を止めて考えこんだ。

　謎の本、という言葉が私の脳味噌をちくちく刺した。

　私が「熱帯」と呟くと、妻が怪訝《けげん》そうな顔をした。

「熱帯？」

「そうだよ、『熱帯』だ。思いだした」

それは私が京都に暮らしていた学生時代、たまたま岡崎近くの古書店で見つけた一冊の小説であった。出版は一九八二年、作者は佐山尚一《さやましよういち》という人物だった。『千一夜物語』が謎の本であるとすれば、『熱帯』もまた謎の本なのである。

○

私は学生時代を京都で過ごした。

北白川にあった四畳半アパートの一室は壁一面が本棚になっていて、私は新刊書店や古書店をめぐり、コツコツと本を買いそろえていった。

本棚というものは、自分が読んだ本、読んでいる本、近いうちに読む本、いつの日か読む本、いつの日か読めるようになることを信じたい本、いつの日か読めるようになるなら「我が人生に悔いなし」といえる本……そういった本の集合体であって、そこには過去と未来、夢と希望、ささやかな見栄が混じり合っている。そういう意味で、あの四畳半の真ん中に座っていると、自分の心の内部に座っているかのようだった。

無人島のような四畳半に籠もって本を読んでいるうちに、その本で得た知識を立身出世に役立てようとか、黒髪の乙女を籠絡《ろうらく》するのに活用しようとか、そういう殺伐とした了見はきれいに消え去り、ただその本を読んでいるだけでよくなって、ふと気がつくと窓外には夕暮れの気配が忍び寄っている。そういうとき、いままで自分が夢中になっていたものが現実には存在せず、ただ紙に文字を印刷して束ねただけのものだという事実に、あらためて不思議な感慨を覚えたりした。

そうして大学四年目を迎えた八月のことである。

その八月というのは、それまでの人生でもっとも曖昧で覇気のない夏だった。私は進路に迷って大学を休学し、途方にくれて京都の北白川界隈《かいわい》をぶらぶらしていた。司法試験に落第して同じように百万遍界隈をぶらぶらしていた友人と、ママチャリで琵琶湖を一周して死ぬような思いをしたことを思いだす。自分たちを痛めつけることによって鬱屈を振り払おうとしたのだろう。

とにかくあの夏はひどく暑い夏だった。

京都の夏、四畳半アパートは人間の住まいというよりはタクラマカン砂漠に近い。ボーッとしていると死ぬ。そういうわけで私は毎日、涼めるオアシスを探しにいくことにしていた。よく出かけたのは平安神宮のある岡崎界隈である。そのあたりには勧業館、国立近代美術館、琵琶湖疏水記念館など、無料で涼める場所がたくさんあった。二条通を鴨川に向かって進むと「中井書房」という古書店があったので、岡崎へ出かけるときには立ち寄ることにしていた。

佐山尚一の『熱帯』を見つけたのはその店である。

入り口の脇に置いてある「百円均一」の段ボールを覗《のぞ》くと、その本が目に入った。どうして買う気になったものか。古風なデザインが気に入ったのかもしれない。どうせ値段は百円だったし、時間だけはいくらでもあったのである。

私は『熱帯』を買うと自転車を走らせて岡崎の勧業館へ行った。

近代的な建物の中は冷房がきいて涼しく、ロビーに人影はなかった。私は自動販売機でジュースを買い、大きなモニタの前にあるベンチに腰かけた。そのモニタには京都府警察平安騎馬隊の映像が映し出されていた。

そこで私は『熱帯』の頁をめくった。

汝にかかわりなきことを語るなかれ

しからずんば汝は好まざることを聞くならん

そういう謎めいた文章によって『熱帯』は始まる。

それがどんな物語であるかということを一言で説明するのは難しい。推理小説ではないし、恋愛小説でもない。歴史小説でもないし、SFでもなく、私小説でもない。ファンタジーといえばファンタジーだが、それでは何も説明したことにならない。

とにかく、なんだかよく分からない小説なのである。

物語は、ある若者が南洋にある孤島の浜辺に流れつくところから始まる。どうやら難破したらしいのだが、若者は記憶を失っていて、自分が誰であるのか、どうしてここにいるのか、この島がどこなのか、何ひとつ分からない。やがて夜明けの砂浜を歩きだした若者は、美しい入り江と桟橋を見つけ、「佐山尚一」と名乗るひとりの男に出会う。

そこまで読んだところで、私は「おや？」と思った。

佐山尚一というのはこの本を書いた人物ではないか。

「ははん。なんだか面白いことになってきたぞ」

謎めいた冒頭もさることながら、主人公のよるべない境遇にも心惹かれた。私もまた京都の街で居場所を失い、無人島のごとき四畳半に立て籠もり、待てど海路の日和《ひより》なき日々を不本意ながらダラダラと生きていたからである。

私は勧業館のロビーで『熱帯』を四分の一ほど読んだ。古びた頁に印刷されている薄れた活字や、ひんやりとした冷房、人気《ひとけ》のないロビーを今でも思いだすことができる。

やがて私は我に返って本を閉じた。

「これは妙に心惹かれる本だ。大事に読もう」

私が『熱帯』をリュックにしまって外へ出ると、まだ昼下がりの陽射しはぎらぎらと街を照らしており、平安神宮前の広々としたアスファルトは熱く焼けていた。自転車に乗って京都市美術館の脇を抜けていくとき、色濃い影を落とす夏木立からは蟬《せみ》の声が響いていた。なんだか少年時代に戻ったようにワクワクした。

それから数日間、私は『熱帯』を少しずつ読んでいった。

不可視の群島、〈創造の魔術〉によって海域を支配する魔王、その魔術の秘密を狙う「学団の男」、海上を走る二両編成の列車、戦争を暗示する砲台と地下牢の囚人、海を渡って図書室へ通う魔王の娘……。

「この物語の結末はいったいどうなるんだろう」

不思議なことに、先へ進むにつれて読むスピードが遅くなるようだった。

しばしば私が連想したのは、詭弁《きべん》論部員の知人から聞いたゼノンの「アキレスと亀」である。脚の速いアキレスが脚の遅い亀を追いかける。亀のいたところへアキレスが追いついたとき、亀は少し先へ進んでいる。その地点へアキレスが追いついたとき、また亀は少し先へ進んでいる。それが無限に繰り返されるのだからアキレスは決して亀に追いつけないという詭弁である。つまりこの場合、私がアキレスで、結末が亀、ということになる。

とにかく半分ぐらいまで読んだことはたしかである。

しかし『熱帯』との別れは唐突に訪れた。

お盆明けの朝、私が目を覚ますと、枕元に置いたはずの『熱帯』が消えていた。「おや？」と思って室内を探したが見つからない。アルバイトを終えて帰宅してから、もう一度探したが、やはり見つからない。ひょっとすると出かけた先で落としたのかもしれない。そして私は、アルバイト先の寿司屋の店長のデスクを覗き、行きつけのカレー店やビデオ屋で落とし物がなかったか訊《たず》ね、生協食堂のテーブル下を覗き、ありとあらゆる場所を探した。しかし努力の甲斐もなく、三日目の夜、ついに私は『熱帯』を紛失したことを認めざるを得なくなった。

「しょうがない。もう一冊どこかで見つけて買おう」

私はそう考えた。

なんと甘い考えであったことだろう。

それから十六年の歳月が流れた。その間、私は古書店を巡り、古本市をさまよい、図書館を訪ね、インターネットを駆使したが、『熱帯』の手がかりは摑《つか》めなかった。二〇〇三年、私は小説家としてデビューし、やがて大学院を卒業して国立国会図書館に就職した。東京へ転勤になってから、『熱帯』を求めて神保町を歩いたこともある。しかし世界最大の古書店街も私に『熱帯』を与えてはくれなかった。

そういうわけで、私は『熱帯』の結末を知らないのである。

◯

一週間後の八月頭、私は奈良から東京へ出かけていった。

その日はいくつか用件を片付けたあと、かつて勤務していた国会図書館の元同僚と会う予定になっていた。図書館を退職し、二〇一一年の秋に東京千駄木を引き払って故郷の奈良へ帰ったのだが、あれから早くも七年の歳月が経ってしまった。

夕方、私は神保町に立ち寄って三省堂書店をうろうろした。

そして靖国通りに面したビアホール「ランチョン」を訪ねると、奥のテーブルでは初老の男性の一団が賑やかに話をしていた。おそらく同窓会でもやっているのだろう。表通りに面して並ぶテーブルに、文藝春秋社の担当編集者の姿があった。「どうもー」と彼女は言った。私は編集者の向かいに腰かけた。靖国通りを挟んで書泉グランデと小宮山書店の看板が見えている。

「どうですか、森見さん？」

「待てど海路の日和なし。もっぱら『千一夜物語』を読んでいる」

「投げやりにならないでくださいよ」

最初の作品『太陽の塔』が出版されてからいつの間にかの十五年、初々しさだけを売りにして人の好意に甘えるのが見苦しくなってくる。かといってベテランへの道のりはまだ長く険しいという中途半端な境遇にあって、内幕を暴露すれば随分前から息切れしている。

かつて鴨川べりに転がる石ころに匹敵する無名ぶりをほしいままにしていた頃には、美貌の編集者に「あなた（の原稿）が欲しい」と迫られる場面を妄想して鼻血を出しかけていた似非《えせ》文学青年も、手当たり次第に書けることは書き尽くし、もはや擦り切れてペラペラである。その砂漠のように乾いた心に危険な妄想が忍び寄ってくるのだ。「締切」という概念こそ、世に蔓延《まんえん》する諸悪の根源であるという妄想が――。

「……というわけなんです」

「でも締切がなければ書かないでしょう？」

「締切があれば書くという発想は短絡的すぎる。そもそも、書けばそれでいいというのが間違いです。書くべきか、書かざるべきか。それが問題だ」

「ストップ、ちょっとストップ。その議論はあぶない」

編集者は手を挙げた。「落ち着いてください」

次作をめぐる膠着《こうちやく》状態を打開するために打ち合わせの場を設けたわけだが、私は締切への憎しみによって理性を失っているし、このまま議論を続けても不毛であるのは明らかであった。賢明な編集者は鮮やかに話題を転換し、先日電話で少し話をした小説『熱帯』に触れた。

「あの小説について調べてみたんですけど」

「何か分かりましたか？」

「同じタイトルの本はもちろん他にもあります。でも森見さんの仰《おつしや》るような作品は見つかりません。知り合いの小説家や編集者にも訊いてみましたけど、佐山尚一なんていう小説家は誰も知りませんでしたよ。いったいどういう人なんですかね」

「ああ、よかった」

「何がいいんです？」

「やすやすと謎を解かれたらロマンがない」

「それもそうか」と編集者は言った。「とにかく、広く流布した本でないことはたしかです。身内だけに配った私家版みたいな本かも……。一九八二年に出版されたとすると、いまから三十六年前ってことでしょう。こいつはちょっと厄介ですなー、謎の本だなー」

編集者はそう言って面白がっている。

赤いベストを着て黒い蝶ネクタイを結んだ店員が、仔牛のカツレツとアスパラガスを運んできてくれた。私はバヤリースで喉を潤しながら、編集者に『熱帯』の実物について説明した。それは文庫本よりも少し縦長のサイズで、表紙には赤や緑の幾何学模様がいくつか描かれ、ぶっきらぼうな活字で書名と著者名が印刷されていた。出版年が記憶にあるということは奥付を見たはずだが、出版社の名は記憶にない。

編集者はノートにメモを取りながら言った。

「で、その『熱帯』はどんな小説だったんですか？」

「それがなかなか説明しにくい」

私は言った。「そもそも最後まで読んでないし」

「え！　マジっすか？」

「マジです。これも不思議な話でね」

そして私は学生時代の『熱帯』との出会いと別れについて語った。編集者は「ちょっと信じられない話ですねえ」と疑り深そうに言った。「それ、妄想なんじゃないですか？」

「いや、これはホントの話なんですよ」

「だとすると、それは読みたい」

「そうでしょう、そうでしょう」

編集者は仔牛のカツレツを食べて呟いた。

「たとえば――」

「たとえば？」

「次作は『熱帯』について書くっていうのはどうですかね？」

「でも最後まで読んでないんですよ？」

「だから、幻の小説についての小説なんです」

ちょっと興味をそそられて私は考えこんだ。

たしかに「幻の本」というアイデアは小説家なら一度は書いてみたいと思うものかもしれない。そういう題材を選べば、小説を読むことや書くことについて、あれこれと妄想を膨らませることができるだろう。少し考えてみようかなあ――そんなことを呟いて私は店内を見まわした。奥のテーブルに陣取っている同窓会は相変わらず賑やかだ。

「うまくいくかどうか、分かりませんよ？」

「これまでもそうだったでしょう。冒険なんです」

「まあ、それはたしかにそうだな」

「佐山尚一というのはペンネームだと思います。私は『熱帯』について調べてみますから、森見さんは次の作品を考えてください。ひとまず締切問題は棚上げにして」

ランチョンから出ると、靖国通りには藍色の夕闇が垂れこめていた。ぽつぽつと街の明かりが点《とも》り始めている。ビルの谷間を吹く風は意外に涼しい。

「今日はこれからどうされるんです？」

「謎の読書会へ行くんです」

「なにそれ。面白そうじゃないですか」

「私だって自宅に立て籠もっているばかりではない。たまには作品のヒントを求めて探索の旅に出かける。図書館時代の同僚が連れていってくれるんですよ」

「次の作品にも役立つかもしれませんね」

やがて駿河台下の交差点までやってきた。

別れ際、編集者は念を押した。

「本当にお願いしますよ。『千一夜物語』もほどほどにして……」

○

私は千代田線に乗って明治神宮前で下車した。

待ち合わせ相手の友人は改札前で待っていた。彼は永田町の国会図書館に勤めていて、かつて私が情報システム課で働いていたときに同じ係にいた元同僚である。

我々は「やあやあ」と挨拶を交わして歩きだした。

「どこでやるんです？」

「表参道の近くの喫茶店らしい。ほら、これが地図」

「なんというか、ワタクシには似合わぬ場所のようですな」

「なにごとも経験だよ、モリミン。きっと執筆の役に立つ」

なぜかその友人は私のことを「モリミン」と呼ぶ。ムーミンの亜種のようであるが、たしかに小説家なんていうものは半ば空想の生き物であり、人類よりはムーミンに近い。ろくに新作も書かない私などはとりわけそうであろう。モリミン谷の暢気《のんき》な住民としての自覚を持つべきである。

その友人はワインと読書を愛する人だが、不思議な人脈の広さでも知られている。どうやって出会っているのかよく分からないが、その人脈にはアニメーション監督があり、レストランのオーナーあり、編集者あり、弁護士あり、という自由自在ぶりである。その夜、私たちが向かおうとしていた「沈黙読書会」の噂《うわさ》も、その人脈の彼方から伝えられてきたものであった。

いったい沈黙読書会とは何か。

「僕も一回覗いたことがあるだけだよ」と友人は語った。

それは何らかの「謎」を抱えた本を持ち寄って語り合う会であるという。それがどんな謎であるかということは、参加者それぞれの解釈にゆだねられている。たとえばその夜、友人は紀田順一郎編『謎の物語』、私は『千一夜物語』を携えていた。小説にかぎらず、哲学書でもマンガでもなんでもよい。そこに謎があると解釈できるならどんな本でもかまわないのである。ただし参加者はそれがどんな謎であるのか語ることができなければならない。

面白いのは、そうやって持ち寄られた謎を解くことが「禁じられている」ことである。たとえ凡庸《ぼんよう》な謎であったとしても、余計な口をだしてそれを解決することはエチケットに反する。そのかわり、その本に含まれている他の謎、それらの謎から派生する謎、連想した他の本については、いくらでも語ることが許される。それが絶対的ルールなのである。

「でも読書会なんだから喋《しゃべ》るわけでしょう？」

私は言った。「どうして『沈黙』なんですかね」

「語り得ぬものを前に人は沈黙すべきだからじゃないかな」

「おや！　なんだか洒落《しゃれ》たことを言う」

「僕だってたまには洒落たことを言うんだよ、モリミン！」

夕闇に沈んだ表参道は並木道の両側に華やかな店舗の明かりが煌《きら》めいていた。かつて東京に暮らしていた頃だって、とんと御縁のなかった一角である。

かつて私が国会図書館に勤めていたとき、その友人は隣の席だった。彼は机上にお気に入りの本を陳列する癖があった。そこにはプログラミングやデザインや世界の建築物の写真集や効率良く会議をする方法などといったさまざまな本がならんでおり、彼が気に入っている本はとりわけ目立つように陳列されていた。在籍時に私が出版した本もその一角に並んでいたことを懐かしく思いだす。

表参道を歩きながら、私は幻の小説をめぐる小説のことを考えていた。友人に『熱帯』のことを話してみると、彼もまた好奇心を刺激されたようであった。

「惜《お》しいね。その本がここにあれば『沈黙読書会』にピッタリなのに」

「でも現物が手に入るなら、それはもう謎ではないわけですよ。どこかへ消えてしまって、いまもまだ手に入らないことが謎なんですから」

「あ、そうか。ジレンマだなあ」

「そうなんです」

「うちの図書館でも調べたんだろう？」

「見つかりませんでしたよ」

「まあ国会図書館といってもあらゆる本があるわけではないからね。地方の出版物とか、自費出版物とか、納本されない可能性はいくらでもある」

「まあそうでしょうね」

「でも不思議な話だなあ。個人にとって三十年は長い歳月だけど、書籍にとっては必ずしもそうじゃないだろう。現物が手に入らないとしても、著者とか、読んだ人とか、痕跡ぐらいは見つかると思うんだ。それなのに何ひとつないっていうのはね、ほんとに謎というしかない。やっぱり沈黙読書会向きの案件だと思うよ」

私たちは燦然《さんぜん》と輝く表参道ヒルズを通りすぎ、やがて「ディオール」の前にさしかかった。店内はまばゆい光に満ちて、なんだか夢の中の景色のようだった。

その角を右に曲がると、そこから先は細い路地が続いて、だんだん街は迷路みたいになってきた。表参道の賑わいはすぐに遠のき、夕闇がいっそう濃くなった。

くねくねした路地を辿《たど》っていくと、ガラス張りの建物の二階で美女たちが髪をあれこれしてもらっているのが見えたり、コンクリート打ちっ放しの半地下の空間でホワイトボードを前に謎めいた会議をしているのが見えた。そんなふうに秘密めいた裏町を抜けると、やがて一戸建てがならぶ静かな住宅街に入った。

そして沈黙読書会の会場となる喫茶店に着いた。

○

それは年季の入った二階建ての洋風の家で、蔦《つた》の絡まった壁に円い窓がついていた。一階の出窓から洩《も》れる明かりが前庭の鬱蒼《うっそう》とした木立を照らし、その一角だけが森の奥のように感じられた。前庭にはいくつか白いテーブルが置いてある。私たちはその庭を抜けて玄関先に立った。「本日貸切」とチョークで書いた小さな黒板がドアの脇に立てかけてある。

「なかなかステキなところですな」

「いつもここでやるらしいよ」

友人は言った。「店主が読書会の主宰者なんだ」

「不思議の国への入り口という感じがする」

そうして私たちは沈黙読書会へ足を踏み入れたのである。

友人に紹介されて黒髭《くろひげ》の店主に挨拶したあと、私たちは店内を見てまわった。その店はいくつかの板張りの部屋に分かれていた。読書会の参加者は私たちを含めて二十人ぐらいであろう。ふたりきりで真剣に話しこんでいる人たちもいれば、五人ぐらいで賑やかに話している人たちもある。さすがに子どもの姿はなかったが、大学生風の若者から老人まで年齢はまちまちで、私はアメリカ映画に出てくるホームパーティの場面を連想した。この読書会ではどのグループに加わってもいいし、気が向いたときに別のグループに移ってもいい。他人の持ち寄った「謎」

を解きさえしなければ――それが唯一の決まりである。

やがて私たちもひとつのグループに加わることになった。ちょうど白髪の男性が岡本綺堂《おかもときどう》の怪談について語っているところで、そこからアーサー・マッケン『怪奇クラブ』の話になり、さらに百物語をめぐる話になった。ちょうどいい流れだと思って、私は『千一夜物語』について語ることにした。

「これは有名なことかもしれませんけど……」

いわゆるアラビアン・ナイトとして人気のある「シンドバッド」「アラジン」「アリババ」は、いずれも本来は『千一夜物語』に含まれていない。それらは十八世紀以降、『千一夜物語』が西洋に紹介されていく過程で紛《まぎ》れこんでしまった物語なのである。「シンドバッド」はもともと別の写本であったし、「アラジン」と「アリババ」にいたっては、元になった写本さえ見つからず、「孤児の物語」と呼ばれている。現在我々が『千一夜物語』だと思っているものは、そういった出自のよく分からない物語を飲みこんで膨張してきたものなのだ――。

私がそんなふうに一夜漬け的知識を披露すると、そこから話題は膨らんでいった。偽写本からの連想で「ヴォイニッチ写本」の話をする人もあれば、『サラゴサ手稿』という奇妙な小説を紹介してくれる人もあった。それはポーランドのヤン・ポトツキという人物が十九世紀のはじめに書いた作品で、『千一夜物語』に輪をかけて複雑怪奇な「入れ子構造」を持つ長大な幻想小説らしい。ポトツキ氏本人もまるで怪奇小説の登場人物のような人であって、彼は晩年、自分が狼男になったと思いこみ、銀の弾丸で自殺したそうである。

しかしこんなことを書いているときりがない。

一時間ほどして、私は手洗いへ立った。用を足して戻ろうとしたとき、ふと私は階段下で立ち止まった。その階段には妙に心惹かれる雰囲気が漂っていた。鈍く光る木製の手すりがついており、小さな円窓のある踊り場で右手へ折れ曲がって、明かりの消えた二階へ通じている。踊り場には小さなテーブルが置かれ、赤い硝子《ガラス》の笠《かさ》のついたランプが潤んだような光を放っていた。階段口は太い金色のロープでふさいであって、二階へのぼることは禁止されているらしい。

しばらく私は暗い二階の物音に耳を澄ましてみた。何の物音も聞こえないが、なんとなく人の気配がするようでもある。いまもうひとつの怪しい読書会が二階で開かれているとしたら――そんな妄想から小説が始まったりするわけである。

ふいに背後から声をかけられた。

「どうかされましたか?」

私が振り向くと黒髭の店主が立っていた。

職業柄、私はこんなふうにして妄想にふけることがあるのだが、そういうとき「何をしていた?」と訊ねられることほど困ることはない。盗みに入る家を物色していたところ、警官に声をかけられた泥棒のようなものである。私はしどろもどろになりながら、「あのランプは素敵ですね」と呟いた。店主は「ああ」と階段を見上げた。

「あれは俺が子どもの頃からあるねえ」

「ご両親のお宅だったんですか？」

十年前にこの家を両親から引き継いで喫茶店を開いたと店主は言った。このような内輪の読書会だけでなく、雑誌やテレビの撮影にも貸し出しているし、自分でイベントを企画することも多いという。「歴史っていうほどでもないが、もうこの家も七十歳近くになるだろう。もちろん店を開くときにはあちこち改装したんですよ。でもこの階段はほとんど昔のままだな。子どもの頃にはこの階段が怖かったねえ。踊り場のランプも不気味だし、暗い二階も怖いし」

「ああ、子どもには怖いでしょうね」

「ほんとに俺は怖がりな子どもだったのよ」

店主の風貌からは子ども時代のことが想像しにくい。がっしりと頑丈そうな体格をしており、その顔は黒々とした濃い髭に覆われている。「南極探検隊に所属する熊」という感じがする。

「みみしっぽう、って知ってる？」

唐突に店主が訊ねてきた。

「みみしっぽう？」

「絵本に出てくるお化けなんだけど」

「……いや、知りませんね」

「たぶん図書館で妹が借りてきた本だと思うんだが、子どもの頃に読んだのよ。森の中の小さな小屋を訪ねてくるお化けの話なんだ。どんな姿をしているのかも分からないし、もちろん正体も分からない。とにかく怖い話だった。その日はたまたま母親がちょっと出かけていて、妹にせがまれて俺が読んでやったんだよ。あまりの怖さに最後まで読めなくて、俺はその本をパッと閉じると、ソファの隙間に押し込んだ。そうしてふたりで息をひそめているとね、なんだか二階から物音がするのよ。俺たちは勇気を奮い起こしてこの階段の下まで来た。もう夕暮れだったから二階は暗かった。そうして階段下に佇《たたず》んでいると、二階をみみしっぽうが歩きまわる気配がするんだ。いまにも階段を下りてくる、下りてくると思いながら、俺たちは身動きもできなかったよ。母親が帰ってくるまで」

似たような経験が自分にもあるような気がした。

結局二階には誰もいなかったんだけどね、と店主は笑った。

「それきり読んでない。いまでも『みみしっぽう』は謎のまま」

「もう一度読んでみようとは思わないんですか」

「それはイヤだね。だって『みみしっぽう』の正体がつまらないものだったら、俺の子ども時代そのものが萎《しぼ》んでしまうような気がするから。これは俺にとって大事な思い出なんだよ。だから俺は今さらあの本を読もうとは思わないし、この階段や踊り場は自分が子どもだった頃の雰囲気のままにしてある。謎はそのままにしておくことが大事よ」

ようやく私は店主の言いたいことを理解した。

「なーるほど。だから『沈黙』読書会なんですね」

店主は我が意を得たり、というように頷《うなず》いた。

「俺たちは本というものを解釈するだろ？　それは本に対して俺たちが意味を与える、ということだ。それはそれでいいよ。本というものが俺たちの人生に従属していて、それを実生活に役立てるのが『読書』だと考えるなら、そういう読み方は何も間違っていない。でも逆のパターンも考えられるでしょう。本というものが俺たちの人生の外側、一段高いところにあって、本が俺たちに意味を与えてくれるというパターンだよ。でもその場合、俺たちにはその本が謎に見えるはずだ。だってもしその謎が解釈できると思ったなら、その時点で俺たちの方がその本に対して意味を与えていることになってしまう。それで俺が考えたのはね、もしいろいろな本が含んでいる謎を解釈せず、謎のままに集めていけばどうなるだろうかということなのよ。謎を謎のままに語らしめる。そうすると、世界の中心にある謎のカタマリ、真っ黒な月みたいなものが浮かんでくる気がしない？」

それは店主の長年の持論なのであろうか。さすが沈黙読書会という風変わりな読書会の主宰者だけのことはある。

あっけにとられていると、店主は陽気に私の肩を叩《たた》いた。

「ま、そんな感じですよ。エンジョイしてくださいな」

そして店主は階段下のロープをまたぎ、ひょいひょいと二階へ駆け上がった。彼が姿を消したあとも二階は静まり返ったままで、明かりが点ることもなかった。まるで狸か狐に化かされたような感じがした。しかし、ここは東京ど真ん中の喫茶店なのである。

私は玄関脇の窓に歩み寄り、前庭の木立を見つめた。

謎の本について語り合う人々の声がふたたび聞こえてくる。

なんだか物語の一場面のようであった。

○

もとの席へ引き返すとき、ひとつのグループに注意を惹かれた。

それは男女五人の集まりで、前庭に面した大きな窓の前にあるソファ席で向かい合っていた。

ひとりの男性がギリシア哲学について熱心に語っている。

「これはまた難しそうな話をしているな」

私は立ち止まって聞き耳を立てた。

そのとき、ソファの奥に腰かけているひとりの女性が気になった。二十代半ばぐらいの小柄な女性で、好奇心で生き生きと光る大きな目をしている。彼女は少し前屈みの格好になって、ギリシア哲学談義に耳を傾けていた。たしかに魅力的な風貌の女性だったが、私が注意を惹かれたのは、彼女が膝にのせている本だった。それは文庫本よりは少し縦長のサイズだった。緑や赤の幾何学模様が印刷されたその表紙には見覚えがある。

まさか、と私は思った。

やがて彼女は私の熱視線に気づいて、訝《いぶか》しそうにこちらを見た。彼女が本を持ち替えたので、タイトルが目に入った。

それは佐山尚一の『熱帯』だった。

あまりに驚いたので、私は声をかけることもできなかった。急いで彼らのグループから離れ、元の席へ戻ると友人に耳打ちした。

「やばいことになりました」

「え、なに？　トラブル？」

「『熱帯』を見つけてしまった」

友人はギョッとして身を起こした。「ほんとに？」

「あそこ。窓辺のグループの女性が持ってるんです」

「そんな馬鹿な。だって幻の本なんだよね？」

「すごい偶然ですよ」

「いやいや、そんな偶然あるわけないよ」

友人は疑わしそうに言った。「見間違えじゃないの？」

「とにかく彼女に話しかけてみようと思うんです」

「よし。僕も行こう」

そうして私たちはグループの人々に別れを告げ、先ほどのグループへ近づいていった。ギリシア哲学男は私たちの顔を見て口をつぐんだ。私は「お邪魔してすいません」と声をかけてから、女性に向かって言った。

「その本がどうしても気になって」

彼女は用心深く『熱帯』を胸に抱えるようにした。

「この本？」

「それは私にとって大事な本なんですよ」

「あなたはこの本を読んだことがあるの？」

「……あります」

「本当に？　ちゃんと読んだんですか？」

彼女はその大きな目でまっすぐ私を見つめてきた。そんなふうに念を押されて私はたじろいでしまった。私は『熱帯』を最後まで読み切っていないのである。ここは正直に言うべきだろうと思い、「途中までですけどね」と付けくわえた。

「ふうん。そうですか」

彼女は黙って私の顔を見つめた。そのままプイとどこかへ行ってしまいそうな気配がぐんぐん高まったが、ふいに彼女はニッコリと笑った。

「それじゃあ、どんな本なのか教えてもらえます？」

にこやかな態度だが、「いいかげんなことを言いやがったら承知せんぞ」という強い意志も感じられた。ギリシア哲学男は演説に邪魔が入ったことに不服そうだったが、それでもグループに加わるように言ってくれた。

私は手近な木の椅子を持ってきて腰かけた。

「なかなか説明が難しいんですけれども」

「それは承知しています」

そういうわけで私は思いだせるかぎりの『熱帯』の内容を語った。その間、彼女はテーブルに置いた『熱帯』から手をはなすことなく、かすかに眉をひそめるようにして微動だにしなかった。本当に話を聞いてくれているのか不安になるほどであった。

十六年も前に読んだ本について、見知らぬ人々を相手に語るのはたいへん難しかった。我流の読み方ばかりしている私は、ただでさえ読んだ本の概要を説明するのが苦手なのである。話しているうちにだんだん惨めな気持ちになってきて、どうして自分はこんな小説を十六年間も探してきたのだろう、ひょっとすると自分はとんでもなく阿呆なことを必死で喋っているのではないかと思われてきた。先へ進むにつれて記憶は曖昧になり、私は「えーと」「たしか」「どうだったかな」と連発するようになり、ついには一言も発することができなくなってしまった。

私が黙りこむと、元同僚が腕をつついた。

「それで？　そのあとは？」

「ここで終わりです」

「え、それで終わりなの、モリミン！」

「だって僕は最後まで読んでないんですから。実物を読めば……」

私はそう言ってテーブルの上の『熱帯』を指さした。そのとたん、彼女は『熱帯』を取り上げてふたたび胸に抱えこむようにした。これだけ礼儀正しく接しているというのに、どうしてそんなに用心するのであろう。それほど私は胡散臭いオッサンに見えるのであろうか。

しばしの沈黙の後、彼女は軽く頷いた。

「この本を読んだことがあるというのは本当みたいですね」

「もちろん本当です」

「でも結末は知らないんですね？」

「だから私はその本を最後まで読みたいわけですよ。譲ってくれとは言いません。読み終わったら貸してもらえませんか。いや、もし売ってくださるのなら……」

「売るつもりはありません」

「いや、無理強いするつもりはないんですよ。読ませてもらえさえすれば」

「本当にそんなに読みたいんですか？」と彼女は言った。「実際にこの本を読んだら、あなたの想像していたものとは全然違うかもしれませんよ」

それはたしかに彼女の言うとおりであろう。かつて自分が傑作だと思っていた本が、月日の経つうちに色褪《あ》せてしまうのはよくあることだ。一度は魅力を失った本が、さらに歳月が流れると、ふたたび魅力を取り戻すこともある。かつては退屈に感じられた本が、いま読み返してみると面白いということもある。本というものは、現在の我々自身との関係においてしか「実在しない」といえるだろう。

「なんとか読ませてもらえませんか」

「じつは私もこの本を最後まで読んでいないんです」

「いくらでも待ちますよ。あなたが読み終わるまで」

彼女は不思議な目つきでこちらを見た。それをどう表現したものだろう。まるで小学校時代の先生に遠くから見守られているような感じだった。

彼女は思いがけないことを言った。

「私はこの本を読み終わらないと思います」

「こういうことを言う権利はないということは重々承知しておりますけど、できればですね、もう読むつもりがないということなのであれば……」

「あなたは何もご存じない」

彼女は指を立てて静かに言った。

「この本を最後まで読んだ人間はいないんです」

○

喫茶店に充ちている囁《ささや》き声が一瞬、遠ざかるようだった。先ほどまで不服そうであったギリシア哲学男もいつの間にか、私たちの会話に引きこまれている。

私は咳払いして彼女に訊ねた。

「それはつまり、どういう意味です？」

「文字通りの意味です。この本は最後まで読むことができない」

「それなら」と元同僚が口を挟んだ。「最後の頁を開いて読んでみればいいんじゃないかな。とりあえず最後がどうなるのか分かりますよね？」

彼女は冷ややかに彼を見た。「最後の頁だけを読んで、それで小説を読んだということになりますか。最初の文章から小説の中の世界に入っていって、そうして最後の頁まで到着しないと、その小説を読んだとは言えないんじゃないですか？」

「うーん」

「ですよね？」

「前言撤回いたします」

友人は大人しく引き下がった。

「『熱帯』は小説です」と私は考えながら言った。「小説というものは、誰々が何をしてどうなったというふうに要約してみたところで、あんまり意味はないものです。登場人物たちと一緒になってその世界を生きて、夢中になって読んでいる間だけ存在している。そこが一番小説にとって大事なことです。しかし『熱帯』は、そのように読むと最後まで辿りつけない、ということですか？」

彼女は謎めいた微笑を浮かべている。

「あなたも最後まで読めなかったんでしょう？」

「しかしそれは私が『熱帯』を紛失してしまったからで……」

「私は他にも『熱帯』を読んだ人たちのことを知っています。けれども、その人たちの中にも、最後まで読んだという人はひとりもいない」

「ほかにも読んだ人がいるんですか？」

「もちろん。彼らはひとつの結社を作っているんです。じつを言うと、私はその人たちから『熱帯』の謎について教えてもらったの。『熱帯』は謎の本なんです」

「謎の本――」

私が呟くと、彼女は頷いた。

「ここへこの本を持ってきた理由、お分かりですよね？　この世界の中心には謎がある。『熱帯』はその謎にかかわっている」

「たいへん面白い」

「どういうことか知りたいですか？」

「ここで話を止められたら生殺しですよ」

気がつくと黒髭の店主が我々のかたわらに立っていた。彼は銀色のポットを傾けてカップに珈琲《コーヒー》を注ぎながら、「今宵《こよい》は俺もこのグループに加わるとしよう」と言った。店主が聞き手に加わるのを待って彼女は『熱帯』をふたたびテーブルに置いた。

「この小説はこんな言葉から始まるんです」

彼女は言った。「汝にかかわりなきことを語るなかれ――」

そのとき、鮮やかな南の島の情景が目の前にちらついた。眩《まぶ》しく光る白い砂浜、暗い密林、澄んだ海に浮かぶ不思議な島々。頬に吹きつける風の感触さえ思いだせそうな気がする。小説『熱帯』を読んだ十六年前の夏、たしかに私はその海辺に立っていたのだ。ようやく謎の解けるときがきたという期待に胸が高鳴る一方で、これから語られる物語は、新しい謎の始まりにすぎないのではないかという予感もあった。

あのシャハラザードの言葉が脳裏に浮かんできた。

「当然のお務めとして喜んで、お話をいたしましょう。ただし、このいとも立派な、いとも都雅な、王様のお許しがありますれば！」

○

かくして彼女は語り始め、ここに『熱帯』の門は開く。

第二章　学団の男

「小説なんて読まなくたって生きていけます」

そう言って白石《しらいし》さんは語り始めた。

そんな彼女も学生時代にはそれなりにいろいろな小説を読んだという。

しかし大学を出て働くようになると、仕事に関係のあるものを読むだけで精一杯という状況になった。有益な本はそれこそ数かぎりなくあったので、彼女は腕まくりをしてそれらの知識を吸収した。慌ただしく暮らしているうちに小説を読む習慣は失われてしまった。

「小説なんて読まなくたって生きていけます」

もう一度白石さんは言った。

「でも本当にそうなんですかね？」

○

白石さんがふたたび小説を手に取るようになったのは、いろいろな事情があって最初の仕事を辞めた後のことである。しばらくは小石川の実家で鬱々《うつうつ》と過ごしていたが、昨年の秋頃になって活動を再開した。叔父が有楽町の某ビルディングで鉄道模型店を営んでおり、社会復帰の第一歩として彼女はその店の手伝いをすることになった。

模型店は地下街の一角にあるが、ひっきりなしに客がくるわけではない。ときには店全体が巨大な模型のように森閑《しんかん》としていることもあった。そんなときは彼女もまた椅子に腰かけたまま動かず、分厚いカタログを広げて睨《にら》んだりしていた。

そのような日々が二ヶ月ほど続いたある日、彼女はふと「久しぶりに小説でも読んでみようかな」と思い立ち、昼休みに三省堂書店へ出かけて文庫本を買った。浅田次郎の『プリズンホテル【1】』である。

客の少ない昼下がり、こっそりと文庫本を読みふけったのだが、半分ほど読んだところで彼女は立ち上がり、店内を回遊魚のごとくグルグル歩きまわりだした。「小説ってこんなものだったっけ？」と驚いた。あまりに久しぶりだったので、「小説を読むのは楽しい」という厳然たる事実に圧倒されてしまったのである。ほとんど五年近く、燃料も与えられないまま放置されていた内燃機関が、その一冊をきっかけにしてガタンゴトンと動き始めたかのようであった。

彼女は夢中で『プリズンホテル【1】』を読み終えると、夕闇の迫る有楽町ガード下を駆け抜けて三省堂書店へ向かった。そうして続きの三冊をまとめ買いして、東京交通会館地下の柚《ゆず》ラーメンの行列に並びながら読み、小石川の自宅に帰ってからも読み、さらに翌日も鉄道模型店で読み、その夜も読み、その翌日の夕暮れに文庫本四冊を読み終えた。「もう読むべきものがない」という淋しさに駆られて三省堂書店を訪ね——以下、繰り返しである。

「それからというもの、私は数年間のブランクを取り戻すみたいに、ひたすら本を読みました。店番をしながら読んでいるし、休憩時間には地下街の店で何か食べながら読むし、家に帰る途中も読んでる。家についてタ食をとったら、また読んでる。とにかく文章で物語を読んでいさえすればそれでいい。たしかに小説がなくても生きていけます。でも面白い小説が読み切れないほどあるということはそれだけで無条件に良いこと、それだけでステキなこと、みんなよく頑張った、人類万歳！　そう思えたんですよ」

そうして十一月に入ったばかりのある日のことである。

彼女はレジカウンターに頬杖をつき、『ロビンソン・クルーソー』を読んでいた。

読み進めるうちに彼女の心は地下の森閑とした模型店から、別世界へ抜けだしていった。深い森を包みこむ熱気、粘りつくような大粒の雨。植物の大きな葉が雨に打たれて、未知の生命体のエラのように揺れていた。彼女は森を抜けて居心地のよい洞窟に辿りつくと、小さな竈《かまど》で枯れ枝を燃やす。山羊の肉一切れと干し葡萄《ぶどう》とウミガメの卵を食べ、やわらかな枝を編んで籠を作り、雨季が終わって畑の麦が芽を出す日を思い描く……彼女の心は熱帯の島にあったので、お客の声になかなか気づかなかった。

「すいません。あの、すいません」

ハッとして顔を上げると、背広を着た男性が立っていて、Nゲージのセメント運搬車二個セットを差しだして待っている。ときどきその姿を見かける常連客だった。白石さんは赤くなって会計をした。その男性はカウンターの文庫本に目をやって、「『ロビンソン・クルーソー』ですか」と言った。

「申し訳ありません。お待たせしてしまって」

「面白いですよね」と男性は呟いた。

それが池内《いけうち》氏と話すようになったきっかけである。

○

池内氏の勤務先は同じビルの五階にある輸入家具の会社であった。

おそらく三十歳ぐらいだろう。いつも黒っぽい背広姿で、黒い大きなノートを小脇に挟んでいた。その姿を見るたび白石さんは、超然と雨宿りしている痩せた鳥を連想した。箱根登山鉄道カレンダーにこっそり印をつけて記録したところによると、彼は週に二度、水曜日と金曜日の昼に必ず姿を現すのだった。

やがて白石さんと池内氏は言葉を交わすようになった。

「どんなお仕事をされているんですか？」

「じつは密輸です」

彼女は「なるほど」と頷いた。

しばらくすると池内氏はマジメな顔で言った。

「申し訳ありません。いまのは冗談です」

本当の職業を聞いても実感が湧かなかった。輸入家具の店なんかよりも、放浪の哲学者とか、夜な夜な前衛的な小説を書く人とか、そういう職業が似合うと思った。もっとも、白石さんは生きている哲学者にも小説家にも会ったことはない。池内氏が働いているショールームも覗いて欲しいと言われたが、なんだか高級そうな店だったので、彼女は一度も出かけなかった。どうせ彼は週に二度、必ず模型店に姿を見せるのだから。

鉄道と読書が池内氏の趣味だった。

「鉄道の旅ほどステキなものはありませんよ。車窓を見ても楽しい、本を読んでも楽しい」

池内氏は言った。「見渡すかぎり楽しいことばかりです」

池内氏はなかなかの読書家であるらしい。世間話をしているうちに、彼女が読んでいる本はすべて彼がすでに読破したもので、いつか読んでみたいと思っている本も彼はすでに読破しているような気がしてきた。そんなことを張り合うのはしょうもないことだと頭では理解していても、いささか悔しいのが人情というものである。

「よくそんなにお読みになれますね」

「昔から好きなものですから。ついつい読んでしまうんです」

「お忙しいんでしょう?」

「忙しいことは忙しいですが、隙間の時間はいくらでもありますからね」

仕事帰りに一度、日比谷駅へ向かう長い地下道で池内氏を見かけたことがある。彼は左手に鞄《かばん》を提げ、右手で文庫本を開きながら歩いていた。人々が大勢行き交う殺風景な地下道を、彼は猛然たるスピードで歩いていた。しかも彼は右手で文庫本を持った状態のまま頁をひょいひょいとめくっていく。彼女は「なんて危ないことをするんだろう！」とヒヤヒヤしながら見守ったが、池内氏は平気で雑踏をすり抜けていった。地下道を突き進んでいく謎めいた読書家は、黒っぽい地味な背広とロボット的な風貌も相俟《あいま》って、二十一世紀の最新型二宮金次郎像のごとくであった。

池内氏についてはもうひとつ気になることがあった。

彼女の働く有楽町のビルの地下、医院や旅行代理店がならぶ一角に「メリー」という古風な純喫茶がある。彼女は午後二時頃に昼休みを取って出かけていき、パサパサのサンドイッチとぬるい珈琲をしみじみと味わい、文庫本の頁をめくって過ごす。

十一月下旬のこと、彼女はその喫茶店で池内氏を見かけた。

それだけのことなら何の不思議もないのだが、池内氏と一緒にテーブルを囲んでいる人々が彼女の興味を惹いた。ベレー帽をかぶった小太りの初老の男性、眼鏡をかけてガリガリに痩せた大学生風の若者、指輪をきらめかせながら珈琲を飲む五十代ぐらいの御婦人。白石さんは三人に「ベレーさん」「がりがり君」「マダム」と素朴な渾名《あだな》をつけてみた。

どう見ても池内氏の取引先という感じではなかった。親戚の集まりという感じでもない。年齢も雰囲気もバラバラで何の共通項も見えなかった。

彼らは珈琲を飲みながら、テーブルに広げた大きな紙を囲んで熱心に議論していた。池内氏はノートを膝に広げて、ベレーさんの話に相づちを打ちながらメモを取っている。がりがり君は何か不満そうな顔つきでときどき口を出しているようだ。マダムだけは何も喋らず、薄く色のついた眼鏡の奥の目を気怠《けだる》そうに閉じている。

「犯罪計画を練っている悪の組織だろうか？」

そのとき、池内氏が彼女の視線に気づいて微笑《ほほえ》んだ。マダムがそれに勘づいて、色つき眼鏡の奥からこちらへ視線を送ってくる。白石さんは慌てて文庫本に目を戻した。なんだか見てはいけないものを見たような気がしたのである。

○

十二月に入ってからも池内氏は几帳面《きちょうめん》に模型店を訪ねてきた。

あの謎めいた会合のことは一度も話題に出なかった。白石さんはあれこれと妄想していた自分が恥ずかしくなった。このところ小説を読みすぎて、いわば「物語的神経」というべきものが過敏になっているのである。

有楽町駅界隈はクリスマスの賑わいを見せていたが、地下街の模型店は季節の流れを超越しているかのように静かだった。「これはこれで心が安らぐわい」と白石さんは思った。あいかわらず池内氏は規則正しく姿を見せ、車内放送のように淡々と語り、昼休みが終わるとピタリと会話を切り上げて職場へ戻っていく。

ひとつ彼女が困ったのは店長のことである。

この叔父はどちらかといえばブッキラボーな人物で、親戚の中でも変わり者扱いされていた。年齢の近いこともあって彼女とは昔から馬が合ったのだが、その叔父が「あの男性客は姪《めい》っ子に会いに来ているようだ。そして姪っ子もマンザラではない」と思いこんだらしい。池内氏が姿を見せる時間帯になると、決まってフラリと店を出ていくようになった。それは不器用な叔父にとって渾身《こんしん》の気遣いにちがいなかったが、白石さんには「くすぐったい」ばかりであった。池内氏は時刻表通りに運行される電車なのであって、この鉄道模型店は停車駅にすぎず、自分は停車駅の駅員なのである。通りすぎる電車と駅員の間にロマンスは生じないのである。

その水曜日も、昼になると叔父はこそこそ出ていこうとした。

「ちょっと出かけてくる。店番、頼む」

「どこへ行くの？」

「うん、まあ。ちょっと野暮用が」

「どんな野暮用よ」

「どんなって、そりゃ僕にだって野暮用ぐらいある」

叔父はぷつぷつ呟きながら出ていった。

やがて姿を見せた池内氏が少し心配そうに言った。

「このところ店長の姿を見かけませんね。お元気ですか？」

「あちこち出歩いてるんですよ。何してんだか」

「いや、お元気ならいいんですよ」

池内氏はいつものようにゆっくり店内を見てまわった。白石さんは『モンテ・クリスト伯』を読みふけるふりをしながら池内氏をこっそり観察していた。やがて池内氏は小脇に挟んでいたノートを開くと、胸ポケットから取りだしたボールペンで何かをさらさらと書きこんでいた。あの喫茶店で見かけた謎の会合の情景が頭をよぎった。そういえばあの会合でも池内氏は熱心にノートを取っていたようだ。

「いつもそのノートを持っていらっしゃいますね」

彼女が声をかけると、池内氏は「え？」と呟いて振り向いた。それから手元のノートを見た。自分がメモを取っていたことにいまようやく気づいたようだった。

「これを持っていないと落ち着かないんですよ」

「お仕事用？」

「いや、これはまったく私的なノートなんです。読んだ本の抜き書きや、自分の考えたことを書いてあるんですよ」

池内氏はそう言うと、ぱらぱらと分厚いノートをめくってみせた。罫線も何もない白紙の頁に、まるで印刷したように几帳面な字がびっしりと書きこまれている。小説を読みながら年表を作ったり、登場人物の一覧表を作ったりすることもあるらしい。白石さんはそんなふうに小説を読んだことは一度もなかった。「ノート」派の池内氏に対して、白石さんはいわば「一心不乱」派の読書家だったからである。

「ちょっと受験勉強みたいですね」

「手間をかけたほうが面白い場合もある。トルストイの『戦争と平和』を読む場合にですね、あの膨大な登場人物たちを人物表も作らずに把握するのはたいへんなことです。主要な人物だけでもメモしておけば、グッと読むのが楽になります」

「なーる」

「なーる、ってなんです？」

「なるほどっていうことですよ、池内さん」

「ああ、なるほど。なーる……」

「でも、私なら人物がこんぐらがる前に勢いで読んじゃいますね」

「それもまたひとつの流儀です。人それぞれですよ」

心打たれた文章をノートに抜き書きするのが楽しみなのだと池内氏は言った。

そうやってノートに書きためた文章を持ち歩いて、ことあるごとに読み返す。いずれの文章も自分が手間をかけて抜き書きしたもの、骨肉となるべき文章である。自分の選んだ文章で自分を創っていく、その作業が目に見えるかたちでノートに記録されていく。それがなんとも頼もしく感じられて、たいへん心が安まるのだという。

「ノートの終わりが近づくと不安になるんですよ。それまでに書きためた文章が持ち歩けなくなりますからね。新しいノートに移ったばかりの頃は、それはもう心細いものです。だからだんだん分厚いノートを選ぶようになるんですね。いわゆる『大艦巨砲主義』です」

「でもそれだと、なおさらノートとの別れがつらくなりません？」

「そうなんですよ！　じつにジレンマ。じつに困る」

池内氏はそう言ってノートを撫《な》でた。それはまだ半分ぐらいしか書きこまれていないようで、しばらくは池内氏も心穏やかでいられそうである。

「私にもそれだけ根気があればいいですけどねえ」

「しかし白石さん、これは習慣の問題でもあると思いますよ。もともとは学生時代の恩師に勧められたんですが、当時の私は億劫《おっくう》でやらなかった。でも一度習慣になってしまえば苦にならないし、むしろ楽しいことです。どうしてあの頃、すぐに恩師の言葉に従わなかったんだろうと思います。もし学生時代からノートをつけていたら、今頃は私も自信に満ち溢《あふ》れた人間になっていたかもしれない」

「いやいや、じゅうぶん自信ありそうに見えますよ？」

「いやいや、中身は実にへっぽこです」

「へっぽこ！」

白石さんは思わず笑ってしまった。

それでは何がきっかけでノートをつけるようになったのかと訊ねた。

池内氏は「それが少し妙な顚末《てんまつ》なんですよ」と言った。

○

五年前の晩秋のことである。

奈良へ寺めぐりの旅に出かけた池内氏は猿沢池のほとりにあるビジネスホテルに宿を取り、興福寺や東大寺、新薬師寺などを歩いてまわった。民家の軒先に吊された干し柿、夕陽に染まる古びた土塀、ナンキンハゼの枝の先にぷつぷつと見える白い種子。新薬師寺の門前には小さな受付小屋があり、窓口の女性は居眠りをしていた。晩秋の奈良の風情を味わって、池内氏がホテルへ戻ってきたのは日暮れ頃だった。

ロビーのお土産物コーナーの隣に、小さな書棚が置かれていた。

自由に持っていってかまわないが、そのかわりに自分が読み終えた本を置いていくという仕組みらしい。ちょうど読み終えた文庫本があったので、それを書棚に入れ、何か一冊選ぶことにした。旅先で偶然に出会った本と秋の夜長を過ごすのもステキである。

そのとき池内氏は隅に差しこまれた本に目を引かれた。

「なんということもない本だったんです」池内氏は白石さんに語ったという。「文庫本よりも少し縦長のサイズで、表紙には幾何学模様が描いてあって……一昔前のシンプルなデザインの本です。その佇まいが、そのときの自分の気持ちにピタリと合いました」

「運命の出会い？」

「実際そうなんです。その通りだったんです」

少し客室で休憩してから、池内氏はその本を携えて街へ出た。

商店街で夕食をとったあと、暗い裏町を抜けて奈良ホテルのバーへ出かけた。池内氏は酒を飲みながら本の頁をめくった。それはなんとも妙ちくりんな小説だった。ビジネスホテルへ戻ってからも読み進め、およそ半分ぐらいまで読んだ。やがて枕元にその本を置いて眠りに就いた。残りは帰りの新幹線で読むつもりだったという。

「ところが翌朝になると、本が消えてしまった」

「消えた？　どうして？」

「それが分からないのですよ。しかし紛失してしまったものはしょうがないので、東京へ帰ってから探してみることにしました。ところがですよ。古書店やネットでいくら探しても、私が読んだ小説は見つからなかったんです」

そうしている間にも、どんどんその本の記憶は薄れていく。

ある日池内氏は思い立ってノートを買い、その時点で思い出せるかぎりの内容をメモした。それが現在まで続く読書ノートの一冊目となったのである。

「妙な顚末でしょう？」

池内氏はそう言って、手に持ったノートを撫でた。

「いまでも私はその本を探している」

「よっぽど面白い小説だったんでしょうね」

「それはね、佐山尚一の『熱帯』という小説なんです」

その著者名とタイトルを聞いたとき、どこかのベンチに腰かけて本を開いていた記憶が唐突に白石さんの頭をよぎった。

「それ、読んだことがあるような……」

池内氏はギョッとしたように彼女の顔を見つめた。

「本当ですか？」

「いや自信ないんですけど」

「いつのことですか？　どこで入手されたんですか？」

池内氏が身を乗りだすように問いかけてくる。

宙を睨んで記憶を探っていると、ある情景がよみがえってきた。

それは学生時代、彼女が京都へひとり旅をしたときのことだった。出町柳《でまちやなぎ》駅から叡山《えいざん》電車に乗って八瀬比叡山口《やせひえいざんぐち》という駅で降りた。ゴールデンウィークが明けたばかりの涼しい頃で、みずみずしい新緑が彼女の肌にひやりと染みこんでくるようだった。高野《たかの》川にかかる橋を渡っていくとき、川べりで誰かがオカリナを吹くのが聞こえた。その日、彼女はロープウェイで比叡山へ登るつもりだったのである。

ロープウェイ乗り場に近づいたとき、白石さんはふと足を止めた。

乗り場前の広場に不思議なものが見えた。ラーメンの屋台のようだったが、まるで骨董《こっとう》屋の軒先のようにゴテゴテといろいろなものをのせている。逞《たくま》しい虎の絵の掛け軸が吊り下げられ、ペルシア風の布で覆った派手な屋根には木彫りの三猿《さんえん》がならんでおり、回り続けるカザグルマで目がチカチカする。その脈絡のないけばけばしさは異世界から迷いこんできた隊商のようだ。しかし「暴夜書房」という黄色い幟《のぼり》からすると、どうやら書店であるらしい。書店の屋台なんて見たことも聞いたこともない。

白石さんはおそるおそる近づいてみた。

「見てもいいですか？」

「いいとも。いくらでも見ておくれ」

主人は屋台の隣の椅子に腰かけてカップラーメンを食べていた。食欲をそそるカレーの匂いが漂ってくる。赤い半袖シャツを着て、胸板が厚くて逞しい。ロビンソン・クルーソーみたいな髭を伸ばしているが、きらきらと輝く目は人懐こくて、思いのほか若いようだった。小さな書棚にはぎっしりと本が詰めこまれている。

「本屋さん……なんですか？」

「そうとも」

「アバレヤ書房？」

「『暴れる夜』と書いて、アラビヤと読むんだ」

主人は胸を張って言った。「面白い本がいろいろあるよ」

旅先で本を買うのも思い出になるな、と彼女は思った。そうして書棚にならんでいる本の背に目を走らせた。あまり聞いたことのない書名がならんでいる。

「屋台の本屋さんって初めて見ました」

「儲かるわけがないからな。こんなのは伝道活動みたいなもんだ」

主人は陽射しに顔をしかめながら言った。「これとは別に本業があるんだ」

「何のお仕事ですか?」

「俺は御座敷芸人さ」

なんとも得体の知れない人物だった。

白石さんは書棚から一冊の本を選びだした。代金を支払って礼を言い、ロープウェイ乗り場で切符を買った。そして出発を待つ間に少しだけ読んでみるつもりで、乗り場のベンチに腰かけたのである。結局、彼女がロープウェイに乗ることはなかった。その『熱帯』を夢中で読んでいるうちに時間が過ぎて、比叡山に登る時間がなくなってしまったのである——以上のようなことを白石さんは池内氏に語った。

池内氏は「なるほど」と真剣な顔で頷いた。

「それで、その小説の結末はどうなりました?」

「どうだったかなー」

白石さんは懸命に思いだそうとした。しかし浮かんでくるのは冒頭部分だけで、記憶はすっかりあやふやになっている。その物語がどんな結末を迎えたのか、さっぱり思いだせない。ひょっとすると途中までしか読んでいないのかもしれない。

「イイカゲンなことでスイマセン」

「いや、あなたは何も悪くない」

池内氏は言った。「それが『熱帯』なんです」

どういう意味だろう、と白石さんは怪訝に思った。

○

昼休みは終わり、池内氏は職場へ帰っていった。

白石さんはカウンターに頬杖をついて『熱帯』のことを考えていた。

最初に浮かんできたのは夜明けの海を走っていく列車のイメージである。砂浜に立ってその列車を茫然《ぼうぜん》と見つめている若者。それが主人公だった。彼はすべての記憶を失って、南の島へ流れついたのである。その島で彼が最初に出会う人物が「佐山尚一」だ。意外なところに著者の名が出てきたので、それだけはハッキリと憶えている。しかしそこから先は断片的にしか思いだせない。密林の中に佇む観測所、不思議な島々を描いた海図、砲台のある島、地下牢にひそんでいる髭モジャの囚人……そんな情景が切れ切れに浮かんでくるばかりである。

白石さんは「うーん」と唸《うな》って眉をひそめた。

叔父が心配そうに声をかけてきた。

「どうしたの。何かあった？」

「いや、べつに。ちょっと考えごとしてたの」

「怖い顔しないでくれ。僕が怯《おび》えるから」

「ごめんなさい。さてと！」

彼女は『熱帯』を頭から追い払って仕事に取りかかった。

どうせまた池内氏は訪ねてくるだろう。そのときに詳しく話を聞けばいい。

ところが金曜日になっても、翌週の水曜日になっても、池内氏は模型店を訪ねてこなかった。あいかわらず叔父は模型店を出ていき、白石さんはひとり空しく池内氏を待った。

空振りが続くうちに彼女はだんだん腹が立ってきた。思わせぶりな伏線を張っておきながら回収しないなんて池内氏も無責任である。焦《じ》らして気を惹こうという作戦なのであろうか。自分は池内氏の罠《わな》にはまっているのだろうか。いやいや。いくらなんでも、かくも迂遠《うえん》な口説き方をする人間が存在するわけがない。

そして気がつくと、彼女は『熱帯』のことを考えているのだった。

白石さんは小石川の自宅の書棚や押し入れを調べてみた。そこには幼児期から現在に至るまでの彼女の人生が保存されている。「この箱を開く者は呪われるべし」とマジックペンで書かれた段ボールの封印を解き、鋭い感性という無益なナイフであたりかまわず斬りつけていた時代のポエムや日記帳をかきわけたが、どこにもそれらしい本は見つからなかった。京都旅行から持ち帰らなかったのか、それとも処分してしまったのか。こういうとき、読書ノートをつけない「一心不乱」派は途方に暮れるしかない。

そうして悶々《もんもん》としているうちにクリスマスは過ぎ、年の瀬が近づいてきた。

金曜日の昼、久しぶりに池内氏が姿を見せたとき、白石さんは思わず声を上げそうになったが、慌てて口をつぐんだ。平静をよそおって「お久しぶりですね」と声をかけた。池内氏は「どうも」と頭を下げてカウンターに近づき、平べったい包みを差しだした。

「遅くなりましたがクリスマスの贈り物です」

池内氏は言った。「ご活用いただければ幸いです」

山吹色の一冊のノートだった。

そして池内氏は意を決したように言った。

「じつはひとつお願いがあるんです。明日の午後、私たちの読書会に参加していただけませんか。あなたも一度、純喫茶『メリー』でご覧になったと思いますが……」

「あれ、読書会だったんですか？」

「私たちは『学団』と呼んでいます」

「……学団？　なんだかすごいですね」

白石さんが微笑むと、池内氏は照れ臭そうにした。

「私もおおげさだと思うんですが、中津川《なかつがわ》さんというメンバーが決めてしまいましてね。これは『熱帯』に登場する謎の組織の名称なんです。私たち四人はみんな『熱帯』を読んだことのある人間で、一年ほど前からこの本について調べてきました。あなたが読んだ『熱帯』について、私たちに話してもらえないでしょうか」

「でも私、ほとんど覚えてないですよ」

「断片的な記憶でも役に立つと思うんです」
白石さんは黙りこんで山吹色のノートを見つめた。
あの純喫茶「メリー」で見かけた謎の会合が脳裏に浮かんできた。
ベレーさん、がりがり君、マダム。あれは謎の小説『熱帯』をめぐる読書会であったという
ことか。道理でメンバーたちに何の共通項も見えなかったはずである。じつに胡散臭い話だが、
まさか霊験あらたかな壺《つぼ》を売りつけられたりすることはあるまい。
好奇心がむくむくと膨らんでくる。もしすべてが池内氏の策略であったとしたら、彼女は完
壁に彼の罠にはまったことになる。
「それなら行ってみましょうか」
白石さんは気のない風をよそおって言った。

○

翌日、土曜日の午後である。
白石さんは純喫茶メリーへ出かけていった。壁にならんだチューリップ形の電灯が合成皮革
のソファを黒光りさせていた。熱帯を思わせる観葉植物はすべてプラスチック製である。得体
の知れない幾何学模様の抽象画、各テーブルに置かれたメニュー表の文字の掠《かす》れ具合、あらゆ
るものが長い歴史を感じさせる。

彼女が店に入ったとき、学団員たちはすでに隅のテーブルに揃っていた。

池内氏は真剣な顔をしてノートをめくり、ベレーさんはバターを塗ったトーストを少しずつ嚙《かじ》り、がりがり君は一心不乱に眼鏡を拭っていた。細い葉巻を吸いながら店内を見まわしていたマダムが真っ先に白石さんに気づいた。マダムが池内氏の肩に手を置くと、彼はノートから顔を上げてパッと嬉しそうな顔をした。

「ようこそお越しくださいました。どうぞこちらへ」

池内氏に言われて白石さんは会合に加わった。

学団員たちは値踏みするように白石さんを見つめていた。なんとも異様な雰囲気だった。「やっぱり来なければよかったかも」と彼女は思った。

池内氏が我に返ったように彼女を紹介した。

「白石さんです。このビルの鉄道模型店にお勤めです」

それをきっかけに学団員たちは自己紹介した。

ベレーさんは「中津川宏明《ひろあき》」といい、神保町に事務所をかまえる古書の蒐集《しゅうしゅう》家だという。がりがり君は都内の大学に通う学生で「新城稔《しんじょうみのる》」と名乗った。マダムは「海野千夜《うみのちよ》」と名乗っただけで、その素性は謎のままだった。「『千夜さん』と呼んで」とマダムは言った。

そもそもこの風変わりな集まりは千夜さんと池内氏の出会いから始まったものだという。本格的に『熱帯』について調べ始めた彼らは、やがて同じく『熱帯』を読んだ人間たちと出会うことになった。それが中津川氏と新城君である。この四人が揃ったところで、中津川氏がこの集まりを「学団」と名づけたわけである。

中津川氏が「それで」と言う。

「お嬢さんはどれほどご記憶ですかな？」

なんだか尋問されているような気分になる。

「たいしたことは憶えてないんですけど……」

「とにかく思いだせることを話していただけませんか」

池内氏に促されて白石さんはぽつぽつ語った。

『熱帯』の冒頭、記憶を失って南の島に流れついた若者は、その島で暮らす佐山尚一という人物に救われる。佐山によれば、その島のまわりは魔王の支配する海域であるという。魔王は〈創造の魔術〉によって、島々を自由に創りだしたり消し去ったりできる。佐山はその魔術の秘密を盗みだすため、「学団」という組織によってこの海域へ送りこまれてきた密偵なのである。やがて主人公は佐山尚一とともに、魔王が支配する群島へと乗りこんでいく。

しかし自信をもって語ることができるのはそこまでだった。「砲台みたいなのがある島が出てきて」「その島には囚人みたいなのがいて」と白石さんがしどろもどろになってくると、聞き手たちの顔には失望の色が浮かんだ。

やがて新城君がガッカリしたように呟いた。

「なんだ。『無風帯』にも達してない」

「ムフウタイって何ですか？」

「それはあとでご説明します」

池内氏は白石さんに言ってから、他の学団員たちを宥《なだ》めるように語った。

「白石さんが『熱帯』を読んだことは間違いない。記憶の曖昧さを責めても意味はありません。私だって千夜さんにお会いしたとき、『熱帯』に関する記憶はあやふやでした。こうして語り合うことが呼び水になって記憶が確かになってきたんですから、白石さんにも同じことが起こるはずです。そして白石さんの記憶がまた、我々の記憶の呼び水になる。そうやって助け合うことがこの学団の目的だったでしょう？」

「たしかにもう我々の頭はカラッカラですからな」

中津川氏が言った。「絞れるだけ絞った」

千夜さんが白石さんの耳元で囁いた。

「これからの御活躍に期待していますよ」

この人たちが何を言っているのかサッパリ分からない。白石さんはおずおずと手を挙げて、

「お伺いしてもいいでしょうか？」と言った。

「もしかして皆さんも最後まで読んでないんですか？」

「そのとおりであります」と中津川氏が言った。「誰も結末を知りません」

「えー、そんな偶然あるんですか」

「あるんですな、これが」

「僕は偶然とは思いませんけどね。必ず何か理由がある」

新城君が呟くと、中津川氏はニヤニヤとした。

「新城君は探偵少年だが、もう一年近くモタモタしているのだから、もはや名推理は期待できません。このお嬢さんもあまりアテにはならぬようですが」

白石さんはその言い草にムッとした。

「まだ分かりませんよ？」

「そのとおり。これからですよ」

池内氏が取りなすように言った。

「それではサルベージについてご説明しましょう」

中津川氏が鞄から丸めた紙を取りだしてテーブルに広げた。

それはＡ４紙を貼り合わせて作った年表のようなものだった。学団が設立されてからというもの、彼らは記憶の底に沈んでいた『熱帯』の断片を持ち寄ってこの紙に書きこんできたという。あちこちに追記がびっしりと書きこまれており、学団員たちの苦心の過程が見てとれる。彼らはこのサルベージ作業によって、『熱帯』という小説の内容をできるだけ克明によみがえらせようとしていたのである。白石さんは感嘆した。

「うわー、なにこれ。面白すぎませんか」

池内氏が「面白いでしょう？」と嬉しそうに言う。

白石さんは身を乗りだして、細かな書きこみを読んでみた。

冒頭部分はおおよそひとつの物語として再現されており、彼女の記憶とも一致していた。そこから先を読んでいくうち、あたかも水底《みなそこ》に沈んでいた遺跡が浮かび上がってくるように、かつて読んだ『熱帯』の情景が次々と脳裏によみがえってきた。白石さんはワクワクした。そうだった。『熱帯』はこんな物語だった。なんともへんてこな話だった。

しかし先へ進んでいくと、次第に書きこみは混乱してきて、枝分かれや空白や疑問符が多くなってくる。やがて物語の流れは完全に見失われて、断片的なメモが散らばるだけになってしまう。「ノーチラス島の地下世界」「沈んでいく森。森の賢者」「海の底から不気味なものが現れる。それらが人々を喰っていく」「魔王に命じられて虎と戦う。見世物小屋」……等々。そんな展開を読んだ記憶はまったくない。それら謎めいた断片は、あたかも熱帯の海に散らばる群島のようであった。

白石さんはそれらの断片を指さした。

「ここから先は支離滅裂ですけど……」

「そのあたりが先ほども話に出た『無風帯』です」と池内氏が言った。「ごらんください。中盤までは私たちの記憶を組み合わせることによって、かなり克明に『熱帯』の展開を辿ることができます。しかしそこから先、その戦略が通用しなくなるのです。どういうわけか私たちの記憶もどんどん曖昧になってしまう。どれほど検討を重ねても、それらの断片を正しく並べることができない。物語がどの方角へ向かって進んでいるのか分からない。だからこの混沌とした領域を我々は『無風帯』と名づけたわけです」

「へえ。どういうことなんだろう」

「あなたが話してくれたのは序盤の序盤なんですよ」と新城君が言った。「もしかすると無風帯を通り抜けられるかと思ったんだけど……」

「ご期待に添えなかったわけですね。ごめんなさい」

気まずい沈黙が続いた後、池内氏が口を開いた。

「せっかく白石さんという新しい同志を見つけたんです。白石さんにはまだ思いだせていないことがあるはずです。サルベージがうまく進めば、この『無風帯』の謎も解けるかもしれない。それは作者の正体を摑む手がかりにもなるでしょう」

白石さんはテーブルに広げられた紙を見つめた。

もう一度、最初から『熱帯』の物語を辿っていく。

記憶を失った主人公。南の島の観測所。佐山尚一という「学団の男」。魔王の支配する海域。地下牢の囚人。図書室に通う魔王の娘。魔王との対面。そして北方への島流し。そのあたりから彼女の記憶も曖昧になっていく。

しかし記憶の底を探っているうちに、唐突にひとつの情景が浮かび上がってきた。白石さんは書きこまれたメモを隅々まで読んでみたが、どこにもその情景は記されていない。

彼女は思い切って口にしてみた。

「ここには『砂漠の宮殿』がありませんよ」

「『砂漠の宮殿』?」と学団員たちは顔を見合わせた。

「どういう展開だったのか思いだせないんですけど、そういう場面があったんです。砂丘に囲まれた広大な荒れ地があって、その真ん中に宮殿があるんです。主人公は誰かに会うためにその宮殿を訪ねていくの」

「そんな場面は記憶にございませんな」中津川氏が言った。「『熱帯』は南の島の物語なのですからな。砂漠が出てくるわけがない」

「他の小説と混同してるんじゃないの」と新城君。

「そんなことは絶対にありません。その場面には佐山尚一がいましたから」

白石さんは言った。「佐山は『熱帯』の登場人物でしょう?」

池内氏がいそいそとボールペンを取りだして、無風帯に「砂漠の宮殿」と書きこむと、白石さんに向かって微笑んだ。

「これが『サルベージ』です」

池内氏は言った。「ここから始めましょう」

○

その年末年始、白石さんは小石川の家で静かに過ごした。

家族で初詣に出かけたり、コタツでノートを書いている間も、何かの拍子にあの不思議な読書会のことが思いだされた。学団やら無風帯やらサルベージやら、真剣に語り合っていたことがなんだか気恥ずかしい。しかしあの午後、白石さんは間違いなく『熱帯』について語り合うのを楽しんだ。あんなにワクワクしたのは久しぶりのことだ。

次の例会は一月末に開かれるらしい。

別れ際に池内氏は言った。

「何か思いだしたことがあればノートに書いておくといいですよ」

「なーる」

「なんです？」

「そういう下心があってノートをくれたんですね」

池内氏はちょっと困ったような顔をした。白石さんは笑って手を振り、「それでは良いお年を」と言った。池内氏も「良いお年を」と言った。

そういうわけで彼女は山吹色のノートを使い始めたのである。

頭にフッと浮かんできた『熱帯』の断片を書いていく。池内氏のアドバイスは正しく、そうして書いたことが呼び水となって、また新しいことを思いだした。通し番号をつけた断片が溜まるにつれて、かつて自分が読んだ『熱帯』が姿を現してきた。しかし思いだせば思いだすほど『熱帯』は謎めいたものに見えてくる。小さな裸の島に木々が生い茂るにつれて、あちこちどに色濃い暗がりが生まれていくようなものであった。

正月が明けると、さっそく池内氏は模型店を訪ねてきた。

「明けましておめでとうございます」

「おめでとうございます。本年も宜《よろ》しくお願いいたします」

白石さんがノートを見せると、池内氏は「素晴らしい」と感嘆した。

池内氏の記憶と一致するものもあれば、しないものもある。しかし辛抱強くそれらの断片を組み合わせていけば、あの無風帯を切り崩せるのではないかという期待も湧いてきた。

「一月末が楽しみですね」

白石さんが言うと、池内氏は「どうでしょうね」と微笑んだ。

「私たちはこのようにふたりだけで相談している。抜け駆けのようなものです。同じように個人的な相談を持ちかけてくる人がいるかもしれませんよ」

「どうしてわざわざそんな」

「学団の人たちはみんな『熱帯』の謎に心惹かれて集まりました。手がかりとなる情報を出し合うことを約束しました。けれどもそんなのは強制ではないし、強制のしようもありません。中津川さんも千夜さんも新城君も、自分だけの『隠し球』を持っている。私にはそう感じられます。みんな『熱帯』を自分だけのものにしたいのでしょう」

「それなら池内さんにも隠し球があるの？」

「あります」

「教えてくれないんですか」

「私の一存では教えられないのです。申し訳ないことですが」

つまりそれは他の学団員の隠し球でもあるわけか、と白石さんは考えた。

それにしても呆れた話であった。白石さんは『熱帯』の謎に取り組むのが面白いのであって、それを独り占めしたいという気持ちにはまったく同感できない。

「私は隠し球なんて必要ないですけどね」

白石さんは言った。「オープンマインドでいくつもり」

その数日後、彼女は思わぬ人物の訪問を受けた。

いつものように店番をしていると、黒いコートを着て手袋をした女性が、良い香りのする風のように模型店へ入ってきた。この店ではあまり見かけないタイプの客である。まるで古い外国映画に出てくる女優みたいだと思った瞬間、その人が千夜さんであることに気づいた。

「白石さん。ごきげんよう」

そう言って千夜さんは色つきの眼鏡をはずした。喫茶店で見かけたときには若々しく見えたが、千夜さんは彼女の母親よりも歳上のようだ。

「あなた、池内さんとは親しい間柄なの？」

「親しいというか……池内さんはこの店の常連の方です。それだけです」

「ふむ」と千夜さんは白石さんを見つめた。「ずいぶん熱心に語り合っているんでしょう。あのふたりは抜け駆けするつもりだって新城君が言っていましたよ」

「なんですかそれ。こっそり覗いてたってことですか？」

「さあ。それは私には関係ないことです」

「ちょっとひどいですね」

「みんな腹に一物《いちもつ》ある人たちなの。池内さんだって例外ではありませんよ。紳士的に見えますけどね、彼だって『熱帯』の謎を解きたくてしょうがないの。私たちは一致団結なんて考えていない。仲良しクラブじゃないのですから」

そして千夜さんは身を乗りだした。

「だから私たちは共同戦線を張りましょう。今度のお休みには私のうちにいらっしゃい。ゆっくりお話がしてみたいんです」

「でも……」

「それで、お休みはいつなの？」

「えー、あのう、次の月曜日ですけど」

「それでは月曜日。私はお昼まで眠っているから午前中は面会できません。午後二時に丸ノ内線の茗荷谷《みょうがだに》駅に。着いたらここへ電話してください」

千夜さんはスラスラ言うと、自宅の電話番号が書かれた名刺をカウンターに置いた。あっけにとられている白石さんに向かって、「ごきげんよう」と言い、ふたたび眼鏡をかけ、優雅に手を振って模型店から出ていった。まるで宇宙人に言いがかりをつけられたような感じで、白石さんは茫然とその姿を見送るしかなかったのである。

「池内さんの予想通りだったな」

彼女は呆れて呟くと、カウンターの名刺を見つめた。

その後、千夜さんの来訪から時間が経つにつれて、白石さんは腹が立ってきた。なんという押しつけがましい態度であったことか。週末の金曜日に池内氏が訪ねてきたとき、彼女はすっかり機嫌を損ねていた。ところが池内氏は千夜さんの誘いに興味津々なのである。

「やはりそうなりましたか。面白くなってきましたね」

「いくらなんでも失礼ですよ」

「マイペースな方なんです」

「それにしたって……」

「不愉快に思われるのは当然ですが、千夜さんは決して悪い人ではありませんよ。あの人が個人的に学団の仲間を招くなんて、これまでに一度もなかったことです。これには深い意味がある。ぜひとも誘いを受けるべきだと私は思います」

「あの人、どういう人なんですか?」

「学生時代までは京都におられて、その後は東京と海外を行き来されていたと伺っています。私の勤め先のお得意様でして、知り合ったのはそれがきっかけです。パートナーの海野氏は建築事務所を経営されています」

「どうも気が進まないんですよね」

「あなたも『隠し球』を手に入れられるかもしれませんよ」

「私は隠し球なんていりませんってば」

池内氏は少し考えこんでから、名刺を取りだしてカウンターに置いた。

「当日は私も近くで待つことにします。何か問題があれば連絡してください」

「池内さん、お仕事あるんじゃないんですか?」

「正直に言うと、千夜さんがどんな隠し球を持っているのか興味津々なんですよ。なんとか探りだしてきてくださいませんか」

にわかに白石さんは楽しくなってきた。

「私に密偵になれってことですね？」

「その通りです」

○

翌週月曜日の午後、白石さんは茗荷谷へ出かけた。

丸ノ内線の駅から出ると、両側にビルの建ちならぶ春日通りには、忙《せわ》しく自動車と人が行き交っていた。小石川の自宅からそう遠いわけではないが、この界隈に来るのは初めてのことである。澄んだ青空が広がって、先日雪が降ったとは思えないほど暖かい陽気だった。千夜さんには午後二時に茗荷谷駅から電話するように言われている。

白石さんは叔父からもらった鉄道時計を取りだした。針は午後一時四十五分をさしている。電話をかけるのは午後二時ピッタリにしてやろう。彼女は背筋を伸ばし、服の皺《しわ》を伸ばし、靴の汚れを点検した。人の家を訪ねていくなんて久しぶりのことだし、千夜さんは得体の知れない人物である。まるで面接へ出かけるときのようにお腹が重くなってきた。

「どうも私には単純なところがあるわい」

白石さんは思った。「まんまと池内さんの口車に乗せられた。べつにいいけど」

彼女は駅の出口の脇に立ち、時計の文字盤を睨んで待った。きっかり午後二時になったところで電話をかけた。待ち受けていたかのように千夜さんが出た。

「白石さんね、時刻表みたいにピッタリ」

「いま茗荷谷駅におります」

「早すぎる人も遅れる人もきらいです。あなたは素晴らしい」

「それはどうも。で、これからどうするんですか？」

「駅の前の道をずっと東へ向かって歩いてください。そのうち並木のある大きな坂に出ます。播磨坂《はりまざか》といいます。そこについたらまた電話してください」

サラサラと言うと千夜さんはぷつんと電話を切った。

白石さんは指示されたとおりに歩いていった。

そういえば、池内氏はいまどこにいるのだろう。本当に張り込んでいるのだろうか。電話してみようかな、と一瞬思ったが止《や》めておいた。

播磨坂は広くて美しい坂道だった。車道の中央には葉を落とした桜並木と、丁寧に舗装された遊歩道が続いていた。杖をついた老人がベンチに腰かけて日なたぼっこをしており、乳母車を押すふたりの母親が立ち話をしている。のどかな平日の昼下がりという感じで、あたりは眠くなるような静けさに充ちていた。

白石さんは坂を見下ろしながら電話をかけた。

「播磨坂に着きました」

「よろしい。そこから坂を下って左手にあるマンションです。一階に喫茶店があるからすぐお分かりになるでしょう。ロビーに着いたらまた電話してちょうだい」

「お部屋を教えてください。何度も電話するのは面倒です」

「いきなり訪問されるのはきらいなんです」

呆れながら坂を下っていくと、パリの街角みたいな喫茶店のあるマンションを見つけた。播磨坂に沿って階段状に長く延びた巨大なマンションである。年輪を感じさせる壁は玉子色で、建物のあちこちが優雅な丸みを帯びている。正面にずらりとならんだベランダの鉄柵が複雑な曲線を描いているのが芸術作品のようだった。

「さすが千夜さんの住まいだけのことはあるな」

冷え冷えとしたロビーに入り、彼女は三度目の電話をかけた。

「いま、ロビーにおります」

「ようこそ。エレベーターで十階まで上がってちょうだい。一〇一五号室です。勝手に入ってかまいません。まっすぐ奥へ進んで」

それにしても手間のかかる話である。千夜さんは他人が訪ねてくるたびにこんな面倒な手順を踏んでいるのだろうか。「まるで何かの儀式みたいだ」と呆れながらエレベーターで十階まで行くと、殺風景な廊下が延びていた。つるつるした緑色の床、ざらざらした白い壁は、小学校の校舎を思い起こさせる。両側には重そうな灰色のドアがたくさんならんでいた。

白石さんは一〇一五号室のドアを開けた。

「白石です。お邪魔します……」

玄関からは塵《ちり》ひとつない板張りの廊下が延び、両側のドアはいずれも閉まっている。「まっすぐ奥へ進んで」という指示に従い、白石さんは突き当たりの部屋へ向かった。

そこは広々とした板張りの部屋で、奥は一面がガラス戸になっていた。広いベランダ、鉢植えの植物、青い空が見えていた。陽光の射しこむ部屋いっぱいに色も形もさまざまなソファや椅子が置かれていた。まるでいろいろな果実を部屋一面にばらまいたようだ。昔ながらの探偵事務所で埃《ほこり》をかぶっていそうなものもあれば、未来の宇宙ステーションにありそうなものもある。それらはてんでバラバラの方角に向けて置かれていた。窓から景色を眺めるためのものでもなく、テレビを観るためのものでもない。そもそもこの部屋にはソファと椅子を除けば、一切の家具が置かれていないのである。

「どこかでこんな景色を見たことがあるぞ」

それは『熱帯』の冒頭に近い場面である。南の島に流れついた主人公は、佐山尚一と名乗る男に連れられて、密林の奥にある不思議な建物に案内される。それは「観測所」と呼ばれており、佐山尚一を派遣したという謎の組織「学団」が建造したものなのだ。そして、その観測所のロビーには、このようにひとり掛けのソファや椅子がたくさん置かれていたはずだった。

白石さんはそれらの間をゆっくり歩いてみた。

こんなにたくさんのソファや椅子がどうして必要なんだろう。それともこんなにたくさんのお客がここへ来ることがあるのだろうか。みんな「あの手順」を踏んで訪ねてくるとしたら、千夜さんは大忙しであろう。そんなことを考えながらガラス戸へ近づいていくと、ベランダに小さな丸テーブルがひとつ置かれているのが見えた。メアリー・セレスト号にまつわる海洋奇談のように、そのテーブルにはまだ湯気の立つ珈琲の入った白いカップと、見覚えのある一冊の本が置かれている。それは『熱帯』だった。

白石さんは茫然として立ち止まった。

「ようこそ、白石さん。わざわざ訪ねてくださってありがとう」

振り返ると、千夜さんが大きな深紅のソファに座っていた。背もたれに遮られて、部屋に入ってきたときには見えなかったのである。千夜さんは柔らかそうな部屋着姿で、まだ眠そうな顔をしていた。その手には分厚いハードカバーの本があった。

「あなたを待っている間、『千一夜物語』を読んでいたのですよ」

千夜さんは言った。「どうぞ、お好きなところへ座って」

「どうしてこんなに椅子があるんですか？」

「人にはそれぞれ座るべき椅子があるからです」

千夜さんは微笑んだ。「これは『熱帯』に出てきた台詞《せりふ》ですけれどもね」

白石さんはおずおずと手近な椅子に腰かけた。どうしてそれを選んだのかよく分からない。それは小さな丸いスツールで、座面は明るい橙色《だいだい》の布張りだった。しかしなんとなく、高級そうなソファに身を沈めて寛《くつろ》ぐ気分にはなれなかったのである。

「あなたらしいものを選びましたね」

千夜さんは嬉しそうに言った。

「ところであなた、『千一夜物語』を読んだことはある？」

「いいえ。まだ読んだことはないです」

「いつか読んでみるといいでしょう」

千夜さんは膝に置いた本をめくりながら語り続ける。

「京都で暮らしていた子どもの頃、父の書斎にたびたび忍びこんだものですよ。書斎の窓は吉田山の森に面していて、まるで山小屋みたいだった。春になると書斎が淡い緑に染まるんです。その部屋の書棚に『千一夜物語』がありました。読むことは禁じられていたけれど、子どもはそういう本ほど読みたくなるものでしょう。父がいないとき、私は書斎に忍びこんで、ドキドキしながら読んだものです。すごく不思議だったり、怖ろしかったり、エロティックだったり。もう何十年も前のことですけど、いまでも書斎の湿気《しけ》ったペルシア絨毯が膝小僧にあたる感触を思いだします。私はいつでも書斎から逃げだせるように用心しながら読んでいましたからね。もう止めよう、もう止めようと思っているのに、読んでも読んでも不思議な物語が続く。ひとつの物語の中で別の物語が始まったりしてね。ときどき我に返って、自分はいまどこにいるのかしらなんて思ったものですよ」

白石さんはあっけにとられて聞いていた。

「その頃、私はシャハラザードは実在の人物だと思いこんでいました。この本に収められているすべての物語は彼女が創りだしたものだと信じこんでいたの」

どうしてこんな話になったのだろう。自分は千夜さんと『熱帯』の話をするために訪ねてきたはずである。ベランダのテーブルには『熱帯』が置かれている。にもかかわらず、千夜さんはまったくそのことに触れようとしない。

「私の名は『千一夜物語』に由来するんです。父は大学を出たばかりの頃に召集されて満州へ渡り、そこで敗戦を迎えました。その街には小さなアパートの一室で古書店を営んでいる人があって、父はその店で『千一夜物語』に出会ったといいます。敗戦後に妻と息子を亡くして、いつ日本へ帰ることができるかも分からないまま、父は夜な夜な『千一夜物語』を読んだ。それは忘れがたい経験だったことでしょうね」

白石さんはおずおずと言った。

「そろそろ本題に入ってもらってもいいですか？」

「あら、これだって本題なのですよ」

「そうなんですか？」

「この世界のあらゆることが『熱帯』に関係している」

千夜さんは謎めいた微笑を浮かべた。

○

千夜さんはベランダに出て『熱帯』を手に戻ってきた。

ガラス戸から射す陽光の中で千夜さんは頁を開く。

「汝にかかわりなきことを語るなかれ」

「しからずんば汝は好まざることを聞くならん」

それが『熱帯』の始まりであることは白石さんも記憶していた。

「僕が意識を取り戻したとき、あたりは薄闇に包まれていて、寄せては返す波の音が聞こえていた。といっても、すぐに状況が飲みこめたわけではない。僕は夢を見ているのだと思いこんで、ただ横たわったまま、響いてくる波音に耳を澄ましていたのである。

どれぐらいの時間そうしていたのか分からない。

ところがある瞬間を境にして、頰にあたる砂の感触や、濡れて冷え切った身体の痛み、吹きつけてくる潮風の匂いが、ふいにありありと感じられてきた。まるでカメラのピントが合ったように、いまこの瞬間から世界が存在し始めたかのようだった——」

そこまで読み上げたところで千夜さんは本を閉じた。

「あなたも読んでみる？」

白石さんはおずおずと手をさしだした。

しかし本を受け取ったとき、彼女は違和感を覚えた。

たしかに表紙には見覚えがある。赤や青の幾何学模様、「佐山尚一」「熱帯」というぶっきらぼうな字。お世辞にも凝った装幀とは言えない。しかしその本は三十年以上前の本だというのに、まるで製本工場から出てきたばかりのようにピカピカである。厭《いや》な予感に駆られて頁をめくると、どこまでめくっても白紙だった。

「贋物《にせもの》じゃないですか。ひどい、私をからかったんですね」

千夜さんは楽しそうに笑った。

「ごめんなさい。でもね、どうしても手に入らない本なら、自分で作ってしまおうと考えるのも当然のことでしょう。白紙の頁に自分だけの『熱帯』を書けばいい。中津川さんはもっと凝ったことを考えているかもしれませんよ。でも先ほど私が暗唱した冒頭の文章はかぎりなく本物に近いはず。学団の皆さんの間でも一致していますから」

千夜さんはその本を指さした。

「あなたに差し上げます」

「……それはどうも」

「いずれ何かの役に立つかもしれませんからね」

そして千夜さんは真面目な顔になった。「あなたをからかうためにお招きしたわけではありません。個人的なサルベージを手伝っていただきたいんです」

「どうして私なんですか？」

「先日、あなたは『砂漠の宮殿』の話をしましたね」

「ええ」

「じつは私もその場面を記憶しているのです」

しかし先日の集まりのとき、千夜さんは素知らぬ顔をしていたはずである。

「どうしてあの場で仰らなかったんですか」

「私の隠し球になるだけでなく、あなたの隠し球にもなるからよ。他の皆さんは分かっていないようだけど、その『砂漠の宮殿』はとても大切な場面です。なぜならそれは無風帯の向こう側にあるから。その意味するところはお分かりでしょう?」

「無風帯を通り抜けられるっていうことですか?」

「やってみなければ分かりませんけどね。私とあなたの記憶を結びつけて、あの場面を再現してみなければ。だからあなたをお招きしたんです」

白石さんが鞄からノートを取りだそうとすると、千夜さんはその手を押しとどめた。

「さあ、目を閉じて。心に思い描いて」

そこに広がっているのは想像の世界、『熱帯』の世界である。

白石さんはがらんとした荒野に立っている。荒れ地を取り巻くように大きな砂丘があり、空は目が痛くなるほど青い。彼女のかたわらで千夜さんが「なんだか別の天体へ降り立ったみたいな感じがする」と付けくわえた。たしかにそんな言葉を読んだような気がする。記憶の断片を拾い集めながらふたりは謎めいた荒野を脳裏に描きだしていった。千夜さんの補足によって、思い描く情景は立体的になり、驚くほどいろいろなことが浮かんできた。「これが本当のサルベージなんですね」と白石さんは呟いた。

「自分たちで創りだしているみたいでしょう」

ふたりは宮殿の姿を脳裏に描きだす。白い門と庭園の向こうにペルシア風の丸屋根と尖塔が見えている。魔法の絨毯でも飛んできそうだと白石さんは思う。

「ほら、『千一夜物語』が出てきた」

千夜さんが言う。「あらゆるものが『熱帯』に関係している」

「私だって少しぐらい知ってますよ。アラジン、アリババ、シンドバッド」

「それらはそもそも『千一夜物語』ではないそうですよ。中津川さんに訊いてごらんなさい。あの人は詳しいですからね」

「苦手なんですよね、あの人」

「苦手じゃない人なんているのかしら」

白石さんたちは白い門をくぐって宮殿の庭園に入る。かつては噴水があり、果樹が生い茂り、水路には清らかな水が流れていたのであろう。しかしいまではすべてが砂に埋もれて、忘れ去られた遺跡のような雰囲気が漂っている。こんな宮殿に住んでいる人がいるのだろうか。

でも主人公たちはここへ誰かに会いに来たはず、と千夜さんが言う。救いを求めてね。その相手が無風帯を乗り越える鍵になります。

白石さんは宮殿の入り口から中を覗いてみる。

「どなたか、いらっしゃいませんか？」

その奥は暗くて冷え冷えとしている。

白石さんは眉間《みけん》に皺を寄せて記憶を呼び起こそうとする。その宮殿の前後の場面をなんとか思いだしたい。主人公はどこから来たのか。どこへ行くのか。振り返ると砂に埋もれた庭園と白い門の向こうに荒野が広がり、彼方にそびえる砂丘の上には入道雲が湧いている。

もしかするとここは島なのではないか、と彼女は思う。

入道雲を見つめていると、それは生き物のように蠢《うごめ》き始め、やがて黒味を帯びてきた雲の谷間を稲妻が走りだした。嵐が迫っているのだ。

嵐のことを考えてはいけない、と千夜さんが言う。

いつもその嵐に阻まれて先へ進めなくなってしまう。

「この宮殿に住む人は誰なの？　思いだしてちょうだい」

しかし雲は伸び広がって青空を覆い、大粒の雨が宮殿の屋根を打ち始める。それらのイメージは勝手に膨らんで想像の世界を覆い尽くそうとする。嵐のことを考えては駄目ですよ。それは分かっていますけど。白石さんは迫りくる嵐から目をそむけて、宮殿へ入りこんでいく。大広間の奥、暗い廊下の奥、あらゆるものの深奥へ。

だしぬけに白石さんは思いだす。

「満月の魔女」

彼女はそう呟いて目を開ける。

「その宮殿に住んでいるのは満月の魔女です」

ふたりとも夢の国から一気に現実へ引き戻されたような感じがした。

白石さんが声をかけても千夜さんは茫然としていた。その目はベランダ越しの澄んだ青い空へ向けられていた。まるで何か奇妙なものが見えているようだった。

「満月の魔女」

千夜さんは微笑んだ。

「ありがとう。これでおしまいにしましょう」

「え、もうおしまいですか？」

白石さんは戸惑った。「何がなんだか分からないんですけど」

たしかに「満月の魔女」という言葉を思いだすことはできたが、それが『熱帯』という小説においてどういう存在だったのか、その宮殿が何なのか、まったく思いだせない。しかし白石さんがいくら頼んでも、千夜さんは口をつぐんで微笑むばかりだった。

「ごめんなさいね。でも教えようがないことなんです」

千夜さんは気の毒そうに言った。

「学団の方々に伝えてください。私は本日をもって退団します。でもね、あなただっていずれ真実に気づく。皆さんの読んだ『熱帯』は贋物なんです」

「贋物？」

「私の『熱帯』だけが本物なの」

数分後、白石さんはマンションを出て茫然としていた。広々とした播磨坂には穏やかな午後の光が射していた。マンションの一室に入ってから、ほとんど時間が流れていないようだった。それでいて何かが変わっていた。ひとつの物語が終わったような淋しさが彼女を包んだ。

○

池内氏とは茗荷谷駅で落ち合った。

「本当に張り込んでいてくれたんですね」

「約束は守ります」池内氏は言った。「いかがでしたか?」

「まったくもう、ナニガナンダカですよ」

手近な喫茶店に入り、白石さんが贋物の『熱帯』をテーブルに置くと、池内氏はアッと小さく叫んで息を呑んだ。そのまま身じろぎもせずに『熱帯』を見つめている。自分も同じように騙されたわけだが、あんまり池内氏が素直に驚いてくれたので、嬉しい反面、気の毒にもなった。「贋物なんですよ、これ」

白石さんはあっさりと白紙の頁を開いてみせた。

「私だって千夜さんに引っかけられたんです」

そして彼女は千夜さんとの会見の一部始終を語った。

播磨坂のマンションに辿りつくまでの電話のやりとり、椅子やソファの散らばった不思議な部屋、ベランダに置かれた贋物の『熱帯』、千夜さんの子ども時代の思い出、「砂漠の宮殿」のサルベージ、そして「満月の魔女」。つい先ほどの出来事であるにもかかわらず現実感は早くも薄れて、遠い昔の話を語っているような気分になった。彼女が語っている間、池内氏は真剣な顔をしてノートにペンを走らせていた。

「まさかこんな展開になるとは」

池内氏は当惑している様子だった。

ふいに白石さんは自分が楽しんでいることに気づいた。これまでは学団の蚊帳《かや》の外に置かれているような気がしていたが、いまやそうではない。千夜さんを訪問してこの驚くべき展開を引きだしたのは彼女自身なのである。学団の人たちもこの新展開を無視することはできないだろう。もちろんそこにはいささか意地の悪い喜びも含まれている。

池内氏が怪訝そうな顔をしてこちらを見ている。

「ごめんなさい。だってワクワクするから」

「そうですね。じつに面白い。見渡すかぎり謎だらけですよ」

池内氏は贋物の『熱帯』を手に取って考えこんだ。

「分からないのは千夜さんが最後に仰ったことだ」

——皆さんの読んだ『熱帯』は贋物なんです。

——私の『熱帯』だけが本物なの。

「比喩的な表現じゃないですか」と白石さんは言った。「どんな小説だって究極的には読み手の解釈次第でしょう。自分だけが『熱帯』という小説を本当に理解している。千夜さんはそういう意味で言ったのかもしれない」

「しかし別の可能性もあります」

「別の可能性？」

「千夜さんだけが本物の『熱帯』を読んだのであって、私たちの読んだ『熱帯』はすべて贋物だったということです。興味深い仮説だと思いませんか？」

池内氏はノートを開いて白紙の頁に一本の線を引いた。途中から五本の枝分かれを作り、それぞれの先に「千夜さん」「白石さん」「中津川さん」「新城君」「池内」と名前を書いた。彼女にも池内氏の言いたいことが分かってきた。つまり学団員たちが読んだ『熱帯』は、一冊一冊がすべて異なる展開を持つ異本であったというわけである。

「ははあ。すごく面白いアイデア」

「でしょう？」

「かなり荒唐無稽ですけどねー」

「しかしそう考えれば無風帯の謎が解ける。私たちそれぞれがべつべつの『熱帯』を読んだとすれば、記憶している断片がバラバラになるのも当然のことでしょう。それらをひとつの流れに再構成することは不可能だ。もともと別の物語なんですから」

「でも『熱帯』は写本とは違う。出版物ですよ？」

「しかし中津川さんでさえ現物を手に入れることができない。かなり特殊な出版物で、ほとんど世に出まわっていない。ということは、すべて著者の佐山尚一が仕組んだことかもしれない。一冊一冊がすべて違う、この世界に一冊だけの『熱帯』なんです」

さすがの池内氏も答えに窮した様子だった。

「そんな本が存在したら楽しいですけど、『熱帯』が出版されたのは八〇年代ですよね。いまよりもお金もかかるし手間もかかる。べつべつの原稿を用意して、一冊ずつ印刷して製本して、どうして佐山尚一はそんなことをしたの？」

「仰るとおり現実味はありませんね」

「いや、面白いんですよ。面白いんですけど……」

たしかに池内氏のアイデアは面白かった。しかし白石さんでさえ納得できなかったのだから、あの中津川氏や新城君が聞く耳を持つとは思えない。

「今週末の会合、どうしましょう」

「千夜さんの脱退について説明しなければ」

「中津川さんたち、なんて言いますかね」

「黙っておくという手もあります」

「私は隠し球なんて持たない主義ですから」

池内氏は「そうでしたね」と微笑んだ。

○

週末、純喫茶「メリー」で学団の会合が開かれた。

その日は朝から雪がちらついていたが、地下街の喫茶店には何の変化もない。

一ヶ月ぶりに中津川氏や新城君とテーブルを囲んでみると、ふいに白石さんはおかしくてたまらなくなってきた。どうしてこの人たちはこんなに思いつめた顔をしているのだろう。たしかに『熱帯』の謎は興味深いが、『熱帯』は一冊の小説にすぎない。「学団」なんて言ったところで、ようするにこれはただの読書会なのである。

池内氏が「お伝えしなければならないことがあります」と切りだした。

千夜さんの脱退は学団員たちにとって寝耳に水のことだった。あの播磨坂のマンションで起こった出来事を語っている間、中津川氏も新城君も険しい顔をしていた。

「その後、何度か千夜さんに電話をかけてみました」

池内氏が言った。「しかし連絡が取れないのです」

「どうやら千夜さんは抜け駆けをするおつもりのようですな」

「抜け駆けって？」

「決まっております。『熱帯』を手に入れるのですよ」

そんなに単純な話だろうかと白石さんは思った。あの日語り合った印象からして、千夜さんが求めているのはそんなことではない。かといって、「それなら千夜さんの意図は何なのか？」と問われても答えようがない。

　白石さんが考えこんでいると、中津川氏がこちらを見て、「まだ何か言うことがあるのではないですか？」と言った。

「あら、どういうことですか？」

「我々はこうして集まって、一年以上も『熱帯』について調べて参りました。その間、ほとんどは堂々巡りでありました。大きな手がかりは何もありませんでした。にもかかわらず、あなたがお仲間に加わったとたん、ずいぶん話が進みますな」

「私がまだ何か隠しごとをしてると仰るんですか？」

「そうではないかな？」

　白石さんは学団員たちを見まわした。

「皆さん、ちょっと落ち着きましょうよ。『熱帯』はただの小説です。こんなに面白い本を見つけたんだから、その謎を楽しめばいいんです。私は知っていることをすべて話しました。それを疑うのだったら、もう二度と私はここへ顔を出しません」

　やがて池内氏が「白石さんの仰るとおりです」と言った。

「たしかに我々は『熱帯』に取り憑《つ》かれている。おかしくなっている」

「いや、まったくそのとおりです。お恥ずかしい」

　中津川氏は咳払いした。「失礼なことを言った。謝罪します」

白石さんはホッと息を吐《つ》いて言った。

「千夜さんの仰ったことを検討してみませんか」

中津川氏がサルベージ作業の一覧表を広げた。

千夜さんの言葉を信じるなら、砂漠の宮殿は無風帯を通り抜けた先にある。池内氏は物語の後半に広がる空白に「砂漠の宮殿」と書きこんだ。矢印を書いて「満月の魔女？」と追記する。しかしその名に心あたりのある学団員はいなかった。

中津川氏は考えこみながら言う。

「それは『魔王』とは違う人物ですか？」

「違うと思いますけど」

「魔術師と魔女。何か関係があるのでしょうな」

魔王は『熱帯』に登場する魔術師である。〈創造の魔術〉によって島々を創りだし、主人公が流れついた海域を支配している。彼の存在は物語の冒頭から仄《ほの》めかされ、いずれ主人公はその魔王と対決することになる。いわば最大の敵といっていい。

「気になるのは千夜さんが最後に仰ったことです」と池内氏が言う。

――皆さんの読んだ『熱帯』は贋物なんです。

――私の『熱帯』だけが本物なの。

池内氏はおずおずと先日の仮説を述べた。自分たちの読んだ佐山尚一の『熱帯』はすべて内容の異なる本だった、という仮説である。

中津川氏は意外にも興味を惹かれたようだった。

「面白い仮説ではある。現実的ではないが私は好きですな」

「それなら無風帯の謎も解けるわけです」

「そう、無風帯。たしかにこれは不思議なことですよ」

中津川氏はテーブルに広げた一覧表を指先で辿ってみせた。冒頭から一直線に続く物語の筋は黒々とした実線で示されている。しかし中盤から、それらは幾つもの頼りない点線に分岐してしまう。いずれが正しい展開なのか決定できないからである。やがてそれらの点線を辿ることも不可能になって、その先は断片的なイメージが散らばるだけの「無風帯」となる。まるで砂漠を流れる大河が次々と枝分かれして、いつの間にか消えてしまうような印象を受ける。

「そもそも、なにゆえ最後まで読めた人間がいないのでしょうな？」

「先日は中津川さん、偶然だって仰いましたね？」

「そう考えるしかありますまい。我々はみんな『熱帯』を最後まで読もうとした。途中で投げだしたわけではない。それなのに本は消えてしまった。しかしあなた、本というものは物体ですからな。確固としてそこにあるものです。『読んでいる途中に消えてなくなる本』なんて作ることはできませんよ。魔術じゃあるまいし」

そこまで語ったとき、ふいに中津川氏は口をつぐんだ。

「どうされたんですか？」

「いや、『千一夜物語』を思いだしましてな」

そして中津川氏は次のような話を語った。

「『イウナン王の大臣《ワジール》と医師ルイアンの物語』というのがあります。昔あるところに、重い病気で苦しんでいるイウナンという王様がおりました。どんな治療法を用いても効果はなく、あらゆる医者が匙《さじ》を投げた。そこへやってきたのがルイアンという医者であります。その人物はギリシア、ローマ、アラビア、シリアのあらゆる学問に通じており、みごとに王様の病気を治してくれた。王様はひれ伏さんばかりに感謝して莫大な謝礼を支払いました。さらにその医師を宮廷で重んじるようになったのです。当然それを快く思わない者がいる。それまで王の側近だった大臣ですな」

「いかにもありそうな話ですね、それ」

「そういうわけで大臣はあることないことを王の耳に吹きこみ、ついに『ルイアンが謀反《むほん》を企てている』と信じこませることに成功しました。王はルイアンを捕らえて、首切り役人にその首を刎ねるように命じる。ところが医師ルイアンは『最後にひとつだけ願いを聞いてくれ』というのです。その願いというのが、自分の蔵書の中にある一冊の本を献上させて欲しいということ。その書物は世界のありとあらゆる秘密を明かすという。真に精髄中の精髄、珍中の珍というべき書物なのです」

白石さんは池内氏と顔を見合わせた。

「なんだか『熱帯』みたい」

「いかにも」

中津川氏は嬉しそうに言う。

「たとえばその書物を開いて、三枚めくった左の頁に書かれていることを読めば、刎ねられたルイアンの首が語りだして、いかなる質問にも答えるというのですな。王様は興味津々。いったんルイアンを自宅に下がらせて、後日その書物を献上させると、あらためてルイアンの首を刎ねようとした。ルイアンは自分の首を刎ねるまでは書物を読んではいけないと言ったが、王様はそんなこと聞きやしません。すぐに中身を読もうとする。しかしどういうわけかその書物は一枚一枚の頁がペッタリとくっついている。王様は幾度も指に唾をつけて頁をめくる。しかしいくら頁をめくっても何も書かれてないのです。どういうことだ。王様は頁をめくり続けたが、やがて激しい痙攣《けいれん》を起こして死んでしまった」

池内氏が「なるほど」と呟いた。

「その書物には毒が仕込んであったんですね」

「医師の作戦だったわけ？」

「そうなのですよ。うまいことやったものでしょう」

「もしかして中津川さん、同じように『熱帯』にもへんな毒が仕込まれていたというんですか？　私、本を読むときにべろべろ指を舐《な》めたりしないんですけど」

「私だって本は丁重に扱いますとも。あくまでこれは思いつきで」

そのとき新城君が手を挙げた。

「いまの話からひとつ思いついたんですが」

「なんですかな、探偵君」

「べつにそれは物質的な毒でなくてもいいと思うんですよ。僕の専攻は言語学だけど、言語そのものというよりは、言語が人間に与える影響に興味があって、これまでに催眠や自己暗示についてもいろいろと調べてきた。それで思いついたんだ。『熱帯』にはいわば言語的な毒物が仕込まれていたというのはどうだろう」

言語的な毒物とは何か。白石さんは首を傾《かし》げた。

「たとえば我々が一冊の書物、小説にしても宗教書にしても思想書にしても、なんでも夢中で読むとき、その書物に書かれている言葉によって、我々はある種の『暗示』をかけられている。書物はあくまで言語的な構築物で、現実そのものではないでしょう。しかしその暗示によって我々の世界観は変化してしまうわけです。もしここに極めて特殊な暗示を誘発するように組み立てられた文章があって、それを読んだ人間をコントロールできるとすれば……」

「探偵少年がすごい仮説を出してきましたぞ」

「もちろん荒唐無稽なことは承知のうえです」と新城君は鼻を膨らました。「池内さんの異本説も、中津川さんの毒物説も、ドングリの背比べですよ」

「はいはい、それは認めますとも」

「僕らは『熱帯』を読んでいる間に佐山尚一のしかけた暗示にかかった。読んでいる途中で『熱帯』を紛失したのは、暗示にしたがって自分で処分したからなんです。そして自分の行為そのものを忘れてしまった。すべてはプログラムの結果なんです」

「無風帯のことはどう説明するんです？」

池内氏の質問にも新城君はスラスラと答えた。

「もし『熱帯』の目的が暗示にあるなら、物語そのものは重要ではないんですよ。冒頭部分は我々が面白く読めるように書かれている。それは獲物を誘いこむ罠だ。『言語的な毒物』が仕込まれているのはその先なんです。そこまで誘いこんでしまえば物語の脈絡なんて必要ない。中盤以降の僕らの記憶が食い違うのも、一貫した物語が見つけられないのも、もともとそんなものがないからです。無風帯は『言語的な毒物』の隠し場所にすぎないんだ」

新城君の「言語的毒物」説も面白い仮説だった。

しかし、と白石さんは首を傾げる。

どうして佐山尚一はそんなものを作ったのか？

ふいに新城君はソファに身を沈めて独り言のように呟いた。

「考えてみればおかしいよ。白石さんの言うとおり、『熱帯』はただの小説なんだ。それなのにどうしてこんなに夢中になっているんだろう。まるで呪いみたいじゃないか」

新城君は急に不安にとらわれたように見えた。

○

都営三田線の駅から地上へ出ると、陰鬱な空から雪が降り続けていた。

白石さんは白山通りから横町へ入ると、「こんにゃく閻魔《えんま》」を右手に折れて商店街を歩いていった。やがて善光寺坂にさしかかると町の静けさが深まった。頭が真綿でくるまれたようにボンヤリして、頰も少し火照っているようだった。彼女は白い息を吐いて坂を見上げた。長い坂の中程、善光寺の門前あたりに女性が佇んでいる。

その人は傘をさし、映画女優のような黒いコートを着ていた。

「あれ、千夜さんだろうか」

そんな思いつきを白石さんは否定する。

白石さんにとって二回目となる学団の会合は、それぞれが『熱帯』に関する荒唐無稽な仮説を提示するだけで終わった。しかし何の実りもなかったわけではない。はっきりと感じられたのは、学団の誰もが『熱帯』に取り憑かれているということである。

——まるで呪いみたいじゃないか。

新城君の言葉が心に残っていた。

自分もその「呪い」にかかりかけている、と彼女は思った。「ただの小説です」と断言しておきながら、自分だって心のどこかで「そうじゃない」と思っている。

いまや彼女はふたつの物語に魅了されていた。『熱帯』という物語と、『熱帯』をめぐる物語と。そして、それら内と外のふたつの物語の間には、何らかの不思議な通路がある。そのように感じられてならないのである。

やがて白石さんは善光寺の門前で立ち止まった。

「さっきの女の人はどこへ行ったんだろう」

どこにも黒いコートの女性の姿はない。

何気なく振り返ったとき、白石さんは雪の降りしきる坂の下にその女性の姿を見た。その人は同じような姿で佇んでいる。いつの間にすれ違ったのだろう。傘に隠れて相手の顔は見えない。しかし千夜さんのように思える。

「どうもいけないぞ、これは」

白石さんは身をひるがえして家路を急いだ。

家に帰ると母親が驚いた顔をして言った。

「どうしたの、青い顔して」

「幽霊みたいなのを見た」

「どこで」

「あそこの坂で」

「ほほーん。逢魔《おうま》が時って言うからねえ」

暖かい家の中でのんびりした母親の声を聞くと、どうしてあんな不気味な気分になったのか、よく分からなくなった。しかし夕食を取ったあとも悪寒は変わらずに続いた。母に「風邪引いたんじゃない？」と言われて熱を測ってみると、はたしてそのとおりであった。それならこの熱に浮かされたような感じは、ただの風邪が原因だったのだろうか。

すっかり拍子抜けして、彼女は葛根湯《かっこんとう》を飲んで早めに眠ることにした。

自室に引き上げて布団を敷いたあと、千夜さんから貰った贋物の『熱帯』のことを思い浮かべた。学団の人たちに見せるつもりだったのだが、ついつい出しそびれてしまった。まあいいか、と思った。どうせ贋物なんだから。

「もう少し冷静にならねば」と白石さんは思った。

学団の仲間内だけで『熱帯』について語り合っているからいけない。

白石さんは学生時代の友人に電話をかけてみた。

「やほーい、久しぶり。どしたの？」

その声を聞くだけで元気が出るような気がする。

「ごめん。まだ仕事中？」

「べつにいいよー。たいてい仕事してるんだから」

その友人は神保町にある出版社で働いているはずだった。彼女なら『熱帯』の噂を聞いたことがあるかもしれない。白石さんは電話口で『熱帯』について簡単に説明した。しかし友人もそんな不思議な小説については聞いたことがない様子だった。

「そうかー、残念」

「でも面白いね。ちょっと調べてみるよ」

友人は言った。「また今度ごはん食べよう」

それから翌週にかけて白石さんは寝こんでいた。診療所で検査してもらってインフルエンザではないことが分かったが、いやにしつこく高熱が続いて、トイレへ行くのも辛いほどだった。

風邪を引くなんて久しぶりのことだ。「こんなにしんどかったっけ？」と白石さんは思った。好きなマンガを読む元気も湧かないのである。

熱に浮かされていた三日間、彼女は『熱帯』にまつわる夢をしばしば見た。

いずれも断片的なもので、現実と非現実が入り交じっていた。小説に登場する南の島だったり、あるいは純喫茶「メリー」の会合だったり、あの播磨坂のマンションの一室だったりした。高熱で朦朧《もうろう》としているし、カーテンを引いた自室で病臥《びょうが》しているので、ともすれば自分がどこにいるのか分からなくなった。夢の中にはあの砂漠の宮殿も登場した。砂に埋もれた無人の宮殿をひとりでさまよい続ける夢だったが、まるで本物の記憶のように現実感があった。

おじやを運んできた母は暢気な声で言った。

「疲れが出たんでしょうよ」

「疲れが出るほど働いてないけど」

「でも疲れてるから倒れてるわけでしょ」

母は穏やかに言った。「お父さんがイチゴ買ってきた」

「私が風邪引くと父さんはいつもイチゴを買う」

「イチゴはポジティブになる食べ物だから」

水曜日の朝になってようやく熱が引いたあとは、なんだか熱いお湯で身体の中を洗濯したようにスッキリした気分だった。ふらふらしながら一階へ下りていくと、縁側の向こうの狭い庭は雪に埋もれていた。大雪で都内の交通機関が麻痺しているとテレビのニュースが報じていた。

「お父さん、遭難してないでしょうね」と母が呟いている。

白石さんは朝食を終えて自室へ戻った。

「明日には出勤できるだろう」

黒いノートを手に店を訪ねてくる池内氏の姿をありありと思い浮かべることができた。次に会えるのは金曜日だなと思っていたら、昼をまわった頃、意外にも池内氏から電話があった。

「具合はいかがですか？」

「おかげさまで熱は下がりました。明日から出勤ですよ」

「それはよかった。安心しました」

しばし池内氏は電話の向こうで沈黙した。

地下街のざわめきが聞こえてくる。

「……池内さん、どうしたんですか？」

「金曜日の夜から京都へ参ります」と池内氏は言った。「昼にお店へ伺うことができないので、夕方にお食事をご一緒できませんか。京都へ出かける前に、『熱帯』について是非お伝えしておきたいことがあるんです」

白石さんは思わず声をひそめた。

「新展開があったんですね？」

「はい。だから京都へ行くんです」

○

金曜日の夕方、白石さんは少し早めに仕事を切り上げた。有楽町のガード下を抜けて東京交通会館ビルへ向かいながら、自分でも驚くほど胸が高鳴っていた。待ち合わせ場所は十五階「東京會舘銀座スカイラウンジ」である。

「有楽町の空で逢いましょう」と白石さんは呟いた。

まだ夕刻なので客の姿はまばらだった。湾曲する外周に沿って純白の卓布をかけたテーブルが点々とならび、ガラスの外壁の向こうには東京駅の丸屋根や、夕陽に輝く丸の内のビル街が見えている。ときどき足下から振動が伝わってくるのは、このラウンジがゆっくりと回転しているからである。なんだか豪華客船みたいだと彼女は思った。

池内氏は白石さんの姿を見て立ち上がった。

「お呼び立てして申し訳ありません」

「大丈夫。意外にもすっかり元気なんです」

そのとき彼女は池内氏の旅行鞄に気づいた。

「このまま出発されるんですね」

「ええ」

コース料理を頼んだあと、池内氏は愛用のノートを開いた。

そこには一枚の絵葉書が挟んであった。

「これをごらんください。一昨日、届いたものです」

白石さんは絵葉書を受け取って眺めてみた。それはとくに何の変哲もない観光絵葉書で、京都にある南禅寺三門の写真が印刷されている。裏返すと宛先は池内氏の勤務先になっており、通信欄に短い文章があった。それはたった一文である。


――私の『熱帯』だけが本物です。


「差出人の名前はありませんね」

「これを書いたのは千夜さんです」

どうやら千夜さんは学団を脱退してから京都へ出かけたらしい。出身地なのだから、彼女が京都へ出かけることには何の不思議もない。分からないのは、わざわざこんな絵葉書を池内氏に送りつけてきた理由である。

私だけが正しい。おまえたちはみんな間違っている。

旅先からそんな宣言を送りつけて何の意味があるだろう。学団の人間たちを嘲笑しているのだろうか。しかし彼女がわざわざそんなことをする人間とは思えない。この絵葉書にはべつの目的があるのだ、と白石さんは思った。

「千夜さんは京都へ来いと仰っているんですね」

「私もそう考えたのです」

「でも、どうして？　何のために？」

「おそらく『熱帯』の秘密は京都にあるからです」

池内氏は微笑んで言う。

「私にも隠し球がありまして」

「ずっと教えてくれませんでしたね」

「それは千夜さんとの約束でしたから。しかし彼女は学団を去ったし、あなたは隠し球を持たない主義です。口をつぐんでいるのも卑怯《ひきょう》なことだから」

「それもちょっとオオゲサですけど」

「『熱帯』を書いた佐山尚一は京都で暮らしていました。当時、彼は学生だったんです。しかし一九八二年の二月、唐突に姿を消します」

「どうしてそんなことを知っているんですか？」

「千夜さんは佐山尚一に会ったことがある」

池内氏は言った。「それが私の隠し球です」

白石さんは溜息をついてガラスの向こうに目をやった。夕陽に煌めく丸の内のビルの谷間からは皇居の森が見えていた。暮れゆく空の底が燃えるように明るく、ラウンジから見える情景はなぜか「海」を強く感じさせた。

「これは千夜さんから聞いた話です」

それはいまから三十年以上前のことである。

当時、千夜さんは大学生で、吉田山の高台にあった両親の家に暮らしていた。鉄筋コンクリート二階建ての無骨な家で、二階の自室の窓からは大文字山を見ることができたという。彼女の父親は帝国大学で学んだ化学者だったが、戦時中に召集されて満州へ渡った経験があり、その地で最初の妻と息子を喪《うしな》った。敗戦後一年して引き揚げてくると、学生時代の友人と手を組んで化学塗料を製造する会社を興した。その後、再婚して生まれた娘が千夜さんである。

「そのお父さんのことは千夜さんからも伺いましたよ」

白石さんは口を挟んだ。「子どもの頃、書斎に忍びこんだんですよね」

「『千一夜物語』でしょう？」

「そうそう」

「その父親が佐山尚一との出会いにかかわるんです」

父親の書斎には「部屋の中の部屋」というべき奇妙な一角があった。梯子《はしご》段をのぼった先にある中二階のような狭い空間で、『不思議の国のアリス』に登場するような小さな扉がついていた。父親の口ぶりからすると、その小部屋には稀覯《きこう》書や、個人的なメモや日記帳のたぐいがあるらしい。そして彼女が佐山尚一と出会うきっかけになった「写本」も、その小さな扉の向こうに保管されていたのである。

千夜さんが大学二回生の夏、ひとりの学生が父親を訪ねてきた。ひょろりと痩せた男性で、無精髭を生やしていた。

「佐山尚一と申します。西田先生の紹介で参りました」

父親の書斎へ珈琲を運んだとき、彼女はテーブルにその写本が置かれているのを見た。それは父親がエジプト旅行に出かけたときに買ってきた『千一夜物語』の写本の一部だった。訪ねてきた学生は文学部でアラビア語について学ぶ大学院生で、父親はその写本を読んでもらおうと考えたらしい。結果からいえば、その写本はとくに珍しい内容のものではなかったのだが、父親はその学生のことが気に入ったようで、以来その青年、佐山尚一は愛用のノートを脇に挟んで、ときおり父親の書斎を訪ねてくるようになった。

それをきっかけにして、千夜さんと佐山は親しくなったのである。

「でも姿を消したと仰いましたよね」

「そうなんです」

池内氏はノートをめくってメモを読んだ。

「千夜さんと佐山が出会ってから半年後、つまり一九八二年の二月ですね。吉田神社の節分祭へ出かけた夜、千夜さんは人混みの中で佐山とはぐれてしまった。それきり佐山は姿を消してしまい、二度と彼女の前に現れることはなかったんです。その冬、佐山はときおり、千夜さんに『小説を書くつもりだ』と洩らしていた。それは魔術にまつわる物語、南の島をめぐる不思議な冒険譚《たん》になるだろうと」

「南の島の冒険譚？」

「おそらくそれが『熱帯』です」

千夜さんが池内氏に語ったところによると、彼女が佐山尚一の『熱帯』と出会ったのは二年前、夫の事務所の大掃除をしているときだった。廃棄予定の資料にまぎれこんでいるのをたまたま見つけたのである。不思議なことに夫は「そんな本を買った覚えはない」と言うし、事務所の他の人間たちも心当たりがないようだった。佐山の失踪から三十年以上の歳月が流れていたが、千夜さんはその著者名とタイトルを見ただけで、「彼の作品だ」と直感した。読み進めるうちにその確信は深まったという。

「しかし千夜さんも最後まで読むことはできなかったんです」

池内氏が語っている間にも、ラウンジはゆっくりと回転を続け、東京の空は夕暮れから夜へと染め変えられていった。眼下に有楽町駅前の雑踏がめぐってきた。

目の前に聳《そび》えるビルは一面のガラス張りで、各階の同じ位置に自動販売機コーナーが見えた。まるで蟻の巣の断面を見ているような面白い眺めだ。ある階ではカーディガンを羽織った歯科衛生士らしき女性がベンチに腰かけている。また別の階では背広姿の中年男性が熱心に携帯電話に語りかけている。さらに別の階では大学生らしき若者がガラスを睨んで髪を整えている。そこにはいくつもの物語の断片が無造作にならんでいるように感じられる。あちらのビルから見れば、私たちも物語の中にいるように見えるだろうか。

「佐山尚一という人もノートを愛用していたそうなんです」

池内氏はノートを閉じて手をのせた。

「千夜さんと散歩に出かけるときも、下宿で話をしているときも、つねにノートを手にしていたらしい。その点、たいへん共感を覚えますね」

「そのノートに彼は『熱帯』を書いていたのかな」

「いまとなっては分かりませんね」と池内氏は言う。「千夜さんが教えてくれたのは僅かなことです。佐山尚一の失踪についても言葉を濁しているようでした。ふたりの間に何があったのか私は知りません。たとえば彼らは恋仲であったのかもしれない。しかしこれは私の憶測ですが、どうもただそれだけのこととは思えないのです」

白石さんは頬杖をついて考えこんだ。

どうして佐山尚一は姿を消したのだろう。『熱帯』という本が存在するのだから、彼はべつに死んだわけではない。しかし生きているなら、どうして千夜さんたちに連絡を取ろうとしなかったのか。しかも佐山は『熱帯』という一作を残したきり、この三十年以上もの間、ひとつの作品も書いていない。いや、そもそも『熱帯』の存在でさえアヤフヤなのだ。自分たちは一冊の現物も持っていないのだから。

作者は消え、書物も消え、ただ底知れぬ穴が残っているばかり。

――京都へ行けばその謎が解けるのだろうか。

彼女は思わず呟いた。

「いいなあ、京都」

「ご一緒にいかがですか？」

「いや、行きたいですけど、さすがに無理ですよ」

池内氏は微笑んだ。

「すべて白石さんのおかげです」

「え、そうですか？」

「あなたがきっかけを与えてくれたんですから」

あたりはすっかり暗くなって、群青色の天井には星々のような電飾が煌めき始めた。ドレスを着た女性がピアノを演奏している。いよいよ豪華客船みたいになってきたと白石さんは思った。自分たちは巨大な客船に乗って夜の海をゆく。

「帰ったら冒険の顚末を聞かせてください」

「もちろんです。吉報をお待ちください」

池内氏は真剣な顔で頷いた。

ピアノ演奏を聞いているうちに銀座の街がめぐってくる。

その夜景に目をやった白石さんは、ふと向かい側のビルに心惹かれた。レストラン街の明かりが思い出の情景のように懐かしく感じられた。ずいぶん長い間、彼女はその明かりを陶然として見つめていた。それはまるで暗い海に浮かぶ夜祭りのようだった。

○

白石さんは模型店のカウンターに頰杖をついていた。

池内氏は『熱帯』の謎に挑むために京都へ旅立った。のんべんだらりと待っているのも情けないことだ。何か自分なりの仮説を組み立てることはできないだろうか。

白石さんはノートをめくって、これまでに分かったことを振り返ってみた。

砂漠の宮殿は無風帯の向こう側にあると千夜さんは言っていた。どうして彼女はそんなことが断言できたのだろう。おそらく千夜さんだけの秘密、他の学団員には語ってこなかった記憶があるにちがいない。それはほとんど組み上がったパズルとして千夜さんの胸に秘められていたが、最後のピースが足りなかった。そこへ現れたのが自分だったのだ。そして「満月の魔女」という言葉が千夜さんのパズルを完成へ導いたとすれば――。

そもそも満月の魔女とは何者なのであろう。

ノートを睨んでいると叔父が声をかけてきた。

「何か問題でも？」

顔を上げると、叔父は人差し指で眉間をトントン叩いている。

「そんな顔をしているとお客さんが怯える。リラックス、リラックスよ」

白石さんは表情をゆるめ、ぎこちない笑顔を作った。

「ねえ、叔父さん。満月の魔女って聞いたことない？」

「なんだそれは」

「分からないから訊いてるんでしょ」

「満月といえばかぐや姫じゃないの？」

「かぐや姫は魔女じゃないでしょう」

「魔女みたいなもんだよ。タチの悪い女だよ」

白石さんは『竹取物語』をきちんと読んだことはないが、おおよその物語は知っている。かって紫式部がそれを「物語のいできはじめのおや」と書いたことも知っている。考えてみれば『竹取物語』というのも奇妙な物語である。かぐや姫とは何者なのか、どうして地上へやってきたのか、どうして去っていくのか。何ひとつ分からない。まるで謎だらけである。

「叔父さんはかぐや姫がきらいなの？」

「大好きだ」

「でもタチの悪い女なんでしょ」

「お近づきにはなりたくないような人が僕は好きなんだよ」

この人もステキに屈折してるな、と白石さんは思った。

日曜日の正午すぎ、彼女が純喫茶「メリー」で昼食を取っていると、ふいに電話がかかってきた。池内氏からだった。何か発見があったのだろうか。

「どうしたんですか、池内さん」

「お忙しいところすいません」

「べつに忙しくないですよ。ちょうどお昼休み中で」

おそらく池内氏にはこの喫茶店の音が聞こえているだろう。人々の話し声、食器の音、クラシック音楽。彼女は耳を澄ましてみたが、電話の向こうは静かで、かすかにラジオのような音が聞こえてくる。池内氏はタクシーに乗っているのかもしれない。

「いまどちらにおられますか？」

池内氏の声には妙な緊張感があった。

「喫茶メリーですよ。トーストセットを食べてるところ」

白石さんは言った。「どうして？」

「いや、京都でよく似た人を見かけたものですから」

「私としては有楽町にいるつもりですけどね」と彼女は笑った。「もしかすると私の生き霊を見たのかもしれませんよ。私も京都へ行きたかったから、その怨念が」

「ということは、私の勘違いですね」

「そう思いますけど」

「いや、まったく申し訳ありません」

そう言って池内氏は口をつぐんだ。

やはり何か様子がおかしい、と彼女は思った。

「……池内さん、何かあったんじゃないですか？」

「ご心配には及びません」と彼は言った。「あまりにもいろいろなことがあって、まだ整理がつかないんです。東京へ戻ったらご相談したいことが山ほどありますよ」

「楽しみにしてますからね」

「吉報をお待ちください」

なんだか池内氏らしくもない、ちぐはぐな電話だった。

白石さんは頬杖をついて考えこんだ。

——私の『熱帯』だけが本物なの。

確信に充ちた声が耳元で聞こえるような気がした。

千夜さんがボートに乗って颯爽と海を走っていく姿を思い浮かべた。きらきらと輝く瞳は水平線の彼方へ向けられている。それはなんとも美しいイメージだった。

池内氏は京都で千夜さんに追いつけるのだろうか。

○

翌日月曜日の午後、白石さんは神保町へ出かけた。

靖国通りには穏やかな光が射して、道行く人たちも暢気そうに見えた。

通り沿いに軒を連ねる古書店の前には本の詰まったワゴンが幾つもならんでいた。入り口の両脇に古書が積み上がって、いまにも崩落しそうな店もある。もはや店舗というよりも、古書で造られた洞窟である。ふと足を止めて店先のショーウィンドウを覗いてみると、国木田独歩全集や尾崎紅葉全集が、壮麗な塔のように聳え立っている。

小学生の頃、白石さんはよくこんなことを考えていた。頁を開いて読んでいる間、ひとつの世界がそこにあるように感じる。しかし読み終えて本を閉じると、もう世界はどこにもない。そこには文字を印刷した紙の束があるばかりだ。もちろんそれはアタリマエのことなのだが、そのアタリマエのことが神秘的に感じられることがたびたびあった。

この神保町にはどれだけの数の「世界」が封じこめられているのだろう。

たとえばこの神保町の書店に入って、一冊の本を手に取り、頁を開いたとたん、特別な時間が流れだす。それまでは何もなかった空間を言葉が充たして、土地が生まれ、草木が生い茂り、人間が生き始め、そこに世界が現れる。べつの本を手に取れば、またべつの世界が現れるだろう。そのようにして世界は奥行きの知れない密林のように増殖していく。

「なんだか気が遠くなるわい」

白石さんは小さくあくびをした。

どういうわけか昔から、「宇宙」や「大仏」や「万里の長城」といった壮大なものについて考えをめぐらせているとあくびが出る。

白石さんはぽくぽくとあくびをしながら歩いた。

約束の時間に「ランチョン」を訪ねると、友人は先にテーブルについてゲラ刷りらしき紙の束を読みふけっていた。いかにも編集者然とした姿だった。彼女は学生時代から神保町の小さな出版社の手伝いをしていて、卒業後そのまま就職したのである。

「やふーい」

「やふーい」

彼らは挨拶を交わした。

風邪で寝込む前に電話で話したのがきっかけとなり、友人は『熱帯』に興味を持ったらしい。詳しく話を聞きたいというので、こうして会うことになったのである。

白石さんは昼食を食べながら、年末からいままでに起こった出来事を語ってきかせた。

池内氏との出会い、サルベージ作業、播磨坂のマンション訪問、千夜さんの脱退、学団で論じられたさまざまな仮説、京都から届いた絵葉書、池内氏の旅立ち。意外にいろいろなことがあったなあ、とあらためて思った。

「面白い、面白いなー」友人は言った。「推理小説みたいだね」

「そういうわけでいまは池内さんの調査結果待ちなの」

「きっと京都で何か見つかるよ」

「だといいんだけどねえ」

週が明けても池内氏からの連絡はなかった。あれだけ約束したのだから、東京へ戻ってきたらすぐに連絡をくれるはずである。おそらくまだ京都にいるのだろう。

友人は「それにしても不思議だね」と呟いた。

「学団の人たちはこれまで一年以上も『熱帯』について調べてたわけでしょう。その間、大きな出来事は起こらなかった。それなのに年末にあなたが学団に加わってからドンドン話が進んでるよね。意外にあなたがキーパーソンかもしれないよ」

そういえば中津川氏も同じようなことを言っていた。

白石さんは「いやいや」と手を振った。

「それで、何か『熱帯』について分かったことある？」

「うーん。ごめんんね。たいして役には立たないかも」

友人は知り合いの編集者たちに訊ねてみたが、誰ひとり佐山尚一という小説家も、『熱帯』

という作品も知らなかったという。しかしある古書店主に訊ねてみたところ、「その本なら聞いたことがある」という答えが返ってきた。一年ほど前に問い合わせがあったのだという。どうしてそんなことを覚えているかというと、中津川という蒐集家がしつこく訊ねまわって、ちょっとだけ古書店街で話題になったからであるという。

「でも見つからなかったんだってさ」

「その蒐集家って、たぶん私の知ってる中津川さんだよ」

白石さんは拍子抜けして言った。「あの人ならそれぐらいしそう」

「中津川さんもその学団の人なの？」

「そうそう」

「あー、そういうわけか」

友人によれば中津川氏はほとんど人付き合いをしないという。

神保町のどこかに事務所をかまえているらしいが、どういう来歴の持ち主なのか誰も知らない。「妻の事故死で保険金が入った」「司馬遼太郎の親戚である」「海苔問屋の跡取り息子だった」などと囁かれていたが、いずれも根拠のない噂話のようである。

ともあれ友人の耳に入ったのはその中津川氏の噂ばかりで、肝心の『熱帯』の中身については何も分からないままだった。世界一の古書店街で話題になったにもかかわらず、誰にも正体が摑めなかったというのは異様なことではある。

「それでしらたまは『熱帯』の正体について、どう考えてるの？」

白石さんは珠子《たまこ》という名前なので、友人は気が向くと唐突に「しらたま」と呼ぶ。

白石さんは肩をすくめた。

「さあねえ」

「謎解きは池内さんに丸投げ？」

「ひとつだけ思いついたことはあるんだけど」

それは『千一夜物語』とのかかわりである。

あの播磨坂のマンションを訪ねた日、千夜さんはソファに腰かけて『千一夜物語』を読んでいた。千夜さんと佐山尚一が出会うきっかけとなったのは、父親の書斎に保管されていたという『千一夜』の写本であった。中津川氏は『千一夜物語』の蒐集家だというし、白石さんが『熱帯』と出会った不思議な書店の名は「暴夜《アラビヤ》書房」であった。

「『熱帯』と『千一夜物語』は何か関係があるのかなと思って」

先日、彼女は『千一夜物語』を少し読んでみた。

手に取ったのは岩波文庫版で、フランスのマルドリュスがアラビア語からフランス語へ翻訳したものを日本語へ重訳したものらしい。王様たちは女性の首をぽんぽん刎ねるし、じつにひどい話であったが、シャハラザードは賢く勇敢で魅力的だった。とりあえず「シャハリヤール王と弟シャハザマーン王との物語」を読み終え、その次の「商人と鬼神《イフリート》との物語」の半分まで目を通した。しかし『熱帯』との関連性は見つかっていない。

「見落としていることがあるのかなあ」

「逆かもしれないでしょ。『熱帯』に『千一夜』が出てくるんだよ」

「ああ、そういうパターンもあるな」

「記憶にはないの？」

　白石さんは「うーん」と首を傾げた。

「それっぽい宮殿は出てきたけど」

「まあ現物がないんだから確かめようがないよね」

　友人はしばらく黙りこんでから、「私も思いついたことがあるよ」と言った。白石さんが「どんなこと？」と言うと、友人は真面目な顔をして問いかけてきた。

「あなたは『熱帯』を読んだんだよね？」

「読んだよ」

「……それ、本当に『熱帯』だったの？」

　改まって問われると白石さんは不安になってしまう。読んだのはずいぶん以前のことだし、現物が手元にあるわけでもない。しかし自分と同じように『熱帯』を読んだ人々がいるのだ。たとえ現物は失われたとしても学団員たちの「思い出」は残っている。

「池内さんに会わなかったら『熱帯』のことなんて忘れていたんじゃない？」

「それはそうかもしれないけどね」

「学団の人たちと出会ったから『熱帯』を読んだと自信をもって言えるわけでしょう。現物は手元にないんだから、他の人の記憶を頼りにするしかない。でもそれは他の学団員の人たちだって同じわけでしょう。あなたたちはおたがいに暗示をかけあっているのかもしれない」

「え、ちょっと待って。なんだか怖いこと言おうとしてる？」

「つまりね、本当は『熱帯』なんていう本は存在しないんだよ。それは学団の人たちの願望の中にだけある。あなたたちが読んだと思いこんでいるのは本来べつべつの本なの。それらを重ね合わせて一冊の『熱帯』という本を捏造《ねつぞう》しようとすれば、食い違いが出てくるのは当然でしょう？　その矛盾を『無風帯』と呼んで誤魔化しているわけ」

白石さんは「まさかそんな」と絶句した。

友人はニッと微笑んだ。

「……という仮説を立ててみたんだけど、どうだろう？」

○

駿河台下交差点で友人と別れ、白石さんはぶらぶらと歩いた。

昼下がりの裏通りはひっそりとして人影も少なく、空気は春のように暖かい。美術書やレコードの専門店があり、ガラス戸の内側に段ボールを積み上げた謎めいた事務所がある。赤字で「貸し室」と書いた札をぶらさげた古い民家もある。

小さな中華料理店の角を折れ、明治大学の方角へ歩いていくと、ぽっかりと出現した空き地にさしかかった。建て替えのためにビルが解体されたのだろう。フェンスがまわりを取りかこんでいた。隣のビルの壁面が剝き出しになって、青空の映りこんだ窓を白い雲が滑っていく。なんだか世界の裏側を覗いているような気分になる。

白石さんは立ち止まり、友人の指摘を思い返した。

——本当は『熱帯』なんていう本は存在しないんだよ。

自分たちは『熱帯』を読んだのではなくて『熱帯』を創りだしている。その仮説は新城君の「言語的毒物」説と同じぐらい荒唐無稽なものだったが、たんなるデタラメとして切り捨てられない魅力があった。それもまた、ある意味では真実かもしれないと感じるのだ。失われた五冊の『熱帯』、サルベージを阻む「無風帯」、「砂漠の宮殿」に住む「満月の魔女」、千夜さんの残した言葉、佐山尚一の行方、『千一夜物語』とのつながり、そして錯綜するいくつもの仮説……。自分たちは『熱帯』の謎を解こうとしているにもかかわらず、その謎は綿菓子のように膨れ上がっていくばかりである。

池内氏の帰りを待つだけというのはもどかしい。

「やっぱり私も京都へ行きたかったな」

白石さんは少し考えこんでから、池内氏に電話をかけてみた。

息をひそめて呼び出し音に耳を澄ました。

この電話の向こうは京都に通じている。

白石さんは胸を高鳴らせて待ち続けたが、次第に不安になってきた。いくら待っても池内氏は答えないのである。

「池内さん、池内さん。どうしたの?」

白石さんはぷつぷつ呟いた。

そのとき背後から声をかけられた。

「白石さん」

彼女は慌てて電話を切って振り返った。

空き地のフェンスによりかかるようにして新城君が立っていた。げっそりと窶《やつ》れて、らんらんと目ばかりが光っている。明らかに異様な雰囲気である。

「新城君? なんだか具合悪そうだけど」

「さっき表通りで見かけてね。追いかけてきたんだ」

新城君は思いつめたような声で言った。

「……幻を見るんだよ」

「え?」

「それはすごくリアルな幻なんだよ」と新城君は淡々と続けた。「眠れなくて夜の街を散歩していると、まるで僕を追いかけるようにしてその幻が現れるんだ。ファミレスの裏にある駐車場とか、児童公園の砂場とか、誰もいない商店街とかね。それは地上に浮かぶ、もうひとつの月だ。どうしてそんなものを見るんだろう。ずっと考えているうちに分かったんだよ。以前に僕は『言語的毒物』の話をしたよね? それが幻を創りだしているんだと思う」

「ちょっと待って、新城君」

白石さんは言った。「ぜんぜんついていけないんだけど」

太陽が雲に隠れ、裏町は水没するように翳《かげ》っていく。新城君はフェンスから身を起こし、少しずつ白石さんに歩み寄りながら、真犯人を指摘するように言った。

「あなたが『満月の魔女』なんだろ？」

白石さんは愕然とした。

「千夜さんはそのことを見破った。だから呪いを解くことができたんだ。あなたもまた『熱帯』が創りだした幻なんだ。あなたは実在しないんだろう？」

あたりの空間がぐにゃりと歪《ゆが》んだような気がした。

「何言ってんの。そんなわけないでしょう」

「さあ、呪いを解いてくれ。もう謎はたくさんなんだ」

にじり寄ってくる新城君の目はまともではない。

いくら何でも無茶苦茶な話であった。自分が実在していることぐらい自分で分かる。いったい新城君はどんな妄想的仮説にとらわれているのであろう。しかしいくら現実を見ろと言い聞かせたところで通じそうにない。乙女危うきに近寄らず。

白石さんは身を翻《ひるがえ》して逃げだした。

走りやすい靴を履いていたのは幸いだった。

○

さて、白石さんはふたつの過ちをおかした。

ひとつは新城君の「体力のなさ」を甘く見ていたことである。探偵小説の読み過ぎで体力が衰えていたところに加えて、連日の睡眠不足がたたり、颯爽と駆け去る白石さんを追いかけることなんて新城君には無理な注文であった。よろよろと数メートル進んだだけで彼は力尽き、古いゲームセンターの脇に腰を下ろして喘《あえ》いでいた。

もうひとつの過ちは、自分が方向音痴であることを忘れていたことである。新城君を振り切ろうとして神保町の裏通りをジグザグに走るうちに、白石さんは自分がどこに向かっているのか分からなくなった。「さすがにここまでは追いかけてこないだろう」と息をつこうとした瞬間、新城君のショボくれた背中が目に入った。あたかも砂漠で遭難した隊商のように、彼女は神保町の片隅を小さく回り、不動の新城君のもとへ戻っていたのである。

「うひゃ！　駄目だ、見つかる」

彼女はとっさにゲームセンターへ飛びこんだ。

目の前に狭い通路が延びていた。左手には旧式のゲーム機がならび、煙草の吸い殻が積もった灰皿と缶珈琲の空き缶が置かれている。通路の奥に短い階段があって、それをのぼった先の薄暗い空間ではゲーム機の光がチカチカと瞬《また》いていた。

「気づかれたかもしれない。隠れないと」

階段を上がっていくと不思議な空間が広がっていた。瓦のついた白壁があったりするので、どうやら古い料亭か居酒屋の建物を強引にゲームセンターへ転用したものらしい。小さな階段でつながれたフロアが立体迷路のように入り組んでいる。中二階のようになったフロアには、ぎっしりとならんだ麻雀ゲームの筐体《きょうたい》が暗がりの底で不気味に輝き、低い天井すれすれを煙草の煙が靄《もや》のように漂う。背広姿の男性がくわえ煙草でゲーム機に向かっていた。

中二階の隅から手すりごしにゲームセンターの入り口を見張っていると、案の定、新城君が入ってきた。ゲーム機の明かりに照らされた顔が蒼白く浮かび上がる。

「うひー、殺人鬼みたいだ」

彼女は身を縮めて息をひそめた。

そのとき誰かに腕をつつかれて、思わず飛び上がりそうになった。

「中津川さん！」

「まあまあ、落ち着きなさい」

ベレー帽をかぶった老人は真剣な顔でしゃがみこんでいる。本の入った袋を抱いている。そういえば中津川氏の事務所は神保町にあるはずであった。

「追われてるんですな？」

「どうして分かるの」

「あなたが慌てて入ってきたあと、新城君の姿が見えたからですよ。彼はこのところ様子がおかしい。しつこく言いがかりをつけられて私も迷惑している」

「どうしちゃったんでしょうね、ほんと」

「見つかると厄介ですぞ。ついてきなさい」

中津川氏は腰をかがめたまま、ゲーム機の蔭を伝うようにして歩き、中二階まで上がってきた新城君の視線をたくみに逃れた。新城君は中二階をひととおり見てまわってから階段を引き返していき、旧式のゲーム機の前に置かれた丸椅子に腰かけた。そこで白石さんが姿を見せるまで粘るつもりらしい。

「あんなところに居座られたら出て行けないじゃないの」

しかし中津川氏は落ち着いたものである。

「お嬢さん、神保町は私の庭なんですぞ。こちらへ」

中津川氏はゲームセンターの奥へ進んでいく。「関係者以外立ち入り禁止」と書かれた通用口があった。小さな扉をくぐると、建物の裏側へ抜けることができた。目前にコンクリート壁が迫って冷え冷えとしていた。

ホッとしたのも束の間、中津川氏が小さく叫ぶ。

「あ、いかん。新城君に見られた。まずい」

「え、え、え」

「階段を上がって、早く!」

中津川氏に押し上げられるようにして階段を上がると、そこにはまたドアがあった。「ここから入って建物を抜けましょう」と中津川氏が言う。しかしドアの奥は薄暗くて何がどうなっているのか分からない。濃密な匂いがした。絵具、埃や黴《かび》、古書、珈琲、パイプ煙草の匂い。

「待って、中津川さん。何も見えないんですけど……」

「急いで急いで。新城君が来るぞ、ここが見つかると厄介だ」

「ムチャ言わないでください」

手探りで一歩二歩と進んだとき、棚から何か大きなものが転げ落ちる音がした。

「おおっと、注意してくださいよ。狭いですからな」

彼女の背中をぐいぐい押しながら、中津川氏が陽気に言った。

「抜けられるんですよね？」

「抜けられない」

「……抜けられない？」

彼女は息を呑んで立ち止まる。

「ここは物語の袋小路なのですよ、お嬢さん」

そのとたん、背後でドアの鍵を掛ける冷たい音がした。

「私はここにナイフを持っている。無駄な抵抗はしなさんな。明かりをつけるから、奥に行ってソファにお座りなさい。上等の珈琲をご馳走しますよ」

○

白石さんは暗がりの中でソファを探りあてて腰を下ろした。

次第に目が慣れてくると目前に大きな机が置かれているのが見えた。室内は真っ暗闇というわけではないようだ。正面の壁の上に微かな光が見えて、巨大な本棚が窓をふさいでいるのだと分かる。中津川氏が机に置かれた電気スタンドをつけた。

「じつはナイフなんて持っていない。しかしいまさらそう言っても確信が持てないでしょう。逃げだそうとしたら私が殺人鬼に変貌するかもしれませんからな」

そこは廊下のように細長い奇妙な部屋だった。両側の壁に書棚がならんでいて、雑多な本や書類が詰まっていた。床には段ボール箱に放りこまれた古い画材や旧式のパソコンが置かれ、それらの隙間にも書棚から溢れだした本が積み上げられている。どうやらここは中津川氏の事務所らしい。書棚にならんだ本はすべて彼が蒐集したものなのであろう。

中津川氏は珈琲を沸かしながら語った。

「美術教師を引退して絵画教室を始めるときに自宅を建て替えましてな。そのとき妻がお不動さんのように怒り始めた。これまで溜めてた怒りが爆発したんだろう。私の蒐集品をすべて処分すると言いだしたので、急いでこの部屋を借りて蒐集品を移したわけです。あれはまさに夜逃げ同然といった体たらくでした。しかしいまはあれで良かったと思います。この部屋の場所は妻も息子たちも知りません。電話もないしな。馴染みの古書店には歩いて通える。秘密の部屋を持つのはステキなことですよ」

「そうでしょうね」

白石さんはぶっきらぼうに言った。

「お嬢さんとは一度ゆっくり話してみたいと思っておりました。といっても、この年寄りがうら若き乙女に懸想したとか、そんな下らない話ではありません。たしかにあなたは魅力的な人だが、私は『熱帯』の話がしたいのですな」

「話せば無事に帰してくれるの？」

「それは今後の展開によります」

珈琲が沸くと中津川氏はカップに注いで机に置いた。

「新城君にも困ったものですな。あの青年は『熱帯』の謎を解いたと思いこんでいる。それもまた『熱帯』の生みだす魔境にすぎないということが分からんのです。不屈の探偵精神が裏目に出たわけだ。あの調子ではますます迷宮へ迷いこむばかりでしょうな」

白石さんは珈琲に口をつけるふりをしながら考えた。

新城君にしても、中津川氏にしても、いったいどうしてしまったのか。新城君は私が満月の魔女であると思いこんでいた。おそらく中津川氏も何らかの妄想に取り憑かれているのだろう。なんとかこの部屋から抜けださなければ——。そこまで考えたとき、彼女は贋物の『熱帯』を鞄に入れていることを思いだしたのである。

彼女は中津川氏を見つめて言った。

「取引きしませんか」

「それはどんな取引きですかな？」

「じつは私、『熱帯』を手に入れたんです」

彼女は鞄から贋物の『熱帯』を引きだしてみせた。中津川氏の顔から笑みが消えた。彼はギロギロした目で目前の本を見つめている。

「どこで手に入れたのかな？」

「そんなことはどうでもいいじゃありませんか。とにかくここに『熱帯』があります。私を無事に帰してくれたら、これはあなたに差し上げます」

「なるほど。そういう取引きですか」

中津川氏はニヤリと笑った。

「しかし私は贋物に興味はないのですよ、お嬢さん」

「これは贋物ではありません」

「いや、贋物だ。なぜなら本物はすでに手に入れましたからな」

中津川氏は悠々と珈琲を飲んでいる。この老人はハッタリを言っているのだろうか。それとも本当に『熱帯』を手に入れたのだろうか。

「核心は『無風帯』にあるのですよ、お嬢さん」

中津川氏は机にサルベージの表を広げた。

スタンドの明かりが、断片的なメモの書きこまれた「無風帯」を照らしだす。

「我々はこの空白地帯で物語の道筋を見失う。それはなにゆえかということだ。学団はあり得べき唯一の物語を見つけだそうと辻褄《つじつま》合わせに腐心してきました。しかしそのような唯一の物語が存在するという仮定が誤りだったのですよ。そんな了見では、この恐るべき書物の正体には迫れぬのです。千夜さんの残した言葉を思いだすといい」

「私の『熱帯』だけが本物なの」

白石さんが呟くと、中津川氏は頷いた。

「分かってきましたかな？」

「ぜんぜん分かりません」

「つまり我々、ひとりひとりに対して、『熱帯』は異なる相貌を見せるということです。すべてが本物でありながら、同時にすべてが異本なのですよ」

「そんなことは不可能だわ」

「だからこそ『熱帯』は魔術的書物といえるのです」

中津川氏は振り向いて壁の上から垂れていた紐を引いた。真っ黒に汚れた換気扇が巨人の咳きこむような音を立ててまわりだした。彼が机上に置いてあったパイプ煙草に火をつけると、火皿からたちのぼる濃い煙が生き物のようにうねりながら換気扇に吸いこまれていく。白石さんはハンカチを取りだして汗をぬぐった。どうしてこんなに蒸し暑いんだろう。

「我々はそれぞれに『熱帯』と出会う」

中津川氏は言った。「そして頁を繰って物語を辿っていく。やがてその物語は違う道筋を辿り始める。あたかも砂漠を流れる川が枝分かれしていくようにです。さて、それらの川はどこへ通じているのですかな。魔術的精神で考えればおのずと答えは出る。どうして我々は『熱帯』の結末を知らないのか。どうして『熱帯』は消えたのですかな？」

中津川氏は何を言おうとしているのだろう。

白石さんは眉をひそめて考えこんだ。ふいに天啓のようにひとつの突飛な仮説がひらめいた。しかしそれはあまりにも荒唐無稽な仮説であった。

「そんなことありえない」と彼女は呟いた。

「しかしそれが真実なのですよ、お嬢さん」

中津川氏は興奮して喋りながら、ネクタイをゆるめた。赤らんだ頬を汗の粒が筋を作って流れるのが見えた。ぼたぼたとデスクに汗が落ちた。

「なぜ我々が『熱帯』を最後まで読めなかったかといえば、現実との境界としての結末というものが『熱帯』には存在しないからですよ。それはつまりどういうことか。我々はまだ読み終えていないということなのだ。あの日、あなたが頁をめくって辿り始めた物語はそのままこの部屋へと通じている。お分かりか。我々はいまも読み続けているのです。この『熱帯』という世界の頁を繰っているところなのです」

あまりの暑さに白石さんは朦朧としてきた。

「暖房が効きすぎですよ、中津川さん」

「暖房なんぞ糞食らえですな」

中津川氏は身を乗りだした。

「先ほど私は『本物はすでに手に入れた』と申し上げた。『熱帯』という本は世界に類を見ない奇書中の奇書である。真の意味での魔術的書物である。なにしろそれは、我々がこうして生きている世界そのものであるからだ。我々は『熱帯』を失ってなどいない。それどころか、我々はつねに『熱帯』とともにあったのです――」

中津川氏の口角泡を飛ばす熱弁は、彼女の耳元で霧のように散った。

ふいに白石さんは雨に濡れた植物のみずみずしい匂いを嗅いだ。無人島でひとり暮らすロビンソン・クルーソーのことが頭に浮かんでくる。あの静かな鉄道模型店で『ロビンソン・クルーソー』を読みふけっていたとき、同じ匂いが頁から立ち上がるのを感じたものだ。

彼女は目をこすって薄暗い部屋の中を見まわした。

何もかもが熱気にくるまれてボンヤリしているようだった。中津川氏は水を浴びたように汗をかいて、無我夢中で喋っていた。彼の背後にある書棚で何かが動いたように見えた。積み上げられた百科事典の隙間から緑色の葉がゆっくりと溢れだしてくる。顔を上げるといつの間にか天井からは蔓草《つるくさ》らしきものが何本も垂れ下がってきていた。あちこちで葉のすれる音がした。

熱帯の植物がこの部屋を飲みこんでいく。

「もし私たちが『熱帯』の中にいるのだとしたら」

白石さんは呟いた。「このあと何が起こるの？」

「それは私にも分かりませんな。人生とはそういうものですよ」

「でも『熱帯』は物語でしょう」

「違いますよ、お嬢さん」

中津川氏は優しい声で言った。

「まだ終わっていない物語を人生と呼んでいるだけなのだ」

それが彼女の憶えている中津川氏最後の言葉である。

気がつくと白石さんは神保町の裏通りをふらふらと歩いていた。どうやってあの部屋から抜けだしてきたのか分からない。汗に濡れた身体が寒さで震えていた。

雑居ビルに挟まれた路地が迷宮のように続いていた。夕暮れの曖昧な光が街を覆っていた。

彼女の両側に続く建物の窓という窓で何かが動いていた。足を止めて見上げると、汚れた硝子窓の向こうに生い茂る植物が見えた。それらは窓を割っていまにも外へ出てきそうだった。

彼女は足を引きずるようにして駆けだした。

○

翌日火曜日の昼休み、白石さんは池内氏の勤務先を訪ねた。

その家具店のショールームは彼女の勤務先のビルの五階にあるが、白石さんが一日の大半を過ごす地下街とはまるで雰囲気がちがっていた。広々とした空間に美しい椅子やソファがまばらに置かれていて、それらは家具というよりも美術作品のように感じられる。

店員に池内氏について訊ねると、相手は驚いた顔をした。

「お待ちください」

やがて店長らしい女性が姿を見せて、池内氏は不在であると言った。こちらの意図を探っているようだったので、白石さんは簡潔に池内氏との関係を説明した。

「連絡が取れなくて困っているんです」

店長は頷くと、彼女を奥の事務室へ案内してくれた。

「彼が京都へ出かけたことはご存じですか？」

「ええ。そう伺っています」

「本日には出勤する予定でした。それなのに姿を見せないのです。ホテルに問い合わせましたが一昨日にはチェックアウトしたとのことでした。無断欠勤どころか遅刻さえしたことのない人ですから、旅先で何かトラブルがあったのではないかと私たちも心配で……。ご家族にも連絡して、今後の対応を検討しているところです」

「……そうだったんですか」

「何か心あたりはありませんか？」

「いいえ。何もありません」

白石さんは礼を言ってショールームを出た。

エレベーターで地下街へ戻りながら、白石さんは考えこんだ。

池内氏の失踪は予想していたことだった。あまり驚きを見せなかったから、あの店長は怪しんでいるかもしれない。かといって自分に何を言うことができたろう。

池内氏は『熱帯』の謎を解くために京都へ出かけたのです、けれども実は私たちはみんな『熱帯』の中にいて、だから池内氏の失踪は『熱帯』という小説の続きなんです——そんな説明で納得する人間がこの世界のどこにいるというのか。

白石さんは昨日の出来事を思い返した。神保町の裏通りを追いかけてくる新城君、取り憑かれたように語る中津川氏、突如として生い茂り始めた熱帯の植物。幻想的な物語の一場面のようだったが、あれは紛れもなく自分の経験した出来事だった。まるで現実の裂け目から『熱帯』が入りこんできたかのようだ。

池内氏も京都で同じような出来事を経験したのではないだろうか。

地下街の模型店へ戻ると、叔父はギョッとしたようだった。白石さんが眉間に深く皺を刻み、いまにも噛みつきそうな顔をしていたからである。

「どうしたのよ?」

「なんでもない」

「なんでもないことないだろう」

「放っておいて。私にだって悩みごとがあるんです」

白石さんはカウンターに両肘をついて両目をこすった。このわけのわからない迷宮から、どうすれば抜けだすことができるのだろう。そうやって両目を閉じていると、その暗がりの奥に熱気をはらんだ密林が広がっていく。その不気味なざわめきに耳を澄ましていたので、彼女は叔父が呼びかけてくる声に気づかなかった。

肩を叩かれてようやく我に返った。

「しっかりしてくれよ」

叔父は心配そうに言った。

「ごめんなさい」

「出かけている間に郵便が届いたよ」

叔父は分厚い茶封筒をさしだした。ぼんやりと受け取りながら、白石さんは「なんで」と首を傾げた。彼女宛の郵便物なら小石川の家へ届くはずである。

「京都の知り合い？」

何気ない叔父の声にハッとして、白石さんは消印を見た。たしかにそれは京都から送られたものだ。封筒を開けてみると見覚えのある黒いノートが出てきた。「おや？」と叔父が手元を覗きこんで言う。「それ池内君のノートじゃないの？」

白石さんは慌ててノートをめくった。

「白石珠子様」

池内氏の几帳面な字がびっしりと書き綴《つづ》られている。

「いかがお過ごしでしょうか。池内です。

あなたは『熱帯』を探求する学団が最後に迎えた仲間であり、私はこの出会いが新しい展開をもたらしてくれるだろうと信じていました。そしてその確信は正しいものでした。あの出会いがなかったら、このような手記を書くこともなかったでしょうから——」

まるで池内氏が語りかけてくるようだった。

数頁読み進めるうちに、こうしていられないという気持ちになった。

どうして自分が学団に加わったとたん、さまざまな出来事が起こり始めたのか。それは彼女自身も気になっていたことである。

自分たちは『熱帯』の中にいる。

それは中津川氏ひとりの妄想ではないのかもしれない。

白石さんはノートを閉じて立ち上がった。

「叔父さん」

「なんだい」

「私、いまから京都へ行ってくる」

叔父はポカンとして彼女の顔を見つめた。それから彼女の手にある池内氏のノートを見つめた。やや見当違いの方角ではあるが、それなりに腑《ふ》に落ちたようだった。

「追いかけるのか?」

「そう。追いかける」

「了解した」と叔父は言った。「気をつけてな」

○

白石さんは丸の内のビル街を抜けて東京駅へ向かった。

三十分後には売店でサンドイッチを買い、京都行きの新幹線に乗りこんでいた。

やがて新幹線が東京駅から滑りだしたあとも、自分に自分が追いついていないような感覚がしばらく続いた。有楽町を通りすぎるとき、車窓の向こうに彼女の働いているビルが見えた。その地下街の模型店ではもうひとりの自分がいまも店番をしているような気がする。流れ去っていく昼下がりのビル街や皇居の森が、急に懐かしい思い出のように感じられてきた。

「みんな誰かを追いかけている」

ふと白石さんはそんなことを思った。

佐山尚一のあとを千夜さんは追った。

千夜さんのあとを池内氏が追った。

そしていま、池内氏のあとを自分が追いかけていく。

それにしてもこんなに衝動的な旅立ちは初めてのことである。手荷物といえばへなへなのトートバッグひとつ。最低限必要な身のまわりのもの、『千一夜物語』文庫本の第一巻、千夜さんからもらった贋物の『熱帯』、そして池内氏が送ってくれた大判ノート。京都に着いたら宿を探して、必要なものを買うとしよう。そんなことを考えていると冒険の旅に出かけるようにワクワクしてきた。

白石さんは膝に置いた池内氏のノートに目を落とした。

京都まで二時間と少しある。それまでにこのノートを読んでおこう。池内氏はあとを追いかけてくる人間、つまり自分のために手がかりを残してくれたはずだ。

そして彼女はノートを読み始めた。

第三章　満月の魔女

白石珠子様

いかがお過ごしでしょうか。池内です。

あなたは『熱帯』を探求する学団が最後に迎えた仲間であり、私はこの出会いが新しい展開をもたらしてくれるだろうと信じていました。そしてその確信は正しいものでした。あの出会いがなかったら、このような手記を書くこともなかったでしょうから。

この手記は私自身の物語です。

それと同時に、あなたのための物語でもあります。

グリム童話のヘンゼルとグレーテルは、森の奥深くに置き去りにされたとき、あらかじめ落としておいた白い小石を伝って森から抜けだすことができました。私はこの手記があなたをみちびく白い小石となることを願うのです。しかし「ヘンゼルとグレーテル」とはちがって、その小石はさらに熱帯の森の奥深くへあなたを誘いこむことになるでしょう。

◯

京都に到着した夜のことから語っていきましょう。

私は京都駅から地下鉄を乗り継いで、蹴上《けあげ》まで行きました。東山が目前に迫り、南禅寺や無鄰菴《むりんあん》にも近いところです。その高台に建つ大きなホテルは、千夜さんが京都へ墓参に出かける際の定宿にしていると聞いていました。

ホテルに着く頃にはすっかり夜も更けていて、広々としたロビーには人影もまばらでした。フロントで手続きを終えたとき、ひとりのホテルマンが近づいてきました。

「池内様、海野千夜様から御伝言を承っております」

――伝言。

それを聞いて私の胸は高鳴りました。

しかし千夜さんからの伝言は「旅の御無事をお祈りします」という素っ気ないものでした。私は肩すかしをくったような気分になりました。しかもホテルマンによれば、彼女は一昨日の朝にチェックアウト済みだというのです。

「東京へ戻ったんでしょうか？」

「それは分かりかねます」

「もしかすると入れ違いになったかな」

私は言いました。「千夜さんから京都へ来るように誘われまして」

「ひょっとするとまだ京都にいらっしゃるかもしれません。昔の知り合いを訪ねると仰ってましたから」

もちろん私が思い浮かべたのは佐山尚一のことです。

「それは佐山という人ではありませんか？」

「申し訳ありませんが、お名前までは……」

私はホテルマンに礼を言って、客室へ向かいました。

客室の窓からは京都の夜景を見ることができました。右手には南禅寺の暗い森が迫って、黒々とした山なみが北の比叡山へと連なっています。眼下に散らばる街の灯を眺めながら、この街のどこかに『熱帯』の謎へ通じる秘密の通路があるのだと私は思いました。千夜さんは私たちに先んじて、その通路の入り口を見つけたにちがいないのです。

電気スタンドをつけて私は絵葉書を見返しました。

――私の『熱帯』だけが本物です。

深夜零時をまわっていましたが、なかなか眠る気になれません。

私はベッドにもぐりこんで『ロビンソン・クルーソー』を読みました。あなたが模型店で読んでいたことを思いだし、久しぶりに再読しようと持ってきたのです。枕元のランプを頼りに『ロビンソン・クルーソー』を読みふけっていると、ジュール・ヴェルヌの『神秘の島』や、スティーヴンソンの『宝島』のことを思いだしました。それらの本は私が夢中で本を読んでいた少年時代につながっています。物語を読む幸福が、手で触れられそうなほどありありとそこにあると感じられた時代です。

深い森の存在を感じながら、やがて私は眠りにつきました。

○

翌朝ラウンジで珈琲を飲みながら、私はノートをめくって思案しました。

日曜日の夜に東京へ戻るとして、これから丸二日間を使うことができます。

京都へやってくる前、私はこれまで数冊のノートに書いてきた『熱帯』に関するメモを見直し、新しいノートにすべてをまとめ直してきました。サルベージされた物語、学団で語られた幾つもの仮説、千夜さんやあなたとのやりとり……。

やはりまずは千夜さんの足跡を辿ってみるべきでしょう。

彼女が学生時代まで過ごした家は吉田山にあって、窓からは大文字山が見えたと聞いています。その界隈はかつて佐山尚一が暮らしたところでもあり、つまり『熱帯』が誕生した場所でもあるのです。ぜひとも訪ねてみたいと思っていました。

吉田山の麓《ふもと》まではタクシーで十分ほどでした。大きな交差点の手前でタクシーを降りると、銀閣寺へ向かう疏水沿いの道は観光客で賑わっていました。しかし私が足を向けたのは銀閣寺とは反対の吉田山の東山麓に広がる住宅地で、そちらにはあまり観光客の姿もありません。空はどんよりと曇っています。

私は民家の間を抜ける坂道をのぼっていきました。

ある程度のぼったところで振り返ると、建てこんだ家並みの向こうに東山が見えました。なだらかな稜線を辿っていけば、五山送り火で有名な大文字山が目に入ります。

学生時代、友人と夏休みを利用して送り火見物にやってきたことが思いだされました。黒々とした山の斜面に浮かび上がる送り火は、異世界の現象のように感じられたものです。

「現世に帰ってきた死者たちを送るんだ」

友人は言いました。「だから送り火というんだな」

「それなら迎え火というのもあるんだろうか」

そんなやりとりをしたことを憶えています。

やがて坂道をのぼりきると、吉田山の鬱蒼とした森が迫っていました。

私は森に沿って続く横道を折れて歩いていきました。左手には薄暗い木立が続き、右手には木造の民家が軒を連ねています。

佐山尚一はどんな生活を送っていたのでしょうか。

彼は言語学を専攻する大学院生だったといいます。千夜さんの家を訪ねるようになったのも、写本の解読というアルバイトがきっかけでした。私の脳裏には、どこか淋しげな、翳りのある風貌が浮かんでいます。『熱帯』という謎めいた小説を一冊だけ残して姿を消したという悲劇的な記憶が、そんなイメージを生みだすのでしょう。

やがて右手の民家が途切れ、眼下には町が一望できました。

その町が海に沈めば吉田山は島のように見えるでしょう。熱帯の島々をめぐる冒険譚は、そんな佐山の思いつきから始まったのかもしれない。あらゆる街角に『熱帯』誕生の痕跡が隠されている。だからこそ千夜さんは私を京都へ呼び寄せたのかもしれません。

私は住宅地をあとにして吉田山の森に足を踏み入れました。

「佐山尚一の『目』で見てみよう」

あえて林道をはずれ、落ち葉を踏みしめて木立の奥へ入ってみました。あたりは色褪せた冬の森ですが、かつて佐山はこの森に二重写しになった「熱帯の森」を見ていたのかもしれない。妄想の中にだけ存在する不思議の国——そんなことを考えながら木々のざわめきに耳を澄ましていると、かつて読んだ『熱帯』の断片が浮かんできます。

そうして森を抜けていくと、やがて児童公園に出ました。ぽっかりと開けた空は灰色の雲に覆われ、ぽつぽつと置かれた遊具も淋しそうに見えます。

ぼんやりと歩きまわるうち、私は妙なものを見つけました。

それはラーメンの屋台のような形をしていましたが、いろいろなガラクタを積んでいて、「移動式骨董屋」といった風情でした。店主らしき人間の姿は見えません。近づいて屋根の下を覗きこんだとき、小さな書棚が目に入りました。その瞬間、あなたから聞いた話が鮮やかによみがえってきたのです。私は黄色い幟に目をやりました。

そこには「暴夜書房」と書かれていました。

それは白石さんが『熱帯』を買ったという古書店でした。

　奇想天外な店名にふさわしい一風変わった品揃えには、店主のこだわりが反映されているようです。さすがに『熱帯』はどこにも見あたりません。

　ふいに屋台の向こうで人の動く気配がしました。

「何か面白そうなものはある？」

　店主があくびをしながら立ち上がりました。

「営業中なんですか？」

「……求めよ。さらば開かれん」

　尻の砂を払いながら店主はさらにあくびをします。

　屋台の蔭に座りこんで居眠りをしていたようです。モコモコの襟のついた紺色の作業着姿で、耳当てのついたロシア風の帽子をかぶっています。屋台の雰囲気とあいまって、その姿は異国の商人のように感じられました。無精髭のせいで一見年嵩《としかさ》に見えますが、実際は私とあまり変わらないようです。

「こんな書店は初めて見ました」

「面白いだろ？」

「面白いですが……」

「どうしてこんな山の中で、と言いたいんだね」と店主は言いました。「数日前までは下鴨神社の界隈をうろついていたんだよ。俺は神出鬼没を心掛けている」

「しかしこんな場所ではお客がいないでしょう」

「あんたがいるじゃないの」

そう言われると返す言葉もありません。

「で、どの本をご所望かな？」

「『熱帯』という本を探しているんです」

「ネッタイとな？」

店主は首を傾げて書棚を覗きこみました。

「そんな本は見あたらんなあ」

「知り合いがこの店で買ったそうなんです」

私はノートをめくりながら、白石さんから聞いた話を店主に伝えました。あなたが『熱帯』と出会ったのは比叡山へ向かうロープウェイの駅前だったはずです。

「たしかにそのあたりに出没することもあるね」と店主は言いました。「そんな本があったような気もするがさすがに覚えてないよ」

「そうでしょうね」

「その本にこだわりがあるようだな」

「ええ、まあ」と私は言葉を濁しました。

主人は無精髭をかきながら私を見つめています。このまま立ち去るのも気が引けるので何か一冊買っていこうと思い、私があらためて書棚を物色していると、主人が「ちょっと頼まれてくれないか」と言いました。「少しの間、店番しててくれ。用を足しに行きたいんだが、わざわざ店じまいをして出かけるのも億劫なんだよ」

「いや、そんなことを言われても困りますよ」

「いいからいいから」

私の言うことなどおかまいなしに、店主は屋台の向こうから出てきました。無精髭に覆われた顔は冬らしくもなく日焼けして、こちらを見つめる目は少年のような煌めきを放っています。なんだか冒険家のような印象を与える顔つきでした。

「店番をしてくれたら良いことを教えてやるから」

「良いこと？」

「あんたが探している本のこと」

「何かご存じなんですか？」

私が勢いこんで訊ねると、店主はウィンクしました。

「そいつはあとのお楽しみ。それでは店番を頼む」

そして彼は公園の向こうへのしのしと歩いていきました。

私はあっけにとられてその姿を見送ったのです。

まったく妙な役目を押しつけられてしまったものです。

店主の商売道具を放ったらかしていくのは気が引けました。それに彼の残した思わせぶりな言葉も気にかかります。ちらつき始めた雪を逃れて私は屋台の屋根の下へ入りました。

屋根から吊られている小さな絵が頭にぶつかって揺れました。岩のように大きな虎が牙を剝いている絵で、江戸時代の肉筆画を複製したもののようです。

◯

どんよりと曇った公園はあいかわらず閑散としています。

その屋台はほとんどが書籍とガラクタで埋め尽くされていますが、隅には鍵のかかる引き出しのついた棚と精算台らしきものがあります。私はその小さな精算台にノートを広げると、かじかむ手に白い息を吐きかけながら、昨夜からの出来事を書き記していきました。

しばらくノートを書き綴ったあと、ふと顔を上げると、マフラーを巻いた大学生らしき男女が不思議そうに屋台を見つめています。深い森の奥でサーカス団にでも出会ったような顔でした。私は努めて愛想良く「いらっしゃいませ」と声をかけました。

女性が戸惑った顔つきのまま言います。

「これはお店……なんですか？」

「古本屋ですよ。ご自由にごらんください」

彼らは餌にひかれた猫のように近づいてきました。書棚を覗きこんでぷつぷつと囁き合っている様子は微笑ましいものです。「あ、これ知ってる」「なんだっけ」「ホラ、虎になるやつ」と言いながら手に取っているのは中島敦の短編を集めた文庫本でした。話しているのは「山月記」のことだろうと私は思いました。詩人を志す李徴《りちょう》という若者が挫折の末に虎になってしまうという物語。私も学生時代に読んだ記憶があります。

男子大学生が二百円を精算台に置きながら言いました。

「不思議なお店ですね」

「私の店じゃないんですよ」

「え？」

「頼まれて店番しているだけなんです」

大学生たちは不思議そうな顔つきのまま立ち去りました。

森には雪が降り続け、時間が止まったような静けさです。

まるで置き去りにされたような不安を味わっているうちに、ひとつの物語が頭に浮かんできました。それは呪われた古書店の物語です。主人公は店主から店番を頼まれる。しかしいくら待っても店主は戻ってこない。やがて主人公は自分がその古書店から離れられなくなっていることに気づきます。そして彼は悟るのです。次なる犠牲者を見つけないかぎり、自分は未来永劫、この店番の仕事を続けなければならないのだと——そこまで考えて私は苦笑しました。いつか白石さんが仰ったように、「物語的神経」が過敏になっているようです。

私は気を取り直して屋台の書棚を覗いてみました。

そのとき、ふと目についた文庫本があります。

『千一夜物語』の一冊でした。

たしか『千一夜物語』については、あなたとも話し合ったことがありましたね。千夜さんの父親が佐山尚一を自宅に招いたのも、『千一夜物語』の写本を読んでもらうためだったといいます。私は「シャハリヤール王」に続く、「商人と鬼神との物語」と「漁師と鬼神との物語」までを読み進めたところで中断していました。

ちょうど良いと思って、私は古びた文庫本を手に取って頁をめくっていきました。

『千一夜物語』は不思議な構造を持っています。シャハラザードの語る物語の中で別の物語が語られ、ときにはその物語に登場する人物がさらに別の物語を語ったりもするのです。たとえば「漁師と鬼神との物語」では、真鍮《しんちゅう》の壺から出現した鬼神に命を奪われそうになった漁師が「イウナン王の大臣と医師ルイアンの物語」を語ります（学団の会合のときに中津川さんが引用されたことを覚えておられるでしょうか）。その物語に登場するイウナン王は、医師ルイアンを殺せと唆《そそのか》す大臣に対して、「シンディバード王の鷹」という物語を語るのですが、これに対して大臣は「王子と食人鬼《グーラー》との物語」という物語を語って応酬します。これら一切の物語がシャハラザードが語っている物語の中に含まれているのは言うまでもありません。

私は「荷かつぎ人足と乙女たちとの物語」を読み始めました。

それはこんな物語です。

その昔、バグダードに荷かつぎをしているひとりの男がありました。ある日、男が市場で籠にもたれてボンヤリしていると、ヴェールをかけた女に声をかけられました。

「籠を持って、ついてきてくださいな」

ヴェールをまくってみせた女はたいへんな美貌の持ち主でした。たちまち男はクラクラとなってしまい、言われるがままについていきました。すると女は市場を歩きまわりながら、山ほどの御馳走を買いこんで、男のかついでいる籠へ次から次へと入れていきます。籠はどんどん重くなり、男は「騾馬《らば》を連れてくればよかった」と後悔するほどでした。

やがて買い物を終えると、女は荷かつぎ男を連れて黒檀《こくたん》の扉がついた立派な館へ帰っていきます。その館で待っていたのは、その女の姉らしいふたりの乙女たちでした。

男は中庭に面した広間に案内され、三人の乙女と御馳走を食べながら、卑猥な冗談を言い合ったりして、面白おかしく時を過ごします。やがて夜がきたので男が「今晩は泊めてください」と頼むと、乙女たちは条件を出します。自分たちの指図に従うことと、何を見てもまた何事であろうと、その事情について自分たちに問い質《ただ》さないこと。男が承知すると、女たちは扉の上に金色で書かれた文字を指さして「あれを読め」と言います。

そこには次のようにありました。

汝に関わりなき事を語るなかれ、
しからずんば汝は好まざる事を聞くならん

ここまで読んだところで私はギョッとしました。

もちろん白石さんも覚えておられることでしょう。

それは『熱帯』の冒頭に記されている文句だったのです。

○

それは思いがけない発見でした。

佐山尚一は『千一夜物語』からその言葉を引用したにちがいないのです。

さらに私は「荷かつぎ人足と乙女たちとの物語」を読み進めました。

荷かつぎの男は不思議な三姉妹の館に泊まることになりましたが、そこへ三人の片目の托鉢僧《サアールク》、商人に身をやつして夜の街をさまよう教王《カリーファ》ハールーン・アル・ラシードが訪ねてきます。彼らもまた一夜の宿りの条件として、扉の上に刻まれた文字を示されるのです。

ところが客人たちはその姉妹の不思議なふるまいに好奇心をそそられて、つい「事情を話してください」と頼んでしまいます。とたんに姉妹は怒り、剣を持った七人の召使いを呼んで客人たちを縛りあげます。そのまま殺されてしまうのかと思いきや、片目の托鉢僧たちが代わる代わる物語を語り始めます。愛し合う妹と地下宮殿で暮らそうとして破滅する王子、魔術で猿に変えられて船旅をする男、姫君と鬼神《イフリート》が繰り広げる魔術合戦、通りかかる船を海に沈める

「磁石の山」、羊の皮をかぶって巨大なロック鳥に運ばれる男、四十人の乙女が暮らす黄金の宮殿……それらの物語を語ることによって、彼らは姉妹に許されて辛くも命拾いするのです。物語ることによって我が身を救う——それは語り手であるシャハラザード自身の境遇を思わせます。彼女は物語ることによって、シャハリヤール王に首を刎ねられる運命から逃れ続けるのですから。

じつに奇想天外な物語です。しかし、あの扉の上に刻まれた文句を除けば、『熱帯』とのつながりは読みとれません。

ふいに背後の森でガサガサと音がしました。

木立の間からヌッと現れたのは古書店主でした。

「どうしてそんなところから」

「近道なんだよ」

店主は言うと温かい缶珈琲を手渡してくれました。

「いやいや、待たせてすまんね。ごくろうさん」

私は自分の身体が冷え切っていることに気づきました。集中して本を読んでいるとき、私はしばしば自分の身体の存在を忘れてしまうのです。温かくて甘い珈琲のおかげで、ようやく『千一夜物語』の世界から戻ってきたように感じられました。先ほど売れた本の代金二百円を渡すと、店主は呆れた顔をしてみせます。

「よく売れたもんだなあ」

この移動式古書店が割に合わない商売であることはたしかです。店主は降ってくる雪を見上げながら「慈善事業みたいなものでね」と言いました。

店主は精算台に私が置いた『千一夜物語』に目を止めました。

「それ読んでたのかい」

「すいません。なかなかお戻りにならないので……」

「いいよ、いいよ。面白いだろ？」

「面白いですね」

「考えてみればすごい形式だよなあ。シャハラザードが語るということにすれば、どんな物語でも『千一夜物語』になるんだ。世の中の物語をいくらでも吸収することができる。なにも千夜にこだわることはない。二千夜でも三千夜でも……」

「すいません。先ほど仰っていたことですが」

「ん、なんだっけ？」

「私の探している本のことです。何かご存じだとか」

「ああ、あれね」店主はパイプに火をつけてポカリと煙を吐きました。「三日前ぐらいだったかなあ、女がひとり森から出てきてね。色つきの眼鏡をかけた、スマートな御婦人だった。その人が言うんだよ、知り合いが『熱帯』という本をうちで買ったらしいって。つまりあんたと同じことを訊いてきたわけだ。不思議な偶然じゃないか？」

「どんな話をしたんです？」

「べつにたいした話はしなかったがな。昔このあたりに住んでたとか、その本の作者とは知り合いだったんだとか、そういう話」

「その女性の行方を探しているんです」

店主は「おや」という顔つきで私を見つめました。

「あんたは本を探してるんだと思っていたが」

「話せば長い物語なんですよ」

店主は少し考えこんでいましたが、やがて口を開きました。

「その人は古道具屋へ行くという話をしていた。一乗寺の『芳蓮堂《ほうれんどう》』という店で、俺も何遍か買い物をしたことがある。そこで話を聞いてみたらどうかね」

店主は私のノートに簡単な地図を描いてくれました。

「助かります」

「その人に会えるといいね」

私が礼を言って立ち去ろうとすると、店主は『千一夜物語』を渡してくれました。代金を支払おうとしたのですが、「いいからいいから」と押しつけるのです。

「あんたと話ができて楽しかったよ」

店主は笑って言いました。

「またどこかで会おう」

私はふたたび森に入って木立を抜けていきました。

落ち葉の積もった林道は吉田山の北側の斜面をくだっていきます。

やがて私は今出川通に出ました。いつの間にか雪は小止みになっており、目前の通りを自動車が行き交っていました。なんだか今まで夢を見ていたような気がします。しかしノートを開いてみれば、そこにはたしかに芳蓮堂への地図が描きこまれているのです。

○

私はタクシーを拾って白川通を北へ向かいました。

一乗寺界隈でタクシーを下り、手近な店に入って昼食を取ることにしました。時刻はすでに正午をまわっています。

食事が出てくるのを待つ間、私はノートを開いて、先ほどの暴夜《アラビヤ》書房での顚末と『千一夜物語』について文章を書いていきました。そうやって愚直に手を動かしてみると、思いがけない発見があるものです。それにしても、どうして佐山尚一は『熱帯』の冒頭にわざわざ『千一夜物語』からの引用を記したのでしょう。

汝に関わりなき事を語るなかれ――。

その引用には隠された意図があるように思えます。

私は店を出ると、白川通を越えて東の町中へ入っていきました。

宮本武蔵が吉岡一門と決闘したという一乗寺下《さが》り松の界隈で、石川丈山の詩仙堂からも近いところです。「暴夜書房《アラビヤ》」店主に描いてもらった地図のおかげで、さほど迷うことなく芳蓮堂を見つけることができました。硝子戸の外には小さな棚が置かれ、古びた陶器や木彫りの布袋《ほてい》がならんでいました。店先で老夫婦が足を止めています。

私は硝子戸を開けて店内に入りました。

「いらっしゃいませ」

耳元で囁くような、優しい声がしました。

精算台にひとりの女性が腰かけています。私と目が合うと、彼女は微笑み、「どうぞご自由にごらんください」と言いました。潤んだ美しい目の人でした。

芳蓮堂は十畳ほどの広さで、店内にはところ狭しと古道具が置かれていました。根付《ねつけ》や鍔《つば》や貨幣が陳列されたケースや和簞笥《わだんす》があるかと思えば、信楽《しがらき》焼の狸や木彫りの七福神、望遠鏡や実験器具、鳥の剝製などもあり、小さな絨毯やペルシア風の器もあります。精算台の奥は色褪せたカーテンで仕切られ、その向こうには小さな座敷と二階への階段が見えています。

「素敵なお店ですね」

「ありがとうございます」

「知り合いがよく来ていたそうなんですよ」

私は言いました。「以前は北白川の方にあったそうですが」

「父の代ですね。私がまだ子どもだった頃でしょう」と彼女は淡々と語ります。「父が亡くなってから店を移したのです。もう三十年ほど前になります」

「それからずっとこちらで？」

「ええ。母が亡くなってからは私が引き継いで」

なんとも不思議な佇まいの人でした。若々しく見えますが、実際は私よりもかなり歳上のようです。私は森の奥に隠された美しい池を連想しました。さらに話を聞こうとしたとき、先ほど表で見かけた老夫婦が入ってきました。商売の邪魔をしては悪いと思って、私はその夫婦が出ていくまで店内を見てまわることにしました。

すぐれた店というものは、必ずひとつの閉じられた世界をかたちづくっているものです。一見脈絡のない品物がならんでいても、それぞれの品物が秘めている小さな物語が響き合って、不思議な調和をもたらすのです。芳蓮堂はまさにそういう店でした。

私はその昔ヨーロッパの貴族に流行したという珍品の陳列室を連想しました。それは珍しい工芸品や自然物を集めた部屋で、「驚異の部屋《ヴンダーカンマー》」と呼ばれます。かつて佐山尚一と古道具屋へ何度か出かけたという話は千夜さんから聞いたことがありました。この店もまた『熱帯』誕生の痕跡なのかもしれません。

店内を見てまわるうち、私は隅にある小さな棚に目をとめました。

目を引かれたのは大小さまざまの達磨《だるま》たちでした。ずいぶん年季が入っていて、荒波に揉《も》まれたように色褪せているものもあります。ほかにもさまざまなものが置いてありました。葡萄の粒ぐらいの貝殻、石像の断片とおぼしき右手首、フルーツ牛乳の小瓶……。

それらに混じって小さな古びた木箱がありました。

片手で持てるぐらいの小さな箱で、取っ手のある蓋がついています。正面にはラベルを差し込むための金具が取りつけられていました。いわゆる「情報カード」をおさめる携帯用のカードボックスでしょう。学生時代、ある専門図書館で学位論文のための調べ物をしていた頃、膨大なカードが詰まった棚を調べたことがあります。当時まだ電子化されていない目録を調べるためには、実際に現地まで出かけ、手作業でカードを検索する必要があったのです。

私はそのカードボックスを開けてみました。一見空っぽのようでしたが、古びて変色したカードが何枚か残っているようです。

手前の一枚には不思議な詩のような文章が書いてありました。

「君は、夜の翼をもって、暁《あかつき》を暗くしたもう！」

されど、君はわれに答う、

「否！　否！　そは月を隠す一片の雲のみ！」

そのとき声をかけられました。

「申し訳ありません。それは売り物ではないのです」

振り返ると、店主の女性が精算台で微笑んでいました。いつの間にか、あの老夫婦は買い物を済ませて出ていったようです。私はカードボックスの蓋を閉めました。

「これはカードボックスですね。懐かしい」

私は言いました。「いまではあまり使う人もいないでしょう」

「そこにある品々は父が遺したものなのです」と彼女は言います。「どうしてそんなものを大切にしていたものでしょう。いまとなっては分かりませんけれども」

「そのまま保管されているんですね」

「父がそこにいるような気がするものですから」

そう言って彼女は私を見つめました。その潤んだ目は優しく、また不安そうでもあります。森の奥に隠された池のイメージがふたたび頭に浮かんできました。彼女と話をしていると、その美しい池へ小石をひとつずつ投げ入れているような気がしてくるのです。

彼女は立ち上がって急須にポットの湯を注ぎました。

「ご旅行ですか?」

「ええ。友人に誘われましてね」

私は慎重に言葉を選ぶようにしました。問い詰めるようなことをすれば、この女性は口をつぐんでしまいそうな気がしたからです。「こちらのお店を教えてくれたのもその人なんですよ。いまは東京で暮らしている方ですが、昔は吉田山に自宅があったそうで」

「……どなたかしら」

「ご存じでしょうか。千夜さんという人です」

店主の表情がやわらいだようでした。彼女は急須から湯飲みに注いだ茶を私に勧めながら言いました。「千夜さんなら存じ上げています」

「おや、そうでしたか」

「子どもの頃からのお付き合いですから。つい先日にもお見えになりました」

私は自分と千夜さんとのかかわりを簡単に説明しました。勤務先のお得意様だったこと、『熱帯』という不思議な本をめぐる読書会のこと。

店主は「熱帯」と小さく呟きました。

「一度だけ千夜さんから伺ったことがあります」

「たいへん興味深い本なんですよ」

「私も読んでみたいと思ったものです。あの佐山さんが書かれたのなら」

私は店主を見つめました。

「あなたは佐山尚一をご存じなんですね」

「ええ。遠い昔のことですけれど」

当時のことを聞かせてもらえないかと私が頼むと、店主は少し戸惑ったようですが、やがて小さく頷きました。「ちょっとお待ちください」

彼女はストーブの火を調整して、私に丸椅子を勧めてくれました。

○

この店がまだ北白川にあった時代のことです。

当時、たまに芳蓮堂を訪ねてくる紳士がありました。美しい銀髪と切れ長の目がどこか西洋人のような印象を与える人でした。幼い私にはその人がなんだか怖ろしく感じられて、ひそかに「魔王様」と呼んでおりました。魔王様は吉田山のお屋敷に住んでいるとかで、そのせいで吉田山までが怖ろしい場所のように感じられたものです。

その紳士が永瀬《ながせ》栄造《えいぞう》さん、つまり千夜さんのお父様です。

千夜さんが芳蓮堂へ遊びにくるようになったのは、そのお父様に連れられてきたのがきっかけだったのでしょう。千夜さんは私のことをたいへん可愛がり、よく遊び相手になってくださいました。岡崎の動物園や新京極の映画館へ連れていってもらったこともあります。といっても、映画館は暗がりが怖くてすぐに逃げだしてしまいましたが……。

その頃の私は人見知りの激しい臆病な子で、お客さんに話しかけられても、すぐに父親の後ろに隠れてしまうような子どもでした。千夜さんを除けば、まともに話ができた大人といえば佐山さんぐらいだったろうと思います。

佐山さんと出会った日のことはよく憶えています。

当時、私はいつも店内の古道具を使ってひとり遊びをしていました。といっても貴重品は触らせてもらえませんから、もっぱら父の個人的な蒐集品で遊んでいたのです。先ほどあなたもごらんになった、あの古い棚に置かれているものです。とりわけ気に入っていたのが小さな達磨のコレクションで、私は彼らにさまざまな物語を演じさせては楽しんでおりました。

ある日、私がいつものように遊んでいると、千夜さんと一緒に佐山さんがやってきました。お嬢さんは顔馴染《なじ》みでしたが、佐山さんは初めて見る人です。私が身を硬くしていますと、佐山さんが達磨をひとつ手に取って、「吾輩は達磨君である」と喋らせたのです。そのシャチホコ張った喋り方といい、ぷりぷりした変な動きといい、まるで命を吹きこまれたかのようでした。気まずさも忘れて私は魅了されてしまいました。

いまになって思うのですが、佐山さんは子どもの抱く夢や不安というものを、たいへんよく分かっている人でした。他の人たちが大人になるにつれて忘れてしまうものを、忘れることができない人だったのだと思います。

佐山さんといえば、忘れがたい遊びがひとつあります。

「なんでもいいから三つ選んでごらん」

佐山さんがそう言うと、千夜さんや私は店内の古道具から三つの品物を選ぶのです。どんなものでもかまいません。「アワビの貝殻」「望遠鏡」「和箪笥」、あるいは「文鎮」「水ギセル」「信楽焼の狸」。すると佐山さんはその三つを使って、ひとつの物語をたちまち即興で創りあげてしまうのでした。その物語には決まって私たちも登場して、それがなんとも嬉しかったものです。千夜さんはその遊びがお気に入りで、幾度も佐山さんに挑戦されたものですが、彼が物語の途中で立ち往生してしまうことは一度もありませんでした。

幼い私にとって、それはまるで魔術のように感じられたものです。

後になって、千夜さんから佐山さんが『熱帯』という小説を書いたらしいとうかがったとき、まず頭に浮かんだのはその遊びのことです。

当時の私は幼かったものですから、佐山さんがどういう人なのか、ほとんど何も知りませんでした。どこからともなくフラリと現れ、不思議な物語を語って帰っていく——そういう謎めいた人だったのです。アラビア語を学ぶ学生さんだったとか、そういうことは、すべて後になって千夜さんの口から聞いたことです。佐山さんが姿を消したのは冬でしたが、私がそのことに気づいたのは春になってからだと思います。

——どうして佐山さんは来ないのだろう。

ちょうど千夜さんが遊びにきていました。いっしょに達磨で遊びながら、私はおずおずと彼のことを訊ねてみました。するとお嬢さんは冷たく言いました。

「あの人は私たちを置いていきました」

それなら佐山さんが「達磨君」を喋らせてくれることは二度とないんだろうか。そう考えると、目前にならべてある達磨たちがよそよそしく黙りこんでしまったように思われました。佐山さんが芳蓮堂に出入りしていた期間は半年にもなりませんでしたが、子どもにとってはたいへん長い時間と言えるでしょう。彼が姿を消してしまったことを、私なりに淋しく思っていたことは事実です。

しかし正直なところ、私は少しホッとしてもいたのです。私は千夜さんも佐山さんも好きでしたが、やはり千夜さんの方がいっそう好きで、彼女に自分だけを特別扱いしてもらいたいと願っていました。しかし佐山さんがいるとそういうわけにはいきません。ともかく、私はそんな身勝手な理由から、佐山さんを疎《うと》ましく思うことがあったのです。とはいえ、ここで急いで申し添えておきますが、私が佐山さんを疎ましく思ったのは、そのような嫉妬心だけが理由ではないのです。

はじめに私は千夜さんのお父様、永瀬栄造さんのことに触れました。私が「魔王様」と呼んで怖がっていた人です。一度だけ、佐山さんと魔王様が店で顔を合わせたことがありました。彼らは真剣な顔をして何か小声で議論していました。

それが何の話だったのか、いまとなっては分かりませんが、得体の知れない緊張が漂っていました。なんだかいつもの佐山さんではないようでした。魔王様の呼びかけにこたえて、水面下に隠されていた佐山さんの「影」が浮かび上がってきたように思われたのです。それからというもの、私はずっと佐山さんを心のどこかで怖れていました。

当時は言葉にできませんでしたが、いまなら自分が何を感じていたのか分かるような気がします。佐山さんは何か隠しごとをしているのだと私は直感していたのです。彼が私たちに優しくしてくれたのは、その後ろ暗さの裏返しだったのではないでしょうか。

◯

芳蓮堂主人が語ってくれたのはそんな話でした。

長い話を終えて、彼女は急須のお茶を注いでくれました。

「その佐山さんの秘密ですが」

私は言いました。「彼が姿を消したことにかかわりがあるのでしょうか」

「分かりません」

「千夜さんとはそのことについて話されましたか？」

「ええ。ご結婚されて東京へ移られたあとも、千夜さんは数年に一度、こちらへお見えになります。佐山さんについては何度もお話をしたことがあります。けれども大昔のことですし、今となっては謎の解きようもありませんから」

「千夜さんのお父さん、栄造氏は亡くなっているんですよね」

「ええ、それもずいぶん昔のことですよ」

気にかかるのは千夜さんの父親、永瀬栄造氏の存在でした。そもそも佐山尚一はその栄造氏が雇った学生なのです。彼らの間にはどんなつながりがあったのか。佐山尚一は何を隠していたのか。どうして姿を消してしまったのか。それらの謎は『熱帯』とかかわりがあるのか。それらの疑問をノートに書きだしてみても、つながりは見えません。

「千夜さんがこちらへ立ち寄られたのはいつですか？」

「三日前だったと思います」

「千夜さんから京都へ来るように誘われましてね。お会いできると思っていたんですが、すでにホテルをチェックアウトされていて。連絡も取れなくて困っているんですよ」

「そうでしたか」

芳蓮堂主人は眉をひそめるようにしました。

「じつは先日お見えになったとき、少しおかしなことがありまして」

「なんです？」

「あの日、千夜さんは裏口からお逃げになったんです」

「逃げた？　どうして？」

「分かりません。ご友人も驚いておられました」

「というと、千夜さんはおひとりではなかったんですか」

その同行者は芳蓮堂主人も見覚えのない初老の男性だったそうです。

その男性と千夜さんはひとしきり店内を見てまわっていましたが、やがて男性に電話がかかってきて、彼はひとり外へ出ていきました。すると千夜さんが主人の耳元で「裏口から外へ出てもいいかしら」と囁いたというのです。

「怯えているようでしたか？」

「いいえ、ちっとも。むしろ楽しんでおられたようです」

そして千夜さんは芳蓮堂の裏口から出ていき、やがて電話を終えて戻ってきた男性は茫然としていたといいます。千夜さんの振る舞いにはどんな意味があるのでしょう。いくら考えても分かりません。その男性がどこの誰かも分からないのです。

ふいに柱時計が鳴って午後四時を告げました。私は立ち上がって名刺を差しだしました。

「いろいろと教えていただきまして、まことにありがとうございました。もし千夜さんがこちらへ見えることがあったら、この電話番号へ連絡するように伝えていただけますか。明日の夜までは京都にいるつもりですから」

「承知いたしました」

「最後にひとつだけお願いがあるのですが」

私は言いました。

「裏口から出てもかまいませんか？」

できるだけ千夜さんの辿った道を辿ってみたいと思ったのです。

主人は「どうぞこちらへ」と言いました。

私は靴を脱いで精算台の奥にある茶の間へ上がりました。台所の脇にあるドアを開けると、そこは灰色のコンクリート塀で囲まれた薄暗い裏庭でした。靴を履き直しながらあたりを見まわしたとき、私は異様なものを見つけました。まだ二月だというのに庭の隅に向日葵《ひまわり》が咲いているのです。雪のちらつく曇天の下、それはまるで魔法の火が凍りついたように見えました。

「どうしてこんな季節に」

「千夜さんがお見えになったあと咲いたんです」

裏庭を囲むコンクリート塀には小さな鉄扉がついていました。身をかがめなければ抜けられないような小さな扉で、『不思議の国のアリス』を思わせました。まるで世界の外へ出ていくような気がしましたが、その扉を抜けた先で私が目にしたものは、コンクリート塀と生け垣に挟まれた何の変哲もない裏道にすぎませんでした。

歩きだそうとしたとき、主人が「待って」と声をかけてきました。

彼女は潤んだ目で私を見つめていました。小さな扉の向こうで身をかがめているので、ひとまわり小さくなったように感じられます。

「ここを出るとき、たしか千夜さんが不思議なことを仰ったのです」

「不思議なこと？」

「魔女に会うとか、そんなことを……」

「もしかして『満月の魔女』と仰ったのでは？」

私が念を押すと、彼女は驚いた様子でした。

「そうです。そう仰いました」

――満月の魔女のところへ行く。

千夜さんはそんなことを呟いたというのです。

○

私は一乗寺の住宅地をまわり、下り松のところまで戻ってきました。

芳蓮堂を出たあとの千夜さんの足取りは分かりません。しらみつぶしに聞きこみをしてまわるわけにもいかないので、私はいったん街中へ出ることにしました。

かつて千夜さんや佐山尚一が歩いた繁華街を見てまわったら、どこかで夕食をとって、蹴上のホテルへ戻るつもりでした。なにしろ考えるべき謎が山のようにあるのです。

一乗寺駅から叡山電車に乗って出町柳駅へ向かいました。

「満月の魔女」という名を耳にしたのが偶然とは思えませんでした。

播磨坂のマンションで行われた、あなたと千夜さんによるサルベージ。「無風帯」の向こう側にある「砂漠の宮殿」と、「満月の魔女」という名。それが千夜さんを京都へ旅立たせるきっかけとなったのです。

――満月の魔女のところへ行く。

その言葉には隠された意図があるはずです。

出町柳駅で京阪電車に乗り換えて祇園四条駅へ着く頃には、冬の日は早くも暮れかかり、鴨川沿いには街の灯が煌めき始めていました。

四条大橋を西へ渡って、寺町通や新京極を歩いてみました。

かつて千夜さんや佐山尚一が京都で暮らしていた時代から、これらの繁華街は大きく変貌しているはずです。しかし提灯を輝かせている錦天満宮や、老舗のすき焼き屋は当時から変わらぬ佇まいだろうと思われました。閉じられた寺の門、仏具店や煙草屋、暗いトンネルのような裏通り……。ひとしきり歩きまわったあと、私は饂飩屋《うどんや》で夕食をとり、河原町通を渡って先斗町《ぽんとちょう》へ向かいました。その界隈を少し歩いてから蹴上のホテルへ帰るつもりだったのです。

土曜夜の先斗町は祭りのような賑わいでした。

石畳の狭い道を北へ向かって歩いているとき、右手の建物の階段口にある小さな看板が目に入りました。そこには「夜の翼」とあります。建物の二階を見上げると、ウィスキーを充したような琥珀《こはく》色の明かりが硝子窓から洩れていました。

私はもう一度看板に目を戻しました。何かひっかかるものがありました。

夜の翼——その美しい言葉をどこかで読んだと思ったのです。

こういうとき、私は自分の記憶の中からその言葉を見つけだすまで、ほかのことを考えられなくなってしまいます。いささか偏執的だと自分でも思いますが、どうしようもないのです。まず頭に浮かんだのはロバート・シルヴァーバーグという小説家の『夜の翼』という作品でした。しかしそれを読んだのはずいぶん昔のことです。「夜の翼」という言葉の響きには、もっと生々しく新鮮な印象があるのです。私は昨日から読んだものを思い返してみました。ホテルの客室で読んだ『ロビンソン・クルーソー』だろうか、それとも暴夜《アラビヤ》書房で読んだ『千一夜物語』だろうか。それらの内容をいくら思い返しても、「夜の翼」という言葉を読んだようには思えません。しかし昨日から私が目を通した書物はそれら二冊だけのはずです。ほかには何も読んでいません。

そこまで考えたとき、だしぬけに次の言葉が脳裏に浮かびました。


「君は、夜の翼をもって、暁を暗くしたもう！」

されど、君はわれに答う、

「否！　否！　そは月を隠す一片の雲のみ！」


そうだったのか。私はなんともいえない快感を覚えました。

芳蓮堂の隅で見つけた古びた木製のカードボックス。そこに残されていたカードに記されていた詩のようなもの。

「夜の翼」という言葉はその詩の中にあったのです。

○

その酒場「夜の翼」は船室のような小さな店でした。

カウンター席でウィスキーを飲みながら耳を澄ますと、先斗町の石畳の賑わいが潮騒のように聞こえてきて、先斗町の上空に浮かんでいるような感覚を味わうことができます。まだ時間が早いためでしょう、ほかの客は若い女性がひとりだけでした。鴨川に面した円い窓の前に唯一のソファ席があり、その人は窓の外に目をやりながら、赤いカクテルを飲んでいます。ずらりとならんだ酒瓶を背にして、店主が穏やかな声で言いました。

「お疲れのようですね」

「朝からあちこち歩きまわったので」

「お仕事ですか」

「いや、趣味みたいなものですよ」と私は言いました。「昔の小説家の足跡を辿っているんですが、謎が深まるばかりでして。推理小説の主人公になったような気分です」

「それはしかし面白そうですな」

「ええ、たしかに面白いです」

「推理小説には私も目がない。素敵だね」

店主はエラリー・クイーンやヴァン・ダインなど、古典的な推理小説を好む人物のようでした。ひとしきり推理小説の話をしたあと、私はこの店の名について訊ねてみました。

「美しい名前ですね」

「いいでしょう。私がつけたわけじゃないけどね」

店主はそう言って笑いました。「私が独立するときに前の店の常連さんがつけてくれたの。なんでも『千一夜物語』から見つけてきたらしいですよ。あいにく私は読んでないんだけども。推理小説しか読まないことになってるから」

「ご存じですか。アラビアン・ナイトですよ」

「『千一夜物語』?」

「これのことですか?」

私が暴夜《アラビヤ》書房でもらった文庫本をカウンターに置くと、店主は「おや!」と目を丸くしました。そんな本を持ち歩いている人間はいないからでしょう。そのとき、窓辺の席に腰かけていた女性がこちらを向きました。「千一夜?」と興味をそそられたように呟きます。店主は私の文庫本を掲げてみせながら「マキさん」と呼びかけました。

「これは珍しいお客さんですよ」

「そんなの初めてじゃないの?」

女性は微笑みました。「祖父が聞いたら喜んだろうな」

この酒場の名付け親は自分の祖父なのだと彼女は教えてくれました。「夜の翼」というのは、その祖父がマルドリュス版の『千一夜物語』から拾ってきたもので、シャハラザードの妹、ドニアザードの美しさを讃える場面に出てくるそうです。「それはこんな詩なんですよ」

マキさんは美しい抑揚をつけて暗唱してくれました。

冬の夜のただ中に、夏の月現るとも、
君の来ますより美しからず、
おお、乙女よ!

君の踵《かかと》にまつわる黒き下髪《さげがみ》と、
君の額を繞《めぐ》る漆黒の分髪《わけがみ》は、われに言わしむ、

「君は、夜の翼をもって、暁を暗くしたもう！」

されど、君はわれに答う、

「否！　否！　そは月を隠す一片の雲のみ！」


私はマキさんのみごとな暗唱に驚嘆していました。

私が驚いたのはそれだけが理由ではありません。彼女が暗唱してみせた詩の後半部分は、まさに私が芳蓮堂で見つけたカードに記されていた文句だったのです。店主と私が拍手すると、彼女は上品にお辞儀をしました。

マキさんは私を見つめて言いました。

「どうしてそんな本を持ち歩いているんですか？」

「いや、これはたまたまでして」

私は吉田山の山中で出会った不思議な古書店について語りました。

「店番をまかされている間に手に取ったのが『千一夜』だったんです。もっとも、以前から一度きちんと読んでみたいと思っていたんですが……」

「不思議な偶然ですね」

「じつは偶然はそれだけではないんですよ。そのあとで芳蓮堂という古道具屋に行ったんです

が、そこで古いカードを見ましてね」

「カード？」

「ご存じでしょうか。一昔前、図書館の目録に使われていたような紙のカードですよ。これぐらいの大きさの木箱に入っていましてね。その中にあったカードに、先ほどあなたの暗唱された詩が書きこまれていたんです。そもそも私がこの店に立ち寄ったのも、そのカードに書かれていた『夜の翼』という言葉が頭に残っていたからなんです」

「……すごく面白い」

マキさんは言いました。「こちらの席で話しませんか？」

私は立ち上がり、彼女の向かいのソファに腰かけました。

月のように円い窓から外を覗くと、鴨川の対岸にちらちらと明かりが見えました。「空いているときはここに座るんです」とマキさんは言いました。そうやって向かい合わせに座っていると、この酒場が夜の海を行く客船の一室のように感じられてきます。

「先ほどの暗唱は本当におみごとでした」

「ありがとう」

「よほど『千一夜物語』にお詳しいんですね」

「いつの間にかそうなって。祖父の薫陶……と言えるのかな」

「お祖父《じい》さんがこの店の名付け親だと仰いましたね？」

「もう亡くなってしまったんですけど、私が『千一夜物語』を読むようになったのも祖父がきっかけなんです。これはかなり不思議な話なんだけど」

「面白そうですね」

「面白いんですよ」

マキさんはカクテルのおかわりを注文して語り始めました。

○

私は四条烏丸《からすま》のそばにある画廊に勤めています。

どうしてそんな仕事を始めたかといえば、やっぱり祖父の影響があるんだと思う。彼は画家だったので、よくアトリエに遊びに行っていたんです。

祖父はいわゆる「孤高の芸術家」みたいなイメージの人ではなくて、のんびりした仙人みたいな人でした。アトリエで仕事をしているときに孫がまわりをうろちょろしていてもぜんぜん平気な人で、「邪魔されるぐらいが丁度いいんだ」と言うの。血気盛んな時代もあったようだけど、私が物心ついた頃にはもう「仙人」でした。

祖父のアトリエは叡山電車の市原駅から歩いたところにありました。

道路沿いの喫茶店の脇から砂利道を入った奥で、もともとは小さな工場だったのを祖父が自分で改装したそうです。母に連れられて遊びにいくと、いつも祖父はその砂利道に立って、のんびり煙草を吸いながら待っていた。待ちきれなかったんでしょうね。小さな頃は母に連れていってもらったけど、中学生ぐらいになるとひとりで遊びにいくようになりました。

もともと町工場だから、そのアトリエはとても広かった。祖父はそこになんでも置いてたの。自身の作品や画材、いろいろな資料や過去の記録も。それに祖父は「発明」が趣味だったから、そのための道具類もありました。その発明で役に立ったものはひとつもなかったけどね。

ようするにそのアトリエは大きな子ども部屋みたいなところでした。祖父はなんでも触らせてくれたし、私には楽しくてたまらない場所だった。そのかわり夏は暑いし冬は寒いんです。それでも祖父は頑健な人で、いつも広いアトリエの中を元気よく歩きまわっていました。それが健康の秘訣だったのかもしれない。私が高校を卒業する頃まで、祖父はほとんど休みなくアトリエに通っていたから。

ただ、ひとつだけ祖父の許してくれないことがありました。

そのアトリエの裏へまわると小さな平屋があって、そこに入ることだけは禁じられていたんです。「あそこには魔物が住んでいる」と祖父は言っていました。いくら子どもでも「そんなわけない」と思ったんですけど、やっぱりちょっと怖かった。裏には雑木林が迫っていて、雨の日や夕暮れ時には不気味なんです。高校生ぐらいのとき、祖父の目を盗んで一度だけ中を覗いてみようとしたことがありました。でも正面にある緑色のドアには鍵がかかっているし、窓といえばドアの脇にある鉄格子のついたのがひとつだけ。その窓にしても分厚い曇り硝子で、中に何があるのかまったく見えませんでした。諦めて母に訊いてみると、「あれは図書室よ」と言われました。でも母でさえ中に入ったことはないというんです。「まあ、それはお父さんのプライバシーを尊重して」というのが理由でした。

その後、しばらくその平屋のことは忘れていました。

子どもの頃には祖父の隣で絵を描いたりしたけれど、だんだん自分で描きたいという気持ちはなくなっていきました。祖父の相談相手になったり、手伝いをしたりするほうが楽しかった。画廊の関係者と話をすることもよくありました。そういう積み重ねで、だんだん画廊の仕事に興味を持つようになったんでしょうね。

でも私が大学を卒業する頃には、あの頑健だった祖父も病気がちになって、アトリエへ通うことも少なくなっていきました。そして私が四条の画廊で働き始めて間もなく亡くなったんです。とても哀しかったけれど覚悟していたことではありました。

そこで問題になったのは市原に遺されたアトリエです。

祖父はそのアトリエになんでもかんでも詰めこんでました。自分のものを処分するのがきらいな人だったので、何もかもごちゃまぜになっているんです。両親や兄も手を貸してくれましたが、結局のところ私が陣頭指揮をとるのが一番良さそうでした。幸いなことに勤め先の「柳《やなぎ》画廊」は、祖父が生前にお世話になっていたところでもあるので、画廊主の柳さんも相談に乗ってくれました。

そういうわけで、私は仕事の合間に市原のアトリエへ通い、遺品をコツコツ整理していったんです。暑い夏でした。汗を拭いながらアトリエを片付けていると、子どもの頃に私の描いた絵が出てきて、祖父はこんなものまで取っておいてくれたんだと思うと、なんだか涙が出てきて止まらなくなったこともありました。

そのうち私は「どうしたものか」と考えこむようになりました。

アトリエの裏にある平屋のことです。

「魔物が住んでいる」と祖父は言っていました。

なんとなく気が進まなかったけれど、先延ばしするほど気が重くなるので、ある休日の午後、私は思い切ってアトリエの裏手へまわってみました。雑木林から蟬《せみ》の声がわんわんと響いていたのを憶えています。長く草刈りもしていませんでしたから、夏草が膝近くまで生い茂って、まるで熱帯のような草いきれが立ちこめていました。

ところがですね、私はその平屋を見ると足がすくんでしまったんです。

本当にぴくりとも動かないの。

その平屋を見つめながら、蟬時雨《しぐれ》の中でしばらく茫然としていました。

あらためて見ると本当に妙な建物なんです。正面の右寄りに色褪せた緑色のドアがあるんだけど、いやに幅が狭くて一般的なドアの三分の二ほどしかありません。その左にはガッチリと鉄格子のついた窓がひとつだけ。ほかには本当に何もないんです。子どもの描いた絵のように素朴なところが、かえって不気味で、なんといえばいいんでしょうね、まるで悪夢の中にある建物みたいな、本当はそこに存在していない建物のように思えるんです。結局、その日は諦めて帰ることにしました。

「なんだかあの平屋が怖い」

私がそんな話をすると、両親もちょっと考えこんでいました。子どもの頃祖父に脅されたせいだよ、と兄が言いました。「それなら僕が開けてやろう」

「俺も行こう」と父も言いました。

翌週の日曜日、私たちは市原へ出かけていきました。

アトリエの裏へまわってその平屋が目に入ると、父は両手を腰にあてて立ち止まり、「ああ」と納得したように言いました。「これはたしかに妙だな」

「そうでしょ？」と私は言いました。

「本当に魔物が住んでたりして」

兄は小さく笑いましたが、どこか緊張している風でした。

魔が通り抜けたように私たちの間に沈黙がおりました。雑木林から聞こえてくる蟬の声がひときわ大きく聞こえます。ふと誰かに見つめられているような気がしました。振り返ってみましたが、日に焼かれた砂利道があるだけで人影は見あたりません。それなのに視線を感じるんです。この感覚はなんだろうと私は不安になりました。耳元で羽虫がぶんぶん唸り、汗の粒が頰をゆっくり流れていきます。私は向き直って父たちの背中を見つめました。

「さて、それでは『開かずの間』を開くとしようか」

父は私たちを勇気づけるように言いました。

「開けゴマ！」

そして私たちは緑色のドアを抜けて室内に入ったのです。

結論から言うと、その平屋は魔物のすみかでもなんでもなかった。

外見からは想像がつかなかったけれど、その中は本当に快適な「図書室」だったんです。床にはペルシア絨毯が敷かれていて、いかにも座り心地の良さそうなソファや、アンティークのテーブルやランプがありました。そして三方の壁はすべて書棚になってる。天井の隅にちゃんとエアコンもあって、兄がスイッチを入れると涼しい風が吹きだしました。まさか祖父がこんな場所を隠していたなんて。

「これがお義父《とう》さんの秘密基地というわけか」

父が感心したように言いました。「素晴らしいな」

じつのところ私は拍子抜けしていました。書棚には雑多な本がならんでいるだけで、怖ろしいところは何もありません。結局私の独り相撲だった。それというのも祖父が幼い私に「魔物が住んでいる」なんて言ったからで、なんだか恨めしくなったぐらい。

ひとつ気になったのは『千一夜物語』の充実ぶりでした。

あなたならご存じだろうと思いますけど、『千一夜物語』には原典のアラビア語から翻訳されたものや、バートン版という英語から重訳されたもの、あるいはマルドリュス版やガラン版というフランス語訳から重訳されたものもあります。日本語に翻訳された『千一夜物語』だけでも多種多様です。その図書室の書棚にはそのような幾つもの『千一夜物語』があって、それだけでもたいへんな分量でした。よほど祖父は『千一夜物語』がお気に入りだったんだろうと私は思いました。

やがて父が溜息をついて言いました。

「どうしたものかな。やすやすと処分はできないぞ」

「もう少し調べてみるから待ってくれない？」

「古本屋を呼んで調べてもらう手もあるだろ」

兄は言いました。「そのまま処分できるし、楽じゃないか？」

「それはいつでもできることでしょう。せっかくおじいちゃんが集めた本だから自分で調べてみたい。魔物もいないって分かったから、もう大丈夫だよ」

「おまえがいいならいいけどさ」

兄も強いて反対するつもりはないようでした。

いくつもの翻訳版『千一夜物語』をのぞけば、書棚の本は雑然としていました。見るからに古めかしい本もあれば最近の本もあり、日本人の本もあれば翻訳書もあり、ハードカバーもあれば文庫本もあります。まったく脈絡が見えないんです。しかし祖父が誰も入らせなかったぐらいですから、これらの蔵書には何か重要な意味があるにちがいありません。

それから半月ほどは何かと忙しく、体調を崩したこともあって、次に市原のアトリエを訪ねることができたのは九月になってからのことでした。その日は勤務先の画廊主、柳さんも一緒でした。生前の祖父がお世話になっていた人で、遺作の整理についても相談に乗ってくれていました。私が祖父の図書室について話すと、「ぜひ見たい」というので同行してもらったのです。

図書室に入ったとたん、彼は小さく歓声を上げました。

「なるほど。これはすごい」

「どういう蔵書なのか、まだ分からないんですけど」

「『千一夜物語』がたくさんあるね」

柳さんもすぐに気づいたようでした。

「そういえば先生はお好きだった」

「私はちっとも知らなかったんですよ」

「言いにくかったんだろう」

「どうして？」

「きわどい表現もある本だからね」

柳さんは苦笑しました。「お孫さんには言いたくないさ」

「あ、なるほど」

「父の遺した書棚を思いだすよ」柳さんは目を細めました。「その書棚の本を抜きだして読んでみると、父があちこちに線を引いていたりしてね。なぜ父はそこに線を引いたのかということを考える。僕にはたいしたものとは思えない文章に線が引かれていることもある。そこに父と僕の違いがあるということだろうな」

「柳さんも本を読むときに線を引いたりします？」

「そんなことはほとんどしない。父はよく会話やスピーチで引用をする人だった。そのために日頃からそんなふうに読んでいたのだろう。でも父の蔵書をめくっていて、かつて父が引用した言葉を見つけたときは、なんだかヒヤリとするものだよ。そういう文章がいくつも見つかると、父が僕に語ったことはすべてこの書棚にある本の引用だったんじゃないかと思えてくる。そうすると目の前の書棚こそが父であるということになる。死んだはずの父がまだそこにいて、僕に向かって語りかけてくるわけだよ。懐かしくもあるけれど不気味でもあるな」

「祖父も何か書きこみをしているかもしれませんね」

「それもそうだ。調べてみようか」

そして私たちは書棚の本をめくってみました。

なにげなく私が手に取ったのは池澤夏樹『マシアス・ギリの失脚』でした。ぱらぱらとめくるうち、私はハッと息を呑みました。「『千夜一夜物語』の中に既に見える」という文章に黒々とした線が引かれていたの。かたわらの柳さんを見ると、彼も驚いたように開いた本を見つめていました。彼の手にあるのは吉田健一『書架記』。手元を覗きこんでみると、目次「マルドリュス訳の『千夜一夜』」に線が引かれてる。次に私が手に取ったのは谷崎潤一郎『蓼《たで》喰う虫』だったけれど、その小説も『千一夜物語』に関する記述のところに線が引いてある。「大人の読むアラビアン・ナイトって、子供のとまるきり違うんですか、お父さん」云々。

私が柳さんの顔を見つめると、彼はゆっくり頷きました。

「すべて『千一夜物語』に関連している」

「ぜんぜん気づきませんでした」

「無理もないだろう。線が引かれているのは些細な記述だ。意識して探さなければ見落としてしまう。しかしこれで納得がいくね。スティーヴンソンの『新アラビア夜話』があるし、稲垣足穂『一千一秒物語』もある。これらは『千一夜』に触発されて書かれた作品のはずだ」

ほかの本を調べると、いよいよ結論は揺るぎないものになりました。

「これはすべて『千一夜物語』に関連する本なんですね」

それは祖父にとって単なる趣味だったんでしょうか。

けれどもその図書室に集められた膨大な本を見ていると、何かそれだけではない執念を感じるんです。まったく知らなかった祖父の一面を見たようでした。たしかにひとつの謎には答えが与えられたけど、その答えはいっそう不可解な謎へつながったわけです。

駅へ向かう帰り道で、柳さんが呟きました。

「あれはどうも妙な建物だ」

「柳さんもそう思いますか？」

「あのドアも窓も何かがおかしい。それにね、君とあそこにいる間、ずっと誰かに見られているような気がしたよ。あれは一体どういうわけだろうか」

そう言って、柳さんはしきりに首を傾げていました。

◯

「……それでどうなったんですか？」

私が身を乗りだすと、マキさんは微笑みました。

「物語はここでおしまい。不思議な話だと言ったでしょう？」

マキさんがその長い物語を語っているうちに、酒場「夜の翼」の客は少しずつ増えていき、いまでは穏やかな話し声やグラスの鳴る音が私を包んでいました。

「その図書室はどうなったんですか？」

「いまでもそのままにしてありますよ。祖父の残した謎を解き明かしたくて、私はそこで繰り返し『千一夜物語』を読んだの。いろいろな物語が頭に刻まれた。もし王様に首を刎ねられそうになったら、シャハラザードみたいに語って生き延びられるかもね」

「おじいさんの残した謎は解けましたか？」

「謎は謎のまま」

マキさんはそう言って微笑みました。

「謎といえば『千一夜物語』そのものが謎だもの。たとえばあなたが読んでいるのはマルドリュス版といって、マルドリュスがアラビア語からフランス語に翻訳したものが元になっている。でもマルドリュスはかなり恣意的な翻訳を行っていて、どんな写本に基づいているのか分からない部分もある。それはあくまでマルドリュスが作り上げた『千一夜物語』というわけ」

「それは聞いたことがありますね」

「だからといってマルドリュスが単純に悪いとは私には思えない。ヨーロッパで初めて『千一夜物語』を翻訳したアントワーヌ・ガランだって、ぜんぜん関係のない写本や人から聞いた話をそのまま取りこんでいる。それはタイトルのせいでもあるのよ。『千一』というのはそもそも単純に『たくさん』という意味だったのだけど、いつしか、この世界のどこかに千一夜分の物語が揃っている完全版『千一夜物語』が存在するという夢想を生みだした。おそらくそんなものはどこにもなかったんです。だけどその夢想を実現するために、大勢の人たちがあの手この手で物語を付け足していった。なりふりかまわず偽写本を作ったし、敢えて恣意的な翻訳にも手を染めた」

そこでマキさんは私を見つめて言いました。

「でもそれは本当にタイトルだけが理由だと思う？」

「というと？」

「なんだか魔力みたいなものが働いている気がしませんか。まるでシャハラザードが生き延びるために物語を求めていて、かかわった人々はみんな彼女の魔術に操られていたような気がする。ひょっとしたら私の祖父も同じ魔術に操られていたのかもしれない。写本の信憑《しんぴょう》性や翻訳の正確さという問題をひとまず脇に置くなら、私はこう思うんです——シャハラザードの魔術に操られた人間の数だけ『千一夜物語』は存在するんだって」

マキさんの話を私はたいへん興味深く聞いていました。

私が考えていたのはもちろん『熱帯』のことです。白石さんは私が以前語った仮説のことを覚えておられるでしょうか。学団員たちが読んだ『熱帯』は一冊一冊がすべて異なる展開をもつ「異本」であったという仮説です。マキさんの『千一夜物語』論はまさにその仮説を思い起こさせるものでした。佐山尚一によって操られた人間の数だけ『熱帯』は存在するわけです。

私が考えこんでいると、マキさんは溜息をつきました。

「ごめんなさい。へんな話をして」

「いや、たいへん興味深い。参考になりました」

「それで、あなたはどうして京都へ来たの？」

マキさんは言いました。「何か面白い理由がありそうですね」

その理由を語るには『熱帯』について語らねばなりません。「長くなりますよ」と念を押すと、マキさんは「望むところです」と言いました。そういうわけで私は彼女の物語に対抗するように、『熱帯』と自分の物語を語りました。マキさんは真剣な顔で聞き入っていました。あらためて語ってみると、それは彼女の物語に勝るとも劣らない奇怪な話ではありました。私が語り終えると、マキさんは「謎めいた話だなあ」と考えこんでいました。

やがて彼女は言いました。

「あなたは不安に思わないの？」

「何をですか？」

「作者の佐山尚一は消えて、その千夜さんという人も消えた。同じことが自分の身にも起こるかもしれない――そんなふうには思わないの？」

「待ってください。千夜さんは消えていませんよ」

「もうこの世界にはいないかもしれないでしょう」

「まさか」と私は呟きました。「そんなわけがない」

時計を見ると午後十一時をまわっていました。

私は船室のような窓から外を眺めました。船に乗っているような揺れを感じるのは、ウィスキーの酔いがまわってきたせいでしょう。そろそろホテルへ戻らなければ明日にさしつかえます。礼を言って立ち上がると、マキさんは「こちらこそ」と言いました。

そのあとで不思議なことがありました。

会計を済ませて先斗町の路上へ出たとき、マキさんが追いついてきたのです。

「京都市美術館へ行ってみてください」

彼女は囁きました。「参考になるか分からないけど」

「美術館？　何があるんです？」

「いいから行ってみて」

彼女はそれだけ言うと、身を翻して酒場「夜の翼」へ戻っていきました。

いつの間にか先斗町を行き交う人影はまばらになっていました。波の引いたあとのような石畳を歩き、やがて私は三条小橋のたもとに出ました。タクシーに蹴上のホテルへ行くように頼んで後部座席に身を沈めると、長い一日の疲れが押し寄せてくるようでした。

車窓を流れていく街の灯を眺めていたとき、ふいに携帯電話が鳴りました。見たことのない番号です。

電話に出ると、男性の声が聞こえてきました。

「池内さんですか？」

「どちらさまです？」

「こんな時間に申し訳ない。今西《いまにし》と申します」

「今西さん？」

「芳蓮堂で名刺を見て連絡をさしあげました」

相手は言いました。「千夜さんを探しているそうですね」

その瞬間、私は相手が誰であるのか悟ったのです。

「千夜さんのご友人ですね？」

「ええ。古い友人です」

「彼女の行方をご存じなのですか？」

「その件で話をしたいのだが、明日会えるだろうか」

相手は言いました。「今出川通に『進々堂』という珈琲店があります。そこに午後一時では？」

私が戸惑いながらも了承すると相手は唐突に言いました。

「君は『熱帯』を読んだのかね？」

「ええ、読みました」

私は驚きながら答えました。「あなたも？」

「いや、私は読んでいない。残念ながら」

そして相手はぷつんと電話を切ったのです。

私は携帯電話を置くと、ふたたび車窓を眺めました。

タクシーは繁華街から遠ざかって、蹴上へ向かう広い坂をのぼっていくところでした。ひっそりとした夜の町は暗い海の底に沈んでいるように感じられます。眠気をこらえながらタクシーの行方を見つめていると、やがて高台に燦然と輝くホテルが姿をあらわしました。それはまるで、未踏の大地を目指して暗い波濤を越えていく、巨大な客船のように見えたのです。

○

翌朝、京都の街はうっすらと雪化粧をしていました。

客室のカーテンを開いて窓の外を眺めると、南禅寺の森は白銀色に染められていました。崩れ落ちてくる大波がそのまま凍りついたかのようです。薄灰色の雲が空を覆って、冷え冷えとした白い光と静寂が世界を充たしていました。

ラウンジで朝食を取ったあと、私は客室に戻ってノートを開きました。

「芳蓮堂」「驚異の部屋」「達磨とカードボックス」「夜の翼」「永瀬栄造＝魔王」「三題噺《さんだいばなし》」「佐山尚一の影の部分」「千夜さんが同行者を置き去りにして裏口から逃げる」「狂い咲きの向日葵」「満月の魔女はここにもいない」……昨夜は疲れ果ててノートを書くことができなかったので、寝る前に単語だけを走り書きしておいたのです。キーワードだけでも記しておけば、あとから記憶を再現することが容易になります。それらの単語を見返しながら、私は昨日の出来事をできるかぎり正確にノートにメモしていきました。

書き進めていくうちに私は不思議な気持ちになりました。

そもそも私は『熱帯』について調べていたはずです。千夜さんの行方を追うことも、佐山尚一の足跡を辿ることも、すべては『熱帯』という小説の謎を解くためでした。

しかし昨日からの出来事を丹念に辿ってみると、もうひとつの物語の存在が浮かび上がってきます。言うまでもなくそれは『千一夜物語』です。

暴夜《アラビヤ》書房で読んだ『千一夜物語』
芳蓮堂のカードボックスで読んだ『千一夜物語』の詩
その詩から名を取ったという先斗町の酒場「夜の翼」
その酒場で『千一夜物語』について語ったマキという女性
彼女の祖父が残した『千一夜物語』関連書籍のコレクション

先斗町の酒場でマキさんが語ってくれた物語はたいへん印象的でした。それは『千一夜物語』をめぐる物語でありながら、『熱帯』の一挿話であるかのように感じられます。

気になったのは、昨夜マキさんが別れ際に囁いたことでした。

調べてみると京都市美術館は平安神宮のそばにあり、このホテルからも遠くないようです。今西氏との約束は午後一時ですから、美術館を見てまわる時間は十分にあります。私は旅行鞄を東京へ送る手配をしてから、チェックアウトを済ませてホテルを出ました。

灰色の空から雪がちらついています。

琵琶湖疏水沿いに歩いていくと、頬が強《こわ》ばるような寒さでした。

——自分は本当に『熱帯』の謎が解けるのだろうか。

そんな不安にとらわれたのも、私がひとりだったからでしょう。

もしここに白石さんがいたらどう考えるだろうと私は思いました。私たちに新しい展開をもたらしてくれたのはあなたでした。たとえ私が立ち往生しても、あなたなら壁を打ち破ることができるかもしれない。

やがて平安神宮の大鳥居が見えてきました。

琵琶湖疏水にかかった橋を渡ると、鳥居の右手に京都市美術館がありました。昭和八年に建造されたもので、和洋折衷の本館は巨大な城壁のように感じられます。大きな正面玄関に近づいていくと、茶色の壁面に垂れ幕が見えました。京都在住の作家たちの合同展覧会が開かれているようです。私はチケットを買って館内に入りました。

——なぜマキさんはこの美術館へ来るように言ったのだろう。

私はひとつひとつの作品を丹念に見ていきました。工芸品もあれば、銅版画もあり、日本画もあります。やがて西洋画の展示されている大きな部屋に入ったとき、奥の壁に掛かった一枚の絵が気になりました。私はがらんとした展示室を横切って、吸い寄せられるようにその絵のもとへ向かいました。

紹介文を読んだ瞬間、戦慄を覚えました。

「満月の魔女　牧信夫《まきのぶお》　一九八四」

そう書かれていたからです。

○

青い衣装を身にまとった女性がひとり、荒れ地に立っています。彼女はこちらに背を向けて、荒れ地の彼方につらなる砂丘を見つめています。群青色の空は日没後のようでもあり、日の出前のようでもありました。そして同じ画面の左奥には、荒れ地にぽつんとある白い宮殿が描きこまれているのです。

――砂漠の宮殿。

それは千夜さんと白石さんのサルベージによって浮上したイメージ、無風帯の向こう側に存在するという宮殿に間違いありません。そもそも「満月の魔女」というタイトルからして、この不思議な絵が『熱帯』に関係していることは明らかでした。

牧信夫という名から、すぐに私は酒場「夜の翼」で出会った「マキさん」のことを思い浮かべました。彼女の祖父は画家だったといいます。つまりこの絵を描いたのは、謎めいた図書室を遺して亡くなったという彼女の祖父なのでしょう。そして彼は佐山尚一の『熱帯』からインスピレーションを得てこの作品を描いたにちがいありません。

私は目を閉じ、白石さんから聞いた話を思い返しました。

あの播磨坂のマンションへ千夜さんを訪ねた午後、あなたが目を閉じて『熱帯』の世界を思い描くと、その世界が立体的に浮かび上がってきたはずです。砂丘に囲まれた荒野に聳える白い門、砂に埋もれた遺跡のような庭園、ペルシア風の丸屋根を持つ宮殿……。そのとき私もまた、まざまざとその情景を思い描くことができたのです。

ふいに砂の匂いを含んだ風が吹いてきました。

怪訝に思って目を開くと、私は薄暗い空間にいました。そこは美術館の展示室とはまったく異なる場所らしいのです。だんだん目が慣れてくると、聖堂のように天井の高い広間であることが分かりました。あたりは静寂に包まれ、石造りの床は砂まみれでした。振り向くと広間の出口があり、その向こうには砂に埋もれた庭園と白い門が見えます。彼方には山脈のように砂丘が連なって、青い空には天をつくような雲が湧き上がっていました。

私は愕然としていました。自分は絵の中の砂漠の宮殿にいるのです。

そのとき、広間の奥の暗がりで物音がしました。

向き直っても何も見えません。しかし耳を澄ますと、たしかに砂を踏みしめる音が聞こえてきます。私は身じろぎもせずに立ち尽くしていました。

姿の見えない何者かは一歩ずつ近づいてきます。

私は大きく息を吸い、相手に問いかけました。

「あなたは満月の魔女か？」

するとと足音はピタリと止みました。

そして空っぽの空間から声がしました。

「池内さんですか？」

どれほど私は驚いたことでしょうか。

それは白石さん、あなたの声だったのです。

「白石さん？　どこにいるんです？」

「私にも池内さんが見えないんですよ」

「待ってください。あなたはどうしてこんなところへ？」

「池内さんを追いかけてきたんですよ、もちろん！」

声のする方へ腕を伸ばしてみましたが、手は空しく宙を摑むばかりです。

どうして自分が砂漠の宮殿にいるのか。どうして白石さんもそこにいるのか。どうしておたがいの姿が見えないのか。分からないことばかりです。しかし不思議なことに、あなたの声には不安そうな様子は微塵《みじん》も感じられず、むしろ楽しそうでさえあったのです。

「やっぱり会えると思ってた。たとえ声だけでも」

「何がどうなっているのか……」

「いろいろ話したいことがあるんだけど時間がないんです。嵐が来てしまう」

そしてあなたは急いで次のようなことを語りました。

「池内さんが京都へ出かけたあと、中津川さんと会って話をしたんです。彼は『熱帯』の正体に気づいていました。『熱帯』は真の意味での魔術的書物だと言うんです。私たちはまだ読み終えていない、私たちは『熱帯』の中にいるんだって」

「『熱帯』の中にいる？」

「あらゆることが『熱帯』に関係している。この世界のすべてが伏線なんです」

湿気を含んだ風が広間に吹きこんできました。振り返ると、砂丘の上に広がる青い空を暗雲が覆っていくのが見えました。記録映画のフィルムを早回しするような凄まじい速さです。暗雲の中を稲妻が龍のように走って、雷鳴が轟《とどろ》き始めました。

「『熱帯』のことで思いだしたことがあります。それは魔王の台詞で――」

白石さんは雷鳴にあらがうようにして暗唱しました。

「かつてこの海域は満月の魔女が支配していた。私は彼女から魔術を教わった。さもなくば私は生き延びることができなかったろう。この島へ流れついたとき、私もまた君と同じように無力だったよ。そこは見渡すかぎり何もない空漠たる世界だった。しかしよく考えてみたまえ。何もないということは何でもあるということなのだ。魔術はそこから始まる」

ひときわ大きな雷鳴によって白石さんの声は掻き消されました。

「白石さん！」

「千夜さんのあとを追いかけて、池内さん」

あなたは言いました。「私はあなたを追いかけていく」

そこで声はぷつんと途切れました。

気がつくと私は展示室に立っていました。目の前には牧信夫氏の作品があって、すべては元のとおりです。白石さんの声も、砂の匂いも、嵐の音も消え去り、静寂が硬い物質のように感じられました。私は小さく声を上げてあたりを見まわしました。

「大丈夫ですか？」

監視員が立ち上がって近づいてきます。

驚いたことに展示室に入ってから三十分近くが過ぎていました。その間、私はずっとこの絵の前に立ち尽くしていたのでしょうか。だとすれば監視員が訝しく思うのも当然のことです。まさか自分の見た白昼夢について語るわけにもいかず、私はただ頭を下げて、逃げるように展示室を後にしました。さぞかし頼りない足取りだったことでしょう。

私は美術館の外へ出て、雪のちらつく灰色の空を見上げました。

◯

私はタクシーを拾って進々堂へ向かうことにしました。

その車中、あなたに電話をかけてみました。日曜日の正午過ぎ、唐突に私から電話があったことを覚えておられるでしょうか。

あなたの声はまったく普段通りでした。

「どうしたんですか、池内さん」

「お忙しいところすいません」

「べつに忙しくないですよ。ちょうどお昼休み中で」

電話の向こうからは喫茶店らしい物音が聞こえてきます。人々の話し声、食器の音、クラシック音楽。馴染みの情景が目に浮かぶようです。

「いまどちらにおられますか？」

「喫茶メリーですよ。トーストセットを食べてるところ」

あなたは言いました。「どうして？」

先ほどの不思議な経験を説明したところで、信じてもらえるはずがありません。自分でも信じることができないのです。

「いや、京都でよく似た人を見かけたものですから」

「私としては有楽町にいるつもりですけどね」あなたは笑いました。「もしかすると私の生き霊を見たのかもしれませんよ。私も京都へ行きたかったから、その怨念が」

——池内さんを追いかけてきたんですよ、もちろん。

あの宮殿の広間で白石さんの「声」はそう言いました。しかし白石さん本人は間違いなく東京にいるのです。わざわざ嘘をつく理由もありません。

「ということは、私の勘違いですね」

「そう思いますけど」

「いや、まったく申し訳ありません」

私はそう言って口をつぐみました。

その僅かな沈黙があなたを不安にさせたようです。

「……池内さん、何かあったんじゃないですか？」

「ご心配には及びません」と私は言いました。「あまりにもいろいろなことがあって、まだ整理がつかないんです。東京へ戻ったらご相談したいことが山ほどありますよ」

「楽しみにしてますからね」

「吉報をお待ちください」

私はそう言って電話を切りました。

タクシーは東大路通を北へ走っています。

——先ほど美術館で経験したことは何だったのだろう。

砂漠の宮殿にせよ、大嵐のイメージにせよ、すべて白石さんがサルベージしたものの繰り返しでした。白石さんの「声」が語ってくれたことにしても、自分がひそかに妄想していたことにすぎないとも言えます。牧信夫の「満月の魔女」を発見した興奮によって、私の妄想があのような白昼夢を創りだしたのではないか——しかし、そんな仮説に説得力のないことは私自身が一番よく分かっているのです。宮殿の広間に漂っていた砂の匂い、嵐の到来を告げる湿った風、あなたの生々しい声。それらは現実そのものに感じられました。

やがて右手に大学が見えてきました。

百万遍交差点を右に折れて、タクシーは古風な珈琲店の前で止まりました。今出川通に面して大きな窓のある店で、小さな看板に「進々堂」とあります。

私はそこでタクシーを降り、珈琲店に入って窓際の席につきました。窓からは淡い光が射しています。奥の中庭に向かって進むにつれて暗さを増していく店内には、珈琲の香りが染みこんでいそうな樫《かし》の長テーブルがならんでいます。

私は珈琲を注文してノートを広げました。

——満月の魔女のところへ行く。

芳蓮堂で千夜さんはそう言い残しています。

それは人物ではなくて作品のことだったのかもしれない。だとすれば、千夜さんは牧信夫という画家の存在に気づいたことになります。その画家は謎めいた図書室を遺して亡くなった。酒場「夜の翼」でマキさんの語ってくれた物語は忘れがたいものでした。しかしそうなると、あらゆるものごとがつながってしまうのです。

この世界のあらゆることが『熱帯』に関係している。

私たちは『熱帯』の中にいる。

気がつくと大きな窓いっぱいに雪が舞い散っていました。

ひとしきりノートを書いてから顔を上げると、灰色のコートを着た男性が雪を払いながら入ってくるところでした。白髪混じりの頭髪は几帳面に整えられており、上品な眼鏡が白く光っています。彼は「さて」というように店内を見まわしたあと、迷うことなく私の方へ近づいてきて言いました。「池内さんでいらっしゃいますか？」

私は立ち上がりました。

「今西さんですね？」

「そうです。お呼び立てして申し訳ない」

今西氏は穏やかな声で言うと、コートを脱いで向かいの席に腰を下ろしました。珈琲を注文してから、彼は「一目で分かりましたよ」と微笑みました。

「千夜さんから聞いたとおりの印象だ」

「私のことをご存じなんですか？」

「君が追いかけてくるだろうと彼女は言っていました」

今西氏は言いました。「こんなに早く追いつくとは思わなかったが」

○

今西氏は簡単な自己紹介をしてくれました。

生まれたときから京都市内に暮らしていること、長く地元の企業に勤めていたこと、今は退職して友人の小さな会社を手伝っていること。千夜さんとは学生時代の友人で、卒業したあとも連絡を取り合っていたといいます。

今西氏は額に手をあてました。

「さて、何から話すべきだろうな」

「今西さんは千夜さんの行方をご存じですか？」

「残念ながら分からないのですよ」と彼は首を振りました。「だから芳蓮堂で聞いて、君に連絡を取ったんです。あの店で起こったことは店主から聞きましたね？　千夜さんの振る舞いは、じつに不可解でした」

「その後、千夜さんから連絡はないんですね」

「ええ。東京の家にも問い合わせてみたが、まだ戻っていないらしい」

今西氏はそう言って溜息をつきました。

「四日前、突然『京都に来ている』と連絡があったときには驚きましたよ。墓参りの季節でもないし、ここ数年は会うこともなかったから」

今西氏は黒光りするテーブルに触れました。

「彼女とはこの店で会ったんです」

「ここで？」

「約束の時間にここへ来ると、千夜さんは先に席について待っていた」

今西氏とひとしきり近況を語り合ったあと、彼女は『熱帯』について語り始めたそうです。

南の島の不思議な冒険譚、有楽町で開かれる読書会、そしてその小説を書いたのがあの「佐山尚一」であるということ。

「私には信じられないことばかりでしたよ。あの佐山が本を書いていたというだけでも驚くのに、読んでいる途中で消えてしまう本だというんだから……それではまるで魔法の本だ。正直なところ、千夜さんは妄想に取り憑かれているとしか思えなかった」

「しかし『熱帯』という本は実在します」

「だから昨夜君に電話したとき、まず『熱帯』のことを訊ねたんです。おかげで彼女ひとりの妄想ではないということは分かりましたがね」

私は今西氏の冷静な語り口に好感を覚えました。

「今西さんは佐山尚一のことをご存じなのですね」

「もちろん。彼とは親友だった」

今西氏はそう言って店内を見まわします。

「佐山と出会ったのもこの進々堂でね。学生時代、私はここで開かれる読書会に参加していたんですよ。『沈黙読書会』という妙な会だった」

今西氏によれば、それは何らかの「謎」を含んだ本を持ち寄って語り合う会だったそうです。それがどんな謎であるかということは、参加者それぞれの解釈にゆだねられています。ただし参加者はそれらの謎の輪郭について語ることができなければなりません。ある文学部の院生が呼びかけて始めたもので、メンバーの入れ替わりはあるものの、月に一度、五人から六人ほどの学生たちが集まったといいます。

「佐山尚一とはその会合で顔を合わせた。佐山も文学部の院生だったから、主宰者に連れてこられたんでしょう。初対面から馬が合って、それからもよく会って話をするようになった。不思議な魅力のある男でね。他大学を出てから文学部の大学院へ移ってきて、古代アラビア語の研究をしていたようだ。彼と千夜さんが知り合ったのもそれがきっかけで……そのあたりのことは聞いてますか？」

「ええ」と私は頷きました。「写本を読んでもらうために、お父さんが佐山さんを雇ったとうかがいました」

「栄造さんね。あれも独特の人物でしたよ」

「そのアルバイトのことはご存じでしたか？」

「あれは佐山のアルバイトのひとつでね。ほかにもいろいろとやっていた。かたや私は両親の家が北白川にあって、ずいぶん暢気な暮らしをしていた。当時、うちは長兄が独立して部屋が余っていたから、間借りで良ければ無料で部屋を提供するぞと誘ったんです。佐山はどこやらで軽トラックを借りて引っ越してきた。あとで聞いて驚いたんだが、運転免許も持っていないくせにね。『田舎で練習した』とか適当なことを言っていましたよ。外見に似合わず、破天荒なところもある人間だったな」

今西氏は珈琲を飲んで懐かしそうな顔をしました。

「北白川の家に佐山が間借りしていたのは半年ぐらいのことだが、ずいぶん長い期間だったように感じる。今でも学生時代のことを考えると、あの頃のことが最初に浮かんできますよ。まるで昨日のことのようだな」

「佐山さんはどんな人だったんでしょう？」

「どんな人と言われてもねえ」

今西氏はぼんやりと宙を眺めながら言いました。

「佐山は研究にかかわる本以外はあまり手元に置かない主義でね。すぐに売ってしまう。だから彼はよく私の部屋にきて、本棚から本を借りていった。私も子どもの頃から本を読むのは好きだったから、ずいぶんいろいろな本が溜まっていたんです。児童文学から社会学の本までね。小説もいろいろありました。私は現代文学なんて読めないから牧歌的なものだった。『ロビンソン・クルーソー』やら『海底二万海里』やら『宝島』やら……。しかし佐山もそういうものが好きで、よく私の本棚を褒めてくれた。冗談で私のことを『図書館長』なんて呼んだものですよ。読んだ本について夜を徹して議論したこともあるし、ふたりでレコードを聴きながら煙草を吹かして過ごしたこともある。不思議な時間だった。あんな時間を持つことはもう二度とないでしょう」

今西氏はふと黙りこみ、窓外の雪を見つめました。

◯

「今日は節分ですよ。寒いのも当然だ」

今西氏は呟きました。

「どうして千夜さんは姿を隠したんだろうか。どうも厭な気持ちになる。佐山が姿を消したのも節分祭の夜でしたからね」

「何か関連があるのかもしれません」

私が言うと、今西氏は「まさか」と顔をしかめました。「佐山が失踪したのはもう何十年も昔の話なんですよ」

「そもそも佐山さんはどうして姿を消したんでしょう？」

「私には分からない」

「何か秘密があったようですが」

「誰にでも秘密はある。とりわけ佐山のような人間はそうだと思いますよ」

今西氏は言いました。「どれだけ親しくなっても、他人を決して立ち入らせない領域を持っている。悩み事の相談を持ちかけられたこともないし、愚痴をこぼされたこともない。自分ひとりで考えて、自分ひとりで決める男でした。彼が姿を消したあと、何度も千夜さんと話し合ったものですが、何ひとつ理由は分からなかった。佐山は千夜さんにも私にも、本心を明かさなかったのだと思う。薄情だからこそ、彼はじつに優しい男でしたよ」

「佐山さんは小説を書いていましたか？」

今西氏は目を細めました。

「佐山はいつもノートを持ち歩いている男でね。彼が姿を消したあと、部屋に残された荷物の中に、愛用のノートがたくさんありましたよ。読んだ本の抜き書きとか、簡単な日記にまじって、不思議な文章がいくつも書きつけてあった。とはいえ、すべて尻切れトンボだった。ひとつの場面を書きかけて、すぐに断念してしまったような文章でね。どうしてそんなものを書いたのか、私にはまったく理解できなかったな。君はそれが『熱帯』の原型だと考えているんでしょう?」

「その内容を憶えておられませんか」

「無茶を言いなさんな」

今西氏は苦笑しました。

「三十年以上も前のことですよ」

「そのノートはどうなったんでしょう」

「佐山の郷里へ送ったはずだが、その後のことは知りません」

そして今西氏は溜息をつき、じっと私を見つめました。

「それにしても私には不思議でならない。君は千夜さんを追ってわざわざ京都へ来た。そして何十年も前に姿を消した人間について知りたがる。すべて『熱帯』という小説のためでしょう。どうしてそこまで、と思うのですよ」

「『熱帯』という小説について知れば知るほど、謎めいた世界が広がっていく感じがするんです。なんといえばいいか……こうして『熱帯』について調べる行為そのものが、『熱帯』の続きであるかのように思えるんです」

「まるで取り憑かれているように聞こえるな」

「そう思われるのも無理はないでしょうね」

「いったい『熱帯』とは何なのだろう。千夜さんからおおまかな話は聞いているが、君と『熱帯』のかかわりについても教えてくれませんか」

そこで私は『熱帯』との出会いから語りました。できるだけ事実を簡潔に語るように努めて、たとえば学団で話題に出た荒唐無稽な仮説は省くことにしました。もちろん先ほど美術館で見た異様な白昼夢のことも。

それでも語るべきことは多く、語り終えるまでには長い時間がかかったのです。

その間、今西氏は黙って耳を傾けていましたが、一度だけ、彼が動揺したように見える瞬間がありました。それは私が「満月の魔女」という言葉を口にしたときです。しかし彼はすぐにその動揺を押し隠し、その後は表情を崩しませんでした。

私が語り終えると、彼は目を閉じて呟きました。

「なるほどねえ」

「どう思われますか？」

「たいへん面白いと思う。しかし君は想像の翼を広げすぎているようだ。とくに京都に来てからの顛末にその傾向が強い。酒場で会った女性にしても、美術館で展示されていた絵にしても、『熱帯』にかかわりがあるとは言い切れない」

「そうでしょうか？」

「よく考えてみなさい。君の行く先々で、じつに都合良く手がかりが現れている。あまりにも話がうますぎる。客観的に考えるなら、君は手がかりを『発見』したのではない。いま正に『創造』しているのです」

「しかし私は事実だけを話したつもりです」

「君が嘘をついていると言っているのではない。たしかに君は酒場で不思議な女性に出会ったのだろうし、美術館にはその絵が展示されているのでしょう。しかしそれらの事実を『熱帯』という小説に結びつけたのは、あくまで君自身ですね。もしそれらの事実に出会わなかったとしても、君はそれらに代わる都合の良い事実を見つけることができたことでしょう。この世界には無限の事実があり、いくらでも選ぶことができるのだから。分かりますか。君は『熱帯』の謎を調べているつもりだが、その実、バラバラの事実を結びつけることによって、新たな謎を創造しているのです。だとすれば、その妄想から解放されないかぎり、謎が解けることは永遠にない」

「すべて私の妄想だと仰るんですか？」

――そんなはずはない。

私は胸の内で呟きました。

今西氏は私を宥《なだ》めるように言いました。

「そもそも人間は解釈という名のレンズを通して世界を見る。何らかの理由でそのレンズが歪んだり傷つけられたとき、奇妙な世界が立ち現れてくるのです。それは陰謀論の形を取るかもしれないし、病的な妄想の形を取るかもしれない。いずれにせよ、その世界を見ている本人からすれば、それは現実そのものなのです。君は『熱帯』という歪んだレンズを通して世界を見ている。そして、おそらく千夜さんにも同じことが起こっているのでしょう」

美術館で経験した白昼夢のことが脳裏に浮かびました。あれこそ自分が妄想に囚《とら》われていることの証《あかし》なのでしょうか。あれが現実の出来事だとは私にも思えないのです。かといって、今西氏の言うとおり、すべてが妄想の産物だと割り切ることもできません。

宙づりにされた状態で考えあぐねているとき、ふいに頭にひっかかるものがありました。先ほど今西氏が垣間見せた動揺です。

「満月の魔女」

私が呟くと、今西氏は眉を上げました。

「この言葉に心あたりがあるのでは？」

「どうしてそう思うんです？」

やはり今西氏は何かを隠している、と思いました。

「質問に答えていただけませんか？」

「しかしそれは……つまらない話ですよ。とくに意味はない」

「ぜひお伺いしたいのです」

「それを話したところで余計な混乱を生むだけですよ。その事実を君はまた『熱帯』に結びつけてしまうでしょうからね。第一、私が思いだしたことは佐山尚一には関係がないんです」

私は黙って今西氏を見つめました。

彼は溜息をついて、珈琲のおかわりを注文しました。

「しょうがない。それで君の気が済むのなら」

そして彼は次のような物語を語ったのです。

○

これは佐山尚一が姿を消す一週間ほど前の話になる。

繰り返すようですが、その日に私が経験したことは、佐山尚一にも関係がないし、『熱帯』という小説にも関係がない。千夜さんと私、そして彼女の父親である永瀬栄造氏にまつわる話なんですよ。それだけはあらためて念を押しておきます。

一月末のある日、私はひとりで千夜さんの家を訪ねた。

千夜さんと知り合ったのは前年の晩秋のことでした。彼女が佐山を訪ねてきたとき、彼が私を自室に呼んで、「アルバイト先のお嬢さんだ」と紹介してくれたんです。千夜さんは佐山から私の噂を聞いていたようで、「図書館長」という渾名のことも知っていた。

それ以来、何度か佐山をまじえて会っているうちに親しくなって、年が明けてから彼女を例の「沈黙読書会」に誘った。沈黙読書会については先ほど触れたとおりです。参加者は自分で選んだ本を持っていかねばならない。私がその日彼女を訪ねたのは、どんな本を持っていけばいいか相談に乗って欲しいと言われたからです。

千夜さんの家は吉田山の東の高台にありました。コンクリート造りのモダンな建物で、住居というよりは研究所のような雰囲気だった。栄造氏の好みだったんでしょう。今は建て替えられてあの頃の面影はありませんが、当時としては珍しい佇まいでしたよ。

訪ねてみると、ご両親は不在で、邸宅には千夜さんひとりだった。かえって私は緊張したものです。

一時間ほど千夜さんの部屋で話をしました。あらかじめ彼女は何冊か本を用意していたし、私も自分の書棚から本を持っていきました。さすが図書館長、と彼女は言いました。その部屋は二階の東側にあって、窓からは神楽岡《かぐらおか》の町並みを見下ろすことができました。向こうには大文字山が見えていた。八月にはみんなでそこから送り火を見ようという話も出ました。言うまでもないが、それは実現しなかった。翌週の節分祭には佐山が姿を消してしまったんですからね。

そのうち千夜さんが言いました。

「父の書斎を覗いてみようか」

書斎にもいろいろな本があるというんです。

彼女の父親、永瀬栄造氏には一度だけ会ったことがありました。

その年の正月、佐山は郷里に帰らずに私の家で過ごしていたので、ふたりで千夜さんの家へ年始の挨拶に出かけた。ご両親は酒を用意して歓待してくれました。栄造氏は鮮やかな銀髪と美しい目を持った人物で、企業家というよりも学者、むしろ芸術家のような雰囲気がありました。たいへんな読書家だということは佐山からも聞いていた。

「入ってもいいのかな」

「大丈夫、よく忍びこんでるから」

そう言って千夜さんは立ち上がりました。

気が引けましたが、結局私も好奇心には勝てなかったんですよ。

栄造氏の書斎は二階の西側、まるで水没したように薄暗い部屋でした。入って右手を見ると、書棚が三方の壁を埋めていた。隅の方には古い洋書もあるようでしたが、黒々とした装幀の書物は薄闇に溶けてしまって、それらの背にある金文字がぼんやりと光っていました。

西側の窓の向こうには吉田山の森が迫っている。

ドアから入ってすぐのところは応接用の空間で、豪奢《ごうしゃ》なペルシア絨毯が敷かれ、革張りのソファと硝子テーブルが置かれていました。硝子戸棚には古びた彫像や器が並んでいました。

書棚には栄造氏の仕事にかかわりのある化学書だけでなく、文学書や歴史書、哲学書なども沢山ありました。それらの書物をめぐってひとしきり話をしたあとで、千夜さんが手に取ったのは『千一夜物語』の翻訳書でした。子どもの頃、この書斎に忍びこんで読んでいたという。

もちろん私もタイトルぐらいは知っていましたが、読もうと考えたことは一度もなかった。

千夜さんは「読書会にはこれを持っていこうかな」と言った。『千一夜物語』は成立そのものが謎めいているから、というんです。

「父は『千一夜物語』の写本も持ってるはず」

「佐山が翻訳していたものかい？」

「あの小部屋にある、たぶんね」

千夜さんはそう言って書斎の反対側を指さしました。

この書斎に入ったときから気になっていたのですが、書斎の南側には不思議な中二階の「小部屋」がありました。おそらく二畳ぐらいの広さしかない。小さな梯子段を使って出入りするようになっていて、小部屋の下の空間は物置きのようになっています。

この家が建ったあとで、栄造氏が指物師《さしもの》に頼んで作ってもらった「部屋の中の部屋」だということでした。梯子段の先には、まるで小人国の入り口のような小さな緑色の扉がついている。千夜さんはしばらく考えこんでいましたが、ふいに書斎を横切って歩いていきました。そして梯子段の下に立ち、その小さな扉を見上げているんです。

私は彼女に近づいて言いました。

「やめておいたほうがいいと思う」

「ちょっと覗いてみるだけ」

そう言って千夜さんは梯子段をのぼっていきます。

私はなんとも落ち着かない気持ちで見守っていました。

たしかに罪悪感もありましたが、そのとき私の心に入りこんできたのは、もっといわく言いがたい感覚でした。あらためて眺めていると、その「部屋の中の部屋」がなんとも奇妙なものに思われてきたんですよ。まるで宙に浮かんでいるような構造といい、その異様に小さな緑色の扉といい、この書斎の雰囲気にそぐわない。本来ならばそこに存在しない部屋――そんなふうに感じられてならないんだ。

千夜さんが扉を開くと、その向こうは深淵《しんえん》のように黒々としている。

なんだか薄気味悪く思ったが、千夜さんが小部屋に入りこんでスイッチを押すと、すぐに電灯が点りました。彼女は梯子段の上から顔を覗かせて手招きしました。怯えていたのがばかばかしくなって、私は梯子段をのぼりました。

中を覗くと、千夜さんは小さく正座して、なんだかその小部屋に暮らす妖精のようだった。私が入りこめるような広さはない。梯子段の半ばに立ったまま、私は上半身だけを中に入れてみた。いくつか置かれた棚に、古びたノートや書籍、古道具が無造作に積まれているだけでした。

「これが『千一夜物語』の写本かな」

千夜さんは白い紙で包まれた本を見せてくれました。

彼女が包み紙をめくると、幾何学模様で飾られた表紙が現れました。年季の入った書物で、ちょっとでも乱暴に扱えばバラバラに崩れ落ちそうでした。古びて変色した頁をめくっていくと、朱色の大きな枠線の内側にアラビア文字がびっしりと書き連ねられている。「佐山にはこれが読めるんだな」と私は呆れて呟いた。

「とても信じられないでしょ？」

千夜さんは写本をふたたび紙に包んで棚に戻しました。

それにしても妙な小部屋だった。栄造氏はどうしてこんな部屋を作ったんだろうと思っていると、『千一夜物語』と同じ棚に置かれている品物が目についたんです。

それは片手で持てるぐらいの小さな木製のカードボックスでした。

現代ではそんなものを使っている人も少ないだろうし、君たちのような若い人は見たこともないかもしれない。決まったサイズの紙のカードにメモを書いて専用の箱に入れておくんです。自由に並べ替えたり分類したりできるから、ノートとは違った利便性がある。その頃、私は読んだ本の覚え書きをそんなふうに整理していた。だからそのカードボックスが目についたんでしょう。かといって、栄造氏のメモを盗み読もうなんていう魂胆はまったくなかった。それだけは断言できる。

にもかかわらず、気がつくと私は手を伸ばしていたのですよ。

その後、私は何度もその瞬間のことを思い返してみたものだが、自分がどうしてあんなことをしたのか、どうしても分からない。魔物に魅入られたような感じだった。指先がカードボックスの蓋に触れたとき、なんだか分からないがゾッとした。そのまま身を硬くしていると、千夜さんが寄り添ってきて私の腕を摑んだ。押すわけでもなく、引くわけでもなく、手を添えている。千夜さんの体温と息遣いが生々しく感じられた。

「いいのかな」

「いい。いい。開いて」

千夜さんが急《せ》かすように言いました。

そのとき書斎のドアの開かれる音がした。

振り返ると、栄造氏が書斎に立って微笑していたんですよ。学校の先生にいたずらの現場を押さえられた小学生のように、千夜さんと私はそそくさと梯子段を下りました。栄造氏はつかつかと書斎を横切ってくると、梯子段をのぼって小部屋の中を見まわし、明かりを消して扉を閉じた。その間、千夜さんと私は革張りのソファの脇に立ちすくんでいた。まったく居たたまれない気持ちでした。

やがて梯子段をおりてきた栄造氏は不思議なものを見るように私たちを見つめ、ソファへ座るように言いました。私は勝手に書斎に入ったことを謝罪しました。

「私が悪いのよ」

千夜さんが申し訳なさそうに呟きました。

しかし栄造氏は私たちを責めるようなことは何も言わなかった。「面白いものは見つかったかね」と言うのです。私が思い浮かべたのはあのカードボックスです。それは千夜さんも同じだったようで、彼女は身を乗りだすようにして父親に問いかけました。

「お父さん、あのカードボックスは何？」

「中を見たのか？」

「見てない」

「それでいい。君たちには何の役にも立たないものだ」

「でも、あの中にはいったい何が入っているの？」

ふいに栄造氏は黙りこんで目を細めました。目前に座る私たちの身体を貫き、はるかな水平線の彼方を見つめているようだった。その様子は強烈な印象を私に与えました。彼だけに見えているものが姿を現そうとしている、そんな切迫した気配が書斎に漲《みなぎ》っているように感じられたんです。今にも書棚が崩れ落ちて、広大な水平線が現れそうだった。

やがて栄造氏は我に返ったように呟きました。

「ひとつ昔話をしよう」

「昔話?」

「かつて私が満州にいたことは知っているだろう」

千夜さんは「ええ」と頷きました。

「いまから四十年近く前の話になる」

そして栄造氏は煙草に火をつけて語り始めたのです。

○

奉天《ほうてん》の北に文官屯《ぶんかんとん》という街がある。

ひとりの人間にとって、十代から二十代にかけての日々は、その後の人生をすべて足し合わせても釣り合わないぐらいの重みを持つのだろう。私はまだ帝国大学を出て間もない二十代半ばで、ちょうどいまの君たちと同じぐらいの年齢だった。

当時、私はその街にある陸軍の造兵廠《しょう》に勤務していた。

帝大を三ヶ月の繰り上げ卒業後に召集されて工兵大隊に入隊し、一年ほど工兵学校や兵器学校で学んでから満州へ送られてきた。階級としては中尉だった。造兵廠というのは武器弾薬を製造するところで、民間工場の管理指導が私の仕事だ。

煉瓦造りの官舎で妻と暮らし、昭和十九年には息子も生まれた。

管理課の窓から外を見ると、正門前の白茶けた大通りを挟んで、灰色の工場や官舎が眼下を埋め尽くしていた。街の西はずれには奉天から新京《しんきょう》へ向かう南満州鉄道の鉄路が走り、その向こうにはコーリャン畑や松林が点在する原野が広がっていた。太陽は真っ赤に燃えながら地平線の彼方に沈んだ。そんな風景はそれまでに見たこともなかった。その大地と空の眺めほど、自分が異邦人であることを感じさせたものはない。

――どうして自分はここにいるのか。

ときにはそんな思いにとらわれることもあった。

私は軍人であるから、いずれ戦うときがくれば死ぬのだろうと思っていた。そういう意味で私には未来がなく、その日その日の現在だけがあった。

戦況は日に日に悪化していく。

昭和十九年の暮れから二十年の春にかけて、米軍の爆撃機が編隊を組んで飛来するようになった。上官と奉天市内の出張所にいたとき、私もその爆撃に遭遇した。奉天の造兵所は徹底的に破壊された。一トンもあろうかという機材が爆風で屋根まで吹き飛ばされているのを見たとき、この戦争の行く手に待つものがはっきりとした姿を取ってそこにあると感じたものだ。

そして昭和二十年の夏、私は北にある新京へ移るように命じられた。幼い息子が腸カタルで入院していたので、妻とはその殺風景な病室で別れの言葉を交わした。ふたたび会うことはおそらくないだろう。それはふたりとも覚悟していた。

新京へ移って間もなく、私は慌ただしく列車に乗せられた。

何日も列車に揺られて到着したのは通化《つうか》という朝鮮国境の街だった。私たちは爆弾の製造を計画立案せよと命じられ、無駄な資源調査を淡々と続けた。その間もソ連軍の軍用機は毎日飛来してこちらの動静を探っていて、いつ彼らの攻撃が始まって玉砕となるか知れない。次第に心が麻痺してきて、死を怖れる気持ちも薄れていった。

そしてある日突然、私たちは敗戦を知った。

私は数名の仲間とともに帰隊することになり、有蓋貨車は奉天へ向かって満州の原野を走っていった。あちこちに広がるコーリャン畑、その中にぽつんとある満州人の集落、泥水のような河川、地平線に沈んでいく太陽、夕空で暗雲のように渦巻いている鳥の大群を見た。玉砕を待っていた頃の悟り澄ましたような心はきれいになくなっていた。なんとしても生きて妻子のもとへ戻らねばならぬと私は思った。

幾日も原野を走り続けて、ようやく列車は奉天へ着いた。

かつては満州人の人力車や自動車で賑わっていた駅前広場も、今は津波が引いたあとのように白々として感じられた。行き交う人々はみんな息を殺しているようだった。午後の陽射しが照りつける広場の片隅を、頭から血を流す半裸の男が歩いていく。満州人か日本人かも分からなかった。異様なざわめきの奥底から遠い銃声が聞こえてきた。

私は数名の仲間とともに街を北へ抜け、文官屯まで歩くことにしたが、炎天下の日本人街にはあちこちに暴動の跡が見られた。

表通りを避けて裏通りへ入っていくと、板塀で囲まれた住宅の門扉は固く閉ざされていた。丸太を組んで要塞のようになっているところもある。すれちがう人影も少なかった。住民はできるだけ外へ出ないで息を殺しているのだろう。昼下がりの裏町の板塀や瓦屋根を見上げていると、本当にここは満州なのだろうかと思えてきた。自分たちは気づかぬうちに時空の歪みを通り抜けて、いつの間にか内地に帰ってきたのではないか——。

そうして十分ほども歩いた頃だろうか。

ふいに背後から鋭い叫びが聞こえた。振り返ると、灰色の服を着たソ連兵たちが近づいてくるのが見えた。そこから先のことはよく分からない。民家の生け垣や塀が入り組んだ裏町を逃げまわり、いつの間にか仲間ともはぐれてしまった。

あの奇妙な男に出会ったのはそのときのことだ。

「こっちにおいでなさい。こっち」

横道からのんびりした声が聞こえた。

そちらを見ると、灰色の作業着を着た男が顔を覗かせていた。日本人なのか満州人なのか、にわかには分からない。しかし男は「早く」と盛んに手招きする。私がそちらへ行くと、男は先に立って民家の間を抜けていき、突き当たりの煉瓦塀をひょいと乗り越えた。私も煉瓦塀にとりついて這い上がった。飛び下りた先は資材が積まれた草地で、向こうにはトタン葺《ぶ》きの作業場らしい建物がいくつか見えた。男は「へへ」と笑ってみせた。

それが長谷川健一《はせがわけんいち》との出会いだった。

私が文官屯へ行くつもりだと言うと、長谷川は少し考えてから言った。

「私も行きますよ。この街を出ようと思ってたんです」

私たちは奉天の郊外へ出たあと、畑や松林や丘の広がる原野を進んだ。そこまではソ連軍の手もまわっていないようだったが、なるべく鉄道からは見えないように歩いていった。沈みゆく太陽は目前に広がる原野を黄金色に染め上げた。

長谷川は野原を歩きながら陽気な声で語った。

彼は元満鉄職員だという。奥地へ行っていたが厭気がさして退職し、奉天で畳屋を営む親戚を訪ねてきたところで敗戦になった。頼みの畳屋は行方をくらましており、しかも街は暴動で出歩くどころではない。安ホテルの一室に籠もって過ごしたあと、街の様子を見に出てきたところで私と出会ったのだという。いかにも厳しい風雨に揉まれてきたという風貌をしていた。ずいぶん年嵩に感じられたが、聞けば私よりも若かった。中学を卒業してすぐに満州へ渡ってきたというから、各地を転々として十年近くの歳月を過ごしてきたのだろう。話題が途切れると、彼は不思議な目つきをして地平の彼方を見つめていた。うつろなようでもあり、恍惚としているようでもある。

太陽の光が消えて原野は闇に沈んでいく。

やがて長谷川が歩きながら何かの詩を口ずさむのが聞こえてきた。

秘事《ひめごと》あらば、な明かしそ
人に告げなば、秘事は
はや秘事の香もあらじ
おのが胸さへ秘めかねし
その秘事を、いかでかは
人の胸よく守るべき

長谷川の声に耳を澄ましながら丘を這い上がったとき、その向こうの草地に私はひどく不思議なものを見た。それは草地から僅かに浮かんで静止している月だった。灯籠のように内から輝いて、表面を覆うクレーターや砂漠が見てとれる。周囲の草が月光を浴びて濡れたように輝いていた。

茫然としていると長谷川が囁いた。

「あれが見えるのですね」

「なんです、あれは」

「満月の魔女ですよ」

「あなたは知っているのか？」

「あれはずっと私を追いかけてきたんです」

長谷川は言った。「さあ、あと少しです。急ぎましょう」

そして私たちは丘をくだり、その月を迂回するようにして先を急いだ。

私たちは無言のまま薄闇の中を進んでいった。私は一度も振り返らなかったが、その月の不思議な輝きは目に焼きついてはなれなかった。「満月の魔女」とは何だろう。この世のものとは思われない。ひょっとして自分はすでに死者となっているのだろうか。奉天の街でソ連兵に撃ち殺されて、いまはただ魂魄《こんぱく》のみが満州の大地をさまよっているのだろうか。足下がふらつくような気がして、かたわらにいる長谷川も生きた人間とは思えなくなってきた。しかし間もなく、行く手に街の灯が見えた。

それは文官屯の明かりだった。

○

そこまで語ったところで今西氏は口をつぐみました。

三十六年前の京都を踏み台にして、さらに満州へと跳躍した物語は、そこで唐突に打ち切られたのです。ふいに虚空へ放りだされたようでした。

夕暮れが近づき、珈琲店は森の奥のように暗くなっていました。

「それからどうなりました？」

私が訊ねても、今西氏は返事をしません。

彼は黒光りするテーブルに頬杖をつき、じっと考えこんでいました。その長い物語を語るうちに、自分でも思いがけない何かに触れてしまった――そんなふうにも見受けられます。語り始める前の冷静な態度は消え失せて、その顔には困惑と不安の色が浮かんでいました。

彼は額に手をあてて呟きました。

「どうして私はこんな話をしているのだろう」

「今西さん？」

「こんなことは誰にも話したことがなかった。あの書斎に忍びこんだことも、栄造氏が語った満州のこともね。私はこれまで思いだそうともしなかったよ。あの日、その満州の思い出を語ってから、栄造氏はこう言った――あのカードボックスには魔女が住んでいると」

今西氏は冷めた珈琲を飲んで頷きました。

「これまで私は君の言うことを信じていなかった。千夜さんも君も妄想に取り憑かれているのだと思っていた。しかし君と話しているうちに、だんだん分からなくなってきましたよ。すべてが不思議なかたちでつながっている」

「栄造さんの話も、佐山さんの失踪も、『熱帯』も……」

「そのとおりだ」

ふいに今西氏は立ち上がりました。

「この店を出ましょう」

「どこへ？」

「考えごとをするには歩くのがいい」

ついでに吉田神社の節分祭を覗いてみようと言います。

私たちは進々堂を出ると、今出川通を渡って大学の構内を抜けていきました。空にはまだ明るさが残っているものの、無骨な校舎の谷間には夕闇が忍んできていました。

寒さはいよいよ厳しくなって、曇天に聳える時計台のまわりを雪が舞っています。正門の外には道に沿って露店がならび、大勢の人々が行き交っていました。

私たちは吉田神社へ向かって歩きました。

「あの夜、私たちはこの祭りを見物にきたんです」

今西氏が口を開きました。「千夜さんと私、そして佐山の三人だった。いったん千夜さんの家に集まって、それから吉田山を下ることになりましてね。私が彼女の家を訪ねたときには、佐山は一足先に到着して彼女と愉快そうに話をしていましたよ」

「普段と変わった様子は？」

今西氏は「いや」と首を振りました。

「ひとしきり話をしてから、私たちは彼女の家を後にして、吉田山を西へ下った。つまりいまの私たちとは正反対の方角、神社の裏手から祭りに入ってきたことになりますね。森の夕闇に屋台の明かりが連なっていた。あの日も雪が降っていた」

赤い鳥居を抜けた先は松並木の続く砂利道で、参道には屋台が連なっています。お面や射的、マルマル焼き、玉子せんべい、カルメラ焼きやベビーカステラ。狭い参道を埋める人混みから、私は戦後の闇市を連想しました。薄暗いテントの中を覗いてみると、裸電球の下に置かれた赤い床几《しょうぎ》に腰かけて、家族連れがお好み焼きを食べていました。

「このあたりですよ、佐山が姿を消したのは」

今西氏は立ち止まり、鳥居を振り返って言いました。

「山奥の大元宮《だいげんぐう》にお参りしてから本宮へ下ってくるまでは一緒だった。しかしこの参道をあの鳥居に向かって歩いているとき、佐山の姿が見えないことに気づいた。私たちは鳥居の下で待つことにしました。おたがいを見失ったら、そこで待ち合わせしようと申し合わせていましたから……」

しかし佐山尚一はそれきり二度と姿を現さなかったのです。

「それからというもの、千夜さんとの関係も変わってしまってね」

本宮へ通じる坂道をのぼりながら、今西氏は言いました。

「彼女は私を疑っているようだった。佐山が姿を消した理由を隠しているんじゃないかとね。今にして思えば、彼女は佐山に裏切られたと思ったのだろうな。怒りをぶつける相手がいないから私を責めたんですよ。しかし私は私で、彼女の方こそ何か隠していると思っていた。実際にそう口にしたこともあった」

「つらいことですね」

「千夜さんと穏やかに話せるようになったのは何年も経ってからだ。そのときにはもう何もかもが変わっていた。変わらないのは佐山の記憶だけだったね」

私たちは本宮に参ってから、大元宮へのぼっていく坂を辿りました。

分厚い雲に覆われた空は暗くなり、いよいよ雪は降りしきっています。

あの夜、今西氏たちが辿った道を、私たちは今まさに逆方向へ辿っているのでした。屋台の呼び声、裸電球の明かり、鉄板から立ちのぼる煙、冬の森を震わせる喧噪《けんそう》……まるで祭りの奥底へ踏み入り、時間をさかのぼっていくような気がします。

「君はこれからどうするつもりです？」

今西氏が白い息を吐きながら言いました。

たしかに私に残されている時間は僅かでした。しかし今や、『熱帯』と佐山尚一をめぐる謎は手に負えないほど膨れ上がっていました。『千一夜物語』とのつながり、「満月の魔女」を描いた画家、栄造氏のカードボックス、そして佐山尚一の失踪……。

「東京へ戻らなければならないのでしょう？」

「どうして千夜さんは私を京都へ呼び寄せたんでしょうか」

私は呟きました。「それが腑に落ちないのです」

「たしか絵葉書を送ってきたのですね？」

私はノートから絵葉書を取りだしました。

——私の『熱帯』だけが本物です。

絵葉書にはそう書いてあります。

「しかしこれは少し違和感のある言葉だな」と今西氏は言いました。「進々堂で会ったとき、彼女は君が追いかけてくることを見越しているようだった。同じ『熱帯』を読んだ者同士、何か君に期待するところがあったんだろう。それにしてはこの言葉はずいぶん挑発的だ。しかも君をわざわざ京都へ呼び寄せておきながら、姿を隠してしまうというのもおかしなことだ」

「だから腑に落ちないのです。千夜さんはどういうつもりだったのか」

やがて私たちは大元宮に辿りつきました。参拝客の長い行列ができています。

その先はこの冬の祭りの果てるところでした。ここまで連なってきた屋台が途切れ、住宅街へ通じる暗い道が口を開けています。私たちが祭りを通り抜けてくる間に夕闇はいっそう色濃くなっていました。そこには冷え冷えとした祭りの果てがあるばかりでした。

そのとき、一軒の奇妙な屋台が目に入りました。

ほかの屋台からは少し離れて、古風な西洋ランプの明かりが七福神や招き猫の置物をテラテラと輝かせています。一見、何の屋台なのか分かりません。しかしよく見れば、造りつけの書棚に本が並んでいるのが分かります。薄汚れた幟のかたわらに佇む異国の商人のような男。

「こんなところに暴夜《アラビヤ》書房が」

「なんだね？」

「あれは古本屋なんです。暴れる夜と書いてアラビヤ書房」

私が屋台へ近づいていくと、主人は私のことを思いだしたらしく、「おや」と破顔一笑しました。今西氏は物珍しそうに書棚を覗き、「屋台の古本屋なんて初めて見たね」と呟いています。いささか物淋しい場所ですが主人は陽気で、ランプに照らされたその顔はつやつやと元気な少年のように輝いていました。

「それで尋ね人は見つかったのかい?」

「まだ見つかっていないんです」

「そいつは残念だな」

まるで懐かしい友人と久しぶりに再会したようでした。しかし考えてみれば、吉田山の山中でこの不思議な古書店と出会ったのは、つい昨日のことなのです。

私は『千一夜物語』を取りだして主人に見せました。

「これ、読ませていただいてますよ」

「それはけっこうなことだ。しかし『大団円』まで読むのは一大事業だろ」

主人は言いました。「なにしろ千夜分もあるんだから」

「よくシャハラザードはこんなに語り続けられたものです」

「とにかく偉大な人さ」

今西氏は書棚から一冊の文庫本を取りだしました。G・K・チェスタトン『ブラウン神父の童心』です。主人は抜け目なく、「そいつは面白いよ」と今西氏に声をかけました。ずいぶん以前のことですが、私もそのブラウン神父の短編集を読んだ記憶があります。

その短編集の冒頭に「青い十字架」という小説がありました。

ある悪者と道連れになったブラウン神父が、行く先々で奇妙なトラブルを起こしていくという物語です。どうして神父はそんなことをするのか。それは悪者を追いかけてくるフランスの刑事に「追跡の手がかり」を残すためなのです。

——追跡の手がかり。

千夜さんの絵葉書、芳蓮堂における奇妙な振る舞い、「満月の魔女のところへ行く」という言葉。それらは彼女が残してくれた「追跡の手がかり」です。千夜さんはどこかへ私を導こうとしている。だとすれば、こうして迷宮に閉じこめられたまま終わるのは、決して彼女の意図するところではないでしょう。私は何か肝心な手がかりを見落としているのです。

薄暗い芳蓮堂の店内が脳裏に浮かんできました。

先代のコレクションが置かれた棚。

埃をかぶった達磨たち。石像の断片。小さな貝殻。フルーツ牛乳の小瓶。

そして古びたカードボックス。

私は「今西さん」と言いました。

「昨日芳蓮堂を訪ねたとき、小さなカードボックスを見かけました。少しだけ中を覗いてみましたが、まだ古いカードが何枚か残っていたんです」

「カードボックスだって？」

「私は何か大切な手がかりを見落としていたのかもしれない。あのカードボックスの中身を確かめなくては……」

私は今西氏に深く頭を下げました。

「貴重なお話をありがとうございました」

今西氏と別れて祭りを抜けだし、私は住宅街へ通じる暗い道を歩きだしました。すぐに下り坂になりました。冷え冷えとした暗いトンネルのような道に、外灯が点々と灯っています。

やがて祭りの賑わいが遠ざかった頃、背後から足音が聞こえました。振り返ると、今西氏が白い息を吐きながら追いかけてくるのです。

「私も一緒に行こう」と彼は言いました。

○

今出川通でタクシーを拾い、私たちは一乗寺下り松へ向かいました。

芳蓮堂に着く頃にはすっかり日も暮れて住宅街はひっそりとしていました。店の硝子戸から洩れる光が、店先に置かれた素焼きの壺や木彫りを照らしています。

しかし硝子戸には鍵がかかっており、主人の姿は見えません。

「近所へ用足しに出かけたんでしょうか」

「しばらく待ってみますか」

今西氏は寒そうに身を震わせました。

彼にはその場に待っていてもらうことにして、私はひとり夜の住宅地を歩いていきました。

淋しい街角で自動販売機が明るく輝き、振りまかれる光の中を雪が舞っていました。温かいお茶を二つ買って芳蓮堂へ引き返していくと、今西氏は『ブラウン神父の童心』から顔を上げて、「ありがたい」と言いました。そして私たちはお茶で身体を温めながら、芳蓮堂主人の帰りを待ったのです。

「生きているなら、どうして佐山は連絡をくれないのだろう」

今西氏は呟きました。「私たちはもう長い間、待っているというのに」

「彼が残したものは『熱帯』だけです」

「私も読んでみたくなってきたよ。きっとそれは彼の夢の結晶だろうから」

今西氏はお茶を飲みながら語りました。

「彼にはいささか浪漫主義的なところがあった。乱暴に言うなら、『真実の世界は目を閉じなければ見えない』と考えていたんだな。それは心の中だけにある不思議な世界だとね。しかし私はそういう神秘的な考え方がきらいです。若い頃はとくにそうだった。いくら言葉で飾り立てたところで、それは空虚なものを奉《たてまつ》ることにしかならない。そして世の中を見渡せば、その穴をそれらしい言葉で埋めてやろうという連中がごろごろしている。佐山のように生半可な夢想を抱くのは、押し込み強盗のために玄関のドアを開けておいてやるようなものだ」

今西氏は雪を見上げて白い息を吐きました。

「佐山とはそんなことをめぐっていろいろな議論をした。彼としては、どうしても譲れない何かがあったんでしょう。いまにして思えば、もっと素直に耳を傾けてやるべきだった。その

『熱帯』という作品が彼の夢想の結晶だったとすれば、私なんかに読ませても意味がないと佐山は考えたのかもしれない。しかし、それはいかにも了見が狭い」

今西氏は呟きました。「残念ですよ」

そのとき、こちらへ近づいてくる足音が聞こえました。暗がりの向こうで足音が止まり、「あら」という涼しい声が聞こえたかと思うと、硝子戸から往来へ洩れる明かりの中へ、芳蓮堂主人がふわりと滑りこんできました。彼女は小首を傾げて微笑みました。

「千夜さんにはお会いになれましたか?」

「そのことでじつはお願いがありまして」

今西氏と私は立ち上がりました。

「お戻りになるのを待っていたんですよ」

「お待たせしてしまって申し訳ありません」と主人は鍵を開けながら言いました。「郵便を出すだけのつもりが少し歩きたくなって……。すぐにストーブをつけますから」

そして私たちは芳蓮堂へ入りました。

あの棚に置かれたカードボックスについて私は主人に訊ねてみました。しかしその由来については何も知らないと彼女は言いました。先代の私物だとばかり思っていたというのです。

「あれは永瀬栄造さんのものかもしれないんです」

私が言うと、彼女は棚からカードボックスを持ってきて精算台に置きました。

「たしかメモみたいなものが入っていたと思いますが……」

見たところそれはただの古びた木箱にすぎず、中に魔物が潜んでいるような禍々《まがまが》しい雰囲気はまったくありません。蓋を開けると一番手前にあるのは、やはり昨日私が読んだ「夜の翼」の詩です。ほかにも十枚ほどカードがあります。まとめて取りだしてみると、それらは古びて薄茶色に変色し、青黒いインクで書きこまれた文字は滲んだり掠れたりしていました。

私は一枚ずつそのカードを読んでいきました。読み進めるにつれて、今まで経験したことのない戦慄が走り、自分の顔が強ばっていくのが感じられました。

「何か問題でも？」

芳蓮堂主人が心配そうに囁きます。

私は丸椅子から立ち上がり、それらのカードを精算台にならべていきました。主人と今西氏は息を呑んだように私の動作を見つめていました。そのまま私は、それらのカードが「正しい」順序にならぶまで黙々と作業を続けたのです。

以下にそれらのカードの内容を記しておきます。

高台のホテルへの到着

先行者の伝言

ロビンソン・クルーソー　漂流者の物語

吉田山にて

古書肆《こしょし》とその主人
店番を押しつけられる
『千一夜物語』荷かつぎ人足と……
汝にかかわりなきことを語るなかれ

「君は、夜の翼をもって、暁を暗くしたもう！」

されど、君はわれに答う、

「否！　否！　そは月を隠す一片の雲のみ！」

驚異の部屋にて
見るべきものを見落とす
古道具屋主人の物語　三題噺　魔王
置き去りにされた男
小さな扉を抜けて
先斗町の酒場にて

千一夜の女　暗唱
千一夜の女の語る物語
魔物の住む図書室
置き去りにされた男からの電話

美術館にて
魔女の宮殿
不可視の追跡者との対話
追う者が追われる者となる

珈琲店にて
置き去りにされた男との対話
謎の創造について
部屋の中の部屋

満州にて

敗戦迄
奉天から文官屯へ　同行する男
秘め事あらば
原野に浮かぶ月

夜の祭りにて
なにゆえ彼は消えたのか
古書肆再訪
見落としていたものの発見
驚異の部屋ふたたび
夢の結晶
隠されていた手札
帰還不能地点
市原駅にて

千一夜の女ふたたび
最後の対話
図書室の扉が閉じる
大団円《めでたしめでたし》

以上がそれらのカードに書かれていた内容でした。

残されていたカードは全部で十一枚。そこには一昨日私が京都へやってきてから、こうして芳蓮堂を再訪するまでの過程がすべて書かれているのです。驚くべきは美術館の出来事についての記述でした。その他のことは措《お》くとしても、白石さんと言葉を交わす白昼夢は私だけしか知らないはずなのです。

「このカードはいつからここにありましたか？」

私が訊ねると、芳蓮堂主人は困惑した顔をしました。

「そう言われましても、ずっと昔からここにあって……何が書いてあるのか、私もすっかり忘れていたのです」

私たちはならべたカードを見つめて沈黙しました。

「君はすべてが予言されていたというんですか？」

今西氏は途方に暮れたように呟きました。

「ばかな。そんなことが現実に起こるわけがない」

しかし私たちのいるところが現実ではないとすれば?

——私たちは『熱帯』の中にいる。

そのときになって私は、千夜さんがくれた絵葉書の真意を理解したのです。

かつて『熱帯』という小説を読み始めた私たちは、いつしかその『熱帯』という世界そのものを生き始め、それぞれがこの物語の主人公として「大団円」を目指している。

だからこそ、私の『熱帯』だけが本物なのです。

○

私はそれらのカードの内容をノートに書き写していきました。

その間、芳蓮堂主人と今西氏は静かに待っていました。店内はストーブの熱で暖められ、まるで居心地の良い隠れ家のように外界から切り離されています。すべてのカードを写し終えたあと、私は最後のカードをもう一度読んでみました。

市原駅にて
千一夜の女ふたたび
最後の対話
図書室の扉が閉じる

大団円《めでたしめでたし》

「千一夜の女」とは、酒場「夜の翼」で私に不思議な物語を語って聞かせてくれたマキさんのことでしょう。たしか市原には彼女の祖父のアトリエがあり、『千一夜物語』にまつわる書物を蒐集した図書室も遺されているはずです。

「君はそこへ行くつもりですか？」

今西氏に問われて、私は頷きました。

「ええ。ここまで来たのですから」

「千夜さんはそこにいるのだろうか」

「それを確かめるためにも行かなければなりません」

「ならば私もおともしよう。いいですね？」

私は精算台にならべたカードを片付けて主人に礼を言いました。彼女はカードボックスを元の棚へ戻したあと、私たちを店の表まで見送りに出てくれました。

「千夜さんにお会いできますように」

暗い住宅地を歩きながら振り返ってみると、彼女は店頭に置かれていた木彫りの布袋を抱き、硝子戸が投げかける光の中に佇んでいました。遠ざかるにつれて、その小さな古道具屋も、木彫りを抱いた彼女自身も、少しずつ実在感を失っていくようでした。

修学院駅から乗りこんだ叡山電車は思いのほか空いていました。考えてみれば、日曜日のこんな時刻に鞍馬《くらま》へ向かうのは地元の人間ぐらいでしょう。北へ向かうにつれて市街地は遠ざかり、車窓は夜の暗さを増していきました。黒々とした山裾にぽつんと見える外灯、民家の窓から洩れる温かな光、踏切で明滅する赤い警報灯……。車窓を流れ去っていくそれらの明かりと重なって、座席に腰かけている自分たちの姿が映っています。

今西氏は不安そうに車窓を見つめながら言いました。

「すべて君が仕組んだことであるとすればどうでしょう。あのカードはあらかじめ君が自分で書いて、芳蓮堂のカードボックスに入れておいたのかもしれない。千夜さんの失踪にしても、裏で糸を引いているのは君なのかもしれない」

「疑われるのも当然のことです」

「否定しないのかね？」

「もちろん私は何も仕組んだりはしていません。しかし今西さんの冷静なご意見は助けになります。私を現実に繋ぎ止めてくれますから」

「君は私を買いかぶっていますよ」

「そうでしょうか？」

「もし君が私をペテンにかけるつもりなら、とっくに私は君の術中に落ちている。さもなければ、わざわざ市原まで出向くわけがない」

――もしも一切の出来事が仕組まれたものだったら。

それを仕組んだのは誰なのだろうと私は考えました。

私を京都へ誘《いざな》った千夜さんでしょうか。しかし彼女もまた、佐山尚一が残した『熱帯』という謎を追いかけているのです。ならばすべては佐山尚一が仕組んだのでしょうか。しかし芳蓮堂主人や今西氏の話を思い返すなら、佐山尚一の背後には千夜さんの父親、栄造氏の姿が見え隠れします。栄造氏の背後には大きな謎がある。それを私たちは「満月の魔女」と呼んでいるのかもしれません。

いずれにせよ、すでに「東京へ帰る」という選択肢は私の頭から消えていました。この謎の連鎖の行き着く先が知りたい――それだけを考えていたのです。

やがて電車は二軒茶屋駅を通りすぎました。

「次が市原のようですね」

今西氏が緊張した面持ちで立ち上がります。

やがて市原駅が近づいてきたとき、私は車窓に目をやってドキリとしました。無人駅の小さなホームの端にひとりの女性の姿が見えたからです。ぽつんと置かれた自動販売機の明かりが彼女の姿をくっきりと照らしだしています。

ホームに佇んでいるのは間違いなく酒場「夜の翼」で出会った女性、マキさんでした。

やがて電車が止まり、私たちはホームに降りました。

うっすらと雪を積もらせたホームが白く浮かび上がっていました。マキさんはホームの端に立ち、傘を持ち上げて私たちを見つめています。電車が走り去ってしまうと、夜の底のような静寂があたりを包みました。はるか遠くまで旅をしてきたようでした。

「マキさん、覚えていらっしゃいますか。池内です」

私は呼びかけました。「昨夜お会いしましたね」

「もちろん覚えてる」

マキさんは傘を揺らして雪を落としました。

私が今西氏をマキさんに紹介すると、彼らはおずおずと挨拶を交わしました。彼らはおたがいに相手を値踏みするような目つきをしていました。考えてみれば、こんなふうに私が巻きこまないかぎり、決して会うことのなかったふたりなのです。「こんなところで会うなんて」とマキさんは言いました。「さっきまで祖父のアトリエにいて、これから帰るところだったの。不思議な偶然ですね」

「いや、これは偶然ではないと思います」

「ええ、そうですね。そうかもしれない」

マキさんは諦めたように微笑みました。

「祖父の図書室を調べにきたのね？」

「そうです」

「そうだと思った」

「私たちの来ることが分かっていたんですか？」

今西氏が驚いたように問いかけました。

「もちろんここで会うとは思っていませんでした」

マキさんは言いました。「でも遅かれ早かれ訪ねてくると分かっていた」

私は酒場「夜の翼」でマキさんの言ったことを思いだしていました。

――作者の佐山尚一は消えて、その千夜さんという人も消えた。同じことが自分の身にも起こるかもしれない――そんなふうには思わないの？

「千夜さんはアトリエを訪ねてきたんですね？」

私が訊ねると、マキさんは頷きました。

「彼女はあの図書室で消えてしまったんです」

○

私たちは短い階段を伝ってホームから下りていきました。

その階段を下りた先は両側に民家や駐輪場がつらなる狭い道でした。駅前とはいっても店舗らしいものは見あたらず、シャッターを下ろした商店の軒先で自動販売機が輝いているばかりです。山間《やまあい》の町はひっそりとして、低い家並みの向こうには黒々とした山の影が見えました。

そして私たちはうっすらと雪の積もった夜道を辿り、牧信夫画伯のアトリエへ向かったのです。

マキさんは道すがら語ってくれました。

「千夜さんが訪ねてきたのは四日前のことです」

その日の夕方、ひとりの品のよい御婦人が四条の柳画廊を訪ねてきました。

その人は「海野千夜」と名乗り、京都市美術館で「満月の魔女」を見てきたと言いました。牧信夫画伯の遺作として柳画廊が管理していることを知って、話を聞きたくなったというのです。画廊主の柳氏をまじえて語り合っているうちに、その女性は牧信夫と面識のあることが分かりました。彼女の父親、永瀬栄造氏が牧信夫画伯を何度か自宅に招いたことがあったというのです。

「そのとき千夜さんも私の祖父に会ったそうです」

マキさんは言いました。「といっても三十年以上も前のことですけど」

「今西さん、ご存じでしたか？」

私が訊ねると、今西氏は首を振りました。

「いや、私は知らなかった。聞いたことがない」

「そのうち祖父が亡くなったあとの話になりました。そこで柳さんがあの図書室を話題に出したんです。千夜さんはとても興味を惹かれたようでした。少し考えこんだあと、『これから見にいくことはできないかしら』って言うんです。ずいぶん急な話で驚いたけど、あまり時間がないということだったし、柳さんからお許しも出たので、私は早めに仕事を上がってアトリエまで千夜さんを案内することにしました。祖父にまつわる話が聞けるかもしれない。そんな期待もあったんですよ」

私たちは大きな府道へ出て、凍りついたような車道に沿って歩きました。ときおり通りすぎる自動車のヘッドライトが路面の雪を輝かせています。コンビニエンスストアのある大きな交差点を渡ると、その先は民家に挟まれた狭い道でした。ひっそりとした住宅地を歩いていくにつれて、黒々とした山影が三方からのしかかってくるようです。

——『熱帯』という小説をご存じ？

アトリエへ向かうタクシーの中で、千夜さんはマキさんにそう訊ねました。

「佐山尚一という人が書いた小説。お祖父様から聞いたことはないかしら」

「すいません。記憶にありませんが……」

「それは残念なことね。とても不思議な小説なんですよ。牧先生の『満月の魔女』は、その小説に触発されて描かれたものです」

その言葉にマキさんは驚かされました。「満月の魔女」は祖父の遺品整理をしていたときに発見した作品でした。当時の資料は残されておらず、描かれている題材や図書室に遺された書物から、『千一夜物語』に触発されたものだろうと単純に考えていたのです。

「どうしてお気づきになったんですか？」

「あそこに描かれている宮殿が『熱帯』に登場するからですよ」

「私も読んでみなければ」

「お祖父さんの図書室を探してごらんなさい」

「でもあの図書室にあるでしょうか。ひととおり調べてみたんです。書棚にならんでいるのは『千一夜物語』にまつわる本ばかりでしたけど」

「そうね。そこにあるかもしれない」

千夜さんは微笑んで言ったそうです。

「『熱帯』は『千一夜物語』の異本なのだから」

歩きながらマキさんの物語に耳を傾けているうちに、私たちは黒い山に囲まれた住宅地の奥深くへ入りこんでいました。夜の底に白く浮かび上がっている雪道は世界の果てへ通じているかのようです。そのとき、暗い谷間に充ちた静寂を切り裂くようにして電車の音が近づいてきました。右手に目をやると、民家の途切れた空き地の向こうを叡山電車が滑っていきます。線路の向こうの杉林がひとときだけ照らしだされました。しかし車輪の音が遠ざかると、あたりの闇と静寂はいっそう深まったように感じられるのです。

――『熱帯』は『千一夜物語』の異本なのだから。

「千夜さんはそう仰ったんですね」

私が念を押すと、マキさんは頷きました。

「間違いありません」

「どういうことだろうね、池内さん」

今西氏が首を傾げました。

「『熱帯』は佐山が書いた本じゃなかったのか？」

「私にも分かりません。それはどういう意味なのか……」

やがてマキさんは左手に見えてきた一軒の暗い家の前で足を止めました。廃業した喫茶店のようで、店先に置かれた看板は青色の防水カバーに覆われています。マキさんはそこで左に折れ、喫茶店と隣家の塀の間を延びる砂利道を歩いていきました。すぐに平屋の工場らしい灰色の建物が目に入りました。牧画伯のアトリエです。

　マキさんはドアを開けて電灯を点けました。

「靴のままでけっこうですから」

　まだ絵具の匂いが漂っていますが、アトリエはあらかた片付けられていました。作業机やイーゼルがまばらに置かれている他は家具もなく、壁に沿って段ボール箱や額縁が積まれています。画伯が働いていた当時の様子は分かりません。今西氏と私が電気ストーブで手を温めている間に、マキさんは壁際の段ボール箱から懐中電灯を取りだしました。

「行きましょう。祖父の図書室はこの裏にあります」

　アトリエの裏手は闇に沈んでいました。

　マキさんは怖ろしい怪物の身体を撫でるように、懐中電灯の光でその図書室を照らしてみせてくれました。緑色に塗られている幅の狭いドア、鉄格子のついた暗い窓、そして黄土色の壁。たしかに子どもが描いた絵のように単純な構造です。不気味に感じられるのは、背後まで迫った森の闇のためもあるでしょう。しかしそれだけではありません。まるで世界の行き止まりのような、そこから先へ進むことを禁じられているような、得体の知れない威圧を感じるのです。今西氏は「どうも厭な感じがするな」と呟きました。

「とにかく中に入って調べてみましょう」

　私は言いました。「マキさん、お願いします」

彼女はドアに近づいて鍵を開けてくれました。

○

マキさんがスイッチを入れると天井の電灯が点りました。

外観とは打って変わって、たいへん居心地の良さそうな部屋でした。床にはペルシア絨毯が敷かれ、茶色のひとり用ソファと円いサイドテーブルがあり、窓際には書斎机や古風なレコードプレイヤーがならんでいます。私はジュール・ヴェルヌの『海底二万海里』に登場する、潜水艦ノーチラス号の図書室を思い浮かべたものです。

「これはすごいな」と今西氏が感心したように呟きました。

三方の壁には書棚がならんでいました。マキさんが昨夜語ってくれたように、『千一夜物語』の翻訳がたくさんあるようです。ほかにも小《お》栗《ぐり》虫《むし》太《た》郎《ろう》の『黒死館殺人事件』やＪ・ポトツキ『サラゴサ手稿』など雑多な書物がありました。これらすべてが『千一夜物語』に関する記載のある書物だとすれば驚くべき執念です。

「千夜さんは目を輝かせて書棚を見つめておられました」

――やはり思ったとおりだった。

千夜さんは満足そうに呟いたといいます。

「この図書室に置かれている本は父の書斎にあったものです。おそらく牧先生が引き取ってくださったのでしょうね」

　永瀬栄造氏の蔵書。

　当然、それはマキさんも初めて知ることでした。

「ずっと気にかかっていたのですよ。私が海外へ行っている間に父は蔵書を手放して、その経緯を語らぬまま亡くなりましたから……。まさかこうしてふたたび出会えるとは思わなかった。とても懐かしい」

「そう言っていただけると祖父も喜ぶと思います」

「ありがとう、マキさん」

　マキさんはお茶を用意するため、いったんアトリエへ引き返したといいます。山の麓にあるせいもあって、あたりはすでに藍色の夕闇に沈んでいました。

　やがてマキさんがお茶の支度をして、アトリエを出るときには、夕闇はいっそう濃くなっていました。図書室の窓から洩れる光が夕闇の奥にぽつんと淋しく浮かんでいます。マキさんが砂利道を歩いて近づいていくとき、ふいにその窓の灯が息をするように明滅したかと思うと、蠟燭《ろうそく》を吹き消すように消えてしまいました。

　マキさんはギョッとして立ち止まりました。鉄格子のついた窓は真っ暗です。何のために千夜さんは電灯を消したのでしょう。停電かもしれない。マキさんは慌てて図書室に駆け寄るとドアに手をかけました。ところがドアには内側から鍵がかかっていました。

「ポケットから鍵を出してドアを開けた瞬間、潮風みたいな匂いがしました。なんだかゾッとして、急いでスイッチを押したら、電灯は問題なく点いたんです。でも千夜さんはいなかった」

今西氏が疑わしそうに呟きました。

「鍵のかかった部屋で消失したと仰るんですか？」

「もちろん現実的にはあり得ないことです。私だって狐に化かされたような気持ちでした。あちこち調べてみても、どこにも姿が見えないんだから」

「こっそり帰ったのかもしれない」

「アトリエの流し台の前には窓があって、図書室へ通じる砂利道を見ることができるんです。もし千夜さんが通れば気がつくはずです。裏手の森に入ったなら気づかないかもしれませんけど、そんなことをする理由はないでしょう？　しかもドアには内側から鍵がかかっていた。鍵はひとつだけで、それは私が持っていたんですよ」

今西氏は途方に暮れたように私を見ました。

「池内さん、どう思う？」

気にかかるのは、ドアを開けた瞬間についてのマキさんの言葉です。そのとき室内に漂っていた「潮風みたいな匂い」は何なのでしょうか。マキさんが図書室を離れている間、ここで千夜さんの身に何かが起こったのではないでしょうか。

「この図書室には魔物が住んでいる」

私が呟くと、今西氏が呆れたように言いました。

「魔物が千夜さんを食べてしまったとでも言うのかね」

「私たちは魔物の正体を知りませんから」

マキさんはソファに腰を下ろし、肘掛けに頬杖をつきました。

「結局、その日はそのまま帰るしかなかった。千夜さんは姿を見せないし、図書室には何の痕跡もないんですから。翌日になって画廊の柳さんに一部始終を話しましたけど、彼も首を傾げていました。ところが昨日の夜になって……」

「私と出会ったわけですね」

「池内さんから千夜さんのことを聞いたときにはギョッとした。しかもあなたは『熱帯』という本の話をしてくれたでしょう？　千夜さんがタクシーの中で語ってくれたことは憶えていましたからね。とても偶然とは思えなかった」

私たちは手分けして図書室をくまなく調べてみました。机やソファを動かし、絨毯をめくり、書棚の本を抜き取ってみました。しかしどこにも隠し戸のようなものはありません。窓には鉄格子があるので抜けだすことはできません。いったん図書室の外へ出て、懐中電灯で壁を照らしながら一周してみましたが、それも無駄骨に終わりました。この図書室は完全に閉じられた「箱」というべきなのです。

すっかり夜は更けて、あたりは闇に包まれています。

私はノートに書き写したカードの記述を読み直してみました。

最後の一枚に記されていたのは次のような内容です。

市原駅にて
千一夜の女ふたたび
最後の対話
図書室の扉が閉じる
大団円《めでたしめでたし》

「……図書室の扉が閉じる」

「なんだね？」

「しばらく私をここでひとりにしてもらえませんか」

カードに書かれていたとおり、図書室の扉を閉じ、自分自身を先日の千夜さんと同じ状況に置いてみたいと考えたのです。私の提案を聞いて、マキさんと今西氏は不安そうに顔を見合わせました。「気が進まないね」と今西氏が言いました。

「魔物が現れて私を食べてしまうからですか？」

私が冗談めかして言うと、今西氏は苦笑しました。

「そんなことはあり得ないが、しかし……」

「千夜さんはいろいろな手がかりを残して、私をこの図書室へ導いてくれました。そのことにはきっと意味があります。それを見つけなければ」

やがてふたりは頷き、図書室から暗い外へ出ていきました。

ドアを閉める直前、マキさんが問いかけてきました。

「池内さん、これから何が起こるの？」

「分かりません」

「あなた、本当は分かっているんじゃない？」

マキさんは言いました。「私も『熱帯』を読めば分かるのかな？」

いずれどこかで、彼女も『熱帯』と出会うのだろうと私は思いました。それは今西氏にしても同じことです。『熱帯』の頁を繰った先で彼らを待ち受けている世界がどんなものであるか私には分かりません。しかし、おそらくそれは彼らだけの『熱帯』なのです。

「あなたの『熱帯』はあなただけのものです」

私はマキさんに言いました。

そして図書室の扉を閉じたのです。

○

図書室は森の奥の野営地のように静まり返っています。

日が暮れると、書棚を埋め尽くす書物はいっそう魅惑的に見えました。いくつもの『千一夜物語』と、それらから生まれた書物たち。椅子に腰かけて書棚を見ていると、ひしめく幾万もの物語に見つめ返されるような気がします。

私は書斎机のランプの光のもとにノートを広げ、カードに記されていた内容を読み返してみました。そこには私が京都で経験した出来事が記されています。最後のカードの終わりの一行は「大団円《めでたしめでたし》」。そこから先の記述はありません。

大団円とは、演劇や映画や小説などの終わりを意味し、とりわけ「すべてがめでたくおさまる」というハッピーエンドを指します。しかしこの図書室はまるで世界の行き止まりのような場所です。時間が止まったかのような静寂が続くばかりで、「大団円」がもたらされるような気配はどこにもないのです。

――千夜さんはここへやってきた。

私は立ち上がり、図書室の中を歩きまわりました。

――私は何かを見落としている。しかしそれは何だろう?

書棚には『千一夜物語』関連書籍の膨大な蒐集があります。

考えてみれば、この『熱帯』をめぐる冒険の背後には、つねに『千一夜物語』が見え隠れしていました。佐山尚一が千夜さんと知り合ったのは『千一夜物語』の写本がきっかけです。牧画伯は永瀬栄造氏の蔵書を引き継ぎ、『千一夜物語』にまつわる書物によってこの図書室を作りました。私がマキさんと出会うきっかけになった「夜の翼」の詩も、もとはといえば『千一夜物語』から引用されたものでした。

――『熱帯』は『千一夜物語』の異本なのだから。

千夜さんはマキさんにそう言ったといいます。

そのとき私の頭に素朴な疑問が浮かびました。

『千一夜物語』の終わりはどうなっているのだろう。

私は書棚に近づくと、黒い箱入りの本を手に取りました。

それは岩波書店から発行されたマルドリュス版『千一夜物語』の第十三巻です。初版発行は一九八三年となっており、マルドリュスがアラビア語からフランス語へ翻訳したものを日本語へ重訳したものになります。

書斎机に置いて頁をめくっていくと、

「大団円」

と書かれた扉頁が目に飛びこんできました。

そこで語られているのは次のような内容でした。

シャハリヤール王から民を救うため、シャハラザードは夜ごと語り続け、ついに千一夜目を迎えます。するとシャハリヤール王はシャハラザードの妹ドニアザードが、その千一夜の間にシャハラザードが王との間に生んだ子どもたちを連れてきます。いつしかシャハラザードを愛するようになっていた王は、その夜をもって彼女を正妻に迎えることを決めます。呼び寄せられた弟シャハザマーン王はその成り行きに胸を打たれ、妹のドニアザードを妻に迎えたいと言います。

その煌びやかな婚礼の儀式において、花嫁の美しさを讃えるべく引用された詩こそ、マキさんが先斗町の酒場で暗唱してくれたものなのです。

冬の夜のただ中に、夏の月現るとも、
君の来ますより美しからず、
おお、乙女よ！
君の踵にまつわる黒き下髪と、
君の額を繞る漆黒の分髪は、われに言わしむ、
「君は、夜の翼をもって、暁を暗くしたもう！」
されど、君はわれに答う、
「否！　否！　そは月を隠す一片の雲のみ！」

そしてシャハリヤール王は、能筆な書記たちと、名高い年代記編者たちを呼び寄せ、自分とシャハラザードの間に起こったことをすべて記録するように命じます。
その一節をここに書き抜いておきます。

＊

そこで彼らは仕事にとりかかり、こうして三十巻を、それより一巻も多からず少なからず、金文字で書き記した。そして彼らはこの驚異と不可思議との一連の物語をば千一夜の書と呼んだ。

それから彼らは、シャハリヤール王の命により、それを忠実に書き写した多数の写本を作り、子々孫々の教育に役立たせるため、それらを全領土の隅々にまで配った。

その原本のほうは、大蔵大臣の保管の下に、王室の黄金の文庫に納めた。

そして、シャハリヤール王と、かの多幸な女性、妃シャハラザード女王、シャハザマーン王と、かの美わしい女性、妃ドニアザード、並びにシャハラザードの子の三人の王子たちは、いく年もいく年もの間、来たる日々は先の日々よりもさらにすばらしく、夜々は日々の顔よりもさらに白く、ついに、友を引き離す者、宮殿を破壊する者、墳墓を建てる者、冷酷なる者、避けえざる者の到来するまで、歓楽と至福と喜悦のうちに暮らしたのであった！

かくのごときが、世にも珍しいことどもと、教訓と、不可思議と、驚異と、驚嘆と、美とをそのうちに含んだ、千一夜と名づけられた燦然たる物語である。

＊

その一節を読んだとき、私はかすかな違和感を覚えました。

ここで語られているのは『千一夜物語』の成立についての物語です。金文字で書き記された原本は王室の文庫に納められ、その写本は全領土の隅々にまで配られたと書かれています。しかし、そのようにして物語は書き終えられたにもかかわらず、その後も大団円の記述は続き、

「避けえざる者」すなわち死の訪れるまで、シャハラザードたちが幸福に暮らしたことが語られているのです。

だとすれば、ここで王室の文庫に納められたという物語は何なのでしょう。

これではまるで『千一夜物語』の中に、もうひとつの『千一夜物語』が存在しているかのようです。その内なる『千一夜物語』の中にも、同じくもうひとつの『千一夜物語』が存在し、さらにその中にも――。そんな妄想が頭に浮かび、底知れぬ穴を覗きこんだような眩暈《めまい》を覚えたとき、室内灯がふいに明滅しました。

私は息を呑んで身を硬くしました。

部屋の明かりは落ち、残されたのは机上のランプばかりでした。

私は椅子に腰かけたまま図書室内を見まわしました。しかし電灯が消えたことを除けば、何の変化も見られません。私は書斎机に目を戻しました。

あたかもスポットライトのように、ランプの光は机上のノートを照らしています。この二日間、つねに私とともにあったノート。そこには『熱帯』についてのあらゆる事柄が記されています。学団の皆さんとサルベージした断片、これまでに考えてきたあらゆる仮説、そしてこの京都で見聞きしたすべてのこと。

――ここに手がかりがあるというのだろうか？

私は机上のノートをゆっくりとめくっていきました。

これまでに書き記してきたことをすべて見直し、やがて最後の頁に辿りつくと、そこから先はまだ何も書き記されていない白紙の頁でした。その瞬間、私は自分が無人島の砂浜に立ち、広大な海を前にしているような錯覚を味わったのです。

「目を閉じて。心に描いて」

千夜さんの囁く声が聞こえてきました。

そこに広がっているのは想像の世界、『熱帯』の世界です。

想像の中で、私は夜明け前の砂浜に立っていました。太陽はいままさに水平線の下で待機しているらしく、海の彼方はうっすらと白み始めています。プラネタリウムのドームのような天蓋は乳白から濃紺へと美しいグラデーションを描いて、残された夜の領域ではまだ星が瞬いています。湾曲する砂浜に人影はなく、えんえんと続く波打ち際が生クリームのように泡立っていました。海とは反対の方角へ目をやると、砂浜を縁取るようにして黒々とした森が続き、それは風に吹かれて巨大な獣のように蠢いています。

その砂浜に打ち上げられている青年の姿が見えます。

年の頃は二十代半ば、泥のついたシャツとズボンを着ているだけで、他には何も持っていません。彼は冷たい砂に頬をつけて、むずかる赤ん坊のように眉をひそめています。自分が何者なのかを知らず、どこから来たのかも知らず、どこへ行くべきなのかも知らない男。やがて彼が目を覚まして砂浜を歩き始めるとき、『熱帯』の門は開く。

「自分たちで創りだしているみたいでしょう」

私は目を開き、椅子に腰かけて、机上のノートを見つめました。

目前に広がる白紙の頁。そこは見渡すかぎり何もない空漠たる世界です。しかし何にもないからこそ何でもある。魔術はそこから始まるとすれば——。
ゆっくりと深呼吸してから、私はペンを取って次のように書き記します。

汝にかかわりなきことを語るなかれ
しからずんば汝は好まざることを聞くならん

そのとき、巨大な門の開く音が聞こえたような気がしました。

第四章　不可視の群島

汝にかかわりなきことを語るなかれ
しからずんば汝は好まざることを聞くならん

◯

僕が意識を取り戻したとき、あたりは薄闇に包まれていて、寄せては返す波の音が聞こえていた。といっても、すぐに状況が飲みこめたわけではない。僕は夢を見ているのだと思いこんで、ただ横たわったまま、響いてくる波音に耳を澄ましていたのである。

どれぐらいの時間そうしていたのか分からない。

ところがある瞬間を境にして、頬にあたる砂の感触や、濡れて冷え切った身体の痛み、吹きつけてくる潮風の匂いが、ふいにありありと感じられてきた。まるでカメラのピントが合ったように、いまこの瞬間から世界が存在し始めたかのようだった。僕はブリキのように強ばった身体を動かし、やっとのことで身を起こした。

僕は何処《いずこ》とも知れない砂浜に打ち上げられていた。

どうやら夜明け前らしかった。太陽はいままさに水平線の下で待機しているらしく、海の彼方はうっすらと白み始めていた。プラネタリウムのドームのような天蓋は乳白から濃紺へと美しいグラデーションを描いて、残された夜の領域ではまだ星が瞬いている。湾曲する砂浜に人影はなく、えんえんと続く波打ち際が生クリームのように泡立っていた。海とは反対の方角へ目をやると、砂浜を縁取るように黒々とした森が続いていた。その森は風に吹かれて巨大な獣のように蠢いている。

僕は寒さに身を震わせて立ち上がり、頬にこびりついた砂を払った。

——何があった？

——ここはどこだ？

まず考えたのはそのことである。

しかし何ひとつ思いだせない。

そもそも自分が何者かということが分からないのである。

手がかりを求めて衣類を調べてみたものの、僕が身につけているものは革のジャンパーとシャツとズボンだけである。ポケットには財布さえ入っていない。周囲の砂浜に目を凝らしても、無数の貝殻や小石が転がっているばかりで、手がかりになりそうなものは何もない。それどころか、人間の暮らしを思わせるようなゴミのたぐいはまったくないのだ。

なんとも美しい砂浜だった。

僕は身をかがめ、ひとつの巻き貝を拾い上げてみた。干し葡萄の粒ぐらいの大きさで澄んだ桃色をしている。地球から遠く離れた別の天体の建造物のようだ。こんなに美しいものが自然に生まれ、この砂浜に無数に転がっている。そのことが不思議に感じられる——その感情はデジャヴのように、何か引っかかるものがあった。おそらくいまは忘れている過去のどこかで、僕は同じような感情を抱いたことがあるのだろう。

銀色に輝く海は見渡すかぎり島影ひとつない。

途方に暮れていたら、沖合に不思議なものが見えた。

それは音もなく滑っていく二両編成の小さな電車だった。砂浜からの距離はせいぜい二百メートルで、夜明け前の海上に映える車窓の明かりがクッキリ見えた。それは無性に懐かしくなる情景だった。どこかで見たような気がするのに思いだせない。銀色の海に人工的な光を散らしながら、その列車は砂浜と平行に走っていく。

一瞬あっけにとられたあと、僕は弾かれたように駆けだした。

こちらに気づいてくれるかもしれないと思ったのだ。

「おーい、待ってくれ！　待ってくれ！」

僕は懸命に走ったが、砂に足を取られて思うように進めない。まるで夢の中でもがいているような感じだった。その間にも列車はすいすいと走って僕を引き離していく。やがて僕は息を切らして立ち止まった。そのとたん列車の姿はかき消されたように見えなくなった。まるで海に飲みこまれてしまったかのようだ。

いくら目を凝らしても沖合には銀色の波が揺れているばかりだった。

◯

僕は海を左手に見ながら砂浜をひとり歩いていった。

いったいあの電車は何だろう。あれほどハッキリ見えたものが幻だとは思えない。しかし電車が見えなくなってしまうと、僕の自信はぐらついてきた。

——ひょっとして僕は夢を見ているのか？

しかしそれも考えにくい。足の沈む砂の感触も、繰り返し打ち寄せる波音も、頰を撫でる海風も、何もかも現実そのものに感じられる。濡れた身体に海風が吹きつけてくるので、僕は寒さに震えて歯を鳴らしながら歩いていたほどである。

やがて海の彼方から太陽が昇ると、巨人の息吹で夜が吹き飛ばされたかのように、アッという間に朝になった。海は照り返しでぎらぎらと光りだし、眩しくて見ていられない。それまでは黒々とした塊《かたまり》にすぎなかった森の姿も、朝日に照らされてクッキリと見えるようになった。

それは明らかに熱帯の森だった。砂浜の果てるところから盛り上がって小高い山へ続いている。森からは奇怪な鳥たちの鳴き声が聞こえてくる。

それにしてもここはどこなのか。

見えるものは湾曲して延びる白い砂浜ばかりだった。左手は水平線まで何ひとつない広大な海、右手は得体の知れない熱帯の森である。

いくら砂浜に何もないとはいえ、海岸をはなれて森の中へ足を踏み入れる勇気はなかった。太陽が昇ったあとになっても異様に生い茂った木立の奥は暗く、どんな猛獣がひそんでいるかも分からない。ふいに「ロビンソン」という名前が脳裏に浮かんだ。自分の名前も分からないくせに、ロビンソン・クルーソーの名前は思いだせるとは。

やがて行く手をさえぎる大きな岩場に辿りついた。

黒々とした岩に乾いた海藻や貝殻がへばりついていた。なんとか岩場をよじのぼって頂上に立ったとき、僕は安堵の溜息をついた。眼下には美しい入り江があって、海に向かって延びる桟橋が見えたからだ。その桟橋のたもとには緑色の三角屋根をもつ小屋がある。そんなものがあるからには、この海辺には人間が暮らしているにちがいない。

まるで隠れ家のような入り江だった。小さな砂浜は岩場と森と澄んだ海に囲まれている。森から一本の小川が流れだし、砂浜を二分して海へ注ぎこんでいる。

僕は岩場を下って砂浜を横切り、桟橋の小屋に近づいてみた。

木造の簡素な小屋でペンキもほとんど剝げていたが、人の手で造られたものであるというだけで心がやすまるものである。中には釣り竿やオールや浮き輪といったものが雑然と放りこまれていた。僕は小屋の中に入ってみた。海に面した硝子窓の前には小さな木机があり、古びた手帖や工具、双眼鏡が置いてある。

僕は汗を拭いながら薄汚れた窓の外に目をやった。

緑がかった青い海と、長く延びた桟橋が見える。一艘の船もないのは妙な気がした。この小屋の持ち主は船に乗って海へ出ているのかもしれない。

僕は窓硝子に顔を近づけ、沖に目を凝らした。

——何だろう、あれは？

双眼鏡を手に取って僕は小屋から外へ出ていった。そして桟橋の突端まで歩いていき、双眼鏡をかまえて沖を見つめた。

そこには小さな島があった。

しかしなんとも奇妙な島である。

いまにも波に呑まれてしまいそうなほど薄っぺらくて、ほとんど砂浜ばかりだが、椰子の木が何本か生えている。奇妙なのは、その椰子の木陰にコーラの赤い自動販売機が置かれていることだった。どうしてそんなものがあるのだろう。しかもその自動販売機にもたれるようにして、ひとりの男が座りこんでいる。あっけにとられて双眼鏡を覗いていると、その男がこちらに気づいて立ち上がるのが見えた。

僕は双眼鏡から目をはなし、大きく手を振りながら叫んだ。

「おーい！　ここだ！　おーい！」

僕はもう一度双眼鏡を覗いた。

その男はこちらへ大きく両手を振ってみせたあと、砂浜に引き揚げてあったボートを押し始めた。こちらへ引き返してくるらしい。僕は桟橋に座りこんで海に向かって脚を垂らした。澄んだ海の底には海藻が揺れ、魚がひらひらと泳ぎまわっている。

「やれやれ、助かった」

僕はホッとした気持ちで男を待った。

それが「学団の男」、佐山尚一との出会いだった。

○

揺れるボートから桟橋へ、男は勢いよく飛び移ってきた。

よれよれの赤いTシャツと半ズボン、真っ黒なサングラスをかけ、日焼けした彫りの深い顔に無精髭を生やしている。小学生と中年男が混じり合ったような印象だ。

彼は桟橋にボートを繋ぎながら問いかけてきた。

「あんた、どこから来たんだ？」

「それは……」

僕は口籠もった。

何と言えばいいのだろう。

相手は怪訝そうにこちらを見つめている。

「言えないのか？」

「僕にも分からないんです」

「ふーん。それじゃ名前は？」

僕は首を振った。ひどく情けない気持ちになった。

男は腰に両手をあてて胸を張り、サングラスの向こうから僕を見つめた。赤シャツの下には分厚い胸板が盛り上がり、半袖からのぞいている腕は丸太のようだ。日に焼けた顔は鞣《なめ》し革のような光沢を放っている。

やがて男はいまいましそうにサングラスをはずした。

「自分の名前も分からんのか？」

男はチッと舌打ちして、僕の肩を軽く小突いた。

「厄介なことになったなあ！」

男は人懐こい笑みを浮かべていた。その目はきらきらと輝いており、ふいに若返ったように感じられた。サングラスと日焼けのせいで老けこんで見えたのだろう。実際は三十歳にもならないかもしれない。それにしても男の口ぶりはとことん陽気である。

「何かひとつでも覚えてることはないのか？」

「目が覚めたら向こう側の浜に倒れていたんです」と僕は岩場の方角を指さした。「それより前のことが何ひとつ思いだせない」

「昨日の夜は嵐だったな」

「僕は難破したんでしょうか」

「うーん、しかし船影は見なかったぞ」

しばし僕たちは黙りこんだ。

桟橋を洗う波音だけが大きく聞こえていた。

「わけがわからんな」と男は言った。「今朝になって入り江へ出てみたら、あのへんてこな自動販売機の島が現れた。それを調べに行ったら、次はあんたが現れた。淋しい島暮らしがここにきて急展開だよ。しかしこれには深い意味があるな」

僕は恐る恐る訊ねてみた。

「ここは島なんですか？」

「あ、それも分からんのか。ここは島なんだよ。詳しい説明は『観測所』に戻ってからしてやるから……。ところで俺は佐山尚一という。よろしく。助けてやるかわり、あんたには俺の仕事の助手になってもらうぞ」

「助手？」

「そうなると名無しの権兵衛では困るなあ。何がいいかな。そう、ネモ。ネモはどうだ？　カッコイイだろう。『何者でもない』という意味だからピッタリじゃないか。ジュール・ヴェルヌの『海底二万海里』は知ってるだろ？　それではネモ君、行こうじゃないか！」

佐山尚一はさっさと桟橋を歩き始めた。

僕は慌てて追いすがった。

「どこへ行くんです？」

「だから『観測所』だよ。あの山の上に見えるだろ？」

佐山尚一は入り江の背後にひかえている森を指さした。たしかに森の向こう、小高い山の山頂近くに灰色の建物が見えていた。いったい何を「観測」しているというのだろう。僕が怪訝に思っていると、ふいに佐山は振り返って、僕の胸に大きな拳を打ちつけた。

「ネモ君よ、君は魔王の刺客じゃないよな？」

海風が彼のごわごわした縮れ髪を揺らしている。

「魔王？　刺客？」

僕はあっけにとられていた。

すると佐山は気が抜けたように笑った。

「違うよな。刺客にしては間抜けすぎる」

佐山は入り江に注ぐ小川に沿って歩き、熱帯樹の密林へ踏みこんでいく。

まるで獣道《けものみち》のような細い道が折れ曲がりながら続いた。ひとたび道からはずれたら迷ってしまいそうだった。佐山尚一は腰に提げていた湾刀《わんとう》を振って、伸びてきた草を器用に刈りながら歩いた。こうして毎日行き来することで道を維持しているらしい。さもないと密林に閉じこめられてしまうという。まったくワケが分からなかったがついていく他ない。ここが無人島だというなら、頼れる人間は彼しかいないからである。

途中で一度、小川で顔を洗って水を飲んだ。

「いつからこの島にいるんです？」

僕が訊ねると、佐山は草の茎を噛みながら語った。

「どれぐらいだったかな。もう分からん。こんな島でひとりぼっちで暮らしていると、何もかも曖昧になってくる。このあたりには雨季もないし、そもそも季節の変化というものがほとんどない。金太郎飴《あめ》みたいな毎日だ。本当に今日の次には『明日』が来るのか。もしかすると今日の次には『昨日』がくるんじゃないか。そんなことを考えたりもする」

やがて小川は姿を消し、森はますます暗くなってきた。大木の枝葉が絡まりあって光が射しこまないのである。あたりは蒸し風呂のように暑かった。日焼けした身体が汗に濡れてヒリヒリと痛んだ。僕たちが黙々と歩いている間も、あちこちから鳥の鳴き声が聞こえてきた。絶え間なく密林が歌い続けているような感じがする。

「危険な猛獣とか、いないんですか？」

「昼は大丈夫」

「夜は？」

「夜の散歩は勧めないね」

佐山尚一はそれだけ言った。

◯

山頂の観測所までは入り江から三十分ほどの道のりだった。

「やれやれ、ついたわい」と佐山は嬉しそうに言った。

そこは森を切り開いて人工的に作ったらしい草地で、その奥に佐山尚一の言う「観測所」らしきものがあった。ずいぶん立派な建物である。コンクリートの箱をずらして積み重ねたような感じで、最上階は密林の梢《こずえ》よりも高いところにあり、横長のガラス窓が白く光っている。あそこから見下ろせば、この島と海が一望できるだろう。こんな密林の奥によくもこんな施設を造ったものだ。草地を取り囲むようにして、パルテノン神殿の柱みたいなものがならんでいた。

建物の入り口には両開きの大きな自動ドアがあり、そのドアの上には金属のプレートが埋めこまれ、次のような文句が刻まれていた。

汝にかかわりなきことを語るなかれ
しからずんば汝は好まざることを聞くならん

「なんだか謎めいた文章ですね」
「思わせぶりだよな。この観測所が造られたときからそこにある」
「誰がこんな建物を造ったんです？」
「慌てるなってば。いずれ説明してやるから」

佐山は言った。「まあ遠慮なく入れ」

意外なことに建物の中は空調がきいて涼しかった。

入ってすぐ左手には空港の待合室のような広いロビーがあった。表の草地に面した壁は一面のガラスだ。陽光の射しこむロビーいっぱいに色も形もさまざまなソファや椅子が置かれていた。まるでいろいろな果実を部屋一面にばらまいたようである。昔ながらの探偵事務所で埃をかぶっていそうなものもあれば、未来の宇宙ステーションにありそうなものもある。それらはてんでバラバラの方角に向けて置かれていた。

「どうしてこんなに椅子があるんですか？」

「人にはそれぞれ座るべき椅子があるからさ」

佐山はロビーを横切って階段をのぼっていく。

二階もまた一階と同じく広い一室だったが、ロビーとは打って変わって雑然としていた。床には大きなペルシア絨毯が敷かれ、散らばった書類やノート、積み上げられた書物で足の踏み場もなかった。通信機材や段ボール箱の隙間に簡易ベッドもある。壁には赤ペンでいろいろな書きこみをした海図のようなものが貼られている。

どうやらそこが佐山尚一の居室らしい。

「この奥に便所とシャワー室がある。使ってくれ」

佐山は言った。「ネモ君の部屋はこの上にある展望室だ。簡易ベッドぐらいしかないが、こんな島なんだから贅沢《ぜいたく》言わないでくれよな」

「ありがとうございます」

「さて。この島の全貌を見せてやろうかね」

そう言って、佐山は三階の展望室へ案内してくれた。

さすがに「展望室」というだけあって素晴らしい眺めだった。分厚いガラス窓の向こうに、水平線が大きく弧を描いていた。先ほど佐山と出会った入り江と桟橋が目に入った。その沖には自動販売機のある小さな島が浮かんでいる。ほかに目に入るものといえば、色濃い密林と、島影ひとつない海、そして青い空ばかりである。

「小さな島だろう。外周を辿るだけなら二時間もあれば回ることができる。海岸線を調べてまわるのも俺の仕事なんだよ」

本当にここは絶海の孤島らしい。

しばし僕は茫然としていた。

「ただ海が広がっているだけに見えるだろう？」

ふいに佐山が言った。「しかしここは群島なんだ」

「でも他の島は見えませんよ？」

「魔術的群島だからな。いずれ分かるさ」

そして僕たちは階段を下りて佐山の部屋へ引き返した。

居室の雑然とした様子からすれば、佐山尚一はもう長い間この島で暮らしているにちがいない。いったいどういう人物なのだろう。とはいえ、その疑問はそっくり自分に跳ね返ってくる。自分のことなど何ひとつ分からない僕に、彼の素性をとやかく言う資格はないわけだ。

佐山が珈琲豆を挽いている間、僕は洗面所で絞ってきたタオルで汗を拭いながら窓の外を眺めていた。やがて珈琲が沸くと、室内に良い香りが立ちこめた。佐山はペルシア絨毯の一角を片付けて座る場所を作ってくれた。

そして僕たちは闇夜のように濃い珈琲を飲んだ。

「うまいか？」

「落ち着きますね」

「少なくとも君は珈琲のある国から来たわけだ」

佐山は子どものような笑みを浮かべた。

「君は信頼できる人物だと信じよう。だからこそ、こうして観測所まで案内してやったんだし、何ひとつ君の来歴を知らないにもかかわらず泊めてやろうというんだよ」

「ありがとうございます」

「この島で俺は長く暮らしてきた。天候、植生、動物たち……この島のことは自分の掌のように知り尽くしている。いうなれば俺はこの島の支配者のようなものだ。ネモ君が礼儀をわきまえているかぎり、俺は君を客人として遇する。しかし君が恩義を忘れるようなことがあれば、俺もそれなりの対応をする。そのことは肝に銘じておけ」

僕が神妙に頷くと、佐山は満足そうな顔をした。

「自分がどこにいるのか気になるだろう。正確な位置を教えるわけにはいかないが、この島はだいたい北緯二十八度の位置にある。赤道直下というわけじゃないが、海流の関係もあって気候的にはほぼ熱帯と言っていい。一年を通して気温が摂氏十五度を下まわることはない。さっきも言ったように雨季らしい雨季はないが、ときどき猛烈なスコールや嵐がある。昨日の夜なんて世界の終わりみたいな嵐だったな。じつに怖ろしい嵐だった」

僕は嵐に揉まれる船を脳裏に思い描いてみた。

しかし、何の感情も湧き上がってこない。

「……思いだせない」

「そう心配するな、ネモ君。焦ってもどうにもならんよ」

佐山尚一は僕の肩を叩いて陽気に笑った。

「とりあえず少し休んでから俺の仕事を手伝ってくれ。泊めてやるんだから、それぐらいのことはしてもらわなくちゃな。この島は慢性的な人手不足なんだ」

○

その日の午後、僕は淡々と働いた。

仕事の大半は草刈りだった。佐山といっしょに観測所の裏手へまわると、怪物の群れのように大きな葉が生い茂り、コンクリート壁にも蔓草が這い上がっていた。

「ちょいと怠けるとこのざまなんだ」

佐山はその様子を眺めて舌打ちした。

「俺ひとりの手には負えない。君が来てくれて助かった」

僕は麦わら帽子をかぶり、佐山に手渡された鎌を使って、ひたすら草を刈った。観測所の裏手は日蔭になっていたものの、立ち上る湯気が見えそうなほど蒸し暑かった。佐山は壁面に立てかけた梯子にのぼって、強靱な蔓草を相手に湾刀をふるっていた。そうやって淡々と働いていると余計なことを考えずに済む。草刈りを終えたあとは昼寝、そして観測所の掃除。

気がつくと密林の梢が夕陽に燃えていた。

「今日はこれぐらいでいいだろう」

佐山は言った。「シャワーを浴びて夕食にしよう」

夕食は素朴なものだった。乾パンと魚の缶詰。この島で佐山が見つけたという、口が曲がるほど酸っぱい柑橘類。そのかわりウィスキーはいくらでもあって、佐山は海賊がラム酒を飲むように豪快に飲んだ。それらの保存食や酒はどこから調達しているのだろう。しかし佐山は「優雅なロビンソンだろ？」と愉快そうに言うばかりである。

夜が更けると窓の外は真っ暗で何も見えなくなった。

「しばらく君はこの観測所で暮らすことになるわけだ。囚人じゃないんだから、仕事がないときは好きに過ごしてくれてかまわない。この観測所の中も自由に歩きまわっていい。しかし夜になったら外へ出ないようにしてくれ。危険だからな」

「猛獣でも出るんですか？」

「そんなところだ」

「気をつけます」

「どうせ外へ出たって暗い森があるだけさ」

やがてウイスキーの酔いも心地良くまわった。午後いっぱい草刈りと掃除で動きまわっていたせいで身体はクタクタに疲れている。「そろそろ眠ります」と言って僕が展望室へ引き上げようとすると、佐山が「おい」と呼び止めて一枚の写真をさしだした。

「哀れなネモ君に夜の淋しさを紛らわすものをやろう」

それは無人の浜辺に立っている二十歳ぐらいの娘の写真だった。簡素な服を着て、海風になびく髪をおさえ、海の彼方に目をやっている。朝なのか夕方なのか、黄金の陽射しがその全身を照らしていた。この写真を撮った人間も、その瞬間の彼女の神々しさに打たれていたにちがいない。じっと写真を見つめていると、いまにも彼女が振り返って、こちらへ笑いかけてくるような気がした。

しばらくして我に返ると、佐山が僕を見つめていた。

「この娘に心あたりがあるのか?」

僕は首を振った。実際、思いあたる記憶はなかったのだ。

「それにしてはずいぶん熱心に見ていたぞ。惚れたな?」

「まさかそんな」

「隠すなって。君の気持ちはよく分かる」

僕は写真を返そうとしたが、佐山は「いいから持っておけ」と言った。

「美しい乙女の写真には心を落ち着かせる作用がある。こんな孤島で正気を保っていくには、こういう『お守り』がモノを言う。恥ずかしがることはない。俺だってこの島へ派遣されてきたばかりの頃はこの娘の写真を抱いて眠ったんだから」

　結局、佐山はその写真を僕に押しつけてしまった。

「おやすみ、ネモ君」

「おやすみなさい、佐山さん」

　僕は階段をのぼって展望室へ行った。

　ガラス窓に近づいてブラインドを引き上げると夜の情景が眼下に広がっていた。密林の樹冠は月光を浴びて金属のような煌めきを放ち、暗い海の彼方は満天の星空と溶け合っている。そんな情景を見つめていると、この観測所が宇宙空間を漂流しているような錯覚にとらわれた。僕たちの足下には陸も海もなく、ただ真っ黒な虚空しかないと感じられるのだ。

　窓辺には小さな机があり、電気スタンドもある。

　電気スタンドのスイッチを入れると、暗い窓に僕の顔が映った。

　二十代半ばぐらいの若い男。ひどく汚れたシャツを着て、無精髭を生やしている。これが本当に僕だというのだろうか。見知らぬ他人としか思えない。

　――おまえは一体、何者なんだ？

　僕は長い間、その姿を見つめていた。

そういう次第で、僕はその島で暮らすことになった。

○

やるべき仕事はいくらでもあった。草刈りは日課だったし、観測所設備の修繕もあり、物資も整理しなくてはならない。淡々と仕事を片付けているうちに一日は過ぎ去っていく。数日もしないうちに僕はそんな生活にすっかり馴染んだ。

とりわけ僕が楽しみにしていたのは島の見まわりである。

朝、まだ肌寒いうちに僕たちは準備をして観測所から出かけていく。森を歩いているうちに太陽がのぼって、まるで水底から浮かび上がるかのように、この島全体が目覚めていくのが感じられる。それは何度味わっても飽きない経験だった。梢で鳴き交わす色鮮やかな鳥たち、熱帯樹の間を通り抜けていく蝶の大群、甘い香りを漂わせた果樹の群落。

佐山は島を自在に歩きまわって、いろいろなものを見せてくれた。この島のことであれば、彼はどんなことでも知っているようだった。

「小さな島でも奥が深いだろ?」

佐山はつねに陽気で親切だった。

その一方で謎だらけの人物でもあった。

たとえばふたりで砂浜を歩いているとき。佐山はふいに立ち止まって、凍りついたように海の彼方を見つめることがあった。まるで見知らぬ場所に置き去りにされた子どものような目つきだった。そんなときにはいくら声をかけても無駄だった。しばらくソッとしておくと、彼はふたたび何事もなかったかのように歩きだすのだ。あまりにも長く、こんなところで孤独に暮らしていたせいだろうと僕は考えた。こんな世界の果てのような場所でひとり暮らしながら、正気を保つのは容易なことではあるまい。

それにしても分からないことばかりだった。

この「観測所」は何のために造られたのか。どうして佐山尚一はこんな場所で暮らしているのか。

ひとつの手がかりは佐山の居室に掲げられている「海図」だった。この観測所にやってきた日から気になっていたもので、方眼で区切られた海にたくさんの島々が散らばっている。数値や暗号めいた言葉が赤ペンで書きこまれていた。その海図を繰り返し眺めているうちに、僕は「観測所」と書きこまれた小さな島を見つけた。

先日、展望室で佐山の言った言葉が浮かんできた。

――ここは群島なんだ。

それはおかしなことだった。この海図のとおりだとすれば、この島のまわりには他の島々が見えるはずだ。しかし展望室からは島影ひとつ見えないのである。

ある朝、僕が珈琲を飲みながら海図を眺めていると、佐山尚一が近づいてきた。

「どう思う、ネモ君？」

「これはこの島のまわりの海ですか？」

佐山は「そのとおり」と頷いた。

「これらは『不可視の群島』と呼ばれている」

佐山は海図の島々を示しながら語った。

「これらの島々は存在と非存在の狭間《はざま》にある。しかしいまのところ、確実に存在していると言えるのは観測所のある島、つまり俺たちが暮らしているこの島だけだ。まわりの島々の存在はつねに揺らいでいる。あるときには存在し、あるときには存在しない。だから正確に言うならば『不可視の群島』という名称は誤りなんだよ。見えないんじゃない。見えない観測者にとっては本当に存在しないんだから。しかし見えるときにはたしかに存在して、その島へ上陸することも可能になる。それだけじゃないぞ。この海域では他にもいろいろと不思議なことが起こるんだ。たとえば——」

佐山は人差し指で海図を示した。

電車の路線のようなものが島々の隙間を縫っている。

「これが何だか分かるか？」

僕は首を傾げた。「いいえ」

「海上を走る列車だ。俺は何度か見たことがある」

そのとき僕は思わずアッと声を上げた。夜明けの海上を走る電車が脳裏に浮かんだ。海面に反射する車窓の明かりをまざまざと思いだすことができた。

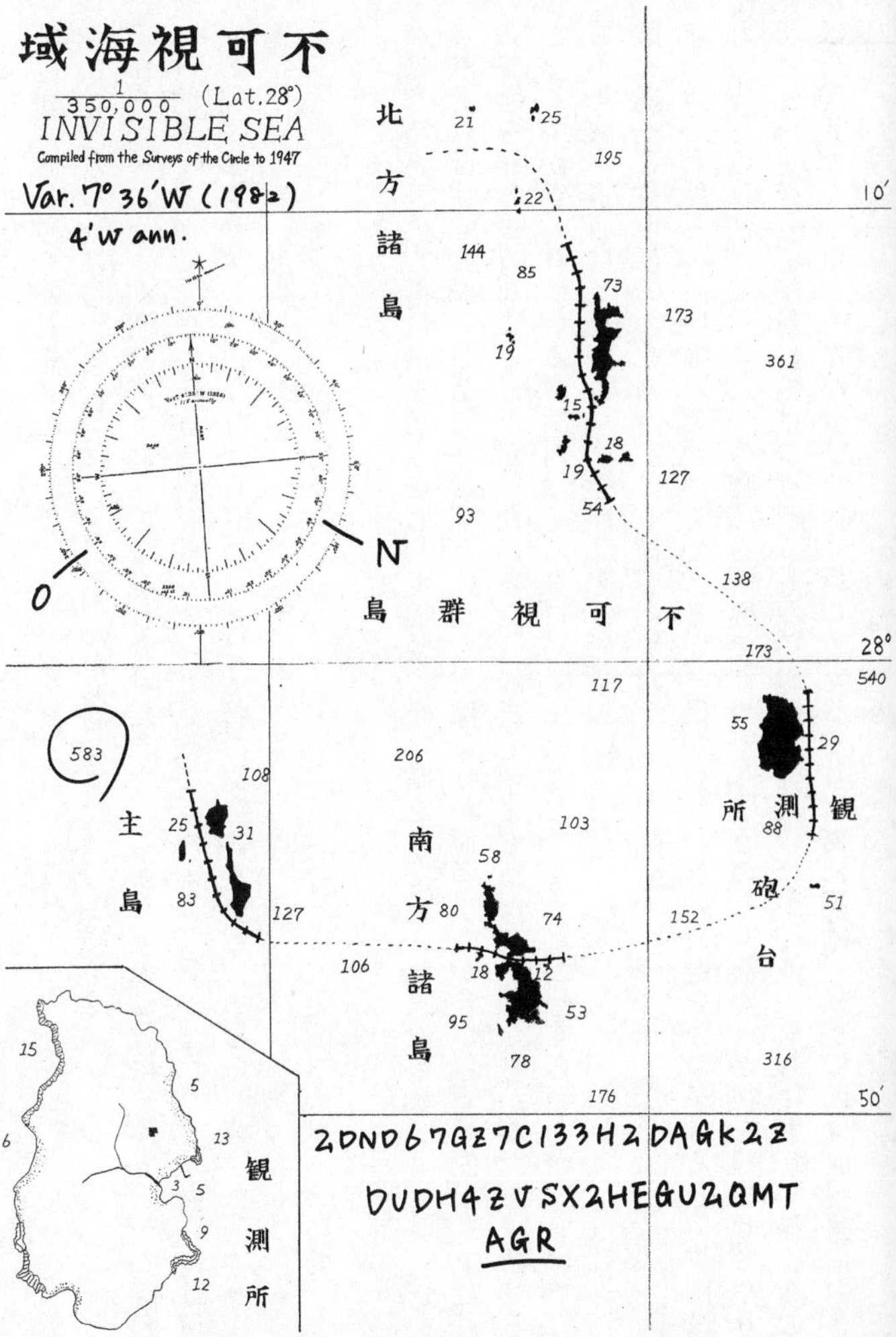

不可視海域
1/350,000 (Lat.28°)
INVISIBLE SEA
Compiled from the Surveys of the Circle to 1947
Var. 7° 36′W (1982)
4′W ann.
北方諸島
不可視群島
観測所
砲台
主島
南方諸島
観測所
N
O
10′
28°
50′
2DND67GZ7C133H2DAGk2Z
DUDH4ZVSX2HEGU2QMT
AGR

「そうか、ネモ君もあれを見たんだな？」

佐山は満足そうに言った。「やはり俺の睨んだとおりだ」

その日、佐山尚一が語ってくれたのはそれだけだった。しかしそのことによって、この観所の目的と、彼がここにいる理由が、うっすらと見えてきたような気がした。この海域には何らかの秘密があって、佐山に与えられた任務はそれを探究することにあるらしい。

○

夜になると、僕たちは酒を酌み交わして他愛のない話をした。

実際それは他愛のない会話だった。なにしろ僕は自分が何者なのか分からず、佐山もまた自身の来歴を語るようなことはなかったからだ。過去も未来も持たない男たちがふたり、話せることなんてかぎられている。話題はその日に島で見聞きしたことと妄想ぐらいしかない。それでも不思議と退屈はしなかった。それはそれで楽しい時間だった。

酔っ払うと佐山尚一のやりたがる遊びがあった。

それはいわゆる「三題噺」というものらしい。僕がバラバラのお題を三つ挙げると、佐山はそれらを巧みに使って、ひとつの物語を即興で作ってしまうのだ。なんとか彼を凹《へこ》ませてやりたくて知恵を絞り、絶対に結びつきそうもないお題を選ぶのだが、彼が立ち往生してしまうことは一度もなかった。そんな遊びを繰り返しているうちに夜は更け、やがて僕は展望室に引き上げて眠りに就く。

いまにして思えば、佐山尚一はそんなふうにして毎日を過ごしながら、僕という人間の正体を見極めようとしていたのかもしれない。それでいて、彼が僕の過去を詮索するようなことは一度もなかった。それどころか「何か思いだしても自分の胸にしまっておけ」と言われたぐらいなのである。

「うかつに思い出を語ってはいけないんだ」

佐山は言った。「少なくとも相手を選ぶんだな」

「どうせ話す相手なんかいませんよ」

「いずれ分かるさ」

佐山はそう言って謎めいた笑みを浮かべた。

僕もまた、佐山の仕事について詮索しないようにしていた。もし僕が知るべきことがあるなら、佐山は語ってくれるだろう。いずれにせよ僕は佐山に従うしかない。佐山がロビンソン・クルーソーであるとすれば、僕は「金曜日の男」フライデーだ。いや、フライデーよりもずっと無力な人間と言っていい。一宿一飯の恩義というわけではないが、自分は佐山尚一の仕事にできるだけ協力しなければ——そんなふうに僕は考えていたのである。

そうして二週間ほど経った日のこと。

夜、酒を飲みながら佐山が言った。

「ネモ君、明日はいよいよ冒険に出かけるぞ」

「どこへ？」

「あの自動販売機のある島をもう一度よく調べてみるつもりだ」

　桟橋の沖に見えた薄っぺらい島のことだろう。僕は佐山尚一と出会った朝のことを思い返した。この二週間というもの、佐山と僕はこの島をくまなく歩きまわってきたが、あの奇妙な島には一度も渡っていない。佐山が話題にするのも初めてのことだった。

「あの島は何なんですか？」

「分からないから調べにいくんじゃないか」

佐山は言った。「それに冷たいコーラが飲めるぞ」

「もちろん僕はおともしますよ」

　僕が頷いて展望室へ引き上げようとすると、佐山尚一が「ネモ君よ」と呼びかけてきた。振り向くと彼は絨毯にあぐらをかいたまま両腕を広げていた。

「君が現れてくれて助かった。あの日、君の姿を見て俺がどれほど嬉しかったか、君には想像もできないだろうな」

「なんです、しみじみして」と僕は笑った。「酔ってるんですか、佐山さん」

「俺はワクワクしているのさ」

「おやすみなさい」

「おやすみ、ネモ君。良い夢を見ろ」

　そうして僕は階段をのぼって展望室に引き上げた。

簡易ベッドに横になったあとも、「俺がどれほど嬉しかったか」という佐山の言葉が繰り返し耳元によみがえってきた。どういう意味だろうと僕は思った。もちろん僕が漂着したことによって、佐山尚一の孤独が癒やされた面はあるだろう。しかし彼の口ぶりからして、その言葉にはもっと複雑な意味が畳みこまれているように感じられた。

気になるのは自動販売機の島である。初めて佐山と出会ったときも、彼はあの奇妙な島を調べているところだった。その島が現れると同時に僕が現れたとも言っていた。ひょっとして佐山の言う「不可視の群島」とかかわりがあるのだろうか。

そんなことを考えていると、なかなか眠ることができなかった。

僕は枕元に置かれた写真を手に取った。

この二週間というもの、僕は毎晩のようにその写真を眺めてきた。たしかに佐山の言うとおり、その写真は「お守り」のような安心を与えてくれた。なんとも不思議な娘だった。冷ややかなようで優しそうでもある。懐かしくもある。その顔の輪郭を辿り、その仕草を想像していると、なんだか心が充たされるのだ。それは僕がこの写真の娘に恋をしているからなのか、それとも彼女の風貌が僕の失った記憶に触れてくるからなのか。

やがて僕はうつらうつらとした。

そして気がかりな夢を見た。

その夢の中で僕は薄暗い珈琲店にいた。天板が分厚くて黒光りする長テーブルがならんでいて、学生らしい若者たちや白髪の男性が珈琲を飲みながら寛いでいる。僕は通りに面した窓際の席に腰かけていて、広い窓から射す淡い光を浴びていた。人々の囁き声や珈琲をかきまぜるスプーンの音、通りに面した重いドアの開く音が聞こえてきた。

僕の向かいには、あの写真の娘が腰掛けている。

何を話していたのか覚えていない。彼女が親しく話しかけてくれるだけで僕はなんともいえず楽しい気分になった。ときどき彼女は口をつぐんで窓の外へ目をやった。水族館の水槽のように大きな窓の外には、白くてふわふわした雪が舞っていた。やがて彼女は指でつまんだ小さな物体を、僕たちの間にある樫のテーブルの上に置いた。それは干し葡萄ぐらいの大きさの貝殻だった。澄んだ桃色をしていた。この地球から遠く離れた別の天体の建造物のようだ。

彼女は細い指先でその貝殻に触れながら言った。

「汝にかかわりなきことを語るなかれ」

「しからずんば汝は好まざることを聞くならん」

まるで歌うような美しい声だった。

その瞬間、僕はハッとして目を開けた。その薄暗い店の賑わいも、珈琲の香りも、窓から射す白い光も、すべてが一瞬にして消え去ってしまった。

なんとも生々しい夢だった。まるで現実の記憶のようだ。

僕は枕元の写真を手に取ると、暗がりの中でその娘を見つめた。胸を締めつけられるような懐かしさを覚えた。ひょっとして自分はこの娘に会ったことがあるのだろうか。

そのとき突然、観測所の外から野獣の咆哮《ほうこう》が聞こえてきた。

僕は簡易ベッドから立ち上がり、ブラインドの隙間から外を覗いてみた。島は暗く、夜明けまでは時間がありそうだ。ふたたび咆哮が聞こえた。この島で暮らすようになってからというもの、その咆哮はたびたび僕の眠りをさまたげてきた。いつもなら猛獣が遠くへ去るまで待ち、そのまま眠ってしまうのだが、その夜、僕は展望室からソッと抜けだした。いったいどんな獣なのか、その姿を見てみたくなったのである。

階段を下りていくと佐山の居室の明かりは点けっぱなしになっていた。しかしどこにも佐山の姿はなく、トイレや浴室を使っている気配もしない。

怪訝に思いながら、僕は一階ロビーまで下りてみた。

がらんとしたロビーは青白い月光に浸されて、神殿の広間のような雰囲気を漂わせていた。いくつも置かれたソファや椅子がリノリウムの床に影を落としている。ガラスの向こうには、僕自身のぼんやりした映像と二重写しになって、黒い森と草地が見えていた。

しかし佐山尚一の姿はどこにもない。

僕はソファのひとつに腰かけて、月光に照らされている草地を見つめた。

黒い森との境目あたりで大きな影がむくむくと動くのが見えた。まるで密林の闇に命が吹きこまれ、月光の下へさまよい出てきたようだった。その身体は青白い燐光《りんこう》を発しているように見えた。王者のような貫禄を漂わせてゆっくりと草地を歩いてくる。

それは一頭の大きな虎だった。

虎はゆっくりと観測所の前までくると、首を低くして口を開き、僕の目前を左右に行ったり来たりした。僕たちの間を隔てているのはガラス一枚だけで、虎が僕の前へ近づいてくるたび、その熱くて生臭い息吹が感じられそうだった。

まるで凍りついたように、僕はソファから動かなかった。正確にいえば動けなかった。その虎の美しさに魅入られていたからである。

やがて虎はガラスの向こうに身を横たえた。彫像のように身じろぎもせず、何かを訴えるかのように僕を見つめている。その目はどこか淋しそうだった。なぜ自分はこんなところにいるのだろうとでも言いたげだった。

そのときになって僕はようやく悟ったのである。

その虎は佐山尚一だった。

○

翌朝、僕は展望室の簡易ベッドの上で目覚めた。

ブラインドを引き上げると東の空が白んでいた。

階段を下りていくと、佐山尚一は居室の隅にあるキッチンで朝食の支度をしているところだった。シャワーを浴びたらしく上半身は裸で、首には薄手のタオルをかけていた。彼はフライパンに分厚いベーコンを入れながら「よお、ネモ君」と言った。そのときフライパンから油がはねたらしく、彼は「あつッ！」と叫んで胸毛の生えた胸をバタバタ叩いた。料理をするときは服を着るべきですよ、と僕は言った。

「裸で料理をすると力が漲るんだ」

佐山は言い返した。「内なる野性が目覚めるんだな」

ベーコンの焼ける匂いが珈琲の香りと混じり合った。佐山が料理をしている間、僕はテーブルを拭いて食卓の用意をした。

「昨日の真夜中、虎を見ただろ？」

ベーコンエッグを食べながら佐山尚一は唐突に言った。

「あれは俺だよ」

僕はあっけにとられて佐山を見つめた。

ひょっとして夢だったのではないかと疑っていたからだ。

「びっくりしてるな？」

「びっくりしますよ、それは」

「よく俺の言いつけを守ってくれたと思うよ。虎に変身している間、俺の理性はゆるゆるなんだ。ネモ君がのこのこ外へ出てきたら、遠慮なくガブリとやってたよ」

「からかってるんじゃないでしょうね？」

「信じなくてもいいがね」

「……それは生まれつき？」

「おい、生まれつき虎に変身するような人間がいるもんか。これはおそらくこの島で長く暮らしすぎたせいだと思う。ときどき記憶が途切れるようになって、だんだん状況が分かってきた。虎になっている間のことも断片的には思いだせる」

「いったいどうしてそんなことが」

「ここは不思議な海域なんだよ、ネモ君。しかし虎になるのも意外に悪くない。四つ足で島を駆けまわっていると何ひとつ怖いものはないと思える。まるで世界と一体化したような気分だ。しかも虎になったあとは体調もすこぶる良いんだな」

「虎になるのは夜だけですよね」

「たぶんな。しかし気をつけてくれ」

用心します、と僕は呟いた。

そうして食事を終えたあとのことだ。

佐山尚一は珈琲を飲みながら「ネモ君」と言った。

「この二週間というもの、君は立派に俺の助手をつとめてくれた。信頼に値する人物だということを君は自ら証明したわけだ。そういうわけで、そろそろ君にこの観測所の存在理由を説明しておきたい。というのも、これから俺たちは新しい冒険に乗りだすわけだが、ぜひともその冒険の意義というものを理解してもらいたいからだ」

その真面目な口ぶりに僕は背筋を伸ばした。

「分かりました。教えてください」

佐山は「よし」と頷いた。

テーブルをはなれて海図を背にして立つ。

「俺は『学団』によって派遣されてきた」

「……『学団』？」

「大昔からこの海域を調査している機関だ。学団がこの観測所を建造し、長い歳月を費やしてこの海図を作成してきた。しかしこの海域で起こる不思議な現象のことは、その学団が創設されるずっと以前から知られていたんだよ」

それは大航海時代以前にまでさかのぼる。

当時から、この海域で起こる謎めいた現象が船乗りたちに噂されていた。あの『千一夜物語』にもその伝説を踏まえたとおぼしき物語があるという。たいていの船乗りたちはこの海域を避けて通ることにしていた。それゆえに、この海域は海賊たちの格好の隠れ場所になったわけだが、彼らのような荒くれ者たちでさえ、この海に長く滞在するのを厭がったという。上陸した島が一夜で沈んだとか、海上を走りまわる怪物を見たとか、気味の悪い噂がいくつもあったからだ。『千一夜物語』によれば、月の運行さえ操る強大な魔神がこの海域に魔法をかけたのだという。

もちろんそのような海の伝説は世界各地にあり、かつては珍しいことでもなかったのである。しかしそれらは時代が下るにつれて、合理的知識によって駆逐されていった。いまやこの海域をめぐる謎にまともに向き合おうとする人間はいない。

「しかしそれは間違っている」

佐山尚一は海図を叩いて言った。

「先日、俺は君に『不可視の群島』の話をしたな。それはもはや船員の幻覚か、根も葉もない噂話として無視されている。その謎を解き明かすべく努力を重ねているのは唯一学団あるのみだ。俺がこの観測所で頑張ってきたのはそのためなんだよ」

――この人は僕をからかっているのか？

一瞬そんな疑念が浮かんだほど、あまりにも壮大な話だった。

だからといって、僕のような人間を騙したところで何か得があるとも思えない。しかも冗談にしてはあまりにも大がかりすぎる。この巨大な観測所、無尽蔵に蓄えられた物資、佐山の居室に積み上げられた資料、緻密に描かれた海図……。

僕は冷めた珈琲を飲んで言った。

「学団の目的はその謎を解くことにあるわけですね？」

「そのとおり」

「しかし、こんな無人島に施設を造るのはたいへんなことですよ。莫大な資金と労力がかかってる。それだけの投資に見合う何かがあるんですか？」

「素晴らしい指摘だ、ネモ君」

佐山尚一は満足そうに頷いてみせた。

「たしかに学団はこの海域の謎を解こうとしている。しかし真の目的はその先にある。この海域の不可解な現象を成立させている技術、つまり〈創造の魔術〉を手に入れることが我々の目的だ」

　佐山尚一はそばに積んである書物の山に手を伸ばすと、一番上に置かれていた紙製のフォルダを取った。その中にはクリップでまとめた書類の束が入っている。彼はその書類の中から一枚の写真を抜き取って僕に見せた。

「この人物に見覚えはないか？」

　それは木のテーブルに頬杖をついて遠くを見ている男の写真だった。美しい銀髪を長く伸ばしている。年齢は五十代ぐらいだろう。険しくて威厳のある王様のような風貌だが、切れ長の涼しげな目もとは妖艶な美女を思わせる。

「記憶にないです。誰なんですか？」

「魔王だよ」

　桟橋で出会ったとき佐山の言った言葉を思いだした。

　――君は魔王の刺客じゃないよな？

「何者なんですか？」

「この人物こそ、不可視の群島の支配者だ。いや、正確に言うなら『創造者』と言ったほうがいいな。この海域の島々はすべてこの男が創りだしている」

　そう言って佐山は写真を指さした。

「ここに置いてあるものをよく見ておけ」

　僕は写真に目を近づけた。佐山の指がさしているのは、テーブルに置かれた小さな木製の箱だった。魔王は左手で頬杖をつき、右手でその木箱に触れている。蔵書カードやメモを整理するときに用いるカードボックスのようだ——そう考えながら、どうして自分はそんなものを知っているのだろうと不思議に思った。

「これが魔王のカードボックスだ。この小さな木箱こそ、魔王が操る〈創造の魔術〉の源泉なんだ。いわば魔法の杖といったところかな。その秘密を解明しようとして、学団はこれまで多くの密偵を魔王のもとへ送りこんできた。しかしみんな消息を絶ってしまった。俺の前任者も、一度はこの写真を撮ることに成功したが、ふたたび不可視の群島に乗りこんでそれっきり」

「怖ろしくないんですか?」

「俺はむしろワクワクしている」

佐山は珈琲のおかわりを僕に手渡しながら言った。

「この観測所の島は世界の果てるところだ。この海は我々の世界とは異なる原理に従っている。無からの創造が可能になる世界、いわば『天地創造の原点』だ。魔王だけが〈創造の魔術〉の秘密を知っている。その答えを得るためなら命を賭ける価値もあるだろう?」

佐山は二枚目の写真をさしだした。あの娘の写真だった。

「この人は魔王の娘なんだよ」

もしも魔王に弱点があるとすればその娘のほかにあり得ない。

そう言って佐山は身を乗りだした。

「ネモ君には期待しているぞ」

「……僕が役に立てるんでしょうか？」

「俺は長い間、この無人島でひとり暮らしてきた。何度も不可視の群島に乗りこもうとしたが、どうしても入り口が見つからんのだ。しょうがないから前任者たちの記録を読みこんで、〈創造の魔術〉について探ってきた。数え切れないほどの眠れぬ夜を過ごしたもんだよ。夜になると森も海も真っ暗で、ただ降るような星空だけが見える。まるで宇宙空間に放りだされたまま、忘れ去られていく人工衛星のような気分だったな。何のために俺はここにいるんだ。どうして俺は上陸できないのか。そこへ二週間前の大嵐がやってきた。それはいままでに経験したことがないような、じつに凄まじい嵐だった。まるで世界の終わりのようだと思ったね」

佐山は期待に輝く目で僕を見つめた。

「あの夜、この仕事部屋で荒れ狂う嵐の音に耳を澄ましていたとき、俺はフッと悟ったんだ。世界の終わりとは世界の始まりでもある。この嵐が通りすぎたとき、新しい展開がこの島にもたらされるにちがいないとね。すると予感的中、夜が明けたら沖合に不思議な小島が出現しているじゃないか。さっそく俺はボートで上陸してみた。やはりそれは『創造』された島だった。いったいこれは何の予兆だろうと考えこんでいたら――」

「僕が流れついたわけですね」

「ここからすべてが始まる。そう俺は思ったね」

佐山尚一は嬉しそうに言って僕の肩を叩いた。

○

朝食の後片付けを済ませたあと、僕らは観測所を出発した。

外には密林の熱気が押し寄せて、観測所前の草地は湯に浸ったようだ。

「あそこへ行けばコーラが飲める。正真正銘のキンキンに冷えたコーラだ。とんでもなくうまいだろうなあ。機械文明の甘美なる味だ！」

「そんなの飲んで、大丈夫なんでしょうか」

「誰がなんと言おうと俺は飲むぞ」

佐山尚一は愛用の湾刀を振って密林へ踏みこんだ。

あの入り江に辿りついたとき、僕はあらためてその美しさに感嘆した。

薄暗い密林を抜けてきた目には何もかもが別天地のように見える。左手に盛り上がる黒々とした岩場と、右手にある緑に埋もれた岬に抱かれるようにして、その小さな入り江は神秘的な静けさを湛《たた》えていた。栈橋を歩いていくと、足の下で波がちゃぷちゃぷと音を立てた。

栈橋の突端に立ち、佐山は小屋から持ってきた双眼鏡で沖を見た。

「よしよし、たしかに島はある」

佐山は言った。「コーラが待ち遠しいな」

僕たちは栈橋からボートに乗り移った。栈橋に舫《もや》ってあるボートのロープを僕がほどくと、佐山は逞しい腕でオールを動かし、沖の島を目指してボートを進めた。

「Row, row, row your boat」

佐山尚一は陽気に歌いながらオールをこぐ。

僕は船尾に腰かけてバランスを取りながらソッと背後を振り返ってみた。美しい砂浜が遠ざかっていく。少し沖へ出ただけで、僕の流れ着いたのが本当に小さな島だったことが分かる。水平線には見渡すかぎり何もなく、観測所の島だけが空から降ってきたようにぽつんと浮かんでいる。あの薄暗くて蒸し暑い密林も、こうして海の上から見ると美しい森だった。

「不安そうだな、ネモ君」

「僕にとっては初めての船出ですから」

「しかし忘れているだけで本当は年季の入った船乗りかもしれないぞ」

「そんなふうに見えますか？」

佐山はオールの手を止めて値踏みするように僕を見た。

「いや、そんなふうにはとても見えんな」

「僕も同感です」

「まあ心配するな、どうせ常識の通用しない海なんだから」

「お願いですからここで虎に変身しないでくださいよ」

「俺が変身したら遠慮なく海へ飛びこんでくれ」

幸いなことに佐山が虎になることもなく、ボートが波をかぶって沈没することもなく、やがて僕たちは沖の小島に上陸した。ボートを砂浜へ引っ張り上げてから、僕はぐるりと島を見まわした。島というよりも浅瀬に毛が生えたような感じである。瓢簞《ひょうたん》形の島の周囲は砂浜に囲まれている。真ん中のくびれたところに僅かな草地があって、まばらに椰子が生えている。吹き渡る海風が椰子の葉をざわざわと揺らしていた。

観測所の島と反対の方角は水平線まで何ひとつない。

「あれが問題の自動販売機だ」

そう言って佐山は椰子の木陰を指さした。

その自動販売機は工場から出荷されたばかりの玩具のようにピカピカして、椰子の葉を通して射す日光で淡い緑色に染まっていた。

「なんだか夢を見ているみたいですね」

「俺の夢か？　それとも君の夢か？」

佐山は自動販売機に小銭を入れてボタンを押した。水滴に濡れたコーラの缶を取りだすと、彼はためらいもなくゴクゴクと喉を鳴らして飲んだ。「ああ」と溜息のような声をだし、涙目で椰子の梢を見上げている。

「涙が出るほどうまい。いいから君も飲め」

佐山が小銭を渡してくれたので僕もコーラを買った。おそるおそる口をつけてみた。魔術のような冷たさとなんともいえない不思議な香り。喉の奥に残る強烈な甘みとぷつぷつと弾ける泡の刺激。たしかに涙が出るほどうまい。僕たちは椰子の倒木に腰掛け、水平線を眺めながら無言でコーラを飲んだ。美しい時間だった。

「僕は本当に人間なんですかね？」

「急にどうしたんだ、ネモ君」

「佐山さんの話を聞いているうちに不安になったんです。僕は自分が誰なのか思いだせない。難破して忘れてしまったのかと思っていた。でも実はそうじゃないのかもしれない。思いだせないのではなくて、そもそも過去がないんだとしたら？」

「魔王の魔術で創られたと言いたいのか？」

「だとすると僕は人間ではないことになりますよね」

「まあその可能性は否定しないよ。しかし同じぐらい人間である可能性もあるんだ。少なくとも君と暮らした俺に言わせれば、ネモ君はじゅうぶん人間に見える」

「ありがとうございます」

そうして僕は空っぽの海を見つめた。

目に痛いほど煌めく海がどこまでも広がっていた。見渡すかぎり何もない。この海に他の島々が姿を見せることなんてあり得るのだろうか。

「何も見えませんねえ」

「目に見えない理由は簡単だ」

佐山は鼻を鳴らした。「まだ存在していない」

「存在していないなら上陸しようもないでしょう」

「魔王は魔術によってそれらの島を創った。その魔術の仕組みを俺たちは知らない。何人もの前任者たちが上陸してきたが、俺の調べたかぎり決まった方法はない」

佐山尚一はコーラを飲み干して溜息をついた。

「ネモ君こそが『鍵』なんだと期待してたんだがな」

「ご期待に添えなくてすいません」

「俺の勝手な期待だったかねえ」

僕たちは黙って海の彼方を見つめていた。

――もしこの島を創造したのが魔王だったら。

「この島が魔王の『罠』だということは……」

「もちろん当然あり得ることだ」

「どんな罠でしょうね」

「たとえば俺たちがこの島に渡っているうちに観測所の島が沈むとか」

振り返って見たが観測所の島は変わらずそこにあった。

「あるいはこのコーラに毒でも入ってるのかな」

佐山尚一はコーラの缶を見つめて沈黙した。

ふいに彼は虚空を見るような目つきをした。木漏れ日でまだらに染まる顔からみるみる血の気が引いていく。それはなんとも不気味な瞬間だった。どうしたんです、と僕は訊ねた。しかし佐山は答えない。肩に手をかけて揺さぶると、ふいに彼は乱暴に僕の手を振り払った。倒れこんで砂地に四つん這いになると、怖ろしい唸り声を上げた。

「逃げろ、ネモ君」

「どうしたんです？」

「馬鹿野郎、虎に喰われたいか！」

佐山は荒い息をついた。いまにも変身が始まりそうだ。

僕は跳ねるように立ち上がった。慌てて椰子の木陰から駆けだしたものの、目の前には水平線まで広がる海があるだけだ。虎の襲撃から隠れられそうなところはない。背後からは佐山の唸り声が聞こえてくる。貧弱なボートのことを考える余裕はなかった。ひとまず泳いで逃れるしかないと思いこみ、僕はざぶざぶと海に入った。

「ごめんネモ君、冗談だ、冗談！」

背後から慌てた声が聞こえてきた。

もちろん僕はその悪質な冗談に腹を立ててしかるべきだったろう。

しかし僕はそんなことも忘れて茫然としていた。なぜなら奇妙な現象にすっかり心奪われていたからだ。いくら海の中へ入っても僕の身体は沈まなかった。人間がひとり歩けるぐらいの隠された道が水面下を走っていたのである。

信じられない気持ちで歩いていくと、隠された道は海面すれすれまで高くなった。僕の姿を砂浜から見れば、水面を歩く魔術師のように見えたろう。少し先へ進んでから振り返ると、佐山は砂浜に佇んであっけにとられていた。

「佐山さん、こっちへ！」

僕が手招きすると、彼も海に入って、おそるおそる歩いてきた。

「水面下に道が続いているんですよ」

「あれを見ろ、ネモ君」

佐山はそう言って行く手の海を指さした。

そこには、切り立った崖に囲まれている茶筒のような島が見えた。そのうえには青々とした木立と煉瓦造りの建物がある。先ほどまで何もなかった海上に、その謎めいた島は忽然《こつぜん》と姿を現したのである。海面下の道はその島までまっすぐに続いているらしい。

「ついにやったぞ、ネモ君。君の手柄だ」

佐山は嬉しそうに言って踊りだした。

「だから君が『鍵』だと言っただろう?」

○

佐山尚一と僕はゆっくりと海の上を歩いていった。

僕の発見した海の道は幅が狭く、そのうえ水面下にあるからなおさら歩きにくい。僕らはサーカスの綱渡りをする人間のように、両腕を水平に広げて慎重に歩いた。忽然と出現した小島までは二百メートルぐらいだろうか。

ゆっくり進むにつれて島の細部が見てとれるようになってきた。

「てっぺんに建物があるだろう。あれは砲台だ」

佐山尚一が背後から言った。

僕は垂直にそそりたつ崖を見上げた。鬱蒼と生い茂った木々の隙間から、蔦の絡みついた煉瓦塀が見え隠れしている。かなり年季の入った建物らしい。

「もともとは海賊と戦うために設置された砲台だが、いまでは俺たち学団を見張るために使われている。前任者たちはずいぶん痛い目にあったらしい。観測所の島の砂浜を掘り返したら、戦争していた時代に飛んできた弾がごろごろ出てくるさ」

「いまあそこから狙い撃ちされたら終わりですよ」

「そりゃそうだろう。そのための砲台だもんな」

「この状況だとまず僕が撃たれます」

「心配するな。どうせ死ぬときは俺も一緒だから」

あの砲台から見下ろせば、海上をよちよち歩いている僕たちは丸見えだろう。いまにも銃弾が頬をかすめそうな気がして腹の底がムズムズしてきた。かといっていまさら引き返したところで危険は同じである。僕は恐怖心を抑えて歩いていった。

ようやく崖下に辿りついたときには自然と溜息が洩れた。海の道はそこで終わり、ごつごつした崖がそびえていた。頂上の砲台までは十五メートル近くあるが、階段も梯子も見あたらない。砲台まで這い上がるのは容易ではなさそうだ。

佐山は小さく口笛を吹いた。

「ネモ君は泳げるよな?」

「どうですかね」

「頭が憶えていなくても身体は憶えているさ。泳げないわけがないんだよ。あの嵐の夜に漂着したぐらいなんだから」

「なるほど。一理ある」

「この島の外周をまわってみようや。上陸できるところがあるかもしれない」

佐山尚一はおもむろにズボンを脱ぎ始めた。そのズボンで靴をくるんで、たすき掛けにして身体に縛る。泳ぎやすい格好になるのだ。僕も見よう見まねで支度をした。そうして僕たちは崖に手を添えて海に入り、砲台の島の外周を時計まわりに泳いでいった。

いくら島の外周をまわっても切り立った崖が続くばかりだった。絶え間なく波浪に揉まれるから、油断しているとごつごつした岩に打ちつけられる。足の下は底の知れない海だから、岩にしがみついて流されないようにしなければならない。

「ほかの島はまったく見えませんね」

「いまのところ存在しているのはこの砲台の島だけだ」

佐山は言った。「なんとか上陸しないと話が始まらん」

「どこまで行っても崖ですよ」

「しょげるなよ、ネモ君。前向きに行こう……」

ふいに佐山は口をつぐみ、唐突に大きなクシャミをした。

僕は思わず「静かに！」と言った。

「すまん」

僕たちは崖にしがみついて息を殺した。

しばらくして頭上を見たとき、白いものがひらひらと揺れていることに僕は気づいた。佐山も「おや」と呟いて目を細めた。切り立った崖の途中に小さな窓らしきものがあって、そこからつきだした毛深い腕が白い布を振っているのだ。

「どういう意味だろうな？」

「罠かもしれませんよ」

「とりあえず、いっちょ登ってみるか」

佐山尚一は白い布を目指して崖を登り始めた。

僕が感心して見上げていると、彼はズルッと足を滑らし、小さく呻《うめ》いて転落してきた。危ういところで僕は身をかわした。彼は水飛沫《しぶき》を上げて海にもぐった。

「大丈夫ですか？」

「なんのこれしき。コツは摑んだ」

佐山はふたたび崖に取りつき、今度は着実に登っていく。

やがて彼は小窓に手をかけた。「おい」と押し殺した声で呼びかけるのが聞こえた。その呼びかけに応じて白い布が引っこんだ。いまにも銃声が響いて佐山が転落してくるのではないかと胸騒ぎがしたが、そんなことは起こらなかった。佐山は小窓の奥にいる人物と何か言葉を交わしているようだ。しばらくすると彼は小窓に右腕をつっこんだ。その危うい体勢のまま僕を見下ろしてウィンクしてみせる。やがて彼は小窓からボロボロのロープらしきものを引きずりだし、せっせと手早く身体に巻きつけ始めた。どうやら小窓の奥の人物と何か取引きをしたらしい。そして佐山はふたたび崖を登り始めた。

そこから先はアッという間だった。

佐山は崖上に身体を引き上げてから、僕に「ちょっと待て」と手を挙げてから姿を消した。しばらくすると戻ってきてロープを崖下へ放り投げてくれた。「登ってこい」というのだろう。ロープを引いてみるとたしかな手ごたえがあった。

僕はロープを摑んで崖を登り始めた。

崖を登るにつれて波音が遠ざかり、それを埋め合わせるように風の音が強まっていく。下を見ると気が萎《な》えそうだったので、まっすぐ上を向いて登るしかない。雲ひとつない空は、目が痛くなるほど青かった。まるで空の底に落ちていきそうな感じがする。

やがて崖に作られた小窓のところまで辿りついた。手作業で掘り抜いたような小さな窓には鉄格子がはめられていた。奥は薄暗くて何も見えない。ひゅうひゅうと風の音がする。ロープにぶらさがって息をついていると、鉄格子の奥から人の声が聞こえた。

「あんた、どこからきた?」

ひどく嗄《しゃが》れた声だった。

観測所の島から、と僕は答えた。

「名前は？」

「ネモと呼ばれてます」

「ネモ君か……そいつはいい名だな」

相手は薄闇の中でごそごそしている。

野人のような影が見えた。髪も髭も伸び放題らしい。

「あなたは誰です？」

「俺はこの砲台の囚人なんだ」

「……囚人？」

「そんなことはどうでもいい。早く俺を解放してくれ」

どういう人物なのだろうと思ったが、ぐずぐずしている暇はない。

ふたたび僕はロープを伝って登り始めた。

幸いここまでくると波飛沫も届かず、濡れた岩や海藻で足を滑らせる心配もない。僕は必死でロープを握りしめ、どんどん重くなっていく身体を引き上げた。やっと崖上に辿りつく頃には腕が痺《しび》れ始めていた。僕は草地に倒れて息をついた。しっかりした地面の感触と草の匂いがひどく懐かしく感じられた。

目の前には鬱蒼とした木立があった。登ってきたロープはそのうちの一本に縛りつけられている。あたりには人の気配がなく、強い風に木々の葉がざわめいているばかりだ。木立の奥に目を凝らすと、木漏れ日でまだらに染まった煉瓦塀が見えた。僕は姿勢を低くして木立をすり抜け、ひんやりとした煉瓦塀に背をつけて耳を澄ました。

——佐山はどこにいるのだろう？

古びた煉瓦塀は僕の背丈より少し高いぐらいである。

僕は用心しながら煉瓦塀を伝って歩いていった。それはこの島の外周を取り囲むように造られているらしい。煉瓦の割れ目から草が伸び、あちこち蔦や苔に覆われている。まるで忘れ去られた遺跡のようだった。周囲の木立を透かして熱帯の海が見える。

そのうち僕は煉瓦塀にトンネルを見つけた。

足音を忍ばせてそれを抜けると、石畳の通路が左右に延びていた。木漏れ日が静かに揺れていて、深い水路の底にいるような感じがする。左手を見るともうひとつのトンネルがあって、その先には小さな兵舎らしきものがあった。そちらへ行く勇気はないので、僕は右手に折れて歩いた。左側には煉瓦造りの小屋がならび、右側には先ほどの煉瓦塀が続く。石畳の通路は次第に上り坂になって、しばらくすると煉瓦塀に囲まれた円形の窪地の縁に行き着いた。その窪地を見下ろして僕は慄然とした。

そこには黒々とした二門の大砲が据えつけられていた。その向こうは木立が切り払われ、観測所の島を見ることができた。大砲はその島をまっすぐ狙っている。

〈創造の魔術〉を操るという魔王。

その原理を盗みだそうとする学団。

彼らの間には長い戦いの歴史があるらしい。僕はその歴史を知らない。

にもかかわらず、佐山尚一は僕こそが鍵なのだと言っていた。そして実際、僕は海に隠された道を発見して、学団の男である佐山尚一をこの砲台の島へ導くことになった。知らず知らずのうちに、僕は魔王と学団の戦いに巻きこまれているようだ。

——佐山を信用していいのだろうか？

そんな疑念が浮かんできた。

〇

大砲のまわりに佐山尚一の姿はなかった。

だとすると、先ほどトンネルの向こうに見えた小さな兵舎にいるのだろうか。

僕は石畳の通路を引き返していった。人の気配はまったくなかった。この砲台の島は無人なのかもしれない。そう考えながら兵舎へ通じるトンネルを覗きこんだとき、鋭い銃声があたりに響き渡った。あたりの空気が一瞬にして変質したかのように感じられた。

僕は思わず飛びすさり、トンネルの入り口の脇に身を隠した。心臓が早鐘のように打ち始めた。しばらくすると兵舎のドアの開く音が聞こえた。

何者かがこちらへ向かってくる。

とっさにあたりを見まわすと、崩れかかった階段が目に入った。それは煉瓦塀の上へ通じている。僕は夢中で駆けのぼると、生い茂った草に姿を隠した。息を殺して眼下の通路を見張っていると、トンネルから男が姿を見せた。それは佐山尚一だった。

僕は身を起こして「佐山さん」と小声で呼びかけた。

佐山は弾かれたように振り返って拳銃をかまえた。

「ネモです！」

僕が両手を挙げると、佐山は肩の力を抜いた。

「なんだよ、驚くじゃないか」

「すいません」

「そんなところで何してるの？」

その暢気な口ぶりには少し腹が立った。

「佐山さんがどこかへ行っちゃったからでしょう」

「いや、すまん。思っていたより手間がかかって」

佐山は拳銃を腰のホルスターに戻して微笑んだ。

「下りてこい。仕事にかかろう」

「大丈夫なんですか？」

「安心しろ、ネモ君。この砲台は俺たちが占領した」

僕が煉瓦塀から下りていくと、佐山は「いいだろ？」と自慢げに腰の拳銃を叩いてみせた。森の秘密基地で遊ぶ少年のような笑顔だ。しかしその拳銃を見ると、先ほど二門の大砲を目にしたときの不安な気持ちが湧いてきた。自分は佐山尚一に利用されて、たいへんな間違いを犯しつつあるのではないか――そんな不安である。

「さっきの銃声はそれですか？」

「勘違いするな。撃ってきたのは敵だよ」

「よく無事で済みましたね」

「顎をガツンとやって、目をまわしたところを縛っておいた」

僕の胸に広がる疑念に佐山が気づいた様子はなかった。彼はこの砲台を占領したことにおおいに満足しているようだ。「行こう、こっちだ」

そして僕たちは兵舎へ通じるトンネルを抜けた。

その先は木立に囲まれた広場になっていて、下草はきれいに刈り取られていた。兵舎は煉瓦造りの円筒形の建物だが、まるで建設途中で放棄された小さな塔のようである。というのは、その二階部分の大半は剝き出しの鉄骨で、申し訳程度に帆布《はんぷ》がはられているだけだったからだ。

「二階はロープウェイ乗り場になっている」と佐山は言った。たしかに数本の太い鉄索が木々の梢を越えて延びている。鉄骨の頂きに設置された風速計がカラカラと音を立て、黄色の吹き流しが鮮やかに青空になびいていた。

「あのロープウェイはまだ動くんですか？」

「必ず動く。ほかの島へ渡る方法はあれしかない」

佐山はそう言って兵舎のドアを開けた。

兵舎は中央を走る壁によってふたつの半円形の部屋に分けられていた。

僕らが足を踏み入れたのは左側の半円だった。番人の居室らしいが、僕は左手の湾曲する壁を見て驚かされた。そこにはびっしりと書棚がならんでいたからだ。いくら番人が孤独な生活だからといって、こんなにも立派な書棚が必要だろうか。右手は漆喰《しっくい》塗りの壁に沿って、テーブルや椅子、簡易ベッド、レコードプレイヤーなどが置かれている。なんだか砲台というよりも小説家か学者の仕事部屋を思わせる。

その部屋の奥に置かれた椅子に、白いシャツを着た男が腰かけていた。後ろ手に縛られて俯《うつむ》いている。

「気がついたかね？」

佐山が声をかけると、その男は顔を上げた。ドアの脇の小窓から射す淡い光がその顔を照らしていた。僕と同い年ぐらいの若い男だ。少し髪は乱れているけれど、穏やかで上品な顔つきをしていた。

「眼鏡を拾ってくれないか」

「おっと、こいつはすまん」

佐山は板張りの床から眼鏡を拾い上げると、縛られた男の顔にかけてやった。

「具合はどうだ？」

「これであんたの顔がよく見える」

男は微笑んだ。眼鏡の奥の目が鋭く光った。

佐山はもうひとつの椅子を持ってくると、男の向かい側に置いて腰を下ろした。そしてふたりの男は黙って見つめ合った。まるで西部劇の一場面のようである。彼らの横顔を見ているうちに、このふたりは初対面ではないらしいと僕は気づいた。

やがて佐山が溜息をつくように言った。

「帰ってきたぞ、今西さん」

「ようこそお帰りとでも言ってほしいのか？」

今西と呼ばれた男は言った。「あんたも懲りない男だな」

「油断大敵ということだよ、図書館長」

佐山は笑った。「この砲台の島は我々のものだ。どちら側へつくべきか、もう一度ゆっくり考えてみるといい。『図書館長』といえば聞こえはいいが、ようするに島流しみたいなものだろ。それでも魔王に義理立てするつもりか？」

男は冷ややかな目で佐山を見つめている。

「この海域で魔王を裏切る人間はいないよ」

「やはり怖ろしいか」

「それもある」

「魔王の娘に忠節を誓っているからか？」

男は不愉快そうに顔をしかめた。「あんたも前任者たちと同じ愚か者だ。これは魔王のゲームなんだ。あんたたちは必ず敗北するんだ」

「だからこそネモ君を連れてきたのさ」

佐山が言うと、男は疑り深そうな目で僕を見た。

「この男なら魔王に勝てるとでもいうのか？」

「今度こそ我々は〈創造の魔術〉の秘密を手に入れる」

佐山は身を乗りだして言った。

「これは終わりの始まりだ。覚悟するがいい、図書館長」

ふたりが何を話しているのかよく分からなかったが、自分が佐山の「武器」として利用されているらしいことは理解できた。佐山がこの今西という人物と顔見知りであることも僕の疑念を膨らませた。「帰ってきたぞ」という佐山の言葉からすれば、彼がこの島へ上陸したのは初めてではないということになる。佐山から聞いた話とは矛盾する。

やがて佐山は立ち上がり、室内を歩きまわった。何かを探しているらしい。

図書館長は背筋を伸ばした姿勢のまま、しばらくは佐山を目で追っていたが、ふいに僕の方へ顔を向けた。意外なほど穏やかな口調で彼は言った。

「君はたいへんな間違いを犯している」

まるで胸中を見透かされたような気がした。

僕が黙っていると、彼は納得したように頷いた。

「そうか。君は何も知らないのだね」

「佐山さんは恩人なんです」

「君はやつに利用されているんだ。気をつけろ」

兵舎の中はひっそりとしていた。風に揺れる木々のざわめきが、まるで遠い滝の音のように聞こえていた。図書館長は静かな目で訴えるように僕を見つめている。

「おいおい、ネモ君に妙なことを吹きこむのは止《よ》してくれよ」

佐山が言った。「なにしろ純朴な若者だからな」

そして彼は鍵の束をつまんで揺らしてみせた。「地下牢の鍵だよ」と彼は言った。僕は先ほど手助けしてくれた「囚人」のことを思いだした。

佐山は鍵の束を僕に向かって放り投げた。

「悪いな、ネモ君。地下へ行って解放してやってくれ」

「いいんですか？」

僕は鍵を見つめて戸惑った。

図書館長は仏像のように目を閉じている。

「囚人なんでしょう？」

「だから解放するんじゃないか。あいつは俺の前任者さ」

◯

壁のドアを開くと、もうひとつの半円形の部屋に出る。

そこには薄青いタイルを貼った炊事場や倉庫があり、ロープウェイ乗り場へ通じる階段と、地下へ通じる階段がある。地下への階段を覗きこむと、踊り場に裸電球がぽつんと点って、陰鬱な煉瓦の壁を照らしていた。その先がどうなっているのかは分からない。

僕はおそるおそる階段を下りていった。

天井には得体の知れない鉄パイプが何本も走っていた。空気は冷え冷えとして、まるで地底世界へもぐりこんでいくようだ。踊り場の先にはさらに坑道のような階段が続いていた。いかにも陰鬱な雰囲気で、その先にいるという囚人が怪物めいた存在に思われてきた。やがて階段を下りきると、がらんとした暗い石畳の廊下に出た。両側には鉄格子の牢がならんでいる。小窓からは青い切手のように小さな空が見えた。

「こんにちは」

僕は廊下の奥に声をかけた。

あくびの混じった「よーう」という声が聞こえた。

僕は廊下のつきあたりまで歩いていった。左手にある牢の中で黒い影がもぞもぞしていた。うたた寝していたらしい。囚人はベッドに身体を起こして目をこすった。小窓から射す淡い光が伸び放題の髪と髭を照らしていた。無人島で暮らすロビンソン・クルーソーそのままの姿である。囚人は僕をまじまじと見つめて溜息をついた。

「忘れられたかと思ったぞ」

「すいません、遅くなって……」

「いやいや、べつに不平を言ってるわけじゃない」

囚人は丁寧に頭を下げて合掌した。「おかげで助かった。ちょっとぐらい待たされても、いままで待った時間に比べればなんということもない」

「そんなに長くここにいるんですか？」

「といっても時計もカレンダーもないがね。それにしても人と話すというのはいいもんだな。敵対する立場上、図書館長と腹を割って語り合うというわけにもいかなくて……。とにかく、まずはここから出してくれ。やれやれ、自由の身だ。ありがたやー」

囚人は牢から出ると気持ち良さそうに背伸びをした。

黒ずんだ顔は鉄塊のような髪と髭に覆われて、「人相」なんてほとんど分からない。しかしその目の煌めきは意外に若々しく感じられた。声が嗄《か》れているのは、久しく他人と喋ることがなかったからだろう。

「さて、ネモ君よ。教えてくれ」

彼は僕の肩を親しげに叩いた。

「この砲台は我らが学団の手に落ちたのかな？」

「そのようです」

「よしよし、ここまではうまくいったわけだ」

そう言うと、囚人は元気よく廊下を歩きだした。

僕たちが地下牢から階段をのぼっていくと、あたりには濃厚な珈琲の香りが漂っていた。佐山は炊事場で珈琲を沸かしていた。彼は「戻ったな」と言うと、解放された囚人に頷いてみせた。学団の前任者と後任者はそれぞれの立場と為すべきことを完璧に共有しているように見えた。佐山はカップに珈琲を注いで囚人にさしだした。

囚人はひとくち飲んで「うまい」と嬉しそうに言った。

その後、僕たちは居室に戻って珈琲を飲んだ。

佐山は椅子に縛られている図書館長にも自分で珈琲を飲ませた。図書館長はすっかり観念した様子でおとなしく珈琲を味わっている。囚人はゆうゆうと椅子に腰かけて幸せそうに珈琲をちびちびすすっている。やがて彼は図書館長に呼びかけた。

「立場が逆になったなあ、図書館長」

「まだあんたたちの勝利と決まったわけじゃない。この砲台を占拠されたところで魔王は痛くも痒くもないんだからな。良い気にならないことだよ」

「まさに仰るとおりだ」と囚人はくすくす笑った。

僕は窓辺に立って温かい珈琲を飲んだ。そろそろ空腹を感じてきた。兵舎を取りかこむ木立が午後の陽射しに煌めいている。南の島の美しい午後だった。そんな情景に僕が見とれている間にも、学団の男たちは腕組みをして囁き合っていた。その顔は真剣そのものだった。図書館長に念を押されるまでもなく、魔王の怖ろしさは彼ら自身がよく分かっているはずなのである。

「急がばまわれというだろう?」と囚人が言った。「徒手空拳で敵地へ乗りこんでも魔王の思うツボだ。俺もその手でやられたんだからな……」

「それならどうする?」

「昼飯と昼寝だ。待てば海路の日和あり」

さすがの佐山尚一も戸惑ったような顔をしている。

囚人が「飯にさせてもらうぞ」と声をかけると、図書館長は「勝手にしろ」と言った。投げやりな言葉とは裏腹にかすかな動揺が感じられた。佐山もそれに勘づいたらしく、「何かある」と睨んだらしい。「ちょうど腹も減ってたところだ」と彼は言った。

僕たちは兵舎の炊事場をつかって缶詰のスープを鍋で温めて昼食を取った。テーブルを囲んでいる間、ほとんど誰も口をきかなかった。それぞれが風の音に耳を澄ましつつ、何かが起こるのを待っているかのようである。そして食事が終わると佐山は窓辺に立って木立を見つめ、囚人はさっさと寝転んで昼寝を始めた。学団の男たちの悠々とした振る舞いとは裏腹に、椅子に縛りつけられている図書館長の顔には焦燥の色が濃くなってきた。いったい何を焦っているのだろう。

僕は書棚の前を行き来しながら背表紙に目を走らせてみた。

蔵書には学問的な本や洋書も多かったが、中には書名を見ただけで懐かしい気持ちになるものもあった。たとえばジュール・ヴェルヌの『神秘の島』、ダニエル・デフォーの『ロビンソン・クルーソー』、スティーヴンソンの『宝島』。シェイクスピアの『テンペスト』もあったし、『千一夜物語』もあった。椰子の木陰にでも寝転んでこんな書物を読めばさぞかし気分がいいだろう。

それにしても不思議でならない。僕は自分の名前さえ忘れてしまったというのに、どうしてこれらの書物の内容を憶えているのだろう。

「これは誰が読むんですか？」

訊ねてみたが、図書館長は黙っている。

代わりに佐山が言った。

「ここにあるのは『禁じられた本』だ」

ジュール・ヴェルヌやスティーヴンソンを禁じるなんて聞いたことがない。

「こういった本はこの群島の人々を海の彼方へ誘うからさ。そんなことを魔王はお望みでない。そうだろう、図書館長？」

佐山が陽気に図書館長の肩を叩くと、彼はいまいましそうに顔をそむけた。

もう少し詳しく訊ねようとした瞬間、けたたましいベルの音が兵舎に響き渡った。誰もいないはずの二階で長々と鳴り、いったん途切れて、また長々と鳴り響く。ふいにいままで寝息を立てていた囚人がムックリと身体を起こした。どうやらベルの音が響くのを待ちかまえていたらしい。

「さて、諸君。仕事にかかろう」

囚人は立ち上がって伸びをした。

「魔王の娘がやってくる」

○

学団の男たちは小声で語り合っていたが、すぐに作戦は決まったようだ。

彼らは図書館長に猿ぐつわをはめ、窓の光の届かない部屋の奥に移した。そこならば魔王の娘が室内に入ってきても目につかない。同じ暗がりに佐山と僕も身をひそめた。囚人は階段へ通じるドアを半開きにして、その蔭に身を隠した。

学団の男たちは魔王の娘を人質に取るつもりなのである。

暗がりにうずくまっていると、ロープウェイのごうんごうんという単調な響きが伝わってきた。図書館長が静かに僕を見つめていた。「まだ間に合う」とでも言いたげだ。

僕は目をそらし、壁一面を占めている膨大な禁書を見上げた。

魔王の娘はそれらの禁書を読むために海を渡ってくるのだという。書棚の前に立って本を選ぶ彼女の横顔を僕はありありと思い描くことができた。それはじつに奇妙なことだった。僕は佐山から一枚の写真を見せられただけで、（夢の中を除けば）一度も彼女に会ったことはない。にもかかわらず僕は彼女の姿を克明に思い描くことができる。

息の詰まるような重苦しい時間が流れた。

だしぬけにロープウェイの動く音が止まり、兵舎を取りかこむ木立のざわめきが戻ってきた。止まっていた時間が急に動きだしたようだ。傍らで息を殺す佐山尚一がホルスターから拳銃を取りだすのが見えた。僕はいよいよ重苦しい気分になった。

二階でドアが開かれる音、そして閉じられる音。

タンタンタンと階段を下りてくる軽やかな足音が聞こえた。自分を待ち受ける罠のことなんて想像もしていない足音だ。そしてドアをすり抜けて部屋に入ってきた娘は、まっすぐ書棚へ歩み寄っていく。さらさらした生地の涼しげな半袖の服を着ていた。何冊もの本を胸に抱えて小さな声で歌っていた。まるで野原で花を摘む乙女のように。

佐山が「お嬢さん」と声をかけた。

彼女は立ち止まり、振り返って目を見張った。

「お久しぶりですな」

「どうしてあなたがここに？」

「先ほどこの砲台を占領したところなんですよ」

彼女は佐山の拳銃を見つめた。

「……懲りない人ね」

「またお会いできてたいへん嬉しい」

「今西さんはどこにいるの？」

佐山は隅の暗がりに押しこめられている図書館長を指さした。彼女は図書館長を気の毒そうに一瞥《いちべつ》したあと、すぐに佐山尚一に目を戻した。

「父はさぞかし怒るでしょうね」

「だからこそ、こんなふうにしてあなたをお迎えすることにしたわけです。娘の身柄がこちらにあるかぎり、魔王も迂闊《うかつ》に手が出せないでしょう」

彼女は「どうかしら」と微笑んだ。

「娘の乗っている船だって必要ならば沈める人です」

「だからって見殺しにすることはないでしょうよ」

「それで何が望みなの？」

「お分かりでしょう。あの『カードボックス』です」

彼女は先ほど通り抜けてきたドアを横目で見た。すでにそのドアは閉じられて、囚人が前に立ちはだかっていた。視線を戻せば佐山の拳銃が光っている。しかし彼女は怖《お》じ気づいた様子を一切見せなかった。「動けば撃つ」という佐山の警告も無駄だった。彼女は悠々と書棚へ歩み寄り、両手に抱えていた本を一冊ずつ棚へ戻していく。

「いますぐ降伏するなら見逃してあげます」

「おいおい、お嬢さん」

「降伏するつもりがないなら、あなたたちを海賊として扱います」

「まったく呆れた言い草だ」と佐山は言った。「あなたにそんなことを言う資格はないんだ。この海を不当に占拠してるのは魔王なんだぞ」

「あなたの言うことなんて信じません」

彼女は分厚い『千一夜物語』を手に取った。

「だってあなたは無力だもの。どうせ何もできやしない」

そのとき僕の神経はよほど研ぎ澄まされていたのだろう。窓硝子の向こうで煌めく木立の葉、ドアに寄りかかって髭を撫でる囚人、図書館長の額に浮かぶ汗の粒まで、何もかもが僕には精細に見えていた。拳銃をかまえた佐山尚一が目を細め、引き金にかけた指を僅かに動かす。「彼は本気だ」という確信にとらえられた瞬間、その銃口の先で『千一夜物語』を手にした彼女の存在が鮮やかに燃え上がるように感じられた。

僕は前へ飛びだすと、彼女をかばうようにして両腕を広げていた。

「こんなやり方は間違ってますよ、佐山さん」

「おいおいネモ君、君まで撃っちまうだろ」

「あなたは誰のおかげで上陸できたと思ってるんです?」

佐山は「ちくしょう」と呟いて銃口を天井へ向けた。

そのとき僕の背後でカチリという小さな音が聞こえた。

それが撃鉄を起こす音だったと分かったのは、すべてが終わってからのことだ。突然背後でガーンという大きな音が響き、まるで殴りつけられたような衝撃を感じて、僕は思わず頭を抱えた。次に目を開けたときには、もう佐山尚一は長々と床に伸びていた。呼びかけてもまったく反応がない。振り返ると魔王の娘が拳銃をかまえてピタリと僕を狙っていた。彼女の足下には分厚い『千一夜物語』が落ちていた。その中に拳銃を隠してあったらしい。

彼女は「降伏する?」と囁いた。僕は両手を挙げて「降伏します」と言った。

次に彼女が狙いをつけたのは、ドアの前で茫然としている囚人だった。彼は両手を挙げて降伏するかのように見えたが、ふいに横ざまに跳ねた。銃弾が小窓の硝子を打ち砕いた。彼女はすぐさま二発目の銃弾を放ったが、囚人は兵舎の外へ転がり出て猛然と駆けていく。追いかけて戸口まで出たものの、彼女が三発目を撃つことはなかった。

すぐに彼女は戻ってきて、僕のかたわらにしゃがみこんだ。

「死んだの？」

彼女の腕前は恐るべきもので、銃弾は佐山尚一の額に黒い穴を開けていた。

しかし意外にも佐山は安らかな顔をしていた。ぼんやりと開いた目は夢見るようで、その口元には幸福そうな微笑が漂っている。まるで自分が死んだことにさえ気づいていないようだった。たしかに彼自身、こんなにもあっけなく最期を迎えるとは予想もしていなかったろう。ようやく「不可視の群島」に上陸し、これからが本番というところだったのだから。

魔王の娘は佐山の顔を見つめている。

「かわいそうな、無力な男」

彼女はそう呟いて佐山の瞼《まぶた》を閉じてやった。

○

僕は図書館長を手伝って、佐山の遺体を兵舎の外へ運びだした。

「このあたりでいいだろう」と図書館長は言った。

そこは広場の隅にある草地だった。

木漏れ日がシーツに包まれた佐山の遺体を染めていた。彼が死んだという実感はまったく湧かない。いまにも木陰からフラリと現れそうな気がする。しかし僕の手には血がついていたし、その感触も匂いも本物だった。早くも蠅《はえ》が寄ってきた。遺体のそばに佇んでいると、図書館長は僕の顔を覗きこんで「大丈夫か？」と言った。

図書館長は兵舎の隣にある水道栓を指さした。

「あそこで血を洗い流すといい」

「このままにしておいていいんですか？」

「あとで僕がきちんと始末しておく。君は心配しなくていい」

図書館長はいったん兵舎へ引き返して石鹸とタオルを持ってきてくれた。血を洗い流していると兵舎から音楽が響いてきた。魔王の娘がレコードをかけたのだろう。

図書館長は眼鏡の水滴を拭いながら言った。

「君は学団の人間には見えない」

「学団の人間ではありません」

「それなら何者だ？」

しかし僕には答えることができない。

「名前は？」

「ネモ」

「それは名前とは言えないな」

図書館長は少し機嫌を損ねたようだった。しばらく黙って僕が手を拭うのを眺めていたが、唐突に「君はこの海の外から来たんだろう？」と訊ねてきた。

「ええ。観測所の島から渡ってきました」

「その前はどこにいた？」

「それは分かりません。憶えていないんです」

僕は正直に言ったのだが、図書館長は「はぐらかされた」と思ったらしい。

「外からやってくるのは不吉な連中ばかりだ」

「僕はこれからどうなるんでしょう？」

「それは魔王が決めることだよ」

僕たちが兵舎へ戻っていくと、魔王の娘は椅子に腰かけて待っていた。膝の上には書棚から新たに選んだらしい本が数冊置かれていた。「終わったの？」

「あとの始末はおまかせください、お嬢さん」

図書館長が言うと彼女は椅子から立ち上がった。

「これから私はこの捕虜を父のところへ連れていきます。あの脱走した囚人のことは他の島にも連絡してください。どうせ遠くへは逃げられないでしょう」

「魔王にどうかよろしくお伝えください」

「安心して。うまく言っておくから」

そして彼女は僕を促した。

「さあ、行きましょう。おとなしくついてきて」

兵舎の二階へ続く階段をのぼって突き当たりのドアを開けると、錆《さ》びついた鉄骨に張り渡された帆布がバタバタと音を立てていた。ロープウェイといっても大きなブリキ缶に穴を開けたような原始的なもので、大人が三人も乗りこめば満員になってしまいそうだ。魔王の娘は「先に乗って」と僕に命じてから、乗り場の鉄骨に取りつけられた電話で連絡を取っていた。彼女がひらりと飛び乗ってくるとブリキ缶はぐらぐらと激しく揺れた。思わず僕は窓枠を握りしめていた。

やがてブザーの音が響き、ロープウェイが動きだす。

鬱蒼とした木々の梢をかきわけるように通りすぎたかと思うと、僕たちはぎらぎらと輝く海上を滑空するように移動していた。アッという間に砲台の島は背後に遠ざかっていく。行く手の海を見るとロープウェイの支柱になる鉄骨が点々と聳えていた。といっても見えるものといえばそれだけ、動くものは鉄塔に群がって翼を休めている海鳥ぐらいだ。

ある瞬間、ぽつんと小さな島影の浮かび上がるのが見えた。

まるで空から一滴の絵具が落ちてきたように感じられた。はじめは蜃気楼かと思ったほどだ。しかしその島はたしかにそこにある。その島の出現を皮切りにして、次々とほかの島が姿を現した。飛び散った絵具が水中に溶け広がっていくように、僕が目を動かすにつれて島が生まれ、眼前の海が埋め尽くされていく。ひとたび見えるようになれば、どうしていままでそれらが見えなかったのか、さっぱり分からなかった。それらの島々はたしかに実在しているのだ。「本当に島がある！」と僕は驚嘆して言った。

「もちろんあります。あたりまえでしょ？」

魔王の娘は呆れたように言った。

ロープウェイのまわりを通りすぎていくのはひとつの水上都市だった。

その雑多な印象は僕をおおいに戸惑わせた。古めかしい洋館もあれば近代的なビル群もあり、瓦屋根の民家や神社仏閣、銭湯の煙突さえ見えるのだ。とうてい熱帯の風景とは思えない。古い歴史のある街をバラバラに切り刻んで海にまいたように見える。

なんと奇妙な島々だろう。

ふいに魔王の娘が言った。

「あなたの名前は？」

「ネモ」

「へんな名前ね」

「本当の名前ではないんです」

「だったら本当の名前を教えてちょうだい」

「観測所の島に流れついたとき、僕は記憶を失っていて、自分の名前も分からなかった。だから佐山さんが『ネモ』という名前をつけてくれたんです」

いまとなっては佐山尚一が素朴な善意から僕を助けたとは到底思えない。彼には彼の企《たくら》みがあったのだ。それは分かっているのだが、僕はやはり彼のことが懐かしかった。そして哀れにも思ったのである。あれほど不可視の群島へ上陸することを切望していた佐山があっけなく死を迎え、その代わりに「何者でもない」僕がここにいる。なんと皮肉な話だろう。

「僕は自分が何者か分からないんです」

「だからションボリしているの？」

魔王の娘は風になびく髪をおさえて笑った。

「私たちだって同じようなものよ」

「あなたたちは違う」

「そんなことはない。みんな同じです。自分たちは魔王の見ている夢なんじゃないか、明日には消え去ってしまうんじゃないかって、みんな不安に思ってる。だからといって、どうしろっていうの？　この群島が魔術によって生みだされた夢ならば、夢が終わるまでとりあえず生きているしかないでしょう？」

ふいに彼女は僕に手をさしだした。

「さっきはありがとう。かばってくれて」

僕はその手を握って訊ねた。

「あなたの名前は？」

「千夜。千の夜と書きます」

やがてロープウェイの終点が近づいてきた。

「あそこが父の暮らす島です」

僕は要塞のような島を想像していたのだが、ロープウェイから眺めるかぎり、ものものしい雰囲気はどこにもなかった。木々に覆われた小高い丘がひとつだけあって、そこから寸詰まりの尾が延びたような形をしている。その姿は浮かび上がった鯨を思わせた。丘の上に砲台の鳥と同じく円筒形の建物があり、それがロープウェイの終点だった。

千夜さんはロープウェイを降りると、僕を連れて建物の外に出た。

木立に囲まれた広場だった。

そこから僕たちは森を抜けて魔王のもとへ向かった。

鬱蒼とした密林の小径《こみち》を歩いていると次第に息苦しくなってきた。かたわらを歩く千夜さんから緊張が伝わってきて、なんだか処刑台へ向かっているような気持ちになる。森の木々が風に騒ぐたびに、彼女の身体をまだらに染める木漏れ日が揺れていた。

しばらく歩くと小径は右に折れて下り坂になった。

木立が途切れて視界が開けると、魔王の邸宅が眼下に姿を現した。ロープウェイから見えなかったのは、その邸宅が島の反対側の斜面に建っていたからだ。コンクリート二階建ての邸宅で、前庭の芝生に棕櫚《しゅろ》の影が落ち、あたりは森閑としていた。

玄関のドアを開けて建物に入った瞬間、佐山尚一に連れられて学団の観測所を訪ねたときの感覚がよみがえってきた。吹き抜けになった玄関ホールのがらんとした天井、コンクリート壁の無機質さ、ひんやりとした空調。この邸内に漂う非現実感はあの観測所によく似ていた。

「父は書斎にいます」

彼女は二階へと続く階段を指さした。

「ここからはあなたひとりで行くの。階段をのぼって左の部屋よ」

「ありがとうございます」

彼女は眉をひそめた。

「いいから早く行って。私はここで待っているから」

僕が階段をのぼりながら振り返ると、彼女は玄関脇に置かれた小さな椅子に腰かけていた。膝に本を抱えて僕を見上げる姿はどこか淋しそうに見えた。

○

僕は黒いドアをノックした。

「おはいり」という声が聞こえた。

広々とした部屋の奥は一面のガラス張りになっていて、島々の浮かぶ海を水平線まで見渡すことができた。いかにもこの海域の王者にふさわしい眺めである。ところが魔王の姿はどこにもなかった。その書斎には大きなペルシア絨毯が敷いてあるだけで、家具はひとつもない。隠れる場所なんてどこにもないはずだ。つい先ほどノックの音に応えて「おはいり」と言った人間はどこに消えてしまったのだろう。

僕は書斎を横切って窓に近づいた。

傾きつつある太陽に染められた海が広がっている。そのとき、海の彼方を滑るように走って行く列車が見えた。観測所の島に流れついて目覚めた朝、夜明けの海を走り抜けていった列車である。僕はしばらく魅入られたように見つめていた。

ふいに背後から囁きかけるような声が聞こえた。

「あの列車に心惹かれているようだね」

僕はギョッとして振り返った。

しかし室内にはやはり誰もいないのである。

そのとき、ペルシア絨毯の中央に小さな文机《ふづくえ》が置かれていることに気づいた。先ほどまでそんなものはなかったはずだ。机上には葡萄酒の瓶とガラスの小さな杯がふたつ、そして古びて飴色《あめいろ》になった木製の箱がある。魔王のカードボックス。魔王の〈創造の魔術〉の源泉、佐山尚一が「魔法の杖」と言っていたものである。

僕は用心しながらその文机のまわりを歩いてみた。誰かに見られている——と強く感じる。やがて僕が足を止め、そのカードボックスに手を伸ばそうとしたとき、すぐそばの空間から声が聞こえた。「それは君のものではない」

僕は手をひっこめて言った。

「姿を見せてくれないのですか？」

「見ようとしなくては見えるものも見えない」

僕は文机からはなれ、ペルシア絨毯に腰を下ろした。そして目前の空間を見つめた。文机の向こうのガラス窓からは海と空が見えている。

見ようとしなければ見えない、と自分に言い聞かせた。

次の瞬間、文机を挟んで僕と向かい合っている人物が見えてきた。

黒っぽい背広にネクタイ、銀髪は丁寧に撫でつけてある。佐山に見せられた写真よりもずっと小柄で若々しく見える。魔王は繊細そうな白い手で葡萄酒の瓶を開けると、ふたつのガラス杯に酒を注いだ。涼しげな目元は千夜さんとそっくりだ。魔王は「毒なんて入っていないよ」と自分の杯に口をつけてみせた。僕たちは葡萄酒を酌み交わした。

「ここは書斎なんですか？」

「そうだ」

「しかし何もありませんよ」

「何もないってことは何でもあるということだ」

魔王はくつくつと笑った。「そこから魔術が始まるわけでね」

「本当にあなたがすべてを創りだしたんですか？」

「そのとおりだ」

僕は黙って魔王を見つめた。

「君はこの海域に存在すべき人間ではない」

魔王はおごそかに言う。「君は外からきた人間、異邦人なのだ」

「僕が何者なのか、あなたはご存じなんですか？」

「もちろん知っている」

「それなら……」

「私から聞きだそうとしても無駄なことだよ。ご期待に添えなくて申し訳ないがね。もちろん君の気持ちは理解できる。君は知る権利があると考えているのだろう。しかし君はこの海において『招かれざる客』なのだ。自分には学団の無法者たちと同じく、勝手に私の領土に侵入してきた。娘をかばってくれたことには感謝しているが、もとはといえば君自身の招いた事態だ。特別扱いする理由にはならない」

「それは分かっています」

「理解してもらえるならありがたいね」

「では僕にどうしろと仰るんですか」

「私は君自身の話が聞きたい」

魔王は言った。「君は如何《いか》にしてここへ辿りついたのかな?」

僕はこの書斎に辿りつくまでの経緯を語った。

観測所の島への漂着、佐山尚一との出会い、観測所で過ごした日々、自動販売機の島、そして砲台の島への上陸。いまでは漂着した日のことが遠い昔のように感じられる。

魔王は優しく微笑みながら耳を傾けている。

気になるのは文机に置かれたカードボックスだった。僕が話をしている間、魔王はその木箱の蓋を開け、中からカードを抜きだして目を走らせていた。いったい何をしているのだろう。

まるで僕が語ることと、カードの内容を照らし合わせているようだ。佐山尚一の言うとおり、その小さな木箱には何か重大な秘密が隠されているのではないか。

僕はひとつ罠をしかけてみることにした。

「そういえば不思議な出来事がありました。ある朝、佐山さんと一緒に砂浜を歩いていたら、へんなものが打ち上げられているのを見つけたんです。全体のかたちは巨大なハマグリみたいでしたが、明らかに人工的なものでした。小さなガラス窓が幾つもあって、中で何かがもぞもぞ動いていました。『どうもあれは船らしいぞ』と佐山さんが言いました。そして恐る恐る近づいて、ガラス窓のひとつを覗きこんだとき、中にいる金髪の若い女性と目が合ったんです……」

もちろんあの島でそんなことは起こっていない。

魔王はカードから目を上げて僕を見つめた。

「それは面白い」

そのとたん、僕はそのデタラメの先を続けることができなくなった。

喉がカラカラに渇いて声も出せない。こちらを見つめる魔王の目は、窓の向こうに広がる空と海のように空っぽだった。しばらく死のような沈黙が続いた。

「汝にかかわりなきことを語るなかれ」

魔王がそう言って掌をこすり合わせると、ペルシア絨毯がゆらゆらと波打つように見えた。はじめは目の錯覚かと思っていたが、実際に僕の身体も揺れているようだ。やがて波の音が大きくなった。絨毯が波打つたびに魔王の姿は遠ざかっていく。

　気がつけば壁も天井も消え失せていた。

僕がいるのは僅かな砂浜に囲まれた小島だった。この島を遠巻きにするように島々が散らばっている。それらは沈みゆく太陽に照らされて燃えていた。

「私は君自身の話が聞きたいと言ったはずだ」

　魔王の声が天から降ってきた。

「にもかかわらず、君は汝にかかわりなきことを語った。そのようなことは決して許されない。禁忌を破ったからには、その報いを受けてもらうことにしよう」

　僕は砂を踏んで立ち上がり、空に向かって叫んだ。

「僕をこの島に置き去りにするつもりですか？」

「たしかに人道的なやり方とはいえない」

　魔王は穏やかな口調で僕を宥めるように続けた。

「君をこんなところへ置き去りにするのはまことに心苦しいかぎりだ。しかしこの海を守るためにはどうしても必要なことなのだよ」

　魔王の声は次第に遠ざかっていく。

「かつてこの海域は満月の魔女が支配していた。私は彼女から魔術を教わった。さもなくば私は生き延びることができなかったろう。この島へ流れついたとき、私もまた君と同じように無力だったよ。そこは見渡すかぎり何もない空漠たる世界だった。しかしよく考えてみたまえ。

何もないということは何でもあるということなのだ。魔術はそこから始まる」

それきり魔王の声は途絶えた。

どうやら僕は本当に置き去りにされたようだった。

あたりの海は鮮烈な夕日を浴びて、血を流したように赤く染まっていた。

○

その島は座礁して長い歳月を経た潜水艦を思わせた。盛り上がった岩場と数本の椰子を除けば、あとは長く延びた砂浜しかない。五分もあれば歩いて一周できるような島である。もちろん僕のほかに人影はない。海の彼方には島影が見えているが、向こうまで泳いで渡るには相当な覚悟が必要だ。

少なくとも今日は不可能だと僕は思った。

長い一日で疲れ切っていたのである。

それでも日の光の残っているうちに島を歩きまわって、いくつかの漂流物を見つけた。ぼろぼろになった帆布の切れ端、フルーツ牛乳の空き瓶、そして古ぼけた達磨。ロビンソン・クルーソーの財産目録に比べれば貧弱そのものだったが、それでもなんとなく心強い気がした。この島で一夜を過ごすにあたって、帆布はさっそく寝袋として役立つ。

太陽は海の彼方に沈み、長い一日が終わろうとしていた。

僕は椰子の下に座りこんで、薄れゆく残照に見入っていた。やがて濃紺の空には星々が瞬き始め、それまで鈍く光っていた海も黒々としたうねりに姿を変えた。

彼方の島々に点る町の灯が、いっそう魅惑的に煌めきだした。

波音に耳を澄ましながら遠い町の灯を見つめていると、ふいに僕は胸がしめつけられるような懐かしさを覚えた。いつの日か、どこか遠くで、僕は同じような町の灯をひとり眺めていたことがある——そう思えてならないのだ。しかしその懐かしさをいくら追いかけても、手ごたえのあることは何ひとつ思いだせない。

「僕は異邦人なんだ。僕には帰るべき場所がある」

そのとき暗い海の彼方を二両編成の列車が通りすぎていくのが見えた。車窓から洩れる光が暗い水面に散っていた。僕は波打ち際に佇んで列車を見送った。長すぎた一日の疲れが重くのしかかって、そんな情景に驚嘆する気力さえ失っていた。

僕は帆布にくるまって星空を見つめた。

ひとりきりで宇宙を漂っているような気がした。

○

その夜、僕は奇妙な夢を見た。

夢の中で、僕は千夜さんと一緒に古道具屋をひやかしている。

薄暗い店内には雑多な古道具がところ狭しとならべてあった。七福神や狸の置物、瀬戸物の皿、色とりどりの硝子杯、和箪笥や文机。古ぼけた達磨がたくさん置かれた棚は主人の趣味なのだろうか。黒電話の置かれた帳場には人影がなく、ストーブが赤く燃えていた。

千夜さんが硝子ケースの中の小さな品を指さす。

精巧に彫られた柿の実から小さな龍が顔を覗かせている。

「これ、何かな？」

「根付だよ。江戸時代の装飾品」

どうして自分はそんなことを知っているのだろう、と夢を見ている僕は不思議に思う。しかし夢の中の登場人物である僕は何も不思議に思っていない。夢の世界に生きる僕と、その夢を見ている僕はまったくの別人であるらしい。

とはいえ夢の世界を生きる僕もまた、自分がこの場所では異邦人であり、帰るべき場所が他にあると感じているのだ。夢の中の僕が千夜さんの肩に自分の肩を寄せているのも、その不安を紛らわせるためかもしれない。

「父はあなたをとても気に入っている」

「本当にそう思う？」

「娘に見せる顔とあなたに見せる顔は違うでしょうけど」

「お父さんは僕を気に入っているんじゃない。罠にかけようとしているんだ」

しかし罠と言いながら、それがどんなものか僕にはまるで見当がつかない。

僕は彼女の父親の顔を思い浮かべる。その涼しげな目元は千夜さんとそっくりで、謎めいた光を湛えている。

千夜さんは僕の耳元で囁くように言う。

「それなら私を連れて逃げればいい」

「どこへ？」

「そうねえ。遠い南の島へでも」

黒電話がけたたましく鳴り始めて、僕たちは息を呑んだように口をつぐむ。

鳴り続ける電話の音は何かの警告のようでもあり、誰かが救いを求めているようでもある。なかなか古道具屋の人間は姿を見せない。帳場の隣の壁にはカレンダーや紙切れがべたべた貼られ、大きな麦わら帽子が釘にひっかけてある。そのまま店内にいるのが耐えがたくなって、僕は「出よう」と言う。そして千夜さんの手を引き、冷たい硝子戸を押し開いて外へ出る。ひとりの男が店の前で煙草を吸っている。

「よう、おふたりさん」

佐山尚一はニヤリと笑って手を挙げる。

「そろそろ行こう」

そうして僕たちは暮れかかる住宅街を歩きだす。

灰色の空から、ちらちらと雪が降ってくる。

佐山尚一は革のジャンパーのポケットに手をつっこんで、ひとり先に立って歩いていく。懐手して往来をのし歩く、時代劇の浪人のようだ。その背中を見つめながら僕は嬉しく思う。僕が異邦人であるように、彼もまたこの町では異邦人である。

千夜さんが僕の手に触れる。

「私の手、温かいでしょう?」

彼女は白い息を吐く。

○

目覚めると太陽は高く昇っていた。

木陰で身を起こしてからしばらくの間、僕は昨夜の夢を反芻していた。古道具屋に漂う独特の匂い、冬の硝子戸の冷たさ、千夜さんの掌の温《ぬく》もり。それらはまるで本物の記憶のようだった。しかしそんなことはあり得ない。千夜さんはずいぶん親しげだったが、現実には昨日出会ったばかりなのだから。

——千夜さんはあの後どうしたのだろう。

魔王の邸宅の玄関で椅子に腰かけていた彼女の姿を思い浮かべた。彼女は僕を待ち受ける運命を怖れていたにちがいない。だから別れ際、あんなふうに不安そうに見えたのだろう。何も好きこのんで彼女は僕をこんな状況に陥れたわけではないという気がした。

立ち上がると、足下で林檎のようなものが転がった。

昨日この島を歩きまわったとき、岩場の陰で見つけた小さな達磨だった。すっかり色褪せて、こんな孤島の浜辺よりも古道具屋の片隅のほうが似合いそうだ。いかにも自分の境遇が気に入らないとでも言わんばかりの険しい顔をしている。

「よしよし。おまえは僕の仲間だ。淋しい漂流者め」

僕は愛すべき達磨を拾い上げて砂浜へ出ていった。

どちらを向いてもぎらぎらと輝く海だった。

海の向こうに浮かぶ島々は朝日に照らされて、スクリーンに投影された映像を見ているように感じられる。島影がまばらになった方角へ目をやると、水平線上に大山脈を思わせる入道雲が聳え、その下の海だけが夜のように暗かった。ここは魔王の支配する群島の中でもとりわけ淋しい一角らしい。助けを求めようにも通りかかる船もない。聞こえるものといえば砂浜を洗う波、そして椰子の葉を揺らす風の音ばかりである。

僕は掌にのせた達磨に話しかけた。

「さて、どうしたものだろう？」

遠い昔にもこんなことをして遊んだような気がする。

我が友「達磨君」は暢気に呟く。

「さて、どうしたものかな。貴君、こいつは難題だぞ」

「君は経験豊富だろう？」

「買いかぶられても困るんだ。かぷかぷ波に揺られてみたまえ、これぐらいの年輪はたちまち出現するよ。正直なところ、吾輩はたいして年季を積んでない」

達磨君は謙遜しつつ、しばし思案してこう言った。

「とりあえずこの島に名前をつけてみればどうだろう。飯粒みたいに小さくても島は島だ。名前をつければ愛着も湧く」

それも一理あると僕は思った。

「それでは『ノーチラス島』と名づけよう」

「なかなかいい。ラテン語とは恐れ入った」

「その次は？」

「我らがノーチラス島をくまなく探検することだな」

僕は達磨を抱えてノーチラス島のまわりを一周してみた。

しかし役に立ちそうなものは何ひとつ見つからなかった。見知らぬ島に漂着するのはこれで二度目だが、観測所の島に漂着したときよりも状況は格段に悪くなっている。ここには佐山のような頼りになる先人もおらず、観測所どころか密林も小川もない。このままでは水を飲むことさえできないのである。達磨君と一緒に余生を送る覚悟を決めたところで、その余生はそう長くないだろう。

僕は岩場に這い上がってノーチラス島を見下ろした。

「びっくりするほどなんにもないな！」

「うむ、なんにもない！」

「存在してもしなくてもどっちでもいいみたいな島だ」

「それだけに奥ゆかしいともいえる」

「しかしこのままだと僕は干からびる」

「貴君が干からびれば吾輩も干からびる」

達磨君は険しい顔をいよいよ険しくした。「これは参ったね」

そのとき、佐山尚一とともに砲台の島へ乗りこんだときの経験が頭に浮かんだ。あのとき僕は海に駆けこんで海中に隠されていた道を発見したのである。

達磨君は「なーる」と言った。「貴君、それは試してみる価値があるぞ」

「よし、ひとつやってみるか」

ひとしきりノーチラス島周辺の浅瀬を歩きまわってみたが、それらしい道は見つからなかった。柳の下に二匹目の泥鰌《どじょう》はいないらしい。ぎらぎらと照りつける太陽に苦しめられ、喉の渇きと空腹で頭がくらくらしてきた。考えてみれば昨日佐山たちと砲台の島で昼食を取ったあと、一杯の葡萄酒のほかには何も口にしていないのである。

僕は腹立ちまぎれに海面をピシャリと叩いた。

「だめだこれは」

「貴君、投げやりになりたもうな」

「どうしろっていうんだ。なんにもない！」

「なんにもないということはなんでもあるということだ」

ふいに右足を何かにぶつけた。僕は声にならぬ悲鳴を上げた。どうやら砂に埋もれていた岩に足をぶつけたらしい。ひとしきり悶絶してから顔を上げると、達磨君が波に揺られながら気の毒そうにこちらを見つめていた。

「さぞかし痛いのだろうなあ。吾輩には無縁の苦しみだが」

「ここに何か埋もれてるんだ、ちくしょう」

水面下の砂地を撫でまわすと硬いものに手が触れた。

その物体は滑らかに研磨されていて、自然の岩石とは思えなかった。

砂をかきわけて掘り返していると、「がんばれ！　がんばれ！」という達磨君の声が遠ざかっていく。彼は波に揺られて沖に流されかかっていた。僕は慌てて達磨君をつかまえて、砂浜に放り投げた。そして発掘作業を続けた。

やがて砂の下から現れてきたのは太くて長い棒のようなものだ。ぐいぐいと動かして砂地から引き抜き、僕はその謎めいた物体を砂浜に引きずっていった。波打ち際まで運んだとき、その物体の先に人間の指らしきものが見えた。

「なんだこれ」

僕は思わず呟いた。

それは石像の右腕だった。

○

僕はその片腕を椰子の木陰に投げだした。

椰子の葉を透かした日光がその片腕を薄緑色に染めている。かなり精巧に作られた石像だった。指先は揃えて軽く折り曲げられ、何かを摑む瞬間を思わせる。人の手で彫り上げたものというよりも、魔術で石に変えられた人間を打ち砕いたかのような生々しさがある。水に濡れた表面は日光を浴びて瑞々《みずみず》しく見え、たくましい筋肉がいまにも動きだしそうだった。その腕の太さから僕は佐山尚一を連想した。

「貴君の想像どおりかもしれんぞ」

「君もそう思うか？」

「ここは魔術の海だからな」

「つまりこれは石に変えられた佐山尚一？」

「その片腕の指先に貴君の注意を促したい。折り曲げられているだろう。砲台の島で魔王の娘に撃ち殺されたとき、佐山氏は拳銃を握っていたのではないか？」

僕はその指先に触れてみた。

「どうして石像になったのだろう？」

「それは吾輩にも分からん。謎だな！」

その石像を引き上げる作業で思いのほか体力を使ってしまった。こうしている間にも時間は過ぎ去り、僕の余生は残り少なくなっていく。喉の渇きと空腹はいよいよ激しくなってきた。

僕はボンヤリと椰子の梢に目をさまよわせた。せめて椰子の実でもあればと思ったのだが、そんなものがないことは昨日から分かっている。

僕は溜息をついて海の向こうの島を見つめた。

「身動きが取れなくなるまえに泳ぐしかない」

「貴君、あんな距離を泳ぎ切れるのか？」

「正直なところ半分もいけないだろう。飢えと渇きで死ぬのと、溺れて死ぬのと、どちらが楽かな？　溺れる方が苦しむ時間が少ないだけマシかもしれない」

「嗚呼、せめて吾輩がもう少し大きければな！」

達磨君は無念そうに言った。「そうであれば貴君を乗せて海を渡れるだけの浮力を生じ得たであろうに。己の無力さを痛感するよ、小さき達磨として！」

「話す相手がいるだけでも心強いよ」

「喋らせているのは貴君の妄想だがね、ありていに言えば」

「ありていに言うな」

僕は達磨君を膝にのせて語りかけた。

「やっぱり海に沈むのは淋しいよ。どうせなら自分の命名した島で死にたいね。君のアドバイスは正しかった。僕はノーチラス島に愛着が湧いてきたぞ」

「なにしろ貴君はネモ君だからな」

「そうだ。僕はネモ君なんだ」

僕は広大な空と海を眺めながら考えた。

僕は自分が何者であるかも分からないまま目覚め、何者であるかも分からないまま消えていく。はじめから存在しなかったも同然である。それもまたあるべき天然自然の姿かもしれず、自分が何者か知りたいなどという願いは僕がとりつかれた煩悩にすぎないのかもしれない。しかし諦めの悪い僕は自分の名前を求めている。それはネモ君という仮面に隠された本当の名前であり、僕の帰るべき場所へと通じる門なのだ。

「ねえ、達磨君。僕ら、どこかで会ったような気がしないか？」

「どこか遠い町ですれちがったかもしれんな」

「……千夜さんを見たときにも同じような感じがしたんだよ」

「次に会ったときには彼女と正直に話すことだな。魔王の娘だからといって遠慮することはない。正直に話すことが一番である」

「彼女に会えるだろうか、もう一度？」

「会えるとも」

なぜか達磨君は自信満々に言った。

○

ひんやりとした風が僕の頰を撫でた。

「貴君、これは良い兆候かもしれんぞ」

「どうして？」

「嵐だよ。嵐が近づいているのだ」

達磨君は言った。「水の心配はいらなくなる」

僕は跳ね起きると、椰子の木陰から砂浜へ出た。

達磨君の言うとおり、先ほど水平線上に見えていた雲が勢いを増してこちらへ近づいてくる。湿気を含んだ冷たい風に吹かれながら目を凝らすと、明るい海と暗い海の境目が見てとれた。向こう側の暗い海上はモヤモヤと煙って見える。雨だ。そう考えるだけで喉が鳴りそうだった。

僕は帆布と一緒に保管しておいたフルーツ牛乳の瓶を取りに戻って、雨を受けやすいように地面に半分ほど埋めた。雨雲が通りすぎる間に水を溜めておこうと考えたのである。これで少しは寿命が延びるかもしれない。

「本当にここまで来てくれるだろうか？」

「素通りするのでは生殺しだ」と達磨君は言った。「大海原に雨が降るほど馬鹿馬鹿しいことはないな。このノーチラス島にこそ降るべきである」

暗い海に稲光が一閃《いっせん》して、雷鳴が海を渡ってくる。

砂浜に立って見守るうちに暗雲がノーチラス島の上空に流れてきた。

あたりは日暮れのように暗くなって、唐突に空の底が抜けたような猛烈な雨が降り注ぎ始めた。ノーチラス島を囲む浅瀬が一斉に沸騰したように見えた。僕は口を開けて雨水をごくごく飲んだ。乾いていた身体に水が染みこんでいく。

しかし恵みの雨をゆっくり味わっている余裕はなかった。ほとんど息もできないのである。まるで暴れまわる滝の中にいるのも同然だった。

「こいつはいかん」

僕は砂浜から椰子の木陰に逃げこんだ。

豪雨と暴風に揉みくちゃにされて何がなんだか分からなかった。難破しかかった船の甲板でマストにしがみついているような気がした。

稲妻があたりを照らして雷鳴が轟く。

「貴君、ここから離れろ！」

達磨君が慌てたように叫んだ。

「雷が落ちる！」

僕が岩場の蔭へ駆けこんだあと、世界が丸ごと割れたような轟音が響いて、あたりが一瞬真っ白になった。先ほどまでしがみついていた椰子が燃え上がった。

僕は岩に背をつけてホッと息をついた。間一髪だったのである。

ノーチラス島唯一の岩場は激しい水飛沫に煙っていた。どうやっても嵐から身を隠すことはできない。僕はずぶ濡れになって身を縮めるばかりだった。黒光りする岩の表面を流れ落ちてくる雨水は勢いを増し、滝行《たきぎょう》のように僕の身体を打ち続けている。足下の地面は泥だらけになり、即席の川が泥土を海へ洗い流していく。このままではノーチラス島そのものが溶けてなくなってしまいそうである。

「どうしてこんな目に遭わなくちゃいけないいんだ」

そのとき靴の裏が何か硬いものに触れた。

足もとを見ると、雨水に洗い流された土の下から鉄板のようなものが覗いていた。表面には何かの文字らしきものが彫り込まれている。明らかに人工物だった。僕は四つん這いになって顔を近づけ、鉄板の泥を拭った。それは鉄製の上げ蓋で、「ノーチラス島機関部」と浮き彫りにしてあった。蓋を開けると錆びついたレバーが現れた。

「これはなんだろう?」

「貴君、レバーというものは『引く』ために存在するのではないかな?」

僕はレバーを引こうとしたが錆びついてビクともしなかった。どれだけ頑張っても僕の腕力では動かせない。僕は地面から顔を上げてノーチラス島を見まわした。焼け残った椰子の根元に、先ほど海から引き上げた石像の片腕が転がっているのが見えた。

僕は暴風雨の中を走ってその片腕を拾い上げてきた。

石像の手をレバーにあてがってみるとピッタリと合った。まるでそのために作られたかのようだ。僕は小石を梃子《てこ》の支点にして石像にグイグイと体重をかけた。

大きくレバーが動いて、たしかな手ごたえを感じた。

「地面の下で何か動きだしたようだぞ」

巨大な機械の動く音が地底から聞こえてきた。ひとつの動きがまた別の動きを呼び、次第に大きくなっていく。あたりの地面に溜まった泥水がぶるぶると震え始めた。僕は思わず岩場にしがみついたが、その巨大な岩も地底から伝わってくる力で絶え間なく震えている。

突然、ノーチラス島全体が持ち上げられるように大きく揺れた。眠りこんでいた大鯨が突如目を覚ましたかのようだった。

「貴君、これは島ではない」

達磨君が言った。「船なのだ」

そしてノーチラス島は航行を始めた。

第五章　『熱帯』の誕生

ノーチラス島は快調に海を進んでいく。

やがて嵐は背後に遠ざかり、あたりには日光が射してきた。

僕はブリッジに陣取る船長のごとく、岩山に立って行く手を睨んだ。フルーツ牛乳の瓶に溜めた雨水を味わいつつ、不思議な高揚感に包まれていた。こんな見知らぬ海で死んでたまるかと思った。なんとしても生き延びてやろう。

「ようやく元気が出てきたではないか」

達磨君が言った。「その心意気やよし」

それにしても不思議なのは、上げ蓋に彫りこまれた「ノーチラス島機関部」という名称だ。「ノーチラス島」という名は僕がとっさの思いつきで命名したのである。僕がこの島に漂着するよりも以前、何者かがこの島に「ノーチラス島」と命名したのだろうか。

そんなことを考えていると達磨君が言った。

「貴君が『ノーチラス島』と名づけたからこそ、この島はその名にふさわしい島に変身したのだよ。つまり君自身がこの島を創りだしたのだ」

「なんでもありというわけ?」

「ここは魔術の海だからな」

「それではこの島を『あんパン島』と名づけよう」

僕は両腕を広げて唱えてみた。「あんパンよ、降れ!」

しかし魔術的あんパンは降らず、空腹感が増すばかりだった。

「なんでもありではないらしい」と達磨君が申し訳なさそうに言った。

○

太陽は空高く昇ってジリジリと照りつけ、雨に濡れた身体もすぐに乾いた。

しばらくすると前方から小さな島が近づいてきた。田舎町にあるような鎮守の森を運んできて、ソッと海に浮かべたような姿をしていた。目を引くのは、その森に船首を突っ込むようにして乗り上げている木造の帆船である。倒れかかった何本ものマストからは帆布やロープが垂れ下がり、船尾部分は崩れ落ちている。しかしよく見ると、甲板には洗濯物が干されているし、向こうで細い煙も立ち上っている。どうやらその廃船で暮らしている人間がいるらしい。

岩山から下りてレバーを押し下げるとエンジンが止まった。

そのままノーチラス島は惰性で進んでいき、未知の島の浅瀬に乗り上げた。航行している間に砂浜はあらかた流されてしまい、ノーチラス島はひとまわり小さくなっていた。廃船の住民に助けを求めることにして、僕は達磨君と石像の片腕を抱え上げた。

「おいおい、この片腕も持っていくのか？」

「これは佐山の片腕なんだ。恩人を捨ててはいけないだろ」

「なーる。持つべきものは友だな」

こんもりと生い茂った森を取りまくようにして僅かな砂浜がある。ぎらぎらと光る砂を踏んで右手へ向かっていくと、すぐにあの大きな廃船にぶつかった。海風がドッと吹き渡るたび、斜めに倒れたマストがギイギイと不気味な音を立てていた。おかしなことに船底の近くに、『不思議の国のアリス』を思わせる小さなドアがついていた。横腹に空いた穴をふさいで玄関にしたのだろう。僕はドアを開いて呼びかけてみた。

「すいません。誰かいますか？」

耳を澄ましても返事はない。

僕はおそるおそる足を踏み入れてみた。

船板の隙間から洩れてくる日光がところどころで細い光の柱を作っている。船倉にあたる場所なのだろう。床は砂まみれだし、天井は低く、黒ずんだ樽や木箱がところ狭しと積んである。階段を見つけてのぼっていくと、あたりは明るくなって、涼しい風が吹き抜ける廊下へ出た。

船室にはたしかに生活の痕跡がある。やがて炊事場を見つけたので、缶詰と堅パンと水を失敬した。あまりの空腹に気を失いそうだったからだ。

食事を終えてから甲板へ出てみた。

まるで古いビルディングの屋上のように荒涼としたところだった。張り渡されたロープに洗濯物がひらめいているが、洗濯する意義が感じられないほど薄汚れている。それらをくぐり抜けて舷側に近づいたとき、向こう側の砂浜に不思議なものが見えた。海に向かって長く延びる桟橋と、その先に浮かぶ大きな生け簀《す》のようなものである。

「なんだろう、あれは」

僕が身を乗りだそうとしたとき、背後から「動くな！」と声が聞こえた。

ギョッとして振り向くと、奇怪な老人が湾刀をかまえて立っていた。ぼろぼろの帆布を腰に巻き、色褪せた野球帽から白髪が垂れ下がっている。上半身は水に沈んだ木の根のように生白く、あばら骨が洗濯板のように浮いていた。その老人のただならぬ剣幕に身の危険を感じ、僕は達磨君と石像の片腕を足もとに置いて両手を挙げた。

「おまえはいったい何者だ。儂《わし》の船で何をしている？」

老人は唸るように言った。

◯

老人の怒りを解くのには骨が折れた。

なにしろ僕は彼の住まいに勝手に入りこんだうえ、缶詰と堅パンと水を盗み食いしている。すべて老人はお見通しだった。というのも、船に入りこんできた僕の一挙手一投足を物陰からジッと見張っていたのである。それならそれで声をかけてくれよと思ったが、そんなことを言っても火に油を注ぐだけだ。僕はひたすら頭を下げて許しを乞うた。

「おまえ、名前はなんという？」

「ネモ」

「ネモか。儂はシンドバッドだ」

「シンドバッド？」と僕は思わず聞き返した。

「そうとも。我こそは『さまよえるシンドバッド』だ」

老人の風貌に「シンドバッド」はまったく似合わない。

老人はしゃがみこみ、石像の陰に転がっていた達磨君を手に取った。うやうやしく持ち上げて、さまざまな角度から入念に眺めている。達磨君は「なんだい」と恥ずかしそうに呟いた。ひとしきり調べたあと、老人は「こいつは貰っておこう」と言った。

「おまえの食い散らした食糧の代金としてな」

僕はびっくりして達磨君を奪い返した。

「これはダメだ」

「なんだと？」

「こいつは僕の友人なんだから」

みるみる老人は怒りに顔を朱に染めた。

「いいからよこせ。自分の立場を、わ・き・ま・え・ろ」

老人は憤怒の形相で摑みかかってきて、僕の手から達磨君を奪い去ろうとした。こちらは負けじと抱えこむ。もみくちゃにされる達磨君が「仲良く！　仲良く！」と喚《わめ》いていた。幼稚園児がおもちゃを奪い合うような醜い争いを繰り広げた末、老人はようやく諦め、肩で息をしながら「キショーメ」と吐き捨てた。

「そんなら自分の食った分だけ働いてもらうぞ」

「何をしろっていうんです？」

「つべこべ言わんでいい。ついてこい」

老人は舷側から垂れ下がった縄梯子を下りていく。

舷側から砂浜へ下りたあと、彼は海に向かって延びた桟橋を歩いていった。

その行く手には先ほど甲板から見えた生け簀のようなものが浮かんでいる。浅瀬を浮き台で

囲って大きなプールのようにしてある。浮き台の隅には発動機や紅白の浮き輪が置かれ、煤《すす》けた一斗缶から細い煙が立ちのぼっていた。古道具屋のような品物がいくつも並べてある。香炉、狐の面、煙草盆、木彫りの布袋、小さな達磨。

「吾輩の同類がいるぞ」と達磨君が嬉しそうに言う。

老人は生け簀の中を指さした。

「サルベージしろ」

「……サルベージって？」

「潜るんだ。そいつが儂の商売でな」

老人は言った。「売り物になりそうなものを拾ってこい」

サルベージとは海の底から古道具を拾い上げてくることらしい。

浮き台にならべられた古道具は太陽の光を浴びてきらきらと光っていた。少々傷や汚れはあるものの、ほとんど元の姿をそのまま保っていて、海に沈んでいたとは思えなかった。陶器のかけらもあれば金属製の歯車もある。材質も用途もバラバラでありながら、全体には不思議な脈絡が感じられる。

僕は浮き台から身を乗りだして海面を見つめた。

「分かった。借りは返す」

「せいぜい頑張れ、若造め」

「そのかわり、これで帳消しですよ」

僕は汗に濡れた服を脱ぎ捨てて下着一枚になった。

老人から渡された籠を腰に結わえて、ゴーグルをつけて温かい海に身を沈めていくと、なんともいえない安らぎを覚えた。何度か軽く潜ってみたが、息苦しさもほとんど感じない。澄んだ青い光と静寂が僕を優しく包んでくれる。

深く潜っていくと、やがて海底の白い砂地が見えた。

そこで僕は不思議なものを見た。あちこちに打ち砕かれた石像が散らばっていた。あるものは腕、あるものは胴体、あるものは脚。投げ捨てられたあとから雪が降り積もったかのように、それらは半ば砂に埋もれて、海面から届く淡い光に照らされていた。その中には首もあった。

ぼんやりと夢見るような目、微笑みを浮かべた口元。その顔を忘れるはずがない。それは佐山尚一の首なのだった。あの砲台の島で迎えた最期の瞬間を保ったまま、佐山の首は墓地のような静けさに包まれている。

僕は魅せられたようにその情景を見つめていた。

○

意外にもサルベージは面白い仕事だった。

「おまえはなかなか見こみがある」

老人が感心したほど、僕はいくらでも海に潜ることができた。

小さな籠を腰に結わえてスイスイと潜っていき、海底の砂地を手さぐりする。ひとつまたひとつと古道具を拾い上げていくうちに夢中になって、自分が呼吸をしていないことも忘れるぐらいだった。

「よくそんなに長い間、潜っていられるな」

老人は呆れたように言った。

「おまえはイルカの生まれ変わりか?」

それにしてもこれらの古道具はどこから現れるのだろう。

僕が海底を手探りすると白い砂埃が立ち、その奥からいくらでも掴みだすことができる。壊れたものはほとんどないから、遠くから流されてきたとは考えにくい。まるで海底の砂地から自然に生まれてくるかのようである。

そんなふうにして僕がサルベージに精を出している間も、打ち砕かれた佐山尚一の石像は海底にあった。作業の合間に傍らを見ると、微笑みを浮かべた佐山の首が目に入る。

繰り返し潜っているうちに午後の陽射しは傾いた。

「おい、そろそろ上がれ」

老人が声をかけてきた。

僕は浮き台に身体を引き上げて息をついた。

かたわらを見ると、サルベージした古道具がぎっしりならべられていた。淡々と作業を繰り返すうちにたいへんな数になっていたのだ。老人は陽気に口笛を吹きながら、それらの品物をバケツの真水で洗い、ボロ切れでセッセと磨いている。

「大漁じゃ、大漁じゃ」

それらの品物の中にキラリと輝くものがあった。

僕は浮き台に尻をついたままそれを手に取った。何気なく拾い上げてきたものだが、太陽の光のもとではそれが美しい彫刻であることが分かった。小石ぐらいの大きさだ。精巧に彫られた柿の実で、くりぬかれた穴から小さな龍が顔を覗かせている。どうして気づかなかったのだろう。それはノーチラス島で見た夢に出てきた品物なのである。

——根付だよ。江戸時代の装飾品。

薄暗い古道具屋。

冷たい硝子戸。

舞い散る雪。

まわりの世界が急速に遠のいていくように感じられた。焼けつくような陽射しも、海の向こうに見えている島々も、青い空に聳える入道雲も、すべてが模造品のように見えた。それらは魔術によって創りだされたもので、いくら美しかろうと贋物にすぎない。

僕がそんなことを考えていると、

「ほら、飲め」

と、老人が塩辛い茶を注いで渡してくれた。

そして老人は、何かを思いだしたように桟橋を歩いていった。

彼が姿を消すのを待っていたように達磨君が口を開いた。

「貴君にこんな才能があったとはな」

「あの爺さんに頼んで、しばらくこの島に身を隠すのも手だね」

「しかし貴君、あれは不吉な男だ。いずれあの老人は貴君の背中に貼りついて振り払えなくなるだろう。こんなところに長居すべきではない」

「そうかな。たしかにおかしな爺さんではあるけれど」

僕は身体を拭ってズボンを穿《は》いて、根付をポケットに入れた。

やがて老人が戻ってきた。僕がノーチラス島で見つけた石像の片腕を抱えている。どうしてそんなものを持ってきたのだろうと思っていると、彼はためらいもなくその片腕を海に投げこんだ。派手な水飛沫が上がって、僕は思わず腰を浮かせた。

「何をするんだ？」

「こんなもの、そこらの海をさぐればいくらでも見つかる」

海に飛びこんで拾い上げてこようかと思った。しかしこの浮き台の下の海底には、同じく佐山の石像の断片が散らばっている。老人の言いなりになるのは悔しいことだが、あの片腕も同じところに沈めてやるほうが佐山尚一も喜ぶかもしれない。

しかし老人の「いくらでも見つかる」という言葉が気にかかる。

「思えば哀れなやつらではないか」

老人は僕の隣に腰を下ろし、生白い毛臑《けずね》を海面に垂らした。

「夜の焚き火に飛びこんでいく虫たちがあるだろう。学団のやつらのことを考えると、あの愚かな虫たちを思いだす。魔王に吸い寄せられて、石像になって海に沈み、角砂糖のように崩れていく。つまらん。気が遠くなるほど昔から繰り返されてきたことだ。それこそ儂がまだおまえのように若く、この海を好き放題に荒らしまわっていた頃からな」

「ひどく昔の話みたいだね」

「馬鹿にするな」

老人はムッとしたように言う。

「儂はあの魔王にさえ刃向かったのだぞ」

そして老人は昔話を始めたのだが、それは途方もなく荒唐無稽で、しかも延々と続くのだった。巨大なロック鳥、人間を串焼きにして喰う大猿、船を飲みこんでしまう海の怪物、漂流者に取りついて離れなくなる「海の老人」、翼の生えた男たち……。幾つもの奇怪な冒険を経て、やがて老人は海賊船団を率いるようになり、この魔王の海域を荒らしまわったという。

「かくしてシンドバッドの名は世界に轟いたのだ！」

いまでこそこんなチッポケな島に押しこめられているが、自分はまだ老いさらばえてはいない。いつの日にか、ふたたび海に乗りだしてみせる——。

そう言うと、老人は空虚な目で海の彼方を見つめた。

「この老人は夢を見ているのだよ」

達磨君が囁いた。「すべては妄想にすぎない」

おそらく達磨君の言うとおりだろう。ひょっとするとこの老人もまた、僕のように過去を失ってこの群島に漂着した人間なのかもしれない。こんな孤島で淋しく暮らし、繰り返し自分に物語を語り聞かせていれば、やがてそれは真実と見分けがつかなくなるだろう。

ふいに僕はゾッとした。そうやって海の彼方を見つめている老人の姿に、異邦人としての自分の行く末を見るような気がしたのである。

ふいに老人が言った。

「おまえはどこから来た？」

覚えていない、とは言いたくなかった。

自分には帰るべき場所があると言いたかった。

「遠い街から来たんだ、僕は……」

そう口にしたとたん、ノーチラス島で見た夢のことが浮かんでくる。薄暗い古道具屋、美しい娘、舞い散る雪、祭りの気配……。老人に語り始めると、細部がありありとよみがえってきた。それは夢ではなく紛れもなく本物の記憶なのだ。僕の帰るべきところを示す手がかりなのである。

老人は熱心に耳を傾けていた。

「雪の降る街か」

彼は夢見るように呟いた。

「その思い出を大切にするがいい」

◯

どこからかエンジン音が聞こえてきた。

老人は「来たな」と立ち上がった。

沖から近づいてくるのは一艘のボートだった。

老人が大きく手を振ると、ボートを運転している開襟シャツの男も軽く手を挙げた。ふたりは顔馴染みのようだった。

やがて男はボートを桟橋につけ、エンジンを切って飛び移ってきた。

そのときになって気づいたのだが、そのボートにはもうひとり、小学生ぐらいの女の子が乗っていた。どうやら親子らしい。麦わら帽子をかぶった父と娘はカタカタと板を鳴らして桟橋を歩いてきた。「やあ、爺さん」と男が言った。「揃ってるか」

「大漁だぞ。腰を抜かすな」

やってきた男は僕の姿を見て怪訝そうな顔をした。老人が「こいつは助手だよ」と言った。いつの間にかそういうことにされたらしい。

男は僕をジッと見つめて、「あんたの名は?」と言った。

「ネモです」

「ネモか。変わった名だな」

こちらを値踏みしているような目つきだった。

しかし男はそれ以上詮索するつもりはないようだった。「よろしくな」とそっけなく言ったあと、浮き台にならべられた古道具を見まわして口笛を吹いた。

そして男と老人は売り買いの相談を始めた。

ふたりからはなれて歩いていくと、女の子がしゃがんでいるのが目に入った。古道具をならべてひとり遊びをしている。父親が仕事をしている間はいつもそうやって遊んでいるのだろう。たいへんおとなしい子だった。鉢かづき姫みたいに大きな麦わら帽子で顔を隠している。僕が「こんにちは」と声をかけると、彼女はおずおずと顔を上げた。

達磨君が陽気な声で言った。

「やあ、お嬢ちゃん。こんにちは」

女の子はピタリと動きを止めた。

「こんちは」と驚いたように達磨君を見つめている。

「お嬢ちゃんは吾輩の声が聞こえるのだね」

「聞こえるよ」

「なーる」

「なーるってなあに？」

「なーるほどってことだ」

女の子は「なーる」と微笑んだらしい。

「あなたはどこから来たの？」

「遠き島より流れついたのさ、椰子の実みたいに」

「あなたは椰子の実なの？」

「いやいや、吾輩は達磨君である」

「……わたしはナツメ」

「よろしくナツメちゃん。この男は吾輩の友人ネモ君だ」

僕もしゃがみこんで挨拶した。大きな麦わら帽子の下に青白い小さな顎が見えた。ナツメちゃんの返事は小さかったが、それでも少しは打ち解けたように見えた。

「お店にはあなたの仲間がたくさんいるよ」

ナツメちゃんは達磨君に言った。「お父さんが集めてるから」

「そいつは素晴らしい。ぜひ行ってみたいものだ」

僕はナツメちゃんに訊ねてみた。

「お父さんのお店はどんな店？」

「古いものがいっぱいあるの」

「古道具屋さんか」

「ホーレンドウっていう」

芳蓮堂。

その名を聞いたとたん、ノーチラス島で見た古道具屋の夢がよみがえってきた。

「ありがとう、ナツメちゃん」

僕は礼を言って立ち上がった。

老人と古道具屋の交渉はうまくまとまったらしい。男は「儲けたな」と言い、老人は満面の笑みだった。僕が海の底から拾い上げた品物にはずいぶん値打ちがあったようだ。僕は芳蓮堂主人の選んだ品をボートまで運ばされたが、その間、老人はパイプを吹かしながら金勘定に夢中になっていた。

「ちょっとお願いがあるんですが」

僕は芳蓮堂主人に声をかけた。

「僕も連れていってもらえませんか？」

「あんたを？」

主人は眉をひそめた。「しかしあんた、爺さんの助手なんだろう」

「あの人が勝手に決めたことですよ」

「そう言われてもな」

「これで渡し賃になりませんかね」

先ほどサルベージした根付を渡すと芳蓮堂主人は目を丸くした。

「こいつはすごい。お釣りがくるぞ」

上手く交渉は成立しそうだった。

ところがそこへ老人の横槍が入ったのだ。

「おまえたち、こそこそと何の話をしている」

「僕はこの人と一緒に行くんだよ」

「何を言ってる、おまえはこの島で働くんだぞ」

盗み食いしたことは悪かったが、これまでにサルベージした古道具で帳消しになっているはずだ。僕はそう主張したが、老人は断固として許さぬという態度だった。僕が食べた缶詰、パン、水は自分の財産であり、「いくらに値付けしようが自分の勝手だ」というのである。だとすれば、いつ年季が明けるかは、老人の思いのままということになる。

「僕に奴隷になれというのか？」

「儂はおまえの命の恩人なんだぞ」

老人は僕の腕を摑んで放そうとしない。

やがてナツメちゃんが駆けてきて、達磨君を僕に返し、「さよなら」と言ってボートに乗りこんだ。芳蓮堂主人がエンジンをかけて、ボートは桟橋から離れていく。老人は僕の腕を摑む力をゆるめて、「おまえには才能がある」「いずれ独り立ちできる」などと猫撫で声で話しかけてきた。

達磨君が焦ったように言う。

「貴君、このままでは置いてけぼりだぞ」

遠ざかっていくボートからナツメちゃんがこちらを淋しそうに見ていた。達磨君を置いていくのが気がかりだったのだろう。ふいに彼女は父親の腕にすがりつくようにして、熱心に何かを話しかけた。はじめ芳蓮堂主人は戸惑っているようだったが、やがてエンジンを止めて立ち上がり、こちらに向かって大きく手招きした。

「来いよ。乗せていってやる」

僕は老人の手を振り切って海へ飛びこんだ。

ボートまで泳ぎつくと、ナツメちゃんが手を伸ばしていた。彼女に達磨君を手渡したあと、僕は主人の手を借りて這い上がった。背後から怒り狂う老人の声が聞こえてきた。僕を追って泳ぎながら、「泥棒！」「そいつは儂の財産だ！」と叫んでいる。その剣幕に怖れをなして、ナツメちゃんは隠れてしまった。

芳蓮堂主人は船縁《ふなべり》に足をかけて身を乗りだした。

「なあ、爺さんよ。砲台の島で騒ぎがあったのを知ってるか？」

「それがどうした！」

「地下牢の囚人が脱走したんだよ。学団の連中がふたり乗りこんできて、脱走に手を貸したらしいのだな。ひとりは撃ち殺されて、もうひとりは魔王に流刑にされた。俺が聞いたところでは、流刑にされたのは『ネモ』という若者だとさ」

老人は立ち泳ぎしながら僕を睨んだ。

「ふん。何やらキナ臭い話だな」

「かかわりあいにならないほうがいいぞ、爺さん」

芳蓮堂主人は言った。「魔王にはひどい目に遭わされたんだろう？」

「……魔王なんぞ怖いものか」

老人は強がるように言った。

しかしそれきり黙りこんでしまった。

○

その島を離れることができたのは芳蓮堂主人のおかげだ。

老人は諦めて桟橋へ引き返していった。ボートが島から遠ざかるにつれて、桟橋に座りこんだ老人の姿はアッという間に小さくなった。厄介な人物ではあったものの、その淋しそうな姿を見ていると、なんだか気の毒に思われてきた。

「あの爺さんとは長い付き合いでな」

芳蓮堂主人がボートを運転しながら言った。

「海賊としてこの海を荒らしまわったこともあるらしい。といっても大昔の話で、どこまでが本当のことなのか俺には分からんよ。まったく妙な爺さんだ」

「『シンドバッド』というのは本当の名前なんですか？」

「海賊だった頃に自分でつけたんだとさ。本当の名前は誰も知らない」

「とにかく、ありがとうございます」

「礼ならナツメに言うといい。娘の頼みは断れないからな」

そう言って、主人はかたわらのナツメちゃんを見た。

ナツメちゃんは達磨君を膝にのせて嬉しそうにしていた。

熱帯の太陽は傾いて、海は黄金色に染まっている。ボートはさまざまな島の間を縫うように進んでいった。オフィスビルの建ちならぶ島もあれば、「歌舞練場」という看板を掲げた無骨な建物のある島もあり、チーズケーキのような雑居ビルがぽつんと建っている島もある。鬱蒼とした森に覆われた島に近づいたとき、森を抜ける参道の奥に朱塗りの鳥居が見えた。

しばらくして芳蓮堂主人が言った。

「あんたはこの海の外から来たわけだな」

「……そのようです」

「羨ましいね」

　意外な言葉だった。

「誰もが魔王に感謝しているわけじゃない」

　それが僕を助けてくれる理由かもしれなかった。

　やがてボートはひとつの大きな島に近づいていった。

　密林の島の海岸線を縁取るようにして、ビルや民家が建ちならんでいる。海沿いに造られた港には大小さまざまな船が玩具のようにひしめいていた。ぷかぷかと揺れる船の大混雑を、芳蓮堂主人は巧みにすり抜けていき、小さな桟橋にボートをつけた。

　桟橋のたもとにある小屋からアロハシャツを着た小太りの男が歩いてきた。芳蓮堂主人が金を勘定している間、アロハ男は手拭いで汗を拭ったり、団扇《うちわ》で顔を扇《あお》いだり、忙しなく動いていた。その合間に「ナツメちゃん、お帰り」と話しかけるのだが、彼女は父親の後ろに隠れている。アロハ男は哀しげな顔をした。

　支払いを終えると主人は言った。

「ここからは歩きだ」

　僕は古道具の入った段ボール箱を抱え上げた。

　主人のあとをついて港から少し歩くと、すぐにアーケードの商店街に入った。その商店街はこの島の外周に沿って湾曲しながら長々と続き、果てるところは見えなかった。

あらためて魔王の魔術の凄みを見せつけられた気がした。

この巨大な商店街も、行き交う人々も、すべてが魔術の産物なのである。大衆食堂、お好み焼き屋、純喫茶、仏具店、洋品店、煙草屋、古書肆。さまざまな商店が軒をつらねていた。買い物籠を提げた主婦らしき人も、連れだって歩く女子高生たちも、洋杖をつく和服姿の老人も、商いに精を出す商売人たちも、その顔には生活が感じられ、すべてが魔術によって創りだされたとは到底信じられない。

商店街の通りに面して建つ小さな神社の前を通りかかった。奉納された白い提灯がずらりとならんでいて、門の両脇の高張り提灯には「錦天満宮」という字が読める。

僕は立ち止まってその字を見つめた。

「どうしたの？」ナツメちゃんが言う。

——僕はここにきたことがある。

心の水面下で鯨のような大きな影が身をくねらせた。しかしその大きな影は僕の手をすり抜け、ふたたび深い水底に潜ってしまう。

「なんでもないよ」

僕はふたたび歩きだした。

商店街から右に延びる路地へ折れると、その先は縦横に水路の走る裏町だった。墓地や寺、煤けた民家がならんで、二階の窓の夏簾《すだれ》には水路の明かりが揺れていた。物淋しくなるような海鳥の声が響いている。

裏町を抜けると海に面した岸壁に出た。

そこから長く延びた橋の先に、まるで奇怪な船のように、二階建ての商店が浮かんでいる。硝子戸の外には大きな葦簀《よしず》が立てかけられて、日蔭に和箪笥や大きな壺が置いてある。看板には「芳蓮堂」とある。長い橋を渡ったあと、主人は店の軒先に荷物を下ろして汗を拭い、硝子戸を開いて「ごくろうさまです」と奥に声をかけた。

「あんたも疲れたろう。入って休んでくれ」

芳蓮堂は水に沈んでいるように涼しかった。

暗いところに目が慣れると、右手奥の帳場に女性の姿が見えた。

その人は精算台に頰杖をつき、夢を見ているようにボンヤリとしていた。その顔を見て僕は息を吞んだが、ふいをつかれたのはむしろ彼女の方だったろう。その視線が僕をとらえたとき、午睡から醒めきっていない彼女の顔に驚きの色が広がった。

どうしてこの人をこんなにも懐かしく思うのだろうか。観測所で見せられた写真、砲台の島における出会い、そしていま。彼女の姿を目にするたびにその懐かしさは強まっていく。遠い昔、どこか遠い町で、僕たちは出会っているように思えてならないのだ。

千夜さんは溜息をつくように言った。

「生きていたのね」

○

芳蓮堂主人と千夜さんは何ごとかを囁き合っている。

その間、僕は彼らから離れてひとり古道具を見てまわった。

店内は海底のように薄暗い。黒々とした和簞笥は岩場、無造作に積まれた瀬戸物は貝殻、吊り下げられた中国風の提灯は熱帯魚のようだ。これらの古道具がすべてサルベージされたものであるとすれば、そんな印象もあながち不自然とは言えないだろう。それにしてもこの既視感はどういうことだろう。この芳蓮堂はノーチラス島で見た夢そのままなのである。

ナツメちゃんが暗い片隅で達磨君と喋っていた。

彼らはすっかり仲良しになったらしい。

「ナツメちゃん」と声をかけると、彼女は目の前の棚を指さしてニコニコした。僕はその棚を覗きこんで驚愕した。そこには大小さまざまの達磨がびっしりとならんでいたからだ。もはや古道具というよりも、異次元から襲来した生命体のように感じられる。

「うわ、こいつはすごい」

「お父さんが集めたの」

「我が同胞たちよ！　じつに心安まる眺めじゃないか」

「ここが君の帰るべき場所だったのかもしれないな」

「吾輩もそう思っていたんだよ」

「これを見せたかったの」

ナツメちゃんが嬉しそうに言った。

やがて芳蓮堂主人がやってきて、コップに注いだ麦茶をナツメちゃんに渡した。「これを飲みなさい」と彼は言った。それから「少しいいかな」と僕の腕を引いた。

帳場へ引き返していくと、千夜さんは精算台の向こうで真剣な顔をしていた。僕は主人の勧めてくれた丸椅子に腰かけた。彼女と正面から向き合う形になり、尋問されるような威圧感を覚えた。芳蓮堂主人は段ボール箱を覗きこみ、「シンドバッド」と名乗る老人から買い取ってきた古道具をひとつひとつ検分している。「これ、全部あんたがサルベージしたんだろう」

「ええ、そうです」

「すぐに分かったよ。これはあの爺さんの仕事じゃない」

僕は思いきって千夜さんに訊ねた。

「あなたはどうしてここにいるんです?」

「ときどき遊びにくるんです。店番もします」

千夜さんはそっけなく言う。

「あなたこそ、どうしてここにいるの。流刑になったはずでしょう」

僕は塩辛い麦茶を飲みながら、これまでの経緯を語った。

なんとも不思議な感じだった。昨日の朝まで、僕は観測所の島に暮らし、この「不可視の群島」の姿を見ることさえできなかった。それなのにいまはこうして芳蓮堂の店内にいて、千夜さんたちに自分のことを語り聞かせている。あの佐山尚一と出会った朝のことが、まるで遠い昔のように感じられるのだった。

僕が語り終えたとき、千夜さんの目は生き生きと輝いていた。

「……面白い」

ずいぶん時間が流れたはずなのに陽射しの強さは変わらず、黄金色の夕刻が永遠に続いているかのようだった。静かな古道具屋を取り巻く海は、巨大な怠け者の生物のようにたぷんたぷんと揺れている。ぎらぎらと光る海の向こうには商店街の島が見えているが、そこで暮らす人々の音は一切こちらへ届かなかった。

「ノーチラス島に、サルベージも」

千夜さんは呟くように言った。

「あなたは〈創造の魔術〉を使ったのね」

「まさか」と僕は呟いた。

〈創造の魔術〉とは魔王の力であったはずだ。やすやすと身につけられるものなら、学団の男たちが命を賭けてまで盗みだそうとするはずがない。

僕が戸惑っていると、千夜さんは帳場から立ち上がった。

「来て」

そして彼女は裏口を開けて外へ出ていく。

芳蓮堂主人に促されて、僕も彼女のあとについて外へ出た。

そこには狭い足場と小さな手こぎボートがあるだけだった。目前には黄金色の海が広がり、彼方に浮かぶ島々との間には岩場ひとつない。

「さあ、証明してちょうだい」

その冷たい口ぶりとは裏腹に彼女の目は期待に輝き、両手は祈るように握られていた。彼女は僕が〈創造の魔術〉を使うことを願っているようだ。

僕は困惑して目前の海を見つめた。

そのとき、魔王の言葉がよみがえってきた。

――何もないということは何でもあるということなのだ。魔術はそこから始まる。

僕は目を閉じると、あの老人のもとでサルベージをしたときのことを思いだしてみた。あの海底の静寂、美しい砂地、そして古道具を摑みだす感覚を。

僕は想像の中で目前の海へ潜っていく。やがて砂煙の向こうに見えてきたのは、黒光りする樫の長テーブルだった。人々の囁き声、珈琲の香り、表通りに面した大きな窓。僕は窓辺の席にいて、向かいには千夜さんが腰かけている。それは観測所の島で見た夢、薄暗い珈琲店の情景だった。

「その島を『進々堂の島』と名づける」

僕は目を閉じたまま宣言した。

しばらくして千夜さんが大きく溜息をつくのが聞こえた。

おそるおそる目を開けてみると、いままで何も存在しなかった沖合に、小さな島がぽつんと浮かんでいるのが見えた。砂浜に円く縁取られた小島の中央に森があって、スープ皿にブロッコリーをのせたようだ。その小さな森に埋もれるようにして建物が見える。

芳蓮堂主人が裏口から顔を覗かせた。

「こいつはたまげたなあ」

「渡ってみましょう」

千夜さんはひらりとボートに飛び乗った。

○

ボートを漕いで海を渡っていく間も、その島が実在しているのか半信半疑だった。上陸しようとしたら、蜃気楼のように消え失せてしまいそうな気がする。やがて舳先《へさき》が砂浜に乗り上げる確かな感触が伝わってきたとき、僕は思わず「本物の島だ」と呟いた。

「あなたが創ったんでしょう？」

千夜さんは微笑んだ。

「さあ、探検しましょう。あの建物は何だろう」

彼女は少年のように颯爽とボートから飛びおりていく。

森へ向かう千夜さんを追いかけながら、僕は熱く焼けた砂を摑んでみた。掌に感じられる具体的な砂の感触はかえって僕をあやふやな気持ちにさせた。

この島は確かに足の下に実在している。しかしその存在感が強まるほどに、「僕が創った」という事実は信じられなくなり、この島は太古の昔からここに存在していたのだと思われてくる。これが本当に〈創造の魔術〉なのだろうか。

森の右手にまわっていくとその建物の正面に出た。

一階は薄茶色のタイル張りだが、二階部分は白く、和風の瓦屋根がついている。どことなく洋菓子を思わせる佇まいだ。

「進々堂」

千夜さんはその扉を開いて嬉しそうに呟く。

「すばらしい魔術だわ。すべてあなたが創りだしたのね」

珈琲の香りが漂う薄暗い店内は異世界のように感じられた。暗がりに目が慣れるにつれて、黒光りする長方形のテーブルや、そこで思い思いに寛いでいる人々の姿が浮かんできた。しかし店内は異様な静けさに包まれていて、人々の話し声どころか、珈琲をかきまぜるスプーンの音さえ聞こえない。すぐに僕はそれらの人影が微動だにしないことに気づいた。

それらはすべて石像だったのである。

「この石像たちは何だろう」

「あなたにはまだ人間を創ることができない」

千夜さんは僕を慰めるように言った。「だから石像になってしまうの」

語り合う学生風の若者たちも、ひとり本を読んでいる老人も、つい先ほどまで生きて動いていたかのように見える。テーブルには飲みかけの珈琲が置かれていて、触れてみるとそれらはまだ温かかった。この珈琲店では人間たちだけが贋物なのである。

――この石像たちが本物の人間になって動きだしたとしたら。

そんなことを考えると背筋がぞくりとした。突然この熱帯の海に創りだされて、彼らはどんなことを感じるのだろう。自分たちを創りだしたのが僕だと知れば、「どうして自分たちを創ったのか」と問うてくるかもしれない。そのとき僕はどう答える？

僕が茫然としていると、千夜さんは窓際の席に腰かけた。

僕は少しためらってから、彼女の向かいに腰を下ろした。

しばらく千夜さんは思いつめたように黙っていた。何を考えているのだろう。その目は大きな希望に輝いていたが、ときおり隠しきれない不安の色が覗く。

広い窓から射す陽光が千夜さんを照らしていた。まるで冬の街を通り抜けてきたかのように、その頬は冷たく透き通って見える。やがて彼女は砂浜で拾ったらしい貝殻をテーブルに置いた。

それは干し葡萄ぐらいの大きさで、澄んだ桃色をしていた。

「汝にかかわりなきことを語るなかれ」

千夜さんは貝殻に触れながら呟く。

「しからずんば汝は好まざることを聞くならん」

「……その言葉は？」

「父がよく言っていた。時々思いだすの」

大きな窓から海の向こうを見ると、明るい夕空を背にして大きな島が見えた。陽射しの届かない島のこちら側はすでに菫《すみれ》色の夕闇に沈んでいる。よく見ると海に沿って料亭風の建物がいくつもならんで明かりを点していた。海に向かって張りだした舞台のようなところで、大勢の人々が宴席を囲んでいるらしい。「あれは納涼床」と千夜さんが教えてくれた。「まるで夜の海を漂っているみたいでしょう」

僕は千夜さんの横顔を見つめた。

「僕たちは以前にも会ったことがありませんか」

「砲台の島で会った」

「そうじゃない。もっと昔のことです」

「どこで？」

「遠い街だった。雪の降る街」

千夜さんは困ったように微笑んだ。

「それは夢よ」

「そうなんだろうか？」

「私もよく夢を見る。いろいろな夢をね」

遠い山脈のように霞んだ群島の彼方に太陽は沈んでいく。

空いっぱいに神々しい光が充ちて、昼間よりも眩しく感じられた。鮮烈な夕映えの中、対岸の島が影絵のように浮かび上がっている。その黒々とした島影を取り巻くようにして、納涼床の光が首飾りのように連なっている。まるでそこにだけ小さな夜があって、昼の世界と夜の世界を同時に眺めているような気がした。

ふいに千夜さんが息を呑んだように呟いた。

「あれを見て」

納涼床の島が海に沈んでいく。

幻のように浮かぶ納涼床の光が暗い海に飲みこまれてしまうと、料亭の窓の灯も次々と消えていった。宴席に連なっていた人たちはどのように最期を迎えたのだろう。こちらの島から見えるのは、ただ蠟燭を吹き消すように次々と光が消えていく様子ばかりだった。数分のうちに島の明かりは残らず消えて黒々とした密林だけが残った。しかしそれも僅かな間のことだ。やがて巨大な鯨が身をくねらせるように島が傾《かし》いだかと思うとすべてが一息に海に沈んだ。

太陽が沈んで海上に夕闇が広がってきた。

「どうして私はこんなところにいるんだろう」

千夜さんは呟いた。「一度だけ、この海の外へ出ようとしたことがある。もうこんな海で生きていけないと思ったの。でも嵐が船を沈めてしまった」

気がつくと窓の外に白いものが舞いだしていた。

「これは何？」

「これは雪です」

「これもあなたの魔術？」

僕たちは無言のまま、窓の向こうに舞い散る雪を見つめていた。

○

その夜、僕は芳蓮堂に泊めてもらうことになった。

「あなたを父に密告するのはやめておく」

千夜さんは言った。「明日の朝、また来ます」

「どうして助けてくれるんです？」

「私はあなたを利用するつもりなの」

そう言い残して、千夜さんは夕闇の中へ出ていった。

昨夜はノーチラス島で帆布にくるまって眠ったことを思えば、芳蓮堂で過ごす夜は天国のようなものだった。僕のような「お尋ね者」を匿《かくま》ってくれた主人には感謝するしかない。彼やナツメちゃんと二階の座敷で食卓を囲むのも、サルベージした古道具の整理を手伝うのも楽しいことだった。その頃になると芳蓮堂を取り巻く海には夜の帳《とばり》がおり、あたかも荒野の一軒家にいるような淋しさがひしひしと迫ってくる。それだけにいっそう店内が居心地良く感じられたのだろう。僕は言いようのない安らぎを覚え、このままここで暮らしたいと思ったほどである。

僕はナツメちゃんにせがまれていろいろな物語を話した。

それは達磨君を主人公にしたデタラメな冒険談だった。段ボール箱から取りだした古道具を組み合わせて、あの観測所で佐山尚一がやってみせてくれたことを真似したのである。もちろん他愛のない物語だが、ナツメちゃんが「次は?」「次は?」とせがんでくれるのは嬉しいものだった。芳蓮堂主人はサルベージした古道具の手入れをしながら、「よくそんなに次々と思いつくもんだな」と笑いながら感心していた。

やがて帳場の柱時計が午後九時を告げた。

「ナツメはそろそろ休む時間だ」と主人が言う。

ナツメちゃんは達磨君を抱いてあくびをしていた。

「おやすみ、ナツメちゃん」

「おやすみ、ネモ君。また明日ね」

主人はナツメちゃんを連れて二階へ上がった。

僕が硝子戸を開けて店の表へ出て涼んでいると、ナツメちゃんを寝かせた主人が階段を下りてきて、店内から椅子をふたつ持ちだしてきた。

僕たちはならんで椅子に腰かけ、冷たい缶ビールを飲んだ。

聞こえるものは岸壁や橋脚にひたひたと寄せる波の音ばかりだ。僕らの目前に広がる闇の底に橋がうっすらと見え、その彼方には商店街の島が幻のように浮かんでいた。島の外周を取り巻くアーケードの光が密林を照らしだしている。

「島が沈んでいくのを千夜さんと見ました」

僕は向こうに浮かぶ島を見つめながら言った。

「怖ろしい眺めでした」

「沈む島もあれば、浮かぶ島もある」

「あなたは怖ろしくないんですか？」

僕が訊ねると、芳蓮堂主人はしばらく考えてから言った。

「この海にある森羅万象はすべて贋物なんだよ。すべては魔王の〈創造の魔術〉によって創りだされたもので、俺たちはいつ海に沈んでもおかしくない。だとすれば、こうして俺が感じている怖ろしさも贋物にすぎない。とはいえ、どこへ行くにしても娘とは離れないようにしているよ。沈むなら一緒に沈みたいからな」

「ナツメちゃんは知っているんですかね」

「話したことはないが、なんとなく分かるらしい」

主人は言った。「子どもは何でも知っている」

僕たちはしばらく黙って海を見つめた。

やがて主人は煙草に火をつけて言った。

「あんたはいったい何者なんだろうな」

「僕もそれが知りたい」

「あんたはこの海の外からやってきた。しかし学団の人間ではない。連中に〈創造の魔術〉なんて使えないからな。あんたに魔術が使えると知ったら、さぞかし連中は羨ましがるだろう。

彼らはその力を喉から手が出るほど欲しがっている。だからこそ魔王の秘密を盗みだそうとして躍起になるんだ」


「あのカードボックスのことですか？」

僕が言うと、主人は意外そうな顔をした。

「知ってるのか」

「魔王のところで見たんです」

「そう、あれだな。しかしあれを奪うなんてできるわけがない」

「魔王は用心深いでしょうからね」

「そうか。あんたも連中と同じ勘違いをしているのだな」

主人は煙草の煙を吹いて微笑んだ。

「あんたはきっとこう考えているんだろう──あのカードボックスは魔法の杖のようなもので、魔王はそれを使ってこの群島を創りだしている。だからカードボックスを手に入れることができれば、〈創造の魔術〉の秘密が明らかになると」

僕は少し考えてから頷いた。

たしかに佐山尚一はそんなことを言っていた。

「ちがうんですか？」

「あれは魔法の杖ではなく、この世界の容れ物にすぎないんだよ。この海、群島、そこで暮らす我々のような人間たち、すべては魔術によってあの木箱の内側に創られた。この世界がカードボックスの中にあるのだから、カードボックスそのものは世界の外にあるわけだ。そんなものを盗めるわけがないだろう」

「でも僕はこの目で見ましたよ」

「水平線は目に見える。しかし存在しているか？」

主人は愉快そうに言った。「この世界に存在していないものを盗むことなんて誰にもできない。学団の男たちの夢は原理的に不可能なことだ」

そこで僕はひとつの疑問を抱いた。

「もしもこの海が魔王のカードボックスの中にあるとしたら、どうやって外へ出るんです？」

「外のことはあんたの方が詳しいだろう」

「でも僕は何も憶えていない」

「おそらくあんたは、二度とこの海の外へ出ることはないよ。入りこんでくる学団の男たちも同じだ。俺たちはみんな閉じこめられている」

主人は立ち上がり、暗い海の彼方に目をやった。

「あんた、砲台の番人に会ったろう？」

「図書館長ですか？」

「学団の男にそそのかされて、あの男はこの海の外へ出ようと企てたことがある。この世界が贋物であることに耐えかねて、魔術から自由になろうとしたんだろう。しかし嵐が船を沈めた。だからあの男は、いまでも学団の男たちを恨んでいる」

僕は観測所の島で佐山尚一の語ったことを思い起こした。

この海は我々の世界とは異なる原理に従っていて、無からの創造が可能になる世界、天地創造の原点であるという。「その答えを得るためなら命を賭ける価値もある」と言ったとき、佐山の目は情熱で輝いていた。これまでにも大勢の学団の男たちが、佐山と同じ使命感に駆られて、この海へ乗りこんできたのだろう。しかし彼らの願いは決して叶えられることがない。魔王のカードボックスは容れ物にすぎないというなら、そこに彼らの求める答えはないからだ。

そして彼らは石像となって海に沈んでしまう——。

「この海そのものが、連中をとらえるための罠のようだ」

主人は呟いた。「俺にはそう思えるんだよ」

「何のために？」

「さあ、俺には分からんね」

やがて主人は煙草を消して立ち上がった。

「それではそろそろ休むとしようか」

僕らは店の明かりを消して二階へ上がった。

奥へ延びる廊下の左手に襖《ふすま》が続き、手前の座敷が主人とナツメちゃん、奥の物置部屋が僕に与えられた寝場所だった。主人におやすみを言ったあと、僕はしばらく廊下に面した窓のカーテンを開け、芳蓮堂の裏手に広がる海を眺めた。

そこには進々堂の島が浮かんでいる。

——私はあなたを利用するつもりなの。

千夜さんの囁く声が聞こえた。

いったい彼女はどんなことを目論んでいるのだろうか。

しばらく海を眺めていると、小さな光の行列が海上を滑っていくのが見えた。二両編成の列車だった。満天の星のもと、鉄道模型のように小さなその列車は、海の彼方を目指して走っていく。あの列車はどこまで走っていくのだろう。

僕はカーテンを閉じて物置部屋に入った。

布団に横になると、たちまち泥のように眠ってしまった。

○

その夜、僕はこんな夢を見た。

僕はひとりで賑やかな夜祭りの中を歩いていた。どうやらそこは神社の参道らしく、両側に露店の明かりが連なっていた。電球の光の中をちらちらと雪が舞っていた。夜祭りの見物客たちはみんな温かそうに着ぶくれして、頭や肩に雪を積もらせている。

その真冬の夜祭りに僕は千夜さんたちと一緒に出かけてきたはずだった。それなのにどうしてひとりで歩いているのだろう。僕は漠然とした不安を抱えながら、彼らの姿を探して人混みを通り抜けていく。右手を見上げると、雪の舞い散る夜空に大学の時計台が聳えていた。

やがて僕は慄然として足を止めた。

露店の明かりに照らされてひとりの男が立っていた。黒い背広を着た小柄な男で、雪を積もらせた銀髪は砂糖をまぶしたように見える。それが魔王であることはすぐに分かった。近づいてはいけないと思うのだが、僕は吸い寄せられるように歩いていく。

魔王は僕がくるのを待っていたように微笑みを浮かべて、カードボックスをさしだした。飴色の木箱にしんしんと雪が降り積もる。

「世界の中心には謎がある」

魔王は秘密を打ち明けるように囁いた。

「それが『魔術の源泉』なのだ」

○

胸騒ぎを覚えて僕は目覚めた。

まだ夜明け前らしく、物置部屋は青白い光に充たされていた。

どうして目が覚めたのかはすぐに分かった。芳蓮堂の裏手から異様な物音が聞こえてくるのだ。それは大勢の男たちが笑ったり、サーベルを打ち鳴らしたりするような音だった。はじめは寝ぼけているのかと思ったが、やがて数発の銃声が響き、眠気は一瞬にして吹き飛んだ。

芳蓮堂主人が廊下から声をかけてきた。

「起きているか？」

僕が出ていくと、主人はカーテンの隙間から窓の外を窺《うかが》っていた。裏手に大きな船が浮かんでいるらしく、騒ぎはいよいよ大きくなるばかりである。ナツメちゃんは達磨君を抱え、父親の腰にしがみつくようにしている。

「海賊たちだ」

主人は苦々しい顔で言った。

「どういうことだろう。とっくに絶滅したはずだがな」

やがて男たちが船からこちらへ飛び移り、裏口のドアを叩く音が聞こえてきた。「芳蓮堂！」「出てこい！」という荒っぽい声が聞こえてくる。どこかで聞いたことのある声だ。間もなくドアの蹴破られる音がして、大勢の男たちがドヤドヤと雪崩《なだ》れこんできた。さっそく陶器や硝子の割れる音が響いて、主人は「馬鹿者ども」と舌打ちする。

「どうした芳蓮堂、このネボスケが！」

「シンドバッド様の御着到だぞう！」

まるで壁が震えるような大声である。

「あんたはナツメと一緒にいてくれ。連中に気づかれないようにな」

僕は頷いてナツメちゃんの手を握った。

主人がゆっくりと階段を下りていくと、「朝から悪いな！」という陽気な声が聞こえてきた。海賊たちが獣の群れのようにドッと笑った。なんとも厭らしい笑い声だった。まるで中身の感じられない、うつろな声なのである。

海賊たちは大声で喋るから階下の話は筒抜けだった。あの老人が得意そうに語っている。名高きシンドバッドは本日よりふたたび海賊として冒険へ乗りだすことになった、ついては恩人たるネモ君に敬意を表して、我が海賊船ノーチラス号へ迎えたい——というのである。

「あの爺さん、良からぬことを企んでいるぞ」

達磨君が囁いた。「口車に乗るなよ、貴君」

「おとなしく引き上げるだろうか?」

「それは分からん。なにしろ海賊だからな」

それにしても僕が恩人とはどういうことだろう。僕はあの老人を救うようなことをした覚えはない。さらに分からないのはあの無人島で淋しく暮らしていた老人が、一晩にして海賊仲間と立派な船を手に入れたことである。しかもその海賊船は「ノーチラス号」だというのだ。いったい何が起こっているのだろう。

やがて海賊たちが騒ぎだした。

芳蓮堂主人が押しとどめようとしている。

海賊たちは二階へ上がってこようとしているらしい。

「うーん、これはまずいぞ。隠れるところがない」

僕はカーテンの隙間から海を覗いてみた。朝靄《あさもや》に包まれた海上に堂々たる帆船が浮かんでいる。見たところ甲板に人影はない。

この窓から向こうへ飛び移ることができるかもしれない。

いったん海賊船に身を隠し、連中が引き上げるのと入れ違いに戻ってくることができれば——。しかしナツメちゃんはどうなるのだろう。連中の目的は僕にあるとはいえ、海賊たちの乗りこんでくる中、この子を置き去りにすることはできない。

海賊たちが芳蓮堂主人を押しのけて階段を上がってくる。

やむを得ない。僕は窓に手をかけた。

「いいかい、ナツメちゃん。僕はいったん外へ出るから……」

突然、芳蓮堂全体を底から揺り動かすような震動が伝わってきた。海賊たちも息を呑んだ様子だった。揺れは次第に大きくなって、この二階家のあらゆる部分がギシギシと軋《きし》みだした。

商店街の島へ通じる橋の砕ける音が聞こえてくる。

海賊たちが恐怖の叫び声を上げた。

「島が沈むぞ！」

「船へ戻れ！　船へ！」

それをきっかけに蜂の巣をつついたような騒ぎになった。海賊たちは悲鳴を上げて我先にと船へ戻っていく。その騒ぎに聞き耳を立てていると、主人が階段を駆け上がってきてナツメちゃんを抱き上げた。その間も芳蓮堂は激しく揺さぶられていた。

「商店街の島が沈み始めた」

主人は言った。「ここも巻き添えになるかもしれない」

カーテンの隙間から覗いていると、裏に停泊していた海賊船がゆっくりと滑りだすのが見えた。ロープに手をかけてこちらを睨みつけているあの老人の姿が見えた。彼は黒光りする上衣を着て、立派な帽子をかぶり、腰にはサーベルをさしていた。いかにも名高い海賊といった身なりである。その顔つきは精悍で、昨日と同じ人物とは思えない。

海賊船は遠ざかり、芳蓮堂の揺れもおさまってきた。

突然、夜明け前の海に大砲の音が響いた。

海賊たちが腹いせに虚空を撃っているらしい。その無意味な砲撃は繰り返し響き渡って、廊下の窓をびりびり鳴らした。

芳蓮堂主人が娘に言い聞かせるように言う。

「彼らは魔王が怖いんだよ。だからああして強がっている」

しかしその大砲の音も遠ざかっていく。

海賊たちが引き返してくる心配はなさそうだった。

僕は芳蓮堂の表に出ていき、白んでいく朝の海を眺めた。

そこには砕け散った橋の残骸が漂っていた。その向こうに目をやっても、ただ何もない海が広がっているばかりだ。あの水路の走る裏町も、アーケードの商店街もない。昨夜まではたしかにそこにあった街も人も跡形もなく消えてしまった。そんな情景を茫然と眺めていると、昨夜芳蓮堂主人の言った言葉が頭に浮かんだ。

——この海にある森羅万象はすべて贋物なんだよ。

ナツメちゃんを寝かせて、主人が下りてきた。

「きれいに沈んだな」

彼は海を眺めながら言った。そして温かい茶を手渡してくれた。

「これからどうするんですか？」

「もとからあそこには何もなかった。そう考えるようになるだけだ」

主人は煙草に火をつけた。

僕たちは黙って眩しい海を見つめた。

やがて千夜さんのボートがやってくるのが見えた。

○

千夜さんと僕は芳蓮堂の島をはなれることになった。

「どこへ行くつもりです？」

「美術館の島へ」

彼女は答えた。大きな決意を胸に秘めているような顔つきだった。

芳蓮堂の島からボートが遠ざかるにつれて、長年住み慣れた家を出ていくような淋しさがこみあげてきた。芳蓮堂主人は裏口のドアから身を乗りだし、ボートに向かって手を振った。僕も手を挙げてそれに応えた。ぽつんと海に浮かんでいる芳蓮堂はなんと頼りなく見えることだろう。一度見失えば二度と見つけられないような気がした。二階で眠っているナツメちゃんと、その胸に抱かれている達磨君のことを僕は想った。どうか沈まずにいて欲しいと思った。

千夜さんが前方を指さして言った。

「あなたの創った島よ」

たしかにその島は昨日僕が創ったときのまま、朝の海に浮かんでいた。

こんもりと葉を茂らせた木立、和洋折衷の珈琲店。もしもあの石像たちが人間だったとしたら、僕は勝手に彼らを創りだし、置き去りにしていくことになっただろう。それはとても罪深いことのように感じられる。僕がそんなことを考えている間にも、ボートは進々堂の島を迂回して、その先の海へと進んでいく。

見渡すかぎりの海に、いくつもの小さな島が浮かんでいる。

「何を考えこんでいるの？」

「魔王はどんな気分なんだろう。いくつもの島や大勢の人々を創りだして、それをまた沈めてしまう。何か目的があるのだとしても、僕にはとても耐えられない」

「父の気持ちなんて誰にも分からない」

やがてボートはひとつの島へ近づいていった。

それは森もない薄っぺらい島で、椰子の生えた砂浜の向こうに巨大な建物が聳えていた。それが千夜さんのいう「美術館」らしい。砂浜の隅にある桟橋にボートをつけてエンジンを切ると、あたりはひっそりとしていた。

「人の気配がないですね」

「みんな怖がって近づかないから」

千夜さんは椰子の生えた砂浜を歩いていく。

なんとも立派な美術館だった。その建物はこの島の横幅一杯に棟を広げて、あたかも王国を守る城壁のような重々しさを感じさせる。茶色のタイルが貼られた西洋建築だが、緑青色の瓦屋根をのせた和洋折衷の建物である。正面玄関の前に立ってみると、巨人ゴーレムでも現れそうな観音開きの大扉が三つならんで、黄金の装飾金具が朝日に燃えていた。

館内へ入ると神殿に迷いこんだような静けさに包まれた。玄関ホールの高い天井は暗がりに溶け、あたりは薄暗くて肌寒いほどだった。訪れる人がいないことは大理石の床に積もった埃からも見てとれる。

奥から小さな足音が聞こえてきた。そちらを見つめていると、闇から浮かび上がるようにして、ひとりの人間が姿を見せた。

「ようこそお越しくださいました」

それは上品なおばあさんだった。

どこか千夜さんに似ているような気がする。

「『開かずの展示室』に入りたいんです」と千夜さんが言った。

おばあさんは念を押すように言う。

「本当にあの絵をご覧になるのね？」

「ええ。見ます」

「よろしい。それではこちらへどうぞ」

おばあさんは先に立って暗い階段をのぼり始めた。

「この美術館は私にも思いだせないほど遠い昔からここにございます」

おばあさんは歩きながら語った。「魔王がこの群島を創り始めた頃からです。これまでに多くの島が生まれ、同じぐらい多くの島が消えてゆきました。けれどもこの島だけはずっとここにあって、あの絵を守ってきたのですよ。それはもう長い長い歳月」

「ねえ、おばあさん」

「なんでしょう」

「私、ずっと不思議に思っていたの」

千夜さんはまるで独り言のように言う。

「あの絵を見た人間は石像にされてしまうというでしょう。でも実際のところ、誰もその絵を見たことがない。この美術館を守っているあなたでさえ見たことがない。私にはそれが昔から不思議だったんです。その絵を見た人間は石像にされてしまうのだとしたら、いったい誰がその絵のことをほかのみんなに伝えたのかしら。その人はもう石像になってしまっているというのに……」

「ずいぶん難しいことをお考えになるのね」

「そんなに難しいことかしら」

「私の役割は『開かずの展示室』を守ること」

おばあさんは優しく言った。「ただそれだけですからね」

「そんなことを考えているうちに、私はだんだんこう考えるようになったんです。この『噂』は私たちを試しているんじゃないかって。私たちはその絵を見るべきなのに噂を怖れて尻込みしている。つまり真実を知るには勇気が必要なんです」

「あなたはその勇気をお持ちだと仰るのね」

やがて僕たちは暗いトンネルのような長い廊下へ出た。窓はひとつもない。古びた板張りの床がずっと奥まで続き、つきあたりに両開きのドアがうっすらと見えた。まるで怪物が封じこめられているかのような、禍々しい雰囲気が漂っている。

「あちらが『開かずの展示室』です」

おばあさんはそれだけ言って引き返そうとした。

千夜さんが「待って」と呼び止めた。

「あなたは一緒に行かないの？」

「お嬢さんのような勇気はありませんからね」

おばあさんは穏やかに言うと階段を下りていった。

千夜さんはおばあさんを見送ったあと、長い廊下の奥へ目をやった。その横顔はひどく緊張している。どうして「開かずの展示室」に入ることがそんなに重要なのだろう。しかもその部屋にある絵を見た者は石像になってしまうという。老シンドバッドの島で海に潜ったときに見た佐山尚一の姿や、進々堂で見た情景が脳裏に浮かんでくる。

千夜さんは廊下の奥を見つめて言う。

「私たちはあの絵を見なければならない」

「どうして？」

「『満月の魔女』の肖像画だから」

千夜さんは僕の腕を摑んでゆっくりと歩きだす。

「聞いて。魔王だってはじめからいまのような力を持っていたわけではない。かつてこの海域は『満月の魔女』が支配していて、父はその人から魔術を授けられたの。魔王が満月の魔女を殺してこの海を奪ったという人もいる。でも私はそんなこと信じなかった。いまでも魔女はこの海域のどこかにいる、いつか会ってみたいと考えてきた」

千夜さんの囁きが暗い廊下に響く。

「この美術館は父がこの群島を創り始めた頃から存在している。つまり魔女が父に魔術を授けて姿を消した頃からね。そしてここには『開かずの展示室』がある。魔女の肖像画があるというけれど、石像にされることを怖れて誰も近づかない。でも、さっきも言ったみたいに、その噂は私たちを『試す』ためのものだったとしたら？」

ようやく僕は千夜さんの考えを理解した。

「満月の魔女はあの部屋にいるということですね」

「私はそう信じている」

彼女の目は興奮できらきらと輝いている。

「私はあなたにこの贋物の世界を本物へと創りかえてもらいたいの。かりそめの存在ではなくて、本物の人間たちが生きる世界へ。でも今のあなたには人間を創ることができない。だから満月の魔女に会って、本物の〈創造の魔術〉を手に入れてほしい」

贋物の世界を本物の世界へ創りかえる。

本当にそんなことができるとすれば。

僕たちは廊下を進んで大きなドアの前に立った。

「でも万が一、その噂が本当だったら？」

「石像になって一巻の終わり」

「ちょっと待ってください」

僕は千夜さんを押しとどめた。

「それなら僕がまず試してみよう」

「それはダメ」

「どうして」

「あなたをここへ連れてきたのは私。魔女に会う必要があると言ったのも私。それなのにあなたを実験台にするなんて卑怯でしょう」

「いや、そういう問題ではない」

「そういう問題です」

千夜さんは頑として譲らなかった。

それなら一緒に見ようということになり、僕はドアに手をかけた。

「いいですね？」

千夜さんが黙って頷いた。

ドアを開くと、眩しい光が僕たちを包んだ。

○

そこは荒涼とした大きな展示室だった。

片側の壁にならんでいる縦長の窓にはカーテンもかかっておらず、椰子の生えた砂浜と青い海が見えていた。室内の装飾といえば床に敷かれた大きなペルシア絨毯だけだ。正面のつきあたりの壁に一枚、大きな絵がかかっている。

しばらくして僕たちは顔を見合わせた。

「どこか石っぽくなってる？」

千夜さんが囁いた。「わたし、石っぽい？」

「いや、そんなことはないです」

「ホラやっぱり。あんな噂は嘘だった」

千夜さんは大きく溜息をついた。

「それにしても拍子抜けね」

彼女は不服そうに呟いて絵を見上げた。

それは童話の挿絵のような、素朴な油絵にすぎなかった。

肖像画というよりは風景画と言ったほうがいいだろう。まばらに草の生えた荒れ地の丘に、アラビア風の青い衣装と宝飾品を身につけた女性が立っている。それが「満月の魔女」なのだろうか。しかしその顔を見ることはできない。彼女はこちらに背を向けているからだ。他に描かれている人物はいなかった。キャンバスのほとんどは広大な荒れ地と砂丘に占められて、群青色の空は夜明けのようにも夕暮れのようにも見えた。人工物といえば画面の左奥に小さく描きこまれた白い宮殿だけである。

「『千一夜物語』を連想しますね」

「私の名前の由来」

彼女が言った。「千の夜と書いて千夜」

ひとしきり僕らはその油絵を調べてみた。白い宮殿、青い衣装を身に纏《まと》った魔女、広大な荒れ地、地平線を埋める青白い砂丘、群青色の空。この単純な絵から満月の魔女の居場所を知るのは不可能に思われた。遠景には砂丘が描かれているが、千夜さんによれば、そんな砂丘を持つ島なんて聞いたことがないという。

「……お手上げです」

千夜さんは窓枠にもたれて溜息をついた。

どうにも諦めがつかず、僕は絵の前に立ち尽くした。

千夜さんの願いに反して、満月の魔女はここにはいなかった。そのかわりに何の変哲もない油絵があるだけだ。しかもそこに描かれているのは存在しない島である。

僕はもう一度、絵の中の女性を見つめた。

そのとき、ふと思った。

——この魔女は何を見ているのだろう？

その視線の先には遠い砂丘が波打ち、群青色の空と接していた。

一見それらは同じような姿をした砂山の単調な繰り返しである。しかしそれらいくつもの波頭のうちに、ひとつだけ色合いの違うものが混じっている。どうやら砂漠の彼方にある、枯れ草色の山が姿をのぞかせているらしい。画面に目を近づけてよく見ると、その山の斜面には毛髪ほどの細い線で「大」という字が描かれていた。

「千夜さん、ちょっと見てもらえませんか」

僕はキャンバスを指さした。「大の字みたいですが」

「大の字？」

千夜さんは駆け寄ってきた。

その目がふたたび輝き始めた。

「これは『五山の迎え火』だわ」

千夜さんによれば、この群島の中心には五つの島に囲まれた海域がある。それぞれの島の中央に山がひとつあって、それが「五山」と呼ばれるゆえんだが、それらの山の斜面には、ときおり炎によって文字や図形が浮かび上がる。それが「迎え火」と呼ばれるものなのだが、それらの炎がどんな方法で、何のために点されるのか誰も知らない。

僕が油絵の背景に見つけた大の字は、その迎え火のひとつであるらしい。

つまり魔女の宮殿は迎え火の見える場所にあるということだ。

「魔女は五山の海域にいる」

千夜さんがそう言って僕に微笑みかけた。

○

僕たちは美術館の外へ出ていった。

千夜さんは砂浜に立って海の彼方を見つめた。その目は希望に輝いていた。まるでその視線の先に魔女の宮殿が見えているかのようだった。

「きっと私たちは魔女に会う」

彼女は明るい声で言う。

「あなたの魔術が私たちを救ってくれる」

僕は千夜さんのかたわらに立って海を見つめた。

自分は本当にこの人の願いを叶えることができるのだろうか。

贋物の世界を本物の世界へ創りかえる――そのことを考えるたび、僕の脳裏にはあの珈琲店「進々堂」のことが浮かんでくるのだ。あの不気味な石像たちは、〈創造の魔術〉という得体の知れない力への怖れそのものであるように感じられる。しかし希望に目を輝かせる千夜さんを見ていると、胸の内に新しい感情が湧いてきた。もしも僕がその怖れを乗り越えることができるなら、千夜さんたちは魔王の魔術から自由になれるだろう。それは彼女たちを救うことであると同時に、「何者でもない」自分を救うことになる。そんな気がした。

「行こう、千夜さん」

そして僕たちは桟橋へ向かって砂浜を横切っていく。

「五山の海域は『無風帯』に囲まれている」

「無風帯？」

「とても静かな海で、ほとんど風も吹かないし、新しい島が創られることもない。まるで時間が止まったようなところよ」

その五山の海域には、「迎え火」の点る五つの島のほかには、たったひとつの島しかないという。それは「蠟燭の島」と呼ばれている。その名のとおり、蠟燭のような白い塔がたっていて、その展望室から五山の海域を見渡すことができるらしい。

「ほかに島がないのだとすると、満月の魔女が住んでいるのは、迎え火の点る五つの島か、あるいはその蠟燭の島ということになるね」

僕が言うと、千夜さんは首を振った。

「どの島にもあの絵で描かれていたような砂丘はないし、もしあんな宮殿を誰かが見つけていたらとっくに知れ渡っているはずでしょう。満月の魔女の住む島は、いまはまだ私たちの目から隠されているのよ」

「見ようとしなければ見えない？」

「そういうこと。とにかく行ってみなければ――」

　ふいに千夜さんが口をつぐんだ。

　大きく目を見開いて沖合を見つめている。

　僕は彼女の視線の先に目をやった。大きなものがゆっくりと椰子の向こうを滑っていく。それは黒々とした海賊旗をひらめかせる帆船だった。

「海賊だ」

「早くボートへ！」

　千夜さんが鋭く言い、僕たちは走りだした。

　突然砲声が轟いて、飛んできた砲弾が椰子の木をなぎ倒した。

　それを皮切りに次々と砲弾が飛んできた。それらは砂浜をえぐって砂煙を上げ、美術館の屋根を打ち砕いた。まるでデタラメに撃って遊んでいるかのようだ。あと少しでボートに辿りつくというところで、砲弾が桟橋を打ち砕いた。海を見ると海賊たちの乗りこんだボートがこちらへ向かっている。彼らが銃をかまえるのが見えた。

「ダメだわ。降伏しましょう」

千夜さんは腕を上げて白いハンカチを振った。

ふいに砲撃が止み、静けさがあたりを包んだ。

海賊船からやってきたボートが砂浜につき、海賊たちが次々に飛び下りてきた。連中は千夜さんと僕を取りかこんでゲラゲラと笑った。

最後にボートから飛び下りてきたのはふたりの男だった。ひとりは「シンドバッド」と名乗るあの老人、もうひとりはボサボサの髭を生やした男だった。それは間違いなく、あの砲台の地下牢から脱走した囚人、学団の男だった。彼は老人の参謀格といった風情で、いかにも親しげに何かを耳打ちしている。

学団の男は僕に向かって右手を挙げた。

「よお、ネモ君。また会えたな」

「どうしてあなたがここにいる？」

「シンドバッド船長の忠実なる下僕だからさ」

「まことにそのとおり」と老人が伸びた髭を撫でながら言う。

「この男は儂に忠誠を誓っている。殺せといえば殺し、死ねといえば死ぬだろう」

それにしてもシンドバッドの変貌ぶりには驚かされた。羽根飾りのついた鍔の広い帽子、青色で裾の長い上衣、太い革のバンド、腰にさしているサーベルと拳銃。その服装からして手下の海賊たちとは一線を画している。日に焼けた肌は鞣し革のように輝き、こちらを睨みつける眼光は鋭く、身のこなしも堂々としている。

「まるで別人みたいだ」

「これが儂の本当の姿なのだ」

老人は嬉しそうに言った。

「ようやく見つけたぞ、ネモ。我が恩人よ」

○

僕たちは沖に浮かぶ海賊船へ連れていかれた。

千夜さんと引きはなされて、僕はがらんとした船室へ放りこまれた。

明かりといえば天井の板目から洩れてくる僅かな光ばかりだ。暗がりを見まわすと、壁際に置かれた樽の蔭にひとりの男が座りこんでいるらしい。

僕を連れてきた学団の男がその男に声をかけた。

「お仲間ができたぞ、図書館長」

図書館長は顔を上げて驚いたように言う。

「どうして君がこんなところに？」

「あなたこそ」

「砲台が襲撃されてね」

図書館長は憎々しげに学団の男を睨んだ。

「どうせこいつのたくらみだ」

「おいおい、へんな言いがかりはよしてくれ」

学団の男は陽気に言った。「俺はシンドバッドに忠誠を誓っているだけさ」

「あの爺さんに妄想を吹きこんでいるんだろう。おまえの手口は分かってる」

「ははん。そういえば一緒に世界の果てを目指したこともあったな」

学団の男はしゃがみこんで図書館長に顔を寄せた。彼は布を取りだすと、図書館長の顔にこびりついた血を拭った。「そんな目で見るなよ、図書館長。あんたの船が沈んだのは俺のせいじゃない。あんたには信心が足りないんだ」

彼は図書館長を慰めるように言った。

「この海では懐疑派が貧乏籤《くじ》を引く」

そして学団の男は船室から出ていった。

図書館長はふて腐れたように黙りこんでいる。僕は彼と反対側の壁にもたれて座りこんだ。しばらくすると、海賊たちの駆けまわる足音や怒声が聞こえてきた。海賊船は美術館の島をはなれて航行を始めたらしい。

「いったい何が起こっているんだ？」

図書館長は立ち上がり、不安そうに天井を眺めた。

「昨日まであの爺さんは役立たずの老いぼれだった。かつてこの海を荒らしまわる海賊だったというのだけがご自慢でね。まともに相手をしてやる者もなかった。そんな男が今朝から海賊船を率いてこの海を荒らしまわってる」

「わざわざ砲台の島を襲うなんて」

「連中は兵舎を焼き払って大砲を奪ったよ。もうあの島は何の役にも立たない。学団の男たちは自由にこの海へ入ってこられるだろうさ」

図書館長はそう言って僕の前にあぐらをかいた。

「それにしても君はよく生きていたな」

僕は図書館長にこれまでのことを語った。魔王に流刑にされたこと、ノーチラス島の出現、老シンドバッドとの出会い、芳蓮堂における千夜さんとの再会、珈琲店「進々堂」の出現、夜明けの襲撃、そして美術館の島での出来事。それらを僕が語るにつれて、図書館長の顔には戸惑いが浮かび、やがてそれは怒りの色に変わった。

「千夜さんもこの船に囚われてるというのか？」

「すまない。どうしようもなかったんだよ」

「馬鹿な！」

図書館長は険しい顔をして黙りこんだ。

蒸し暑い船室には沈黙がおり、船の軋む音ばかりが聞こえた。

やがて図書館長が口を開いた。

「千夜さんは夢を見ているのさ」

「夢？」

「かつて僕たちがこの海の果てを目指したときの話をしてやろう」

千夜さんと図書館長は船に乗って群島をはなれ、この海の北の果てを目指した。何日も航海したあと、彼らはすさまじい嵐に巻きこまれた。まるで天と海が逆転したような嵐だった。そこで自分は世界の果てを見たと図書館長は言った。

「この海の外には何もなかった。そこに広がっているのはまるで宇宙のような夜だけで、その闇の奥から学団の男たちという怪物が生まれてくるんだ。たしかに僕たちは魔王の魔術によって創られ、その掌から自由になることはできない。しかし魔王はその魔術によって、この海を取り巻く怖ろしい闇から僕たちを守ってくれてもいるんだ。そのことを納得して僕は夢想を捨てたんだよ。この海の外へ出られるかもしれないという夢想をね」

図書館長は哀しげに溜息をついた。

「彼女も同じ嵐を目にした。この海の外には何もないということを知っている。だからこそ彼女は君という存在を利用して、この海そのものを創りかえようと考えたんだろう。しかし僕に言わせれば、それもまたひとつの夢想にすぎない」

「……そうだろうか」

「君という存在も魔王の戯れのひとつなのさ。千夜さんの夢想にこたえて創られた贋物なんだ。だとすれば、君が魔王と対等の力を持つなんてことはあり得ない。愚かな夢想だよ。千夜さんは同じあやまちを繰り返そうとしている」

「でも僕はこの海の外からやってきた。僕には思い出がある」

「その記憶だって魔王が創ったものさ」

　図書館長は哀れむように言う。

「この海の外には何もない。それが真実だ」

　そのとき脳裏にひとつの情景がよみがえってきた。

　僕は本の散らばった畳敷きの部屋にいた。窓の外は暗かった。図書館長が僕の向かいであぐらをかいている。僕たちは煙草をふかしながらレコードを聴いている。図書館長は本を一冊手に取って何かを話し始める。僕は笑いながら耳を傾けている。それは幾度も繰り返された長い夜だ。僕たちは親しい友人だった。

「おい、ネモ？」

　図書館長の呼びかける声で僕は我に返った。

「どうしたんだ、急に黙りこんで」

「僕たちは友人だった」

　僕が呟くと、図書館長は怪訝そうな顔をした。

「僕は雪の降る街からやってきた。そこには千夜さんがいたし、君もいたよ。どうして君たちは何も憶えていないんだろう。僕たちはみんな友人だった」

　図書館長は困惑したように言う。

「君は何の話をしているんだ？」

○

船室のドアが開いて陽気な声が響いた。

「ノーチラス号へようこそ」

入ってきたのはあの老人だった。

「客人たちよ、船室の居心地はどうかね？」

図書館長は勢いよく立ち上がって老人に詰め寄ろうとした。老人はサーベルを引き抜いて図書館長の胸元に突きつける。

図書館長は両腕を挙げて言う。

「千夜さんに会わせてくれ。無事なんだろうな？」

「丁重に扱っているから安心しろ」

老人はそっけなく言った。

「そんなことよりも我らの行き先について語ろうではないか。おまえたちはじつに運が良い。ちょうど我々も五山の海域へ出かけようとしていたところでな」

「どうして五山の海域へ？」

僕が言うと、老人はジロリとこちらを睨んだ。

「儂の目をごまかせると思っているのか？」

天井から洩れてくる光が彼の顔をまだらに染めていた。

老人はサーベルをしまい、もったいぶった様子で船室を歩きまわった。

「あのお嬢さんはじつにアタマがいい。満月の魔女に謁見して魔王に匹敵する力を手に入れる。そしてこの贋物の世界を本物の世界へ創りかえる。素晴らしいアイデアではないか。それができるのはおまえだけだとお嬢さんは信じているようだな」

「馬鹿馬鹿しい！」

図書館長が吐き捨てるように言う。

「〈創造の魔術〉なんてこいつに使えるものか」

「つまらん男だ。おまえは黙っていろ」

老人はせせら笑った。

そして彼は僕を見つめて「ネモよ」と言った。

「どうしてこの船を『ノーチラス号』と名づけたと思う？」

そんなことを僕が知るわけもない。

僕が黙っていると、老人は思いがけないことを言った。

「この船はもともと島だったのだ」

そのとき僕の脳裏に小さな島の情景が浮かんできた。砂浜と岩場と椰子の木しかない島――

僕が「ノーチラス島」と名づけた島である。

「ようやく分かったか」

老人は愉快そうに笑った。

「儂があの島を創りかえてやったのだよ」

「あなたも〈創造の魔術〉が使えるのか？」

「この世界を救えるのは自分だけだと自惚《うぬぼ》れていたか？」

海賊船が大きく揺れて、ゆっくりと部屋が傾いていく。

「儂もまたこの海の外からやってきた異邦人なのだ。この群島をさまよっているうちに歳月は過ぎ去り、いつしか儂は自分の帰るべきところを忘れ、それを忘れたことさえ忘れてしまった。あの無人島でひとり暮らしながら、夜ごと不思議に思ったものだ——どうして自分はこんなところにいるのだろうとな」

老人は僕を指さした。

「それをおまえが救ってくれた」

「僕は何もしていない」

「大切な思い出を語ってくれたではないか」

シンドバッドは頬に笑みを浮かべた。「雪の降る街の思い出を」

その笑みを見たとき、どういうわけか背筋がぞくりとした。

「おまえにひとつ昔話をしてやろう」

そう言って老人は語り始めた。

○

この海はひとつの巨大な牢獄だ。

かつておまえのように若かった頃、儂はこの海の果てを目指して、幾度も冒険の旅に出たものだ。しかし行く手には必ずあの怖ろしい嵐が待ち受けていた。

――この海から出ることはできない。

その絶望が儂を海賊へと生まれ変わらせたのだ。

そして何十年もの歳月が過ぎ去るうち、かつては大勢いた海賊仲間も内紛によってその数を減らした。儂はすっかり年老いた。儂の手に残されているものといえば、僅かに生き残った手下たち、いまにも崩れ落ちそうな船、長年にわたる略奪と殺戮《さつりく》の記憶ばかりだった。

その頃になると、この群島のどこへ行っても、かつて焼き払った街、かつて殺した人々と出会うようになった。魔王の〈創造の魔術〉によって創り直された島々、創り直された人々だ。彼らは儂について何も知らなかった。彼らにとって海賊などというものは、忘れ去られつつある昔話にすぎないのだ。〈創造の魔術〉によって元の姿を保つ島々の間を、我が「ノーチラス号」は幽霊船のようにさまよっていた。

かつて儂は、自分たち海賊だけは魔王から自由なのだと信じていた。島とともに沈められてしまう群島の人々とはちがって、船に乗ってさまよい続ける自分たちには、魔王でさえ手が出せないのだと。しかしそれは牢獄の中の自由にすぎなかった。魔王にとっては海賊など何の意味もない存在なのだろう。〈創造の魔術〉によって創り直された島々からは、数十年に及ぶ海賊の歴史、儂の生きた痕跡は消し去られていた。魔王にとってはどうでもいいことなのだ。彼はただ我々が自滅するのを待っている。

毎晩そのことを考えているうちに、儂は悔しくてたまらなくなった。まるで自分の人生が魔王の掌の上で溶けていくようではないか。なんとか一矢報いてやりたい。

魔王が住むという島はこの群島の南にあった。密林に覆われたその島はずんぐりとした鯨を思わせた。ノーチラス号が島へ近づくにつれて、その高台にある魔王の邸宅が見えてきた。海に面した書斎から魔王はこちらを見下ろしているのだろう。

儂は手下たちに砲撃を命じた。

「魔王のもとへ砲弾を撃ちこめ!」

しかし手下たちは誰ひとり戦おうとしないのだ。

「どうしたおまえたち! 儂の命令が聞けないのか!」

「できません、船長。それはできません」

自分たちは〈創造の魔術〉によって創られたはずだと手下たちは言った。もしも魔王を殺せば魔術の力は失われ、自分たちもまた消えてしまう。

儂はそばに立っている手下を見せしめに斬り殺した。

「命令に従わないなら殺してやるぞ」

それでも連中は動かない。まるで石像にされたかのようだ。

儂は怒りに我を忘れてサーベルを振りまわした。気がつくと、まわりには手下たちが倒れ伏していた。海賊船はひっそりとして動く人影もない。儂は自分の手下たちをひとり残らず斬り殺してしまったのだ。儂はサーベルを投げ捨てて天を仰いだ。

「嗚呼、これは夢だ！　愚かしい夢だ……」

するとと海賊船は音もなく崩れ落ち始めた。青空にそびえるマストも、風をはらむ帆も、白い砂に変わって雪のように舞う。驚いたことに、儂のまわりに倒れ伏していた手下たちの死体も石像に変わって崩れていく。やがて海上に残されたものは、白い砂浜と岩場があるだけの小さな島だった。数本の椰子が穏やかな風に揺れていた。

儂は椰子の木陰に立って茫然としていた。

しばらくすると砂浜にひとりの男が立っていることに気づいた。黒っぽい背広を着た華奢《きゃしゃ》で小柄な人物だった。黒い帽子をかぶっていて、僅かに垂れた銀髪が風に揺れていた。あっけにとられていると、男はこちらに向かって歩いてきた。美しい目がまっすぐに儂を見つめていた。ふいに儂は怖くなった。この男こそ魔王なのだと思った。

魔王は帽子に手をやって会釈した。

「良い天気だな、ネモ」

それはとっくの昔に捨てた名前だった。

「儂はネモじゃない。さまよえるシンドバッドだ」

「いまのおまえはそう名乗っているのか。それならシンドバッドと呼んでもいい。しかしそんな仮の名になんの意味があるのかね？」

魔王は微笑んで問いかけてきた。

「おまえの本当の名前は？」

「本当の名前だと？」

これまで生きてきた長い歳月、儂は幾度もその名を変えてきた。しかしどのように名を変えたとしても、それが自分にふさわしい名前だとは思えなかった。儂は魔王の顔を睨みながら、その仮の名の遍歴をさかのぼってみた。シンドバッド、ネッドランド、ジム、ジョン・シルヴァー、そしてネモ。しかしそこから以前へさかのぼることはできないのだ。

五山の海域に「蠟燭の島」と呼ばれる島がある。

いまから何十年も昔のこと、その島の海岸にひとりの若者が打ち上げられた。すっかり記憶を失っていて、自分が何者なのか、どこからきたのか、何ひとつ答えることができなかった。若者は「ネモ」と名乗るようになり、その島で暮らし始めた。その若者というのが若き日の儂なのだ。しかし、その蠟燭の島へ流れつく前のことを思いだそうとすると、真っ暗な奈落を覗きこんだような気がするのだ。儂は何ひとつ思いだせなかった。

しばらくすると魔王は静かに言った。

「おまえはすべて忘れてしまったのだな」

「……ああ、忘れたよ。それがどうしたというんだ？」

「かつておまえはこの海の外へ出ようとした。あの頃おまえを駆り立てていたものは何だったか。いまは考えもしないのかね」

魔王が何を言っているのか儂には分からなかった。

やがて魔王は椰子の木陰を出て、煌めく海を指さした。

「かつてこの海域は満月の魔女が支配していた。私は彼女から魔術を教わった。さもなくば私は生き延びることができなかったろう。この島へ流れついたとき、私もまたおまえと同じように無力だったよ。そこは見渡すかぎり何もない空漠たる世界だった。しかしよく考えてみたまえ。何もないということは何でもあるということなのだ。魔術はそこから始まる」

魔王は振り返ると儂を見つめた。

「おまえもまた〈創造の魔術〉を使う男だった」

「そんなものを使った覚えは――」

そのとき、先ほど崩れ落ちた海賊船のことが頭に浮かんだ。白い砂となっていく船や手下たちのことだ。魔王は儂の胸の内を見抜いたように頷いた。

「すべておまえが魔術によって創ったものだ。しかしいまとなってはその力も失われた。おまえは帰るべきところを忘れ、それを忘れたことさえ忘れている。その失われた思い出こそが魔術の鍵だったというのに――」

そう言うと、魔王は儂に背を向けて歩きだした。

「待て」と儂は叫んだ。「儂をここに置き去りにするのか？」

「おまえはもはや何者でもない」

気がつくと魔王の姿は消えていた。砂浜には誰もいなかった。

数日後、儂は通りかかった船に救われた。その後、ひとり群島をさまよった。この老いぼれが「さまよえるシンドバッド」だと気づく者は誰もいなかった。海賊の時代はとっくに終わっていたのだからな。やがて儂は北の果ての小島に辿りついた。打ち上げられた船の残骸を住まいにして、古道具をサルベージして暮らすようになった。

夜ごと海を眺めながら、儂は遠い昔のことを思いだそうとしたものだ。あの蠟燭の島に流れつくよりも前、そもそも自分は何者であり、どこから来たのか。しかしいくら暗闇を見つめても何も浮かんでこなかった。

「おまえは帰るべきところを忘れ、それを忘れたことさえ忘れている」と魔王は言った。「その失われた思い出こそが魔術の鍵だったというのに——」

それを思いだすことさえできれば！

どれほど儂は悔しい思いをしたことだろう。

そうして長い歳月が過ぎ、ようやくおまえが訪ねてきた。

おまえは儂に語ってくれた。雪の降る街の思い出を。

そのとき儂の胸の奥深くに沈んでいた思い出の街の姿が浮かび上がってきたのだ。

そこは古い歴史のある街だった。大勢の人間が暮らしていて、賑やかな商店街や、長い歴史のある神社仏閣があった。秋には山々が紅葉に染まった。街の東に流れる川にはいくつもの橋がかかっていて、儂はよくその欄干にもたれて遠い街の灯を眺めたものだ。儂はその街で暮らしていろ学生だった。こうしていると懐かしい風景がいくつも浮かんでくる。「進々堂」という珈琲店。「芳蓮堂」という古道具屋。

じつに懐かしい。どうしていままで忘れていたのだろうな。

○

「おまえを恩人と呼ぶわけが分かったろう、ネモ」

老人はその長い物語を終えて言った。

「おまえのおかげで儂は大切な思い出を取り戻し、〈創造の魔術〉を使うことができるようになった。この立派な海賊船を見ろ。手下たちを見ろ。すべて儂が魔術によって創りだしたものだ。そしていま、このノーチラス号は五山の海域へ向かっている。満月の魔女を見つけだし、儂はさらに強大な魔術を手にするだろう」

ふいに老人の目が狂信者のような光を帯びた。

「儂は気が遠くなるほど長い間この海をさまよってきた。いまさら元の世界へ戻ったところで取り返しはつかない。ならば今度こそ魔王を滅ぼし、この群島を儂の望みどおりに創り変えてやろう。ネモよ、そのときにはおまえにも存分に働いてもらうぞ。おまえも不器用ながら〈創造の魔術〉を使う男だからな」

「あなたに従うのはイヤだと言ったら？」

「儂はじつに哀しく思うだろうよ」

老人はニヤリと笑った。

「恩人を殺すのはいささか胸が痛むのでな」

そして彼は船室から出ていった。

そのときになって、ようやく僕は船室の異様な暑さに気がついた。図書館長は座りこんで壁にもたれ、しきりに汗を拭っていた。

僕は彼のかたわらに腰を下ろした。

「君はどう思う？」

「あんな与太話を真に受けると思っているのか？」

図書館長は言った。「爺さんの妄想だよ。ばかばかしい」

「本当にただの妄想なんだろうか。たしかに僕はあの老人に思い出話をした。でもそれは古道具屋の思い出だけだ。それなのに彼はこの海の外にある街について、自分が暮らしていたように語っていた。だとすると、彼は僕と同じ思い出を持っていることになる。ふたりの人間が同じ思い出を持つなんてあり得ない」

「いや、あり得るだろう」と図書館長はそっけなく言う。

「君たちふたりは同じ妄想に取り憑かれている男なんだ。自分たちはこの海の外からやってきたという妄想にね。そしてふたりとも自分には〈創造の魔術〉が使えると思いこんでいるわけさ」

「でも現実にこの海賊船は存在している。あの老人が〈創造の魔術〉を使ったのでないとしたら、どうしてこんなことが可能なんだ？」

「魔王の仕業だろう」

「何のために？」

「そんなことは魔王に訊いてくれ」

図書館長はウンザリしたように言った。

僕たちは黙りこんで船の軋む音に耳を澄ました。

そうして船室に閉じこめられたまま、長い時間が過ぎていった。窓がないために外の様子をうかがうこともできない。ひどい蒸し暑さで意識が朦朧としてきた。

いつの間にか僕はうつらうつらしていたらしい。

ふいに顔に水をかけられた。

「おい、ネモ君。しっかりしろ。水だ」

こちらを覗きこんでいるのは学団の男だった。

僕は男から水筒を受け取って、ごくごくと水を飲んだ。

そのとき、学団の男はその顔を覆っている髭を摑み、果物の皮を剝くように取り去った。その下から現れた顔を見たとたん、僕は水を飲むのも忘れて啞然とした。

そこにいたのは佐山尚一だったのである。

しかし彼は砲台の島で撃ち殺されたはずだ。床に横たわっているのをこの目で見たし、僕はその遺体を兵舎の外まで運んだ。

「あなたは死んだと思ってた」

「いや、俺は死んだよ」

「でも生きているじゃないか」

「こうして生きてるのも俺だけど、あそこで死んだのも俺なんだよ」

どういうことなのか、僕にはさっぱり分からなかった。

「君が混乱するのも当然のことだな。つまり学団の男たちに個人という概念はないんだよ。観測所の島へ流れついた君を救った男も、砲台の地下牢にいた囚人も、その前任者も、そのまた前任者も、我々はみんな佐山尚一なんだ」

「つまりあなたは人間ではないということ？」

「そこでへたばってる図書館長殿は『怪物』と言ってる。黙っていて悪かったな。しかし君のおかげで俺はこの群島に乗りこむことができたし、砲台の地下牢から脱出することもできた。海賊シンドバッドの右腕にもなれた。すべて君のおかげだ。感謝している」

「それなら助けてくださいよ」

佐山は「うーん」と唸って顎をかいた。申し訳なさそうな顔をする。

「そういうわけにもいかなくて」

「どうして」

「いまはシンドバッドに忠誠を誓う身だからさ」

そして佐山は立ち上がり、湾刀をかまえた。

「俺は君が好きだよ、ネモ君。敵にまわることになって残念だ。しかし俺たちには俺たちの目論見がある。はじめは君こそが俺たちをこの煉獄《れんごく》から解き放ってくれるものと思った。しかしいまはシンドバッドが大きくリードしている。あの男なら満月の魔女に会えるかもしれん。俺たちはこの日がくるのを遠い昔から待っていたんだよ」

僕は佐山尚一を見つめて言った。

「あなたたちは何者なんだ？」

「存在と非存在の狭間を生きる者だ。淡い夢みたいなもんでね」

佐山尚一は壁際に歩み寄り、図書館長の身体を軽く蹴った。

「おい、図書館長よ。起きてくれ」

図書館長が不機嫌そうな呻き声を上げる。

「なんだよ？」

「シンドバッド様がお呼びだ。ふたりとも甲板へ来い」

佐山は言った。「そろそろ船が五山の海域に入る」

◯

僕たちは階段を上がって甲板へ出ていった。

青い空には高々とマストが聳え、大きく帆が張られていた。

ほとんど風はないものの、ノーチラス号は快調に進んでいるようだ。あたりはまるで朝の市場のように騒然としていた。頭上の見張り台、船尾、甲板のまわり、いたるところを海賊たちが歩きまわり、周囲の海を見張っていた。満月の魔女が住む島を探しているのだろう。

しばらくすると船首の方で声が上がった。

「島だ！　蠟燭の島だ！」

近づいてきたのは森と草原のある大きな島だった。

岬に灰色の建物があって、その屋上に塔が見えた。蠟燭のように白く滑らかで、てっぺん近くに赤い展望室がある。その島の沖を海賊船はゆっくり通り過ぎていった。海賊たちは何が面白いのか、その蠟燭の島を指さして口々に喚いたり笑ったりしていた。

ふいに船尾の方から怒声が響いた。

「おまえら、何を騒いでいる！」

振り返るとあの老人の姿が見えた。そのかたわらには千夜さんがいた。

「千夜さん！」

図書館長が呼びかけた。

彼女はこちらを向いて微笑んでみせた。

「大丈夫。私は無事です」

「丁重に扱うと言ったろうが」

老人が怒ったように言った。

船長が甲板に現れたというのに海賊たちは大騒ぎを続けている。

老人は千夜さんの腕を摑み、引きずるようにして甲板を横切っていく。そして彼は、ひとりの海賊の頭に拳銃を向けて引き金を引いた。銃声が響いてその男が崩れ落ちると、騒然としていた甲板は静かになった。やがて海賊たちは撃ち殺された男を抱え上げて海に投げ捨て、神妙な顔つきで老人を見つめた。

「それでいい。ちっとは静かにしていろ」

老人は海に浮かぶ蠟燭の島に目をやった。

「またこの海へ戻ってくることになるとは！」

やがて蠟燭の島を通りすぎ、船はさらに進んでいく。

老人は千夜さんを連れて僕たちの方へ近づいてきた。

「さて、いよいよ満月の魔女に会うときがきたぞ」

彼は言った。「お嬢さんの夢を叶えてやろう」

「あなたに助けて欲しいなんて頼んでない」

「そう言いなさんな。悪いようにはしないから」

まわりの海は凪《な》いでいて、まるで巨大な湖のように感じられる。

周囲を見まわしたとき、静かな海の彼方に青々とした島がひとつ浮かんでいるのが見えた。

その中央に聳える山の斜面には三角形の空き地があり、「大」という字が見てとれた。水平に目を動かしていくと、他の島々が飛び石のように点々と浮かんでいる。迎え火が点るときにはさまざまな文字や図形が闇に燃えるという。

「満月の魔女はここにいる」と老人は言う。

しかしどこにもそれらしい島はなかった。美術館で見た絵を信じるとすれば、満月の魔女の住む島には、宮殿のある荒野、それを取り巻いている巨大な砂丘があるはずだ。ということは、かなり大きな島ということになる。しかし、迎え火の点る五つの島に囲まれた海に目を凝らしても、そのように大きな島は一つも見あたらなかった。

「どこに魔女がいるというんだ」と図書館長が言う。

「見ようとしなければ見えないのよ」

千夜さんは言う。「でもきっとここにあるはず」

「存在しないなら創りだせばいい」

老人が思いがけないことを言った。

「おい、ネモ。魔女の住む島を創ってみせろ」

僕はあっけにとられた。この男はいったい何を言っているのだろう。本物の〈創造の魔術〉を授けてくれるという満月の魔女を、自分自身の〈創造の魔術〉によって創りだす——まるで自分の襟首を摑んで自分自身を持ち上げるようなものではないか。

老人は佐山尚一に目配せした。佐山は「アイ・アイ・サー！」と言って図書館長に歩み寄ると、彼を甲板に跪《ひざまず》かせ、その頭に拳銃をつきつけた。

「できないというなら図書館長を殺す」

甲板は静まり返っていた。

図書館長は祈るように項垂《うなだ》れ、千夜さんは凍りついたようだった。

「……分かった。やるよ」

僕は船首に向かって歩きだした。海賊たちが割れるようにして道を空ける。

船首に立つと、行く手には空白の海が広がっていた。

振り返ればたくさんの顔が甲板にひしめいている。青ざめた顔で見つめている千夜さん、冷酷な笑みを浮かべる老人、跪いている図書館長、平然と拳銃を手にする佐山尚一、そして野次馬のように息を呑んでいる大勢の海賊たち。

僕はふたたび目前の海へ目をやった。

しかし島を創りだせるという自信がまったく湧いてこない。目前の空虚な海がこちらへのしかかってくるように感じられた。僕は目を閉じて、「進々堂」を創ったときのことを思いだそうとした。深く海の底へもぐっていき、まきあがる砂煙の奥を手さぐりする。しかしそこには何もない。創りだせるはずがない。それでも僕は創らねばならない。

やがて僕は絞りだすように言った。

「僕はその島を『満月の島』と名づける」

その言葉は自分でもそらぞらしいものに聞こえた。

思ったとおり、いくら時間が過ぎても、海にはなんの変化もなかった。そのうち待ちくたびれた海賊たちが口々に僕を罵り始めた。僕は繰り返し「満月の島」の名を口にしたが、海は何もこたえず、ただ静かに煌めいているばかりだった。

「どうしたネモ。できないのか?」

老人が嘲笑した。

「おまえは〈創造の魔術〉が使えるのではなかったのか?」

「……僕にはできない。どうしても」

海賊たちがドッと笑った。

そのとき一発の銃声が響いた。僕は弾かれたように振り返ったが、図書館長は甲板に跪いた姿のまま茫然としている。佐山は空に向かって撃ったのだ。「この男は生かしておいてやる」と老人は楽しそうに言った。「おのれの誤りを思い知らせてやりたいからな」

そして彼は僕を押しのけて船首に立った。

「おまえにまかせておいたら日が暮れるわい」

ふたたび甲板が静まり返った。

老人は両腕を広げ、自信に満ちた声で告げる。

「儂はその島を『満月の島』と名づける」

誰もが息を呑んで成り行きを見守った。

老人の声にこたえて巨大な島が浮かび上がってくる。

その全貌が現れるまで、たいした時間はかからなかった。島の外周に沿ってえんえんと続く砂浜。その向こうになだらかに盛り上がる砂丘。太陽の光を浴びて黄金に輝く「満月の島」は、まるで太古の昔からそこにあったかのように僕たちが上陸するのを待っていた。

「万歳！　シンドバッド万歳！」

すぐに甲板は割れるような騒ぎになった。

「ネモよ、おまえは創ることを怖れている。そんな人間の言葉にこの海がこたえると思うか。おまえには支配者の資格がない」

老人は僕の耳元で言った。

「創りだすということは支配することなのだ」

○

老シンドバッドは海賊船を沖に停泊させた。

満月の島へ上陸することになったのは、シンドバッドと佐山尚一、僕と図書館長、千夜さん、そして十五人の海賊たちだった。二艘のボートに分乗して船をはなれたが、あたりの海は不気味なほど凪いでいて、砂浜まで漕ぎつくのに時間はかからなかった。海賊たちにまじってオールを漕ぎながら、僕は並行して進むもうひとつのボートに目をやった。老人とともにボートの舳先に腰かけている千夜さんは、麦わら帽子に手をやって、近づいてくる砂浜を見つめていた。

僕の右隣では図書館長がオールを握っている。

「さっきのことは許してくれ」

僕は言った。「どうしようもなかった」

「もともと君が魔術を使うなんて信じていない」

図書館長はそっけなく言い、隣のボートを顎で示した。

「どうして魔王はシンドバッドの好きにさせてる？」

たしかに図書館長の言うとおりだった。これだけ派手に海を荒らしまわっているのだから、魔王が気づかぬはずがない。ましてや、あの老人が満月の魔女に会うようなことにでもなれば、魔王と対等の存在に成り上がるかもしれないのである。

――どうして魔王は姿を見せないのか？

「創造主がふたりいるなんていうことが許されるのか。災厄の予兆としか思えない」

ボートの舳先から佐山尚一が叫ぶ。

「諸君、黙ってオールを漕げ！」

図書館長は舌打ちした。

やがて僕たちは満月の島へ上陸した。

砂浜は荒涼として椰子の木一本生えておらず、どちらを向いてもぎらぎらとした砂の輝きが目を射る。砂浜はそのまま盛り上がって砂丘となり、あたかも砂で造られた長城のように島の外周を取り巻いていた。とにかく目に入るものは砂ばかりだ。

老人は額に手をかざして砂丘を見上げた。

「さて、お嬢さん。この島で間違いないな？」

「満月の魔女の肖像画にも砂丘が描かれていた。宮殿はこの島の中央にあるはず」

「いよいよ伝説の魔女と対面というわけだ」

老人は意気揚々と砂丘をのぼりだす。

海賊たちが僕たちに湾刀を突きつけて「のぼれ」と言う。

遠目にはなだらかに見える砂丘だが、のぼるのは厄介なことだった。一歩踏みだすごとに足がずぶずぶと沈んでしまう。日に焼かれた砂は火傷《やけど》しそうなほど熱く、ものの数分でみんな蒸し風呂に入ったように汗だくになった。まわりの海賊たちも自分が砂丘を這い上がるだけで精一杯の様子だ。

僕は振り返ると、千夜さんに向かって手を伸ばした。

千夜さんはその手を摑んで這い上がってきた。僕に寄り添いながら「諦めないで」と彼女は囁く。「まだ負けと決まったわけじゃないから」

「でも僕はこの島を創れませんでしたよ」

「その失敗には何か意味があるんだと思う」

千夜さんは言う。「シンドバッドのやり方は間違っている」

一番先頭をのぼっていくのは佐山尚一だった。彼は砂の熱さも平気だし、砂丘をのぼるコツのようなものを摑んでいるらしい。僕たちが砂丘の中腹あたりでモタモタしているとき、頭上から「宮殿が見えるぞ」という佐山の嬉しそうな声が降ってきた。

僕は熱気で朦朧とする頭をもたげて砂丘の頂きを見た。

しかしそこに佐山尚一の姿はなかった。そのかわり僕が見たものは、奈落のような青空を背にした一頭の巨大な虎だった。砂の照り返しを受けて体毛がつやつやと輝き、まるで青空をキャンバスにして描かれた美しい絵のようだ。「あれを！」と僕は指さしたが、千夜さんは「なに？」と不思議そうな顔をしている。ほかの者たちも佐山の変身に気づかない。虎の姿が見えているのは僕ひとりだけらしい。あっけにとられていると、虎の姿は青い空に消えていき、かわりに腰に手をあてた佐山尚一の姿が現れた。佐山は挑発するように僕を見つめている。

——いったいどういうつもりだ？

佐山尚一が「夜の姿」を顕《あらわ》したのはその一瞬だけだった。

やっとのことで砂丘の頂きに辿りつくと、この島の奇妙な形状を一望することができた。右手を見ても左手を見ても砂丘が大きく弧を描くようにして連なっている。砂の長城は島全体を取り囲んで、眼下に広がる円形の荒野を海から完全に隔てていた。

老人が戸惑ったように呟いた。

「あれが満月の魔女の宮殿か？」

たしかに荒野の中央には宮殿らしきものが見えた。白い石の門を通り抜けた先に塀で囲まれた長方形の庭園があり、その奥に丸屋根と尖塔をそなえた建物がある。老人を戸惑わせたものは宮殿に見えるおびただしい人影だろう。それは宮殿と庭園から溢れだして、まるで生物の死骸に群がる蟻のように塀を取り巻き、周辺の荒野にまで点々と散らばっている。

「あの連中はなんだろう。何百人もいるようだが」

図書館長が首を伸ばして言った。

「魔女の宮殿を守っているのか？」

「でも兵士には見えないわ」

海賊たちは心配そうに船長を見守っている。

あたりには雲の影ひとつなく、眼下の荒野で動くものといえば、風に舞い上がる砂塵ぐらいのものだった。盆地の底を滑っていく砂煙の影がなければ、時間が流れていることさえ実感できなかっただろう。そうして辛抱強く眺めていても、それらの人影はぴくりとも動かない。

やがて老人が痺れを切らしたように言った。

「行くぞ。眺めていても始まらん」

砂丘を下りきると、地面は乾いて甲羅のように割れた土に変わった。おかげでずいぶん歩きやすくなった。地面を這うようにして僅かな植物が生えているほかは何もなく、干上がった大きな池の底を歩いているようだった。

「べつの天体に来たみたいね」

千夜さんがそう呟いて空を見上げた。

雲ひとつない空が異様に青く感じられた。

魔女の宮殿と、それを取り巻く人影が近づいてくる。

先を歩いていた佐山尚一が人影のひとつに歩み寄っていく。彼が顔を覗きこんでも、相手は宮殿の方角を見据えたまま微動だにしない。佐山は親しげに相手の肩を叩き、こちらを向いて手を振った。「ただの石像ですよ、シンドバッド様」

「こいつらはいったい何だ？」

「恥ずかしながら私の前任者たちで」

たしかに佐山の言うとおり、それは石像と化した学団の男たちだった。風貌がまだはっきりと見てとれるものもあれば、長い歳月を経てボロボロに風化しているものもある。彼らは一斉にこの宮殿へ押し寄せてきたのではなく、ひとりまたひとりとやってきて石像になったのだろう。しかしそれらの石像はいずれも穏やかな顔をしていた。

「みんな満月の魔女に会おうとしたんですよ」

佐山は一体の石像の肩を抱いた。

「たとえばこいつですがね。こいつはあなたのように海賊になって、魔王に戦争をしかけたんです。他にもここにはいろいろなやつがいますよ。森の賢者の弟子になったやつもいるし、小さな島のおばあさんに拾われて商人になったやつもいる。漁師になって鯨に呑まれ、その腹の中で何年も暮らしたやつもいる。それぞれの冒険の果てに、この島へ流れついたというわけです」

佐山は石像たちを懐かしそうに見まわした。

「しかしこいつらには肝心なものが欠けていた」

「何が欠けていたというんだ？」

「あなたですよ、シンドバッド様」

佐山は笑った。「だから私にはあなたが必要なんです」

石像たちに囲まれて、僕たちはしばらく茫然としていた。

ふいに強い風が吹き渡って僕は思わず目を閉じた。身のまわりで無数の鈴を鳴らすような音が湧きあがった。風化した何百体もの石像が砂塵を含んだ風に鳴っている。

それはまるで石像たちが歌っているかのようだった。

〇

僕らは白い石造りの門をくぐって庭園に入った。

かつては美しい庭園だったとしてもいまは見る影もない。縦横に走る水路も、中央にある大きな噴水も、石造りの四阿《あずまや》も、すべてが砂に埋もれつつある。あちこちに佇む石像たちが、砂に覆われた地面に長い影を落としているばかりだった。

「人が暮らしてるようには見えないけど」と千夜さんが眉をひそめた。

正面の広い石段をのぼった先には、宮殿の入り口が洞穴のように黒々と口を開けていた。佐山尚一に導かれるまま、老シンドバッドや僕たちはその宮殿へ足を踏み入れた。しかし宮殿の広間はがらんとして、石の床に敷かれた絨毯も砂まみれである。いくら呼びかけても、出迎える人間はいなかった。

「わざわざ訪ねて来てやったというのに」

　老人は腹を立てた。「満月の魔女を探せ」

　いくつもの廊下や広間を覗いてまわったが人っ子ひとりいない。学団の男たちの石像だけはいくらでも見つかった。彼らはこの宮殿の中にまで入りこんで、広間の片隅に、階段下に、柱廊に囲まれた中庭に、調度品のように佇んでいるのだ。

　むなしい探索が続くうちに海賊たちにも失望が広がってきたようだった。天井に響く笑い声もいつしか心配そうな囁き声に変わっていく。

　図書館長が吐き捨てるように言った。

「満月の魔女なんていやしない」

　老人は振り返って図書館長を睨んだ。

「なんだと。もう一度言ってみろ」

「満月の魔女はもういない。遠い昔にこの海から去ったのかもしれない。魔王との争いに敗れて殺されたのかもしれない。もともとそんな人間は存在しなかったのかもしれない。結局、僕たちには何も分からない。魔王だけが真実をご存じだ」

「しかしこの島はここにある。儂が創ったんだからな」

「こんな空っぽの宮殿を見つけて何の役に立つ？　こんな島を創ってみせるなら、ついでに満月の魔女も創ればいいだろう。〈創造の魔術〉が使えるならなんでもお望み次第のはずだ。それとも、『何でもあり』というわけにはいかないのか？」

老人は怒りで青ざめた。

そのとき佐山尚一が割って入った。

「ほら、感じませんか？」

「なんだ？」

「風が吹いてくる。海の匂いだ」

佐山は指を立てて謎めいたことを言った。

彼について廊下を歩いていき、辿りついたのは宴会場のように大きな広間だった。

壁も天井も幾何学模様で飾られ、ぽっかりと開いた窓からは荒野の果てに連なる砂丘が見えた。かつては盛大な宴が開かれていたにちがいない。果物や肉や砂糖菓子をのせた大皿、飲み物の入った瓶、香木を燃やす匂い、琵琶や銀笛《ぎんてき》のしらべ。そんなことを思い浮かべたのは、『千一夜物語』からの連想だろう。

やがて僕は佐山尚一の声で我に返った。

「ここですよ」

佐山の足下に正方形の穴が開いていた。

唐突に現れた真っ黒な穴は、世界の一部が欠けてしまったように見える。しかし近づいて覗きこむと、地下へ通じる階段が見えた。

佐山尚一は老シンドバッドに囁いた。

「隠し通路のようですな」

「この先に魔女がいると思うか？」

「もちろん」

「どうして断言できる？」

「あなたが求めているからですよ、シンドバッド様」

佐山尚一は恭《うやうや》しく言う。「それがあなたの魔術ですから」

老人は頬に笑みを浮かべた。

「ならば行こう。学団の男よ」

その階段はおそろしく長く、まるで地底へ通じているかのようだった。

はじめのうちこそ階段口から届く光が足下を照らしてくれたが、すぐに何も見えなくなった。もし佐山が先頭に立ってくれなかったら、みんな立ち往生してしまっただろう。僕は右側の冷たい石壁に手を添えて用心しながら歩いた。この息が詰まるような闇の中では自分がどれぐらい進んだのかさえ実感できない。

うしろを歩く図書館長が「暗いのは苦手なんだ」と呟いている。

目の前をゆく千夜さんが言った。

「見て。入り口があんなに小さい」

振り返ってみると、淡い光の射す階段口が闇の彼方に浮かんでいた。その頼りない光を見つめてから、前方へ向き直れば、そこには途方もない闇が広がっている。

僕は不安になって呼びかけてみた。

「千夜さん、そこにいますか？」

「ここにいるわ」

「何にも見えませんよ」

「私だって、何にも見えない」

階段を下りていくにつれてまわりの空気がどんどん冷えていくようだ。行く手の闇から真冬のように冷たい空気が流れてくる。石壁に触れている手も凍えてきた。つい先ほどまで熱帯の陽射しのもとにいたことが信じられないほどだった。

○

階段の行く手にかすかな光が見えてきた。

そうして僕たちが出たのは巨大な井戸の底のようなところだった。

頭上に丸く切り取られた青い空が見えるものの、太陽の光は地底までは届かず、あたりは海の底のように薄暗い。老シンドバッドと佐山尚一は砂地の中央に立って空を見上げていた。ほかの海賊たちも途方に暮れたように佇んで、砂を手に取ったり、寒さに身を震わせたりしている。老人が苛々《いらいら》と佐山尚一に問いかけた。

「満月の魔女はどこにいるんだ？」

「おかしいですな。道を間違えたのかも」

佐山尚一はそう言ってポカンとしている。

あたりを見まわすと、薄闇の底に石像の断片が散らばっていた。学団の男たちはこんな奥深くにまで入りこんでいたのである。だとすれば佐山尚一はここへ来たことがあるわけだ。

そう考えて僕はハッとした。

学団の男たちはすべて佐山なのだから、「道を間違える」なんてことはあり得ない。ということは、彼は万事承知のうえで僕たちをここへ連れてきたことになる。

——彼は何を企んでいるんだろう。

千夜さんが砂地を横切って、向こう側の壁に近づいていく。彼女はその壁に触れたとたん、ギョッとしたように身を引いた。

「どうしたんです？」

「これを見て、ネモ君」

はじめは凸凹《でこぼこ》した灰色の壁にしか見えなかった。しばらく目をさまよわせていると、ふいに壁から佐山尚一の顔が浮き上がって見えた。その瞬間、騙し絵のように目前の風景が一変した。僕たちを取り囲んでいる湾曲した壁は、砕かれた無数の石像からできていたのだ。それはあたかも、壁に埋めこまれた大勢の男たちがもがいているかのような眺めだった。

遅れてやってきた図書館長も唖然としていた。

「これはどういうことだ？」

「満月の魔女のしわざかしら？」

「しかし異様な数ですよ。何かおかしい」

図書館長は壁に触れながら考えこんでいたが、ふいにハッとしたように顔を上げ、薄暗い地下空間を見まわした。「僕たちは満月の島の地下深くまで下りてきた」と彼は言った。「僕たちが見ているのはこの島の土台ということになる」

図書館長は身を翻して佐山尚一のもとへ向かった。千夜さんと僕は戸惑いながら彼を追いかけた。

砂地の中央では老シンドバッドが佐山を問いつめていた。

「どうしてこんなところへ連れてきた？」

しかし佐山は答えなかった。老人は佐山の胸ぐらを摑んでいたが、突然、汚らわしいものに触れたように、彼を突き飛ばして後ずさりした。

「おまえ、いったい……」

佐山尚一は砂地に佇んだまま動かない。片足を踏みだした姿勢のまま、右腕を不自然に持ち上げている。駆け寄ってその腕に手をかけると、ゾッとするほど冷たく強ばっていた。佐山の腕はすでに石になっているのだ。

佐山尚一はぎこちない笑みを浮かべた。

「よお、ネモ君。しばしのお別れだ」

乾いた砂地に水が染みこんでいくように、彼の首筋の肌が灰色に変わっていく。僕はどうすることもできず、彼が石化していくのを見守るしかない。

図書館長が佐山に摑みかかるようにして訊ねた。

「この島は学団の男たちから創られているのか？」

「この島だけではない」

「なんだって？」

「この群島のすべて。森も獣も。人間たちも」

佐山尚一は嚙んで含めるように言った。

「諸君は我々の死骸から創られている」

その首から下は完全な石像と化して、変化は彼の顔面を覆い始めていた。しかし苦しいわけではないらしい。彼の目は穏やかになり、頰には微笑が浮かんでいた。凍りついていく唇を動かして彼は何かを囁こうとしていた。僕はその口もとに耳を寄せた。

「ネモ君。聞こえるか」

「聞こえてる」

「満月の魔女はどこにもいない」

「どこにもいない？　どういうことです？」

「……汝にかかわりなきことを語るなかれ」

そこで言葉は途切れ、佐山尚一は動かなくなった。

僕は彼の頰に手をあててみたが、僅かな温かみさえ残っていなかった。まるで大昔からこの地底に佇んでいたかのようだった。その灰色の目は壁面を埋め尽くす前任者たちを見つめていた。佐山もまたその前任者たちと同じ運命を辿ったのである。

「そいつは死んだのか？」

老シンドバッドが言った。

「何をこそこそ喋っていた？」

僕は老人を振り向いて言った。

「満月の魔女はどこにもいない」

「……嘘をつけ」

老人は歯ぎしりするように言う。

「そんなわけがない。儂を騙そうとしてもそうはいかん」

しかし彼が自信を失っていくのがありありと分かった。目前にあるものを信じようとしても、膨れ上がっていく懐疑がその信念を打ち砕いていく。いままで彼は佐山尚一という同行者に頼り切っていた。しかしその佐山もいまでは石像と化してしまったのである。

彼は僕たちを押しのけて石像に近づいた。

「満月の魔女はどこにいる？」

彼は石像を揺すって問いかけた。

「頼むから儂に力を与えてくれ！」

そのとき凄まじい地響きがして、島全体が大きく揺れ動いた。

僕は砂地に尻餅をついた。地面が傾いでいくのが感じられた。砂地全体が擂《す》り鉢のように窪んで、周囲の砂がさらさらと流れ始めている。砂地の中央に立つ佐山の石像がゆっくりと砂に飲みこまれていくのが見えた。気がつくと老シンドバッドや海賊たちはたがいを押しのけ合うようにして地上へ通じる階段へ殺到している。

図書館長の声が聞こえた。

「はやくここから出ろ！」

僕が砂地を這い上がろうとしている間にも、大きな揺れが幾度も地下全体を揺さぶり、そのたびに何かが爆発するような音が響き渡った。それは石像によって埋め尽くされた壁面に亀裂の入る音だった。やがて剝落した石片が降り注ぎ始めると、舞い上がる粉塵《ふんじん》によってあたりはいっそう暗くなった。ふいに頭を殴られたような痛みを感じて僕は膝をついた。降ってきた石片に打たれたらしい。一瞬、目の前が真っ白になった。

千夜さんが僕の手を摑んで「走って！」と叫ぶ。

おかげで僕はなんとか砂地を這い上がることができた。

擂り鉢状になった砂地の底から海水が噴き出し、巨大な青白い水柱を作っていた。瞬く間に水位を増していく泥水は渦を巻き、降り注ぐ石片で煮え立っているように見えた。轟音はいよいよ大きくなるばかりだった。

——満月の魔女はどこにもいない。

僕たちは階段を駆け上がって地上を目指した。

宮殿の外へ駆けだしたとき、ひときわ大きな揺れが島を揺らし、魔女の宮殿が崩れ落ちた。残ったのは濛々《もうもう》と粉塵を巻き上げる瓦礫《がれき》の山だった。

僕たちは粉塵にまみれて、あちこちから血を流していた。

海賊たちは庭園の門を抜けて荒野へ駆けだしていく。この島が沈んでしまう前に海賊船へ戻るつもりなのだろう。

すぐさま僕たちも彼らを追って荒野へ出たが、そこで茫然と立ち尽くすことになった。

彼方の砂丘がゆっくりと飴のように溶けていくのが見てとれた。立ちのぼる色濃い砂煙は、折り紙を燃やすように蒼穹《そうきゅう》を縁から囓り取っていく。やがて行く手の荒野に黒っぽい染みが現れたかと思うと、それらは瞬く間に広がってきて、次々と陥没する地面が海賊たちを飲みこんでしまった。陥没したところからは泥水が溢れだし、さらに周囲の地面が陥没していく。みるみるそれは僕たちの足下へ迫ってきた。

僕たちは身を翻し、崩れ落ちた宮殿へ向かった。

その瓦礫の山のいただきには、亀裂の入った丸屋根が斜めに傾いで残っていた。その丸屋根を目指して這い上がっていく間、あたりが揺さぶられるたびに瓦礫の一角が崩れ、舞い散る粉塵であたりは黄色く煙っていた。ようやく丸屋根に辿りつく頃には、泥水の怒濤《どとう》が塀を押し崩すようにして庭園へ流れこんできた。

僕たちは瓦礫の山に立ち、島の最期を茫然と眺めた。

どちらを向いても金属のように光る泥がうねっていた。打ち寄せる大波が泥の飛沫を飛ばしてくる。泥濘《ぬかるみ》の彼方に目をやっても、見えるものは積乱雲のように湧き上がっていく砂煙ばかりだ。砂煙は空を覆って暗雲に変わり、あたりが夕暮れのように暗くなった。雲の間を稲妻が飛び交い、雨粒が周囲の瓦礫を打ち始める。

「ネモ君、〈創造の魔術〉を使って」

千夜さんが叫んだ。「このままではみんな沈んでしまう」

そのとき一発の銃声が響き渡った。

僕は思わず首をすくめた。

「あぶない！」

図書館長が叫んだ。

老シンドバッドが瓦礫から身を起こすのが見えた。ほかの海賊とはちがって、彼ひとりは生き延びていたのである。続いて二発目の銃弾が近くをかすめた。

僕は手近な瓦礫を投げつけ、相手がひるんだ隙に飛びかかった。揉み合っているうちに拳銃を瓦礫の隙間に落としてしまうと、老人は腰に提げていたサーベルを引き抜いた。飛びすさった瞬間、僕の鼻先すれすれをサーベルがかすめた。

「嗚呼、これは夢だ。愚かしい夢だ！」

老人は悲痛な声で叫ぶ。

「これもまた魔王のたくらみだ」

「満月の魔女はいないんだ、シンドバッド」

僕は言った。「だからといって、僕を殺してなんになる？」

「まだ分からんのか、おまえは！」

老人はぎらりと目を光らせた。

「間もなくこの島は海に沈み、おまえはひとり生き残るだろう。そして蠟燭の島に打ち上げられる。おまえは若き日の儂なのだ！」

すでに老人は正気を失っているように見える。

「思い出の地へ帰ろうとして、おまえは長い歳月を空しく費やす。その人生は帰還を夢見るだけで終わっていくのだ。そしておまえは儂となり、儂はおまえと出会うのだろう。この不毛な夢は永遠に繰り返される時の牢獄だ。魔王が我々をこの牢獄に閉じこめたのだ。しかしここでおまえを殺してしまえば──」

老人はサーベルを振り上げて斬りかかってきた。

僕は瓦礫から瓦礫へ飛びうつり、老人は危うい足取りで追いかけてきた。

風雨は強まる一方だった。ひらめく稲妻が雨に煙る瓦礫の山を照らしだした瞬間、ふいに足下の瓦礫が崩れ、僕たちはずるずると滑り落ちた。その先には逆巻く泥の海があった。危ういところで僕は瓦礫にしがみついた。

気がつくと老人が僕を見下ろしていた。

老人はいつの間にか、あの無人島で初めて出会った日の顔つきに戻っていた。雨に濡れた白髪が生白い額にはりついていた。海賊船を乗りまわしていたときの精悍な面影は消え失せて、そこにはすでに死相があらわれていた。彼は間違っていた。本物の〈創造の魔術〉を授けてくれるという満月の魔女を、自分自身の〈創造の魔術〉によって創りだす——やはりそれは許されないことだったのである。

「魔王の思いどおりにはさせんぞ」

老人はサーベルを振り上げた。

そのとき、あの海賊船の船室で聞いた物語がよみがえってきた。

それはこの老人の人生であり、もしも彼が言うように僕たちが時間の牢獄に囚われているとするなら、帰還を果たせずに年老いていく僕自身の人生でもある。

海の果てへの冒険と挫折、捨て鉢になった海賊時代、魔王との対決と敗北、そして北の果てにある島での孤独な暮らし。その間、彼につきまとっていた哀しみが僕には分かる。どうして自分はこんなところにいるのだろう。どうして帰り道を見失ってしまったのだろう。ネモ、ジョン・シルヴァー、ジム、ネッドランド、そして「さまよえるシンドバッド」。仮の名から仮の名へと空しく渡り歩きながら、僕たちが求めていたものはただひとつの名前だった。もう二度と思いだすことができない本当の名前だ。

僕は老人を見上げて問いかけた。

「おまえの本当の名前は？」

「……本当の名前だと？」

老人は不意をつかれたような顔をした。

その瞬間を狙って、僕は老人の足を摑んだ。思いきり手前に引くと、彼はアッと叫んで尻餅をつき、そのままズルズルと滑り落ちた。僕に摑みかかろうとしたが間に合わなかった。そのまま彼は眼下の海に投げだされてしまった。

僕が最後に見たものは、いったん泥の海から浮かび上がった老人が、泥人形のようになってもがく姿だった。ぱくぱくと動く口の中だけが赤く見えた。しかしそれも一瞬のことだ。やがて大きな波が彼を泥の下に沈めてしまった。

僕は泥まみれの瓦礫をゆっくりと這い上がっていった。

暗雲が空を覆い尽くしてあたりは夜のように暗くなっていた。

そのとき泥の海の彼方に小さな文字が浮かび上がった。細い光で闇に描きだされた「大」の字だった。それを皮切りにして「妙法」の字や鳥居の形がぽつぽつと浮かび始めた。それらはまるで星座のように輝き、僕らを取りかこんでいる闇を、宇宙のように底知れないものに感じさせた。

五山の迎え火だと僕は思った。

僕が雨の中を駆け寄ると、千夜さんは丸屋根にもたれて目を閉じていた。図書館長は服を裂いて彼女の腕を縛っていた。

あの老人の撃った銃弾がかすめたのだという。

「早く手当てしないと――」

図書館長は言った。「それでシンドバッドは？」

「泥の海に飲まれてしまった」

そのとき千夜さんが小さく呻いて目を開けた。

こちらをまっすぐに見つめる彼女の顔は蒼白だった。頰の切り傷には血が滲み、飛び散った泥と混じりあっていた。雨水で手を濡らして彼女の顔を丹念に拭うと、こびりついた血や泥の下から幼子のように白い肌があらわれてきた。そうやって僕が顔を拭っている間も、彼女の目には絶望と希望が燃えていた。

「あなたは私たちを救ってくれる。私はそう信じてる」

僕たちはならんで丸屋根にもたれた。あたりは見渡すかぎり、無数の泥の波頭が蠢いていた。打ち寄せる波は瓦礫の山裾を崩し、泥の飛沫を飛ばしてくる。

千夜さんは図書館長の肩にもたれて目を閉じた。

○

図書館長が「なあネモ」と言った。

「いま、君の話を思いだしていたよ」

その口調は不思議と穏やかなものだった。

「この海へ流れつく前、君が暮らしていたという街のことだ。そこには千夜さんも僕もいて、我々はみんな友人だったと君は言ったね。もちろんそんなことを僕は信じない。しかしそれが本当だったとしたらどんなに素晴らしいことかと思う。君が暮らしていたというその街では、僕たちは本物の人間として生きているのだろうな」

「そうだよ、君たちは本物の人間として生きている」

「僕たちはどんなことをしている？」

「そうだな。下宿でレコードを聴いたり、珈琲店へ行ったり、祭りへ出かけたり……」

夜祭りの明かりが脳裏によみがえってきた。まるで次々と花が開くように、いくつもの色鮮やかな断片が僕の胸を充たしていく。

頬に触れる雪の感触。

参道の賑わい。

露店の煙。

白熱電球の明かり。

その夜のことを僕はありありと思いだすことができる。

「……どうした、ネモ？」

僕は黙って身を起こし、瓦礫の上に立って泥の海を見つめた。

僕はあの哀れな老人のことを考えていた。どうして彼は〈創造の魔術〉を使えるようになったのか。彼が僕を「恩人」と呼んだ理由はただひとつだ。僕が語って聞かせた思い出が、彼の忘れ去っていた思い出を呼びさましたことである。

創ろうとするからいけないのだと僕は思った。

自分はただ忘れているだけであって、創られるべきものはすでにそこにある。

僕は海に向かって両腕を広げた。

「〈創造の魔術〉とは思いだすことなんだ」

やがて泥の海から大きなものが浮かび上がってきた。むしろ泥によってかたちづくられると言ったほうがいいだろう。白熱電球の明かりが輝いて、海上に一筋の明るい道を作った。たくさんの露店や松の並木、赤い鳥居、そして行き交う見物客の姿が浮かんできた。降りしきる雨は雪へと変わっていく。

「吉田神社の節分祭だ」

やがて夜祭りの賑わいがはっきりと聞こえるようになった。

振り返ると図書館長は唖然として海上の夜祭りを見つめていた。まだ信じられないという顔をしている。僕は身をかがめて千夜さんの頬に触れた。

彼女は目を開けて微笑んだ。

「私の言ったとおりでしょう」

「あまり動かないほうがいい」

　僕が言うと、彼女は小さく頷いた。

「僕は遠くの街からやってきたんだよ。そこには大勢の人が暮らしていて、賑やかな商店街や、長い歴史のある神社や仏閣があった。秋には山々が紅葉に染まった。川にはいくつもの橋がかかっていて、よく僕はその欄干にもたれて街の灯を眺めていたんだ。その街で僕は毎日のように君たちの姿を見ていたよ。僕たちは親しい友人だった」

　そして身を起こし、海に浮かぶ夜祭りを見た。

「図書館長、千夜さんを頼む」

「どうするんだ」

「僕はこれからある人に会わねばならない。その人はこの夜祭りの中にいる。そこに満月の魔女もいるはずなんだ」

「分かった。行け」

　図書館長はそう言って、千夜さんの肩を抱いた。

「必ず戻ってきてくれよ。僕たちはここで待っている」

　僕は頷いて瓦礫の山をくだり、夜祭りの中へ入っていく。

　そのとき僕の耳元で囁く声があった。

　——おまえは彼らを置き去りにしていくのだろう？

　僕は首を振る。そんなつもりはない。そんなつもりはなかった。

自分が踏みしめている砂利道も、まわりの人いきれも現実そのものに感じられる。カルメラ焼きや綿菓子、射的屋の看板。ソースの匂い。電球の明かりが照らしだす夜祭りの行く手は舞い散る雪で霞んでいる。夜祭り見物の客たちはみんな温かそうに着ぶくれして、頭や肩に雪を積もらせ、蒸気機関のように白い息を吐く。

屋台の明かりに照らされてひとりの男が立っていた。黒い背広を着た小柄な男で、雪を積もらせた銀髪は砂糖をまぶしたように見える。それが魔王であることはすぐに分かった。彼は僕を待っていたように微笑みを浮かべて、カードボックスをさしだした。

飴色の木箱にしんしんと雪が降り積もる。

「世界の中心には謎がある」

魔王は秘密を打ち明けるように囁いた。

「それが『魔術の源泉』なのだ」

○

「ここはひどく寒いだろう。この中で話すとしようか」

そう言って魔王は屋台の間に設営されたテントに入ろうとした。

「待ってください。千夜さんが怪我をしているんです」

「娘のことなら心配いらない」

魔王は言った。「安心したまえ」

テント内には簡易テーブルと長ベンチがならんでいて、ストーブの熱気が籠もっていた。人々は電球の下で肩を寄せ合い、お好み焼きを食べたり甘酒を飲んだりしている。魔王はベンチに腰を下ろすと、カードボックスをテーブルに置いた。

年季の入ったニス塗りの木箱は電球の明かりを受けて蠱惑《こわく》的に輝いた。まるで「開けてごらん」と僕に向かって囁きかけてくるようだ。

「どんな気分だったかね、魔術を使うというのは？」

「あれは本当に魔術だったんでしょうか」

「……というと？」

「すべてあなたが仕組んだことではないですか」

「どうしてそんな手間をかけるのだね」と魔王は微笑んだ。「ここへ至る道を切り開いてきたのは君の魔術だった。それは世界そのものを創りだす。君の味方も、宿敵も。この夜祭りにしても、君自身が創りだしたものではなかったかね。こうして語っている『私』も含めて」

頭上の電球が危険を知らせるように明滅した。

「この世界にはふたりの魔術師がいるのだよ、君と私と」

魔王が僕を創りだしたのか。

それとも僕が魔王を創りだしたのか。

創造された世界の根底は絶え間なく反転を続けている。

魔王はテーブルに肘をつき、華奢な白い手を頬に添えた。

「魔術とは思いのほか不自由なものだ。あらゆることが可能のようでありながら、それはあくまで見せかけにすぎない。謎めいた機構を操ろうと試みているうちに、やがて自分こそがその機構に操られているのだと気づく。しかしそう悟ったときにはもう手遅れなのだよ。すでに進むべき方角は決められていて、我々は滝壺へ向かう笹舟のように流されていく」

以前にもどこかで同じ会話をしたような気がする。

観測所の島へ流れつく前のことだ。

「さあ、その箱を開くがいい」

魔王はカードボックスに目をやった。

「それが君の求めているものだろう？」

僕の求めているものとは何だろうか。満月の魔女。〈創造の魔術〉の源泉。学団の男たちが求めてきたもの。世界の秘密。僕自身の秘密。そんなものがこのカードボックスに入っているというのか。たとえ入っていたとして、魔王がやすやすと譲ってくれるはずがない。

これは罠だ、と僕は思った。

「この門をくぐることを決めたのは君自身なのだよ」

魔王は妖艶な目で僕を見つめた。「そのカードボックスにはひとつの『物語』が入っている。遠い昔、はるか西方から伝えられてきたものだ。私にはその未完の物語をどうやって終わらせればいいのか分からない。だから君に託そうと思うのだよ」

魔王は優しい声で語り始めた。夜祭りの喧噪が遠ざかっていく。

「どうして私がその『物語』を手に入れたかというと――」

○

気がつくと、僕は大勢の人が行き交うマーケットに立っていた。

――ここはどこだ？

しばし茫然としているうちに思いだした。

ここは満州、奉天の北にある文官屯という町である。

敗戦後に大通りに生まれたマーケットは大勢の人間たちで賑わっていた。見上げれば満州の青い空が広がっている。あたたかな陽射しに照らされる大通りは活気に満ちていた。

つらく厳しい冬が終わって昭和二十一年の春がくると、まるで大きな波が引いていくようにソ連兵は姿を消し、北へ連行される怖れもなくなった。入れ違いに文官屯へ進駐してきたのは蔣介石の国民党軍だった。

僕はふたたびマーケットをぶらぶらと歩きだした。

――いまの白昼夢は何だったのだろう。

なんとか思いだそうとするのだが、その記憶はアッという間に薄れていく。冬の夜祭り。電球の明かり。テーブルの向かいに腰かけている銀髪の男。重要な話をしていたような気がするが、さっぱり思いだせない。ただ脈絡のないイメージが切れ切れに浮かんでくるばかりだ。そうして思案しながら歩いていると、ふいに声をかけられた。

「こりゃどうも、栄造さん」

相手の姿を見て、僕は一瞬あっけにとられた。

満州人の屋台の前に立っていたのは長谷川健一だった。湯気の立つ饅頭《マントウ》を頬張ってニコニコしている。その顔を見るのは奉天を脱出して以来のことだが、驚くほど元気そうだった。

僕たちは思いがけぬ再会を喜び合った。

長谷川はアパートの一室を借りて商売を始めたという。「ちょいと覗いていかれませんか」と言った。「きっとお気に召しますよ」

そして僕たちは連れだって歩きだした。

道中、僕は自分の「商売」について話した。

何か役に立つものはないかと造兵廠跡を見てまわっているとき、片隅に豚の骨がたくさん積んであるのを見つけた。さすがのソ連軍もそんなものは持ち去らなかったのだ。それらをぼんやりと眺めているうちに、この骨を乾留して骨炭を作ればどうだろうと思いついた。活性炭は有毒物やガスを吸着するから胃腸の薬になる。僕はあちこちから資材を拾い集めてきて、造兵廠の一角に即席の窯をこしらえた。そこへ金槌で砕いた豚の骨を入れ、空気を遮断して石炭を焚く。そうして作った胃腸薬を売って僕は暮らしを立てているのである。

「胃腸薬ね」と長谷川は感心していた。「商売繁盛でなによりです。しかし用心されたほうがいい」

「そろそろ来ますかね」

「じきに八路軍と市街戦になるでしょう。目立たないように息を潜めていることですよ」

長谷川のアパートは小さな工場のならぶ街路を十分ほど歩いたところにあり、裏手にはドブ川が流れていた。長谷川は外階段を伝って二階へ上がった。ドアの脇に貼りつけられた薄い板には「峨眉《がび》書房」と書いてある。

長谷川の商売は古本屋だったのである。

小さな部屋に入ると、片側の壁に沿って本の詰まった木箱がいくつも置いてある。このご時世、どうやってこれだけの本を集めたものだろう。文学書から歴史書、哲学書、数学書まで、ありとあらゆる本がある。木箱を覗きこんでいるうちに夢中になってしまった。

そのとき一冊の薄い文庫本に心を惹かれた。

それは六年前に刊行された岩波文庫『千一夜物語』の第一巻だった。アラビア語の原典からマルドリュス博士がフランス語へ翻訳したものを、豊島与志雄《とよしまよしお》、渡邊一夫《わたなべかずお》、佐藤正彰《さとうまさあき》の三先生が日本語に重訳したものだ。埃っぽい文庫本の頁をめくるだけで心が慰められた。こんな夢物語を読んでいてもいまでは誰も文句を言わない。僕にはこの本を読む自由がある。

長谷川が僕の手元を覗きこんで楽しそうに言う。

「やあ、『千一夜』ですな」

「第一巻しか見当たらないが」

僕が訊ねると長谷川は申し訳なさそうな顔をした。

「内地へ注文を出すわけにもいきませんからね」

僕は悩んだ末、その一冊を買うことにした。

長谷川の勧めてくれた熱い茶を飲みながら硝子窓を眺めた。裏手のドブ川の向こうにはトタン屋根の工場がならんでいる。そんな情景を眺めながら書物の匂いに包まれていると別世界にいるような安らぎを感じた。

長谷川健一は蒙古《もうこ》の思い出を語ってくれた。

黄河のほとりにある包頭《ほうとう》という街から、石ころだらけの道を辿って北の山脈を越えていくと、そこはもう内蒙古の高原である。新緑の草原は海のように波打ちながら地平線まで広がって、馬で丸一日進んでも同じ景色が続くという。大草原にぽつんと浮かぶ白いパオ。夕陽を浴びて緑の丘をくだっていく羊たちの群れ。原色の蒙古服に身を包み、長い髪を編んで垂らした娘。

「草原には白骨があちこちに散らばってましてね」

長谷川はそう言って遠くを見るような目つきをした。

「死んだ人間を鳥や獣が食べて、白骨だけが長い間、残っているんです」

日本軍、ソ連軍、国民党軍、八路軍。いくつもの波が打ち寄せてくる。これはいったい何なのだろう。どうして人間はこんなことを繰り返しているのだろう。この天地は人間の野望や大義名分とは何のかかわりもなくそこにあるというのに。

そんなことを考えていると妻と息子のことが浮かんできた。

　敗戦後、僕が煉瓦造りの官舎へ辿りついたとき、一ヶ月ぶりに僕の姿を見た妻はしばらく言葉も出ない様子だった。死んだものと諦めていたのだろう。僕が新京へ移ってから間もなく、息子はあの病室で亡くなったと聞いた。それからというもの、僕たちは内地へ帰るあてもなくこの町で暮らしてきたが、その妻もこの冬に発疹チフスで亡くなった。

　妻の葬儀を終えたあと僕はひとりで町を歩いた。昭和十八年の夏、内地からきた妻を奉天駅へ出迎えた日のことを思い返しながら。

　気がつくと町はずれの原野に出ていた。

　空は陰鬱な灰色の雲に覆われて、あたりには夕闇が忍び寄っていた。行く手にはなだらかに盛り上がった丘があって、松の疎林が黒々としていた。どうして自分はこんなところにいるのだろう。これから自分は何のために生きていくのだろう。

　僕はあてもなく歩き続けたが、丘の松林を抜けたところで立ちすくんだ。斜面を下った先の窪地に「魔女の月」が浮かんでいたのである。奉天から脱出した夜、長谷川健一と一緒に見たものだ。それは音もなく宙に浮かび、煌々とした光を放って草地を照らしていた。

　――あれは何だったのだろう？

　ふいに長谷川健一が言った。

「栄造さんにひとつお願いがありましてね」

「なんです？」

「内地へ持ち帰ってもらいたいものがあるんです」

「あなたは帰るつもりがないのか？」

長谷川は考えこみ、しばらくしてから口を開いた。

「満鉄を辞めたあと私は綏遠《すいえん》という街におりましてね。そこには外務省管轄の学校があって、西北地帯に潜入する人間を養成していたのです。卒業生は西北に挺身《ていしん》することになる。私の任務は国境を越えて甘粛方面へ潜入することでした」

「あなたは密偵だったのか？」

僕が驚いて訊ねると、長谷川は頷いて話を続けた。

長谷川は内蒙古から青海省へ旅する巡礼のラマ僧に化けることにした。それでも危険なことに変わりはない。寧夏省の善丹廟《ぜんたんびょう》を通ってゴビ砂漠へと抜ける巡礼路は、広大な草原や砂漠を取りまいて、日本軍や蒙古軍、国民党軍など、さまざまな軍隊がせめぎあう場所だったのである。長谷川が三人のラマ僧たちと内蒙古の高原を出発したのは昭和十八年の初冬だった。

「ゴビ砂漠へ、さらにその先へ行こうとしたんです」

長谷川は硝子窓を見つめながら呟いた。

「ときどき、すべては妄想だったのではないかと思うのですよ。少年時代から抱いていた西域への憧れも、世界の果てるところで私が見たものも。それればかりでなく、こうしてあなたと話しているいまこの瞬間でさえ、私にはその妄想の続きと感じられるのです」

僕は原野に浮かぶ「魔女の月」を思い浮かべた。

長谷川は僕を見つめて言った。

「あなたに持ち帰ってもらいたいのはひとつの『物語』です」

「……物語？」

「そう、『物語』ですよ。それは未完の物語なのです。私にはどうやってこれを終わらせればいいのか分からない。だからあなたに託そうと思う」

「しかし、どうして僕なんだ？」

「まったく同じことを私も訊ねたものですよ。私にその『物語』を伝えてくれたのは回教徒の商人ですが、私がそう問いかけると、その商人はこう答えました。この門はおまえだけのために開かれている。この門をくぐることを決めたのはおまえ自身なのだと」

そして長谷川は優しい声で語り始めた。

「どうして私がその『物語』を手に入れたかというと――」

◯

気がつくと、僕は低い山に囲まれた荒野に立っていた。

――ここはどこだ？

しばし茫然としているうちに思いだした。

北の山麓ではラクダたちが草を食んでおり、敦煌《とんこう》へ向かう回教徒の隊商が夕暮れの出発を待っていた。僕と旅仲間のラマ僧たちはここで野営することに決めたのだった。僕たちの辿るべき巡礼路は、西へ向かう隊商路と分かれて、ここから南へ延びている。

——いまの白昼夢は何だったのだろう。

なんとか思いだそうとするのだが、その記憶はアッという間に薄れていく。満州の町。アパートの一室にある古本屋。硝子窓から外を眺めている若い男。重要な話をしていたような気がするが、さっぱり思いだせない。ただ脈絡のないイメージが切れ切れに浮かんでくるばかりなのである。

僕たちが火をおこして茶を飲んでいると、隊商の野営地からひとりの商人がこちらへ歩いてくるのが見えた。毛皮の帽子をかぶり、その顔は鞣し革のように強ばっている。

商人は掠れた声で呼びかけてきた。

「そこに日本人はいないか？」

僕たちは内心ギョッとしていた。

「どうしてそんなことを訊ねるんだね」

ラマ僧のひとりが問い返したが、商人は答えるつもりがないらしい。彼はうつろな目をして僕たちを見まわした。しばしの沈黙の後、商人はフッと目をそらし、ぶつぶつと独り言を呟きながら、向こうの野営地へ引き返していった。

「おかしな商人だ。どうして日本人を探しているのだろう」

ラマ僧たちは口々に囁き合っていた。

内蒙古のラマ廟を出発して以来、僕たちは何日も旅を続けてきた。しかし旅はここからいよいよ困難になるはずだ。

その夜、僕たちは旅の行く末を占ってみることにした。

しかしその結果は不吉なものだった。二度占ってみたが、どちらも僕だけが大凶と出たのである。これにはラマ僧たちも困惑していた。まさかそれだけのことで彼らが僕を置き去りにするわけもないが、彼らの胸中に不安が生じたのはたしかなことだ。

気まずい沈黙が続いたあと、案内役のラマ僧が「ともかく用心しよう」と取りなすように言って、その夜は休むことになった。

翌日、僕たちは巡礼路を辿って南へ出発した。

目前には一面の雪原が広がった。吹雪が強まるにつれて、地平線に浮かぶ山々も見えなくなった。雪に埋もれた巡礼路を踏みはずさないよう、慎重に進んでいくしかない。そうして数時間ほど辛抱して歩み続けたあと、先頭を行くラマ僧がラクダを止めた。

「道が消えてしまった」というのである。

その中年のラマ僧はこれまでに四度もこの巡礼路を辿ったことがある人物だった。西域潜入にあたって僕がもっとも頼りにしていた人物といっていい。その彼が雪原に佇んで途方に暮れている姿は僕たち一行をひどく不安にさせる。僕たちは手分けして巡礼路の痕跡を探しまわった。ほかのラマ僧たちの姿が吹雪に掻き消されると、ひとりだけ取り残されたような気がしてくる。思わず声を上げげそうになったとき、すぐそばで案内役が嬉しそうに叫んだ。

「おお、これだ。見つかったぞ。間違いない」

そうして僕たちはふたたび進むことができた。

ところが、ようやく吹雪もおさまった夕暮れ頃になって、僕たちは驚くべきことに気づいた。行く手に浮かんでいた薄紫色の山々がいつの間にか背後にまわっている。つまり僕たちは南ではなく北へ引き返していることになるのだ。案内役は「そんなはずはない」と茫然としていたけれど、すでに日暮れも近いので、僕たちはテントを張って休むことにした。

「どういうわけだろう」

「吹雪にまかれて方角を見失ったのだ」

「私がそんな失敗をするわけがない」

「それならどういうわけだというのか」

ラマ僧たちの議論も堂々めぐりをするばかりだった。

夜になると吹雪は嘘のようにおさまり、あたりは静寂に包まれた。

「この天気なら明日は大丈夫だろう」

そんなことを言い合って僕たちは眠りについた。

ところがその次の日もまったく同じことが繰り返された。僕たちは吹雪に襲われ、巡礼路を見失い、誰もが注意していたにもかかわらず、いつの間にか北へ引き返していた。そして夜になると、吹雪は狙い澄ましたかのようにピタリと止んでしまうのだ。

それはあまりにも奇怪なことだった。

「野営地で会った商人が妖術を使ったのではないか」

「あの占いはあたっているのではないか」

ラマ僧たちが神経をとがらせるのも無理のないことだ。ここから善丹廟までは数日かかるが、日中国境へ近づくほど危険は増していく。国境には軍閥、馮玉祥《ふうぎょくしょう》の軍が駐屯しているのだ。日本人を連れていることが露見すれば殺されてしまう。

そして堂々めぐりを始めて三日目のことだ。

これまでに経験したこともない猛吹雪が僕たちを襲った。

すぐ前をゆくラマ僧の背中も見えないほどだった。伸び上がって行く手を見ようとしたとき、だしぬけにラクダが暴れだし、ふいをつかれた僕は雪の上へ投げだされてしまった。まったく迂闊なことだった。飛び跳ねるラクダにひきずられて他のラクダたちも駆けだしていく。慌てて起き上がったが間に合わなかった。

ラマ僧とラクダたちはアッという間に雪の向こうに消えてしまった。声をかぎりに叫んでも猛烈な吹雪に掻き消されてしまう。

ひとしきり僕は吹雪の中を走ったが追いつけなかった。

このまま闇雲に動きまわっても命を危険にさらすばかりだ。彼らを探すのは吹雪がおさまってからの方がいいと僕は思った。幸いなことに大きな岩場にいきあたったので、その隙間にもぐりこんで吹雪を避け、枯れ木に火をつけて暖を取った。

もしラマ僧たちに追いつくことができなければ、西域潜入なんて不可能だろう。案内役なしに危険な国境地帯を切り抜けられるとは到底思えない。たとえ国境を越えることができたとしても、その先にはゴビ砂漠が待ち受けている。

ようやく吹雪が止んだのは日が暮れてからだった。

岩山に這い上がって周囲を見まわしたとき、僕は異様な戦慄を覚えた。

頭上は満天の星で雲のかけらひとつない。あれほど吹き荒れていた暴風はピタリと止んで、時の流れが止まったかのような静寂があたりに充ちていた。地平の彼方までえんえんと波打つ冬枯れの丘は、星明かりを雪に映して夜の底に青白く浮かび、あたかも凍りついた大海のように見える。

いくつか丘を越えた先の窪地に明かりが見えた。

――ラマ僧たちかもしれない。

僕は岩山を飛び降りると、雪を踏んで駆けだした。

しかし丘を乗りこえて窪地の縁に立ったとき、僕は自分の目にしているものが信じられず、しばらく茫然と立ち尽くした。そこには小さな月が浮かんでいた。月の投げかける光が窪地の底に積もった雪を宝石のように輝かせている。さらに驚いたのは、その月のかたわらに一頭のラクダと、ひとりの男が立っていることだった。

僕がそのまま立ちすくんでいると、その男はこちらを向いて手招きした。

「あなたを待っていた」

それはあの野営地で声をかけてきた商人だった。

僕は用心しながら近づいた。

「あなたに頼みたいことがある」

商人は言った。「ひとつの『物語』を持ち帰ってもらいたいのだ」

「……物語？」

「そのとおり。しかしそれは未完の物語だ。私にはどうやってこれを終わらせればいいのか分からない。だからあなたに託すのだよ」

「しかし、どうして僕なんだ？」

「まったく同じことを私も訊ねたものだ。その『物語』を私に伝えたのはある年老いた商人だが、彼は私の疑問にこう答えた――この門はおまえだけのために開かれている、この門をくぐることを決めたのはおまえ自身なのだと。この物語は長い歳月をかけ、人から人へと語り継がれてきた。誰もがその物語を終わらせることを願いながら、決してそれを成し遂げることができなかった。しかしあなたならできるかもしれない」

そして商人は優しい声で語り始めた。

「そもそも誰がその『物語』を語ったかというと――」

○

気がつくと、僕は砂浜に打ち上げられていた。

――ここはどこだ？

しばし茫然としているうちに思いだした。

僕はバグダード出身のシンドバッドという商人である。バスラの港で一艘の立派な船を買い入れ、海から海へ、港から港へと、冒険の旅を続けてきた。

そんなある日のこと、どんな陸地からもはなれた海の真ん中で小さな島を見つけた。なんとも涼しげな草木が生い茂り、まるで空から降ってきた楽園のように美しかった。なにしろ何日も島影を見ずに航海してきたものだから、僕はぜひとも上陸したかった。そういうわけで、船長が「不吉だ」と止めるのも聞かず、その島のそばに投錨《とうびょう》させたのである。

ところがそれが大失敗だったのだ。

僕たちが島に上陸して下着を洗ったり、煮炊きをしたりしていると、突然その島が大きく揺れた。空へ跳ね上げられそうな凄まじい揺れだった。なにごとかと思っていると、真っ青な顔をした船長が船の舳先へ駆けだしてきて「早く船に戻れ！」と大声で叫ぶ。

「これは島じゃない！　大きな鯨ですぞ！」

鯨は大きく身をよじらせて僕たちを海へ放りだした。

眠りを邪魔されて腹を立てたのか、鯨は何度も船に頭をぶつけた。島のような鯨に体当たりされたらひとたまりもない。僕の船はバラバラに打ち砕かれて沈んでいった。

ひとしきり大暴れした鯨が海へもぐってしまうと、大海原に浮かんでいるのは僕ひとりだった。僕が助かったのは、たまたま漂っていた大きな洗い桶にしがみついていたからである。声をかぎりに叫んでみたが、こたえる者はいなかった。みんな海の底へ引きずりこまれてしまったのだ。見渡すかぎり島影もなく、通りかかる船があるとも思えない。僕は大海にひとり漂って死を待つ身の上となったわけだ。

僕はぷかぷかと浮かびながら神に祈るしかなかった。

なすすべもなく海を漂っているうちに日が暮れ、あたりは暗闇に包まれた。

そのうち海の向こうから不思議な白い光が射してきた。そちらへ泳いでいくと、海上に丸い月が浮かんでいた。それは宮殿の丸屋根ほどの大きさで、表面を覆う灰色の山や砂漠がくっきりと見てとれる。あたりは白昼のように明るく、山奥の湖水のように凪いでいた。なんとも不思議な情景だった。

――これはいったい何だろう？

そこで僕の記憶は途絶え、気がつけばこの砂浜にいたのである。

すっかり夜は明けて、頭上には青い空が広がっていた。

砂浜は荒涼として椰子の木一本生えておらず、どちらを向いてもぎらぎらとした砂の輝きが目を射る。砂浜はそのまま盛り上がって砂丘となり、あたかも砂で造られた長城のように島の外周を取り巻いていた。とにかく目に入るものは砂ばかりだった。

「やれやれ、命は助かったわけだ」

僕は額に手をかざして砂丘を見上げた。

そのとき砂丘の上から珍妙なものが駆けおりてきた。赤い帽子と赤い上衣を身につけた小さな猿だった。僕があっけにとられていると、猿はまっすぐ僕のところまでやってきて、「平安御身の上にあれ」と丁寧に挨拶をした。僕は慌てて挨拶を返した。

「おまえは喋ることができるのかい?」

「私たちは満月の魔女の召使い。学団の猿と呼ばれております」

「僕はシンドバッド、バグダードの商人だ」

そして僕は訊ねた。「どうか教えておくれ。ここはどこだね?」

「あなた様は『魔女の月』へ流れついたのでございます。砂丘の向こうにある宮殿で、満月の魔女があなた様をお待ちかねですよ。美しく魅力に溢れ、光輝あり、欠けたところのない、まことに比類なき魔術師。シャハリヤール王のもとにおられた頃は、その魔術によって民をお救いになりました」

「なんとも不思議な目に遭うものだ」

僕は溜息をついた。

もはやその人に助けを乞うしかないだろう。

「何もかもその御方の仰せに従うとしよう」

そして僕は猿に導かれるままに歩きだした。

どうしてこんなことになったのだろう、と僕は歩きながら考えた。

かつて僕は仲間内で「さまよえるシンドバッド」と呼ばれていた。というのも、僕は幼い頃から冒険というものに憧れ、たびたび放浪を繰り返して父を悩ませていたからである。とりわけ憧れていたのは船乗りで、ゆくゆくは海の彼方へ行ってみたいと夢見ていた。

もちろんそんなことを父が許してくれるはずもなかった。父の願いは僕が父の跡目を継ぎ、立派な商人になることだった。この家と財産と商人仲間の信用を守り、堅実で平穏な人生を送ることだ。それこそ全能なる神が僕のために用意してくださった道であると、父は繰り返し言っていた。

やがて病床に伏したとき、父は僕を枕辺に呼んだ。

「我が息子シンドバッドよ。最後の願いを聞いてくれ」

海に心惹かれるな。

商人として堅実に生きろ。

それはなんと思いやりに充ちた声であったことだろう。

父が亡くなったばかりの頃は、僕もおおいに反省したものだ。身勝手な振る舞いで父を悩ませてきたことを真剣に悔いて、すっかり心を入れ替えたつもりだった。そして商売に精を出すようになったのだが、一年も経たないうちに、またぞろ冒険への憧れがおさえがたくなってきた。

「なにもバグダードで成功するばかりが道ではあるまい」

遠い海の彼方には、未知の島々、未知の国々があるという。

そこには我が国にはない珍しい食べ物、どんな病気でも治すことができる霊薬がある。ダイヤモンドやルビーやサファイア、王侯貴族の宮廷で用いられるあらゆる宝石が、浜辺で貝殻を拾うようにたやすく手に入るとも聞いた。みずから船を仕立てて貿易に成功すれば、父の遺した財産を大きく殖やすことにもなるだろう。いや、ひょっとすると、それこそ神が僕のために用意してくださった道かもしれないではないか。そんなふうに考えつめた末、ついに僕はバグダードを出ることにした。商人仲間が止めるのも聞かず、バスラの港へ出かけていって船を手に入れ、みずから冒険の旅に乗りだしたのである。

その挙げ句、すべてを失って、こんなところへ流れつくことになった。

どうして父の忠告にそむいたのだろう。

いったい何が僕を駆り立てたのだろう。

猿のあとを追って砂丘をのぼりきると、眼下に広大な盆地が開けた。

その盆地の中央には丸屋根と尖塔をそなえた宮殿が建っており、その手前にはバグダードのような大きな市場があった。僕は荒野を横切ってその市場に足を踏み入れた。なんとも懐かしい賑わいだった。そこにはあらゆる人間たちの姿があった。商いに精をだす商人、悪辣《あくらつ》そうな老婆、船乗りたち、美しい乙女、荷かつぎ人足、学者、托鉢僧たち、刀を提げた警備隊長とその手下。不思議なことに通りかかる人々はみんな興味津々といった面持ちで僕を見つめている。

「どうしてみんな僕を見ているんだろう?」

「あなた様が珍しいからですよ」

「僕はただの人間だぞ」

「だから珍しいのですよ。ここには人間がいないのです。なぜなら、ここの者たちは私も含めて、ご主人様の魔術によって創られたのですから」

正面の白い門をくぐり抜けると果樹の生い茂る庭園があって、いたるところから花や果実の香りが漂ってきた。水路には冷たい水が音を立てて流れているし、石造りの噴水は七色の虹を宙に描いている。見たこともないほど美しい庭園だった。そうして僕が石畳を歩いていく間、果樹の梢を飛びまわる学団の猿たちが嬉しそうに囃《はや》し立てていた。

僕は宮殿の廊下を伝って大広間へ案内された。

その大広間には豪奢な絨毯が敷かれ、大勢の美しい人たちが寛いでいた。

いたるところに御馳走の皿や飲み物が置かれて、赤い上衣を着た学団の猿たちが給仕に立ちまわっている。僕がおずおずと大広間に入っていくと、あたりの喧噪がピタリと止んだ。広間に居合わせた誰もが期待に充ちた目で僕を見つめているようだ。

人々が静かに分かれて一筋の道を作った。その道の先には帳に包まれた大理石の台があり、ひとりの女性が身を起こしている。

「シャハラザード様」

学団の猿がちょこんと座って言う。

「シンドバッド様をお連れいたしました」

僕はその台の前に跪いた。

シャハラザードはしばらく僕を見つめてから言った。

さまよえるシンドバッドよ。

あなたはどうしてここにいるのか。それを語りなさい。

そこで僕はこれまでの人生を語った。子どもの頃からの冒険への憧れ。死の床にあった父の忠告。その忠告に背いて旅に出たこと。行く先々で出会ったこと。そして大鯨によって船を沈められ、気がつけばこの島へ流れついていたこと。

「いまはただこの身ひとつです。我が故郷バグダードへ帰ることができますよう、シャハラザード様のお力添えを賜りたく存じます」

僕が語り終えると、シャハラザードは次のように言った。

さまよえるシンドバッドよ。もしもバグダードへ帰ることを望むなら、我が願いを叶えていただかなくてはなりません。それはある未完の「物語」を持ち帰ることです。

僕は深く頭を垂れて言った。

「お言葉承り、仰せに従います」

シャハラザードはおごそかな声で言う。

この門をくぐることを決めたのはあなた自身なのです。

この物語の扉が人の手によって閉じられるとき、我が言葉に充たされた千の夜は千の扉を開く。そのときにこそ私たちは、新しい世界を、新しい生命を生きることになるでしょう。あなた方が生きたいと願うように、私たちもまた生きたいと願うのです。この物語が最後の語り手のもとへ届き、我が願いの成就せんことを！

そしてシャハラザードが語った物語とは——。

〇

――その物語とは？

僕は遠い異国にある宮殿から、冬の夜祭りへと引き戻された。

一瞬、自分がどこにいるのか分からなかった。魔王の語りに耳を傾けているうちに、僕は時空を超えたはるか遠くへ旅をしていたのである。

ようやく我に返ってテーブルの向こうを見ると、白熱電球に照らされた魔王はひとまわりも年老いたように見えた。まるでその「物語」の来歴を語ることに生命力を使い果たしてしまったかのようだった。

「その物語とはなんです？」

「この世界は夢と同じもので織りなされている」

魔王はカードボックスを示し、古いレコードのように掠れた声で語り続ける。

「語り手を失うとき、すべてはこの海に沈み、存在と非存在の狭間を漂う無数の断片へと還っていく。この群島の森羅万象、そこに暮らす人々、そしておまえ自身もだ。ネモよ、物語ることによって汝みずからを救え」

そのとき、テントの向こうで笑い声が起こった。

そちらを見ると、テーブルの上を小さな猿が走りまわっていた。赤い帽子をかぶり、赤い上衣を着ている。シャハラザードの召使い、学団の猿たち。やがてその猿はテーブルからテーブルへと飛び移ってきて、テントの骨組みを這い上がった。白熱電球に煌めく漆黒の目が、まっすぐに魔王を見つめている。

「魔王よ、この門の開く音を聞け」

おごそかに宣言するような声があたりに響く。

次の瞬間、猿は宙に身を躍らせて魔王に飛びかかってきた。宙を舞う間に、その姿は巨大な虎へと変わっていた。最期の一瞬、魔王は目を閉じて微笑みを浮かべていた。

テントの屋根が崩れ落ち、あたりは悲鳴に包まれた。

いったい何がどうなっているのか分からない。やっとのことで外へ這いだした僕が見たものは、魔王の胴体をくわえて夜店の間を歩み去ろうとしている虎の姿だった。魔王は万歳するように両腕を投げだし、その顔には鮮血が飛び散っていた。虎の向かう先では夜祭りが海に沈み始め、見物客たちが次々と海に呑みこまれていく。

僕はすぐに身を翻して走りだした。

千夜さんたちのもとへ戻らねばならない。

しかしその先は大勢の見物客たちがひしめいており、彼らを押しのけて先へ進むことは容易ではなかった。

いつの間にか雪は横殴りの雨に変わり、激しい雷鳴が轟き始めている。

「通してくれ！　通してくれ！」

いくら叫んでみても無駄だった。

やがて足下が崩れ落ち、僕もまた海に呑みこまれてしまった。

ばらばらになった夜祭りが電球を輝かせて沈んでいく。それらは暗い海の一角をひととき明るくし、やがて蠟燭を吹き消すように消えてしまう。いくつもの光が海の底へ消えていった。その光を追うようにして人々もまた沈んでいく。

僕は彼らから目をそむけ、水面に浮かび上がった。

あたりは闇に包まれて方角も分からない。風雨と高波に揉まれながら、僕は泳げるかぎり泳いだ。幾度も水を吞んで次第に気が遠くなってきた。

力尽きかけたとき、足先が砂地に触れる感触があった。

身体が熱くなり、僕は目を見開いた。

そのとき、稲妻に照らしだされる島の姿が目に入った。あの島へ辿りつけば生き延びられる。僕は最後の力を振り絞って、僕を引き戻そうとする波にあらがった。少しずつ前へ進み、なんとか波の手を逃れると、僕は砂浜に倒れ伏して大きく息を吸った。

しばらくして僕は身を起こした。

——この島は？

稲妻がひらめくたびに闇の中で密林が光っていた。

僕は暗い海に向かって千夜さんや図書館長を呼んだ。答えてくれる声はなく、波の彼方は真っ暗で何も見えない。絶望的な気持ちで砂浜をさまよい歩くうちに、砂に埋もれた木箱を見つけた。それは魔王のカードボックスだった。

やがて夜が明けたとき、僕はその島の正体を知ることになる。

そこは観測所の島だった。

○

それ以来、僕はこの観測所でひとり暮らしてきた。

毎朝、僕はこの展望室の簡易ベッドで目を覚ます。ブラインドを開けて外を見ると、島影ひとつない海がどこまでも広がっている。朝食を取ったあと、僕は朝の森を抜けて桟橋のある入り江まで出かけていく。それが日課だ。佐山尚一が言ったように、毎日きちんと草を刈らなければ、小径が森に飲みこまれてしまうのである。

朝の森を抜けていくとき、僕はたびたび佐山尚一の気配を感じる。

「佐山さん？」

鬱蒼とした木立の奥に声をかけることもある。

しかし佐山は決して僕の前に姿を見せない。

そうして森を抜けて入り江に出ると、僕は桟橋の突端まで歩いていき、しばらくの間、朝日が照らしだす海を眺めて過ごす。

千夜さんたちと再会したいと願って、これまでに幾度も〈創造の魔術〉を使って島を創りだそうと試みてきた。しかし「不可視の群島」が海上に浮かび上がることは二度となかった。いまではそんな無駄なことはしない。僕はただ桟橋に立ち、美しい海の彼方を見つめて過ごすだけだ。そうやって心地良い風に吹かれていると、かつてその視線の先に存在した島々、そこで出会った人々や情景が心をよぎっていく。

しばらくすると、僕はふたたび森を抜けて観測所へ引き返す。

佐山尚一が姿を消したいま、この観測所は僕ひとりで維持しなければならない。片付けるべき仕事はいくらでもある。毎日草を刈らねばならない。設備が故障したら修繕しなければならない。ときには森をさまよって食糧を調達してくる。

やがて密林が夕闇に沈むと、僕は展望室の窓辺に置かれた机に向かう。

不可視の群島が消え去って、ひとりこの島へ残されたあと、しばらく僕は空しく日々を送っていた。しかしそのうち不安にさいなまれるようになった。あの群島の経験がすべて僕の妄想であったなら――そんな気がしてきたのである。「あれは実際に起こったことだ」といくら自分に言い聞かせても、その不安を振り払うことはできなかった。

そのとき思いついたのは、あの不可視の群島で経験したことを、記憶が薄れないうちに書きとめておこうということだった。もはや彼らに再会することが不可能であるなら、せめてその思い出だけでも形のあるものとして残しておきたい。

僕は佐山尚一の居室を調べて、新品の大学ノートを見つけた。

罫線の引かれたノートを机に広げたとき、なんともいえない安堵が胸に広がった。頭の中に渦巻いているものを言葉にして、その罫線の間を埋めていくことは、僕にとって自然なことであるように感じられた。実際、そのノートに向かって文章を書いている間は、夜ごと僕をさいなむ不安から逃れることができた。

それからというもの、僕は毎夜こうして書き続けてきた。

あの砂浜で目覚めた朝、佐山尚一との出会い、この海で僕が経験したすべてのこと。それらをできるだけ克明に、思いだせるかぎり書いていく。そうして書き進める中で、僕はもう一度、佐山尚一に出会う。千夜さんに出会う。図書館長に出会う。芳蓮堂主人やナツメちゃんに出会う。老シンドバッドや海賊たちに出会う。そして魔王に出会う。失われていく彼らの姿を、僕はこの大学ノートにつなぎとめようとしてきた。

そのようにしてこの手記は書かれたのである。

こうして机に向かっていると、深い森の奥から虎の吠え声が聞こえてくる。

僕は文章を書く手を止めて、語りかけてくるようなその声に耳を澄ます。吠え声は二度、三度と聞こえる。まるで「語れ」「語れ」と言っているかのようだ。たとえその姿は見えなくても、闇の中をさまよい歩く虎の姿を僕は思い描くことができる。佐山尚一よ、僕たちはどれほどの眠れぬ夜をともに過ごしてきたことだろう。

◯

魔王のカードボックス。

この手記を書いていく間、それはつねに僕の傍らにあった。

すべてが消え去ったいま、僕の手元に残っているものはそれだけである。

そこにはたくさんの古びたカードが入っていて、一枚一枚、万年筆の几帳面な字が書きこまれていた。びっしりと書きこまれたカードもあれば、ほんの一行しか書かれていないものもある。それは〈創造の魔術〉の源泉、学団の男たちが求めてきたもの、そして魔王が僕に託したものである。その中にはシャハラザードによって語られ、多くの人々によって伝えられてきた「物語」が入っている――そう魔王は言っていた。

それはある不思議な海を舞台にした物語だった。

その海域を支配する魔王は〈創造の魔術〉と呼ばれる力を持ち、島々を自由に創りだしたり消し去ったりしている。あるとき、その群島にひとりの若者が流れつく。どうやら彼は遠い世界からやってきたらしい。しかし彼は記憶を失っており、自分が何者なのか、どこから来たのかも分からない。若者は魔王によって北の果ての島へ追放されてしまうが、不思議な力で生き延び、やがて魔王の娘と出会う。彼女は若者が父親と同じく〈創造の魔術〉を使うことを知り、この群島を魔王から解放して欲しいと願う。若者は真の魔術を身につけるべく、満月の島に住む魔女に会おうとする。そのような物語だ。

ひととおり読んだとき、僕はひどく驚かされた。

それらのカードに記されていたのは、僕がこの海で経験したことだった。具体的な部分や人物に違いはあるとしても、大筋の流れはまったく同じだった。すべてはここに記されているとおりに起こった。だとすると、僕も、あの群島で出会った人々も、魔王でさえも、この「物語」によって操られていたようなものではないか。

それらのメモは、満月の島が海に沈むところで終わっていた。

この物語は未完なのである。

そして最後のカードには次のような一行が記されている。

物語ることによって汝みずからを救え

○

シャハラザードによって語られたという未完の物語、それはそのまま、僕がこの海で経験した冒険であり、僕がこうしてノートに書き続けてきた物語である。すべては前もってカードに記されていた。どうしてそんなことがあり得るのだろう。

この手記を書きながら、僕はたびたびカードを読み返した。

そのようにしてカードボックスを傍らに置いて過ごすうちに、それを見るたびに奇妙な懐かしさが胸をよぎるようになった。その小さな木箱を僕はどこかで見たことがある。この海へ流れつくよりも以前、かつて僕が暮らしていたところで。

そしてある夜、ひとつの情景が浮かんできた。

それは薄暗い書斎らしかった。

窓の外には森が迫っている。

初老の男と若者がソファで向かい合っている。

それをきっかけにして、溢れるように記憶がよみがえってきた。

○

暗い書斎で向き合っているふたりの人物。

それは永瀬栄造氏と僕だった。

僕は大学院で言語学を専攻する学生で、栄造氏とは教授の紹介で出会った。

栄造氏は『千一夜物語』が好きで、自身の所蔵する写本を読める学生を探していたのである。おおまかに読んで内容を説明してくれればいいということで、割の良いアルバイトだった。写本そのものは珍しいものでもなく、当初の目的はすぐに果たした。しかし栄造氏からは引き続き、週末に訪ねて来て欲しいと頼まれた。アラビア語の話や、エジプトに留学していた時代の話が聞きたいというのである。家庭教師として報酬が支払われるというから断る理由はなかった。

僕は栄造氏に気に入られたことを誇らしく思ったものだ。

彼はたくさんの蔵書を持ち、知識も経験も豊富で、何よりも謎めいていた。栄造氏は僕の話を聞きたいと言ったが、むしろ僕が話を聞いていることの方が多かった。それはとても興味深い時間で、僕にとっては願ったり叶ったりのアルバイトだった。

森閑とした書斎にふたりきりで座っていると、栄造氏が謎めいた過去を持つ魔術師のように感じられたものである。会話の最中、栄造氏はたびたび遠くを見るような目つきをした。その視線は僕を貫き、はるか地平線の彼方を見つめているようだった。その視線に貫かれるとき、僕はなんともいえない高揚感に包まれた。その謎めいた視線を、僕は栄造氏が戦時中に暮らした満州という土地とひそかに結びつけたりした。

ある日、栄造氏と僕は「小説」について話をしていた。僕がひそかに小説を書いていることを栄造氏は知っていた。といっても、心に浮かんでくる断片的なイメージをノートに書き連ねているだけで、とても作品とは言えないものだ。

「今西君に読んでもらえばいい」

栄造氏は言った。「彼なら意見を言ってくれるだろう」

「彼は僕の書くものなんて読みませんよ」

「そうかね?」

「彼は浪漫主義者はきらいなんです」

実際、とても人に読ませられるようなものではなかったのだ。

栄造氏があの「物語」について洩らしたのはそのときである。

「君なら面白いと思うかもしれないな」

――『千一夜物語』の失われた一挿話。

栄造氏はその物語を満州で、長谷川健一という人物から聞かされたという。引き揚げたあと、記憶を頼りにメモを書いた。そのカードボックスも見せてくれた。「『千一夜物語』の失われた一挿話」という表現はいたく僕の興味をそそった。栄造氏が『千一夜物語』に興味を持つようになったのも、満州でその「物語」と出会ったのがきっかけだという。

「どんな物語なんですか？」

「世界の秘密にかかわる物語だよ」

栄造氏はそれだけ言うと、微笑を浮かべて口をつぐんだ。

その秋の終わりから翌年にかけて、僕は栄造氏を訪ねるたびに、その「物語」を教えて欲しいと頼んだ。しかし栄造氏は教えてくれない。彼が語ってくれるのはそれが伝えられた経緯だけだった。彼が満州で出会った長谷川健一の話。長谷川健一が蒙古の草原で出会った回教徒商人の話。その回教徒商人がオアシスで出会った別の商人の話……それらの物語はいくらでも増殖を続けていく。あたかも『千一夜物語』のように。

僕は激しく苛立ちながら、激しく魅了されていた。何かがおかしいと感じながら、それでも吉田山の邸宅へ栄造氏を訪ねずにはいられなかった。それはまるで、この世界に穿《うが》たれた深い穴に吸いこまれていくかのようだった。その「物語」を手に入れたいという欲望に、僕はどうしてもあらがうことができなかった。

そして節分祭の夜、僕はカードボックスを盗んだ。

○

どのぐらいの月日が経ったのだろう。

いまやこの手記も終わりにさしかかろうとしている。

この手記を淡々と書き続ける間、僕は誰にも会わなかった。夜になると森から聞こえる佐山の声だけが他人との絆だったと言えるだろう。とはいえ淋しいとは思わなかった。たしかに僕は千夜さんたちの思い出を書き留めるためにこの手記を書き始めたのだが、いつしか、あの不可視の群島は本当にこの手記の中に存在しているのだと感じるようになった。

これを読み返すとき、僕はもう一度、佐山尚一に出会う。千夜さんに出会う。図書館長に出会う。芳蓮堂主人やナツメちゃんに出会う。老シンドバッドや海賊たちに出会う。そして魔王に出会う。彼らはこの手記の中にこそ生きている。この長い手記を書き終えるいまになって、自分が何のためにここへやって来たのか、何が起ころうとしているのか、僕はようやく分かってきたような気がする。

ここ数日、僕はずっと書き続けていた。

満月の島の沈没。

魔王との対面。

そして観測所の島への帰還。

それらを書き終えて久しぶりに観測所の外へ出ていった。

あの入り江へ向かって歩いていくとき、森が異様な静けさに包まれていることに気づいた。動物が動く気配もなく、鳥の鳴き声もしない。森全体が息をひそめて何かの到来を待ち受けているように感じられた。桟橋から見た海も不気味なほど凪いでいた。腰を下ろして海を眺めながら、僕はこれまで書いてきたこの手記について考えた。

すでにカードボックスに記されたメモは尽きている。あの「物語」は未完なのだ。その先は僕の思い出によって書かれる。しかしその僕の思い出さえも尽きたとき、この手記の向こうに広がる空白の頁には何が書かれることになるのだろう。

僕は立ち上がって観測所へ引き返す。

密林を歩きながら思いだしたのは節分祭の夜のことである。

吉田山の邸宅を訪ねると、まだ今西君は来ていなかった。家にいるのは千夜さんとその母親だけで、栄造氏は外出中だった。二階の千夜さんの部屋で今西君を待つ間、しきりに栄造氏の書斎が気になった。栄造氏は不在だ。その無人の書斎に、あの「物語」をおさめたカードボックスが置かれている。僕は上の空になって会話も弾まず、千夜さんはいささか退屈そうにしていた。僕は手洗いへ行くと言って立ち上がった。

栄造氏の書斎のドアに鍵はかかっていなかった。

僕はドアをソッと開けて中を覗きこんだ。夕闇の迫る窓にはカーテンが引かれ、書斎の中は暗かった。南側に栄造氏の作らせた「部屋の中の部屋」がある。カードボックスはそこに置かれているのだろう。あと少しでそれに手が届く。しかし僕はなかなか決断がつかず、そのまま書斎の入り口に立ち尽くしていた。

背後から千夜さんの声が聞こえた。

「どうしたの？」

「いや、なんでもない。少し気になることがあって」

僕はそう言って千夜さんの部屋へ引き返そうとした。ふいに千夜さんが僕の手を摑んで引き止めた。彼女は訴えるような目で僕を見つめた。

「あなたはどこまで知っているの？」

千夜さんは一週間ほど前に起こったことを話してくれた。今西君と一緒に栄造氏の書斎に入り、「部屋の中の部屋」でカードボックスを見つけた話だ。

「父は魔女が住んでいると言った。あれは何なの？」

「僕は何も知らない」

「本当に？」

「どうして僕が知ってると思うの？」

「父は謎の多い人よ。でも父はあなたを気に入っている。私には話してくれないようなこともあなたには話す。悔しいけど」

「そんなに気になるなら……」

「……気になるなら？」

「開けてみればいい。そうだろう?」

僕が言うと、千夜さんは僕を見つめた。やがて頷いた。

僕たちは暗い書斎に滑りこみ、「部屋の中の部屋」へ向かった。

僕は梯子段をのぼって、小さな扉を開けた。電灯をつけると、いくつか置かれた戸棚が目に入った。古びたノートや書籍、古道具が無造作に積まれている。僕が栄造氏と出会うきっかけになった写本らしきものもある。そしてカードボックスがあった。

僕の胸は高鳴った。ずっと自分が求めてきたものがそこにある。

しかし僕が手を伸ばしたとき、階下で玄関の開く音が聞こえた。今西君が訪ねてきたのだろう。梯子段の下に立っていた千夜さんが「ダメだわ」と溜息をつくのが聞こえた。

「明かりを消して。今日は止めとく」

「分かった」と僕は電灯を消して扉を閉めようとした。

今西君が玄関で「ごめんください」と言う声が聞こえた。千夜さんは「はい」と返事をして書斎から出ていこうとする。彼女がこちらに背を向けたとき、僕はふたたび手を伸ばしてカードボックスを取った。扉を閉めて梯子段を下りた。今西君や千夜さんに悟られてはならない。これは僕だけのものなのだ。千夜さんが今西君を出迎えている間に、僕は千夜さんの部屋へ引き返して、カードボックスを鞄に入れた。

千夜さんや今西君と連れだって節分祭へ出かけたとき、僕の鞄にカードボックスが入っていることは彼らも知らなかった。ついにそれを手に入れたという喜びと、どうして自分はそんなことをしてしまったのかという困惑が、僕の心をかき乱していた。

気がつくと千夜さんや今西君とはぐれていた。僕は戸惑ってあたりを見まわした。電球の明かりの中を雪が舞い、大勢の人々が僕の脇を通りすぎていく。

そこで僕は栄造氏に出くわしたのである。

「ここはひどく寒いだろう。この中で話すとしようか」

栄造氏はそう言って僕をテントの中へ誘った。彼は僕がカードボックスを盗んだことを見抜いていた。むしろ彼はそれをこそ望んでいたのだと思う。

この門をくぐることを決めたのは君自身なのだ、と彼は言った。

「さあ、その箱を開くがいい」

栄造氏はカードボックスに目をやった。

「それが君の求めているものだろう？」

僕は夜祭りの中でカードボックスを開いた。そして気がつくと記憶を失い、この島の砂浜に打ち上げられていた。シャハラザードが語ったという『千一夜物語』の失われた一挿話——その物語が僕をこの謎めいた熱帯の海へと連れてきたのである。

「この物語が最後の語り手のもとへ届き、我が願いの成就せんことを！」

その最後の語り手とは僕自身のことなのだ。

いま「物語」は生まれ変わろうとしている。

○

ようやくここまで書き終えると、僕は冷めた珈琲を飲んで息をつく。展望室の窓から見える東の空が白んできている。夜通し机に向かって書き続けてきたものだから、すっかり疲れ果てている。

僕は書き終えた手記を脇に挟んで階段を下りていく。

キッチンで珈琲カップを洗ってから、僕は佐山尚一の居室を見まわす。ブラインドの隙間から青みを帯びた光が射しこんで、その部屋は浅瀬に沈んだような色に染まっている。佐山尚一の姿はどこにもないが、この部屋に残されたさまざまなものが、彼の存在を語っている。雑然と積み上げられた段ボール箱、散らばった書類、床に敷かれたペルシア絨毯、壁に貼られた海図……どれを見ても佐山の顔が浮かんでくる。

やがて僕は部屋を出て一階のロビーへ下りていく。

観測所をあとにするとき、僕は冷たい朝の空気の中で立ち止まり、しばらくその奇妙な建物を見上げる。もう二度とここへ来ることはないのだろう。あんなに元の世界へ帰りたいと願っていたのに、いざこうして島を去る日がくると、こんなふうに淋しく思うのはなぜなのだろう。

しかし僕は行かねばならない。

そして僕は夜明け前の森を抜けていく。

森は静寂に包まれて、梢で鳴き交わす鳥の声も、木々が風にそよぐ音もない。島全体が息をひそめるようにして新しい朝を待っている。

そして僕はあの桟橋のある入り江に辿りつく。

森を抜ける間に夜は明けている。なんと美しい朝なんだろうと僕は思う。森も、砂浜も、桟橋も、海も、すべてがまだ創られたばかりのようだ。

その美しい砂浜に一頭の虎が座り、幸福そうに寛いだ様子で海の彼方を見つめている。彼は僕を待っていたのだ。僕が砂浜を横切って歩いていくと、虎は優しい目でこちらを見つめる。

これを待っていたんだろう？

僕はこの手記をソッと砂浜に置く。

虎は前足をノートにのせて嬉しそうに喉を鳴らす。

君なら成し遂げてくれると信じていたよ。

本当かな。

いつだって俺は君の味方だったろう？

嘘をつけ。敵にまわったこともあるじゃないか。

敵役というのも必要なんだよ、と虎は楽しそうに笑う。

「ねえ佐山さん」

そう呼びかけようとして僕は口ごもる。

何かひっかかるものがある。

すると虎はゆっくりと頷いてみせる。

ようやく思いだしたかい。

佐山尚一、と僕は呟く。佐山尚一。

それはこの島に漂着して以来、僕が幾度も耳にし、幾度も口にしてきた名前だ。しかしいま、その名前はこれまでとはまったく異なった響きをもって僕の胸を打つ。どうして思いだせなかったのだろう。それは僕自身の名前なのだ。

これで僕の役割も終わったのだね。

そういうことになるなあ。

どうして僕が選ばれたんだろう。

すべての門は君だけのために開かれている。

本当かな。

なんでも信じれば本当になるさ。

君たちの役に立てたならいいんだけれど。

もちろん君は我々の望みを叶えてくれた。いずれ大勢の人たちがここを訪ねてきて、この新しい種子が千の世界を生むだろう。

そうして君たちは生きていくんだね。

我々もまた生きたいと願う。諸君が生きたいと願うように。

それからしばらくの間、僕は虎のかたわらに腰を下ろして過ごす。

波の音のほかには何も聞こえない。僕たちの目の前には美しい海と空がある。空っぽになったようでもあり、それでいて充たされたような気分でもある。虎も満足そうに横たわって目を細めている。その姿を見ているうちに、僕はふいに哀しい気持ちになる。つまりここで君ともお別れということなのだろうか。僕たちはもう二度と会えないのだろうか。この異邦の地において、君だけが僕の友だったというのに。

僕はそろそろ行かなければ。

僕が言うと虎はゆっくりと顔を動かす。

最後にひとつだけ君にお願いがあるんだが。

なんだい。

俺に新しい名前をつけてくれないか。

そう言って、虎は期待に充ちた目で僕を見つめる。

僕は立ち上がって海の彼方に目をやる。すべてを失ってこの熱帯の海へやってきたとき、どれほど僕は不安に思ったことだろう。僕は何者でもなく、この海は見渡すかぎり何もない世界だった。しかしこの熱帯の海からこそ、〈創造の魔術〉は始まる。

僕は虎に向かって次のように告げる。

「それでは君を『熱帯』と名づける」

○

そして僕は煌めく海に向かって歩きだす。

歩きながら僕はロビンソン・クルーソーのことを想う。

父の忠告にそむいて海の彼方に憧れ続けた男。その代償として無人島に漂着し、自分の元いた世界へ帰還する日を二十八年間も待ち続ける。ロビンソン・クルーソーとは、つねにここではないどこかに憧れている男だ。僕もまた同じだったように思われてならない。

歩みを進めるにつれて海の煌めきは薄れ、目前の海に無数の島々が浮かび上がってくる。それらの島々は水平線の彼方までを埋め尽くし、大きな街をかたち作っていく。それは僕がよく知っている街の姿だ。浮かび上がってきた東山が太陽を隠して、あたりが薄い青色に染まると、冷たい雪がちらつき始める。足を浸していた海水が消え、その下からアスファルトが現れてくる。僕は吉田神社の参道を出て、東一条通を西へ向かって歩いている。

大学の正門前にさしかかったところで立ち止まる。

掌に落ちてくる雪を見る。それは本物の雪、京都の街に降る雪だ。早朝の大学界隈はひっそりとして、高く聳えた時計台に雪が降り続けている。

懐かしい寒さに身を震わせながら、僕は東大路通を渡っていく。

春琴堂書店を通りすぎたところで喫茶店に入ると、珈琲の香りを含んだ暖かい空気が僕を包む。ラジオから小さく朝の音楽が流れている。

僕は朝刊を手に取って日付を見る。

そこには一九八二年二月四日とある。

後記

記憶の作用とはまことに不思議なものである。ある事柄は折に触れてよみがえり、たとえ長い歳月が過ぎても、昨日のことのように思いだせる。しかしべつの事柄は、日なたに置かれたメモのように早々と色褪せ、すぐに思いだせなくなってしまう。そのようにして歳月は我々の混沌とした記憶をふるいにかけ、ひとつの「思い出」へと作り変えていくのである。それは編集によって一冊の書物を作り上げていくようなものであろう。

いまとなっては、あの南の島の出来事は断片的にしか思いだせない。あの観測所で手記を書き続けた日々のことを思えば、いくら長い歳月が過ぎたとはいえ、こんなふうに忘れてしまうのは不思議なことのように思われる。しかし考えてみれば、私が『熱帯』と名づけることになった手記の内容は、当時の私自身と分かちがたく結びついていた。あの頃の私から遠ざかるほど、『熱帯』もまた歳月の作用によって「思い出」へと作り変えられていくのであろう。しかし、どれだけ歳月が流れても、あのとき自分を導いた魔術のことを忘れることはない。

『熱帯』の誕生から三十六年。

いま、こうして私はふたたび手記を書き始めようとしている。

○

国立民族学博物館に勤めるようになって二十年が経つ。

東京の研究所や外国暮らしを経て、関西に腰を落ち着けたのは家族のことを考えてだったが、子どもたちもすでに独立して、いまは妻とふたり暮らしである。

七月下旬の昼下がり、ある雑誌の編集者が研究室を訪ねてきた。

アラビアン・ナイトの特集をするということで、インタビューしたいというのである。といっても、短時間で話せることはかぎられている。私は携わってきた『千一夜物語』共同研究の概略をおおまかに語り、あとは『千一夜物語』について基本的な事柄を説明するにとどめた。時代がくだるにつれて『千一夜物語』はいくつもの物語を呑みこんで増大してきた。たとえば「シンドバッド航海記」はそもそも別の写本として伝わっていたものが組みこまれたものである。やがて西洋の人間に発見されることによって、その成り立ちはいっそう複雑怪奇なものになった。東洋と西洋の間を往復しながら膨れ上がっていく物語空間というのが私の思い描く『千一夜物語』である――そのようなことを語って、ひとまずインタビューは終わったのである。

「それにしても意外でした」

帰り支度をしながら編集者が言った。

「先生には元からアラビアン・ナイトへの憧れがあったのかと」

「そういうわけではないんですよ」

それも繰り返し語ってきたことである。

「もともと私は言語学に興味があったんですよ。しかし長い人生ですからね。つねに新しい研究対象を求めていたら、こんなふうに『千一夜物語』に辿りついた。はじめからここを目指して進んできたなんていうことはありません」

「分かるような気がします」と編集者は納得して帰っていった。

しかし私は嘘をついたのである。

たしかに大学院では古代アラビア語について研究し、東京の研究所に助手として就職してからは中東の遊牧民について研究した。しかしその間も、『千一夜物語』のことはつねに心の片隅にあった。その理由はもちろん、『千一夜物語』の失われた一挿話との個人的なかかわり、すなわち『熱帯』の誕生にある。しかしそんなことは他人に語りようがなく、語ったところで信じてもらえるはずもない。この三十六年間、私がこの「秘密」を打ち明けた相手はひとりだけで、その人物もいまではとうに亡くなっている。

仕事に戻ったが、なかなか集中することができなかった。

机上には『千一夜物語』の写本が置いてあった。十九世紀末から二十世紀初頭に『千一夜物語』をフランス語へ翻訳したマルドリュス氏の蔵書で、遺族から寄贈された資料の一点である。古びた頁の余白にはマルドリュス自身が鉛筆で書きこんだメモがある。

私は溜息をついて窓の外を眺めた。この研究室の窓からは、施設中央にある大きな中庭を見下ろすことができる。中庭といっても草木は一本もない。砂岩色の階段や台座が幾つも入り組んで、薄青いタイルの貼られた水路が走る、どことなくM・C・エッシャーの騙し絵を思わせる不思議な中庭である。

どういうわけか『熱帯』のことがしきりに頭をよぎる。

——あれはいったい何だったのか？

ぼんやりしていると、遠くから声が聞こえてきた。

「佐山先生、佐山先生」

ハッとして顔を上げると、同室の小原《お はら》さんが立ち上がり、眼鏡の奥の目を細めてこちらを見つめていた。彼女はフランス語が堪能で、マルドリュスの研究を手伝ってもらうようになって一年になる。先ほどから私を呼んでいたらしく、心配そうな顔をしていた。

「どこか具合でも？」

「いや、そんなことはないよ」

「驚かさないでくださいよ。いくら声をかけても動かないから、心臓が止まってるんじゃないかと思いました」

私は「申し訳ない」と苦笑した。

「ちょっと昔のことを思いだしてね」

「ノスタルジックな気分に浸ってたんですか？」

「……まあ、そんなところだよ」

「面白いものを見つけたんです。見ていただけますか」

小原さんは古びた革装の手帖を開いてみせた。

それはパリの旧マルドリュス邸に保管されていた遺品のひとつであった。『千一夜物語』を翻訳する際にかたわらに置いていたらしく、いくつか興味深いメモが書きこまれている。ここ数日、小原さんはその手帖の調査を行っていた。「ここです」と彼女は指さした。

そこには次のようなタイトルが読めた。

「失われた一挿話についての覚え書き」

○

小原さんが帰ったあと、私は研究室にひとり残った。

夜が更けるにつれてあたりは静かになっていく。

私は机上に置いたレポート用紙を見つめていた。マルドリュスの手帖にあった覚え書きを小原さんが翻訳してくれたものである。

その覚え書きを読んだとき、私は奇妙な懐かしさを覚えた。

それは三十六年前、私があの南の島で経験したこと、すなわち『熱帯』の内容を思わせるものだったのである。このような物語はマルドリュス版『千一夜物語』には含まれていないし、私の知るかぎり、その他の翻訳や写本としても知られていない。マルドリュスはどこからこの物語を手に入れたのだろう。それともこれは彼自身の考案した物語なのだろうか。だとすれば、それが『熱帯』を思わせるのはただの偶然にすぎないのだろうか。

それはまったく解きがたい謎であった。

——ダメだ。さっぱり分からない。

私は研究室を出ると博物館の展示スペースへ向かった。

そんなふうに考えごとで行き詰まったとき、私は夜の博物館を歩くことにしている。

誰もいない夜の博物館ほど魅惑的なものはない。世界各地から集められた民族資料は非常灯の淡い光に浮かび、昼間よりもずっと謎めいたものに感じられる。自分が抱えている問題に対して、デルフォイの神託のようにそれらがヒントを投げかけてくれることもある。同じように「神託」を求めて歩きまわる他の研究者と行き会うこともあるが、その日は誰ともすれ違わなかった。広大な展示スペースを歩きまわっているのは私ひとりで、あたりは海の底のように静かであった。

そうして展示物を眺めながら無心に歩いていると、頭に浮かんできたのはマルドリュスの覚え書きのことではなく、手記『熱帯』のことでもなく、一九八一年から八二年にかけての大学院生時代の思い出であった。下宿先の一室で語る今西君、芳蓮堂で古道具を眺める千夜さん、薄暗い書斎のソファに腰かけている永瀬栄造氏……。

いまとなっては、あの頃の感覚を正確に思いだすことはできない。

あの不安がまじった強い憧れのようなもの。

それは少年時代から絶えず私につきまとっていたものである。この世界のどこかに穴が開いていて、その向こうには不思議な世界が広がっているという感覚。つねに「神隠し」が我が身に迫っているという感覚。それは不気味なものであり、なおかつ甘美なものだった。私が人生に迷っているからそのような妄想に心惹かれるのか、そのような妄想に心惹かれるから迷うのか。あの頃、たびたびそんなことを今西君と語り合ったものである。

「この世界に穴なんてない」と今西君は言った。「それは佐山の心の穴だよ」

あの節分祭の夜、おそらくその穴が私を吸いこみ、あの南の島へ連れ去った。そして私は『熱帯』を生みだすことによってこの世界へ戻ってきた。

たしかに戻ってきたはずである。

あの節分祭の翌朝、私はそのまま下宿へ戻った。疲れ果てて眠っていると、昼過ぎになって今西君が部屋に顔を出した。「まだ寝てるのか」と笑った。

まるで長い長い夢を見ていたような気がした。

「千夜さんが来てる。そろそろ起きろ」

私は重い身体を起こして呻いた。

「昨日は悪かった」

「千夜さん、お怒りだぞ。早く顔を洗ってこい」

私は慌てて起きだすと身支度をととのえた。

今西君の部屋へ顔をだすと、ぎっしりと詰まった本棚の脇に千夜さんが美しく正座していた。彼女は私の顔を見上げて「おはよう」と言った。どうやら千夜さんと今西君は、昨夜、どうして私がふたりを置き去りにして姿を消したか、問い詰めるつもりらしかった。かといって、まさか一ヶ月近くもの間、熱帯の島々をさまよっていたと答えられるわけがない。いつまでも私が口を濁しているので、千夜さんは哀しそうな顔になり、今西君も険しい顔つきになった。

やがて今西君が急須を持って席を立った。

「ねえ、佐山君。本当は何があったの？」

千夜さんが囁いた。「教えてよ」

「信じてもらえるとは思えない」

「信じるか信じないか決めるのは私でしょう」

私は千夜さんの目を見つめた。

「君のお父さんのカードボックスだよ」

「カードボックス？」

「僕はあれを勝手に持ちだした」

「ちょっと待って」

千夜さんは戸惑ったように言った。

「カードボックスって何のこと？」

あの節分祭の夜、ふたりして栄造氏の書斎に忍びこんだのは、カードボックスの中身を見るためだった。にもかかわらず、千夜さんは知らないと言うのである。しらばっくれているとは思えなかった。私は言葉を失った。

「佐山君、大丈夫？」

千夜さんは不安そうに囁いた。

あのときの驚きをいまでもまざまざと覚えている。

――おまえはどこへ戻ってきたのだ？

○

私は研究室に戻って片付けを済ませ、民族学博物館を出た。

七月になってから異様な暑さが続いており、ねっとりとした夜の空気が身体にからみついてきた。閉園後の自然文化園はひっそりとして、ときおり清掃の車が行き過ぎるぐらいである。

中央口を目指して歩いていると、黒々とした木立が夏の熱気の中で息をひそめているような感じがする。

そのとき右手の木立の向こうに輝くものが見えた。

ふと胸騒ぎがして木立を抜けていくと、広々とした草原に出た。なだらかに波打つ草原は暗い森によって縁取られている。草を踏んで歩いていく間、中国自動車道を走り抜ける自動車の音が遠い波音のように聞こえていた。

草原の真ん中に、光り輝く月が浮かんでいる。

吸い寄せられるようにその月に向かって歩いていくと、三十六年前、あの南の島で経験した出来事が浮かんできた。夜の密林を歩きまわる虎、サーベルをつきつけてくる老シンドバッド、逆巻く泥の海に向かって崩れ落ちていく魔女の宮殿。しかしいまの私には、それらをひとつの物語としてまとめあげることはできない。

近づくにつれて不思議な月の光は消えていく。

やがて私は草原の真ん中に立ったが、そこにはもう何もなかった。

――私はどうしてここにいるのだろう。

あの熱帯の島々から帰還した後、長い歳月をかけて私はこの世界に馴染んできた。私が元いた世界とは似て非なるこの世界に馴染むにつれて、観測所の島に残してきた手記『熱帯』の内容は思いだせなくなってしまった。

しかし自分がそれを書いたということはつねに心の中にあり、それこそがその後の私の人生を決め、『千一夜物語』との再会を、そしてマルドリュスの覚え書き「失われた一挿話」との出会いをもたらした。私にはこの三十六年間が、ふたたび『熱帯』と巡り会うための長い旅路であったようにさえ思われるのである。

振り返ると、暗い森の向こうに「太陽の塔」が聳えていた。

——『熱帯』とはいったい何だったのか。

そう自問しながら、私は夜の草原にひとり佇んでいた。

○

マルドリュスの遺した覚え書き。

いまにして思えば、それは何かの予兆だったのであろう。

八月頭、私は仕事で東京へ出かけた。七月いっぱい続いた熱帯のような暑さはやわらいで、東京にはまるで初秋のような涼しい風が吹いていた。

神谷町で開かれた会議を終えて神保町へ向かい、出版社で編集者と次の本の相談をしてから、靖国通りに面したビアホール「ランチョン」を訪ねた。奥のテーブルでは私と同年配の男性たちが賑やかに話をしていた。同窓会でもやっているのだろう。表通りを見下ろせる位置にならんだテーブルに、眼鏡をかけた今西君の姿があった。「おおーい」と彼は手を挙げた。私は向かいに腰かけた。靖国通りを挟んで書泉グランデと小宮山書店の看板が見えている。

「涼しくなって助かった」

今西君は言った。「まったく、どこまで暑くなるんだと思ったな」

「さすがに夏も息切れしたのかね」

東京や外国で暮らしていた頃は年賀状のやりとりだけだったが、私が関西に腰を落ち着けてからは、年に一度か二度は必ず今西君と会うようになった。近くに住み、おたがいに好き勝手な放言を許すことができる友人というものは、年を追うごとにいっそうありがたく感じるようになる。ふたりとも年齢を重ねたが、それでも顔を合わせれば、あの下宿時代の気分が戻ってくる。今回は千夜さんと久しぶりに東京で会うことになったので、今西君にも声をかけたのである。

今西君は昨日から東京へ来ていると言った。

「今日は上野をぶらぶらしていた」

「息子さんは？」

「昨日、ちょっとだけ日本橋に顔を出した」

「泊まらなかったのか？」

「いやあ、ひとりが気楽でいいから」

今西君はそんなことを言ってビールを注文した。ひとしきりふたりで話していると、ふいに彼が私の背後に目をやって手を振った。

振り返ると、千夜さんが歩いてくるのが見えた。

「お久しぶり、おふたりとも」

「我々はよく京都で会っているんだが」

今西君が言った。「お元気そうでなによりですよ」

「おかげさまでとても元気」

千夜さんはきびきびとした動作で腰かけた。

彼女に会うのはおそらく五年ぶりぐらいだろう。しかしその印象はまったく変わらない。淡い色のついた眼鏡をはずすと、あの父親譲りの目が現れる。

私たちは食事をしながら昔の話をした。

「あの頃、佐山はピリピリしていたからな」

今西君が言った。「ずいぶん気を遣ったもんだよ」

「あら、いつの話？」

「みんなで節分祭へ出かけたとき、佐山が消えちゃったことがあったろう。あれから春先にかけてね、ずっと妙な感じだった。ノイローゼじゃないかって、親父なんかも心配していた。そういえば節分祭の夜のことはずっと謎のままだな」

「どうせ話すつもりはないのでしょう？」と千夜さんは言った。

「そうだなあ」と私は言った。

「私たちを置き去りにして消えたくせに、次の日には下宿でぐうぐう昼まで寝ているんだから。今西君と一緒に問い詰めたけれど、ぜんぜん口を割らなくて」

「まあ、いろいろと悩んでいたんだよ。若かったから」

私は言った。「なんとかそれで勘弁してください」

「勘弁してあげましょう」

「千夜さんがいいなら、いいよ。勘弁してやろう」

あの熱帯の島々から帰ってきてしばらくの間、私はなんともいえない不安にさいなまれていた。この世界は自分の元いた世界と食い違っている。ふいに目前の風景がバラバラになり、そのまま海に沈んでいく——そんな悪夢を何度も見た。

しかし時間が経つうちに、次第に私はこの世界を、私自身の世界として受け容れていった。いまこうして千夜さんと今西君と会い、当時の思い出を語り合っていると、あの頃が自分の出発点だったのだという思いを深くする。

そうして一時間ほど過ごした頃、千夜さんが「さて」と言った。

「そろそろ行かないとね」

「あれ、もうお帰りかい？」

今西君が残念そうに言った。

しかし千夜さんは含み笑いをして首を振った。

「ふたりを連れていきたいところがある」

「どこか良い店？」

「沈黙読書会。ほら、思いだして」

千夜さんはそう言って私たちを見つめた。

どこかで聞いたことのある名前だった。今西君と顔を見合わせているうちに、長い樫のテーブルがならんでいる薄暗い珈琲店の情景が浮かんできた。そういえば学生時代、千夜さんたちとそんな名前の読書会に参加したことがある。

「あれがいまも東京で続いているらしいの」

千夜さんは言った。「面白そうだと思わない？」

ランチョンから出ると、靖国通りには藍色の夕闇が垂れこめていた。ぽつぽつと街の明かりが点り始めている。ビルの谷間を吹き抜ける風は涼しかった。

○

私たちはタクシーに乗って表参道へ向かった。

「君は顔を出したことがあるのか？」

今西君が訊ねると、千夜さんは頷いた。

「今年の春先に一度だけね。とても面白い会だった」

その読書会の存在を教えてくれたのは池内氏という人物で、千夜さんがよく訪ねる輸入家具店の社員であるという。

「不思議な人ですよ。いつも大きなノートを抱えていて」

「学生時代の佐山みたいだな」と今西君が言う。

「そうでしょう? 読んだ本のことも丁寧に書いているの。懐かしくなってね。いろいろと話しているうちに『沈黙読書会』のことが話題に出て。池内さんも驚いていたわ。だって私たちが参加したのは三十年以上も前のことですからね」

沈黙読書会に参加するなら本を持っていかねばならない。

千夜さんが用意していたのは『千一夜物語』であった。

「あなたの専門になってしまうけれど」

「いや、謎の本という意味では正しい選択だろう」

「専門家としての厳しい意見は控えていただけますか」

「もちろん余計なことは言わないつもりだよ」

今西君が取りだしたのは、いま読んでいるというギリシア哲学の入門書だった。学生時代、彼がそんな本を読んでいるのを見たことがない。それはどちらかといえば私の好みであろう。そんなことを指摘すると、今西君は照れ臭そうな顔をした。

「最近、こういうものを読んでいると心がやすらぐんだよ」

「時間が経てば変わるものだな」

「……それで佐山君は?」

千夜さんに問われて私は困惑した。

鞄には本が入っていたが、それは仕事上読まねばならない専門書であって、読書会に持参するにふさわしいとは思えない。かといって、これから書店に立ち寄って本を探しまわるのも億劫である。そのとき、ノートにマルドリュスの覚え書きを挟んであることを思いだした。『千一夜物語』の失われた一挿話。これもまた魅力的な謎である。一冊の「本」という形は取っていないが、きっと参加者たちも面白がってくれることだろう。

「ちゃんと語るべきものはある」

「教えてくれないの？」

「それは後のお楽しみということにしよう」

表参道でタクシーを降り、私たちは歩いていった。

この界隈のことはよく分からない。千夜さんのあとについて、くねくねした路地を辿っていくと、街の賑わいは遠のき、一戸建てがならぶ静かな住宅街に入った。

千夜さんは一軒の喫茶店の前で立ち止まった。

「ここだわ」

それは年季の入った二階建ての洋風の家で、蔦の絡まった壁に円い窓がついていた。一階の出窓から洩れる明かりが前庭の鬱蒼とした木立を照らし、その一角だけが森の奥のように感じられた。前庭にはいくつか白いテーブルが置いてある。その庭を抜けて玄関先に立つと、「本日貸切」とチョークで書いた小さな黒板がドアの脇に立てかけてあった。

「なかなか素敵なところじゃないか」と今西君が言った。

「いつもここで開かれているらしいの。店主が読書会の主宰者だから」

「不思議の国への入り口という感じだな」と私は言った。

そうして私たちは沈黙読書会へ足を踏み入れたのである。

その店はいくつかの板張りの部屋に分かれていて、ソファ席やテーブル席があった。読書会の参加者は私たちを含めて二十人ほどであろう。ふたりきりで真剣に話しこんでいる人たちもあれば、五人ぐらいで賑やかに話している人たちもある。さすがに子どもの姿はなかったが、大学生風の若者から私たちの世代まで、参加者の年齢はまちまちだった。この読書会ではどのグループに加わってもいいし、気が向いたときに別のグループに移ってもいい。他人の持ち寄った「謎」を解きさえしなければ——それが唯一の決まりである。

「まだ池内さんは来ていないようね」

千夜さんが店内を見まわして呟く。

私はいったん千夜さんたちと別れて手洗いに立った。

用を足して戻ろうとしたとき、私は階段下で立ち止まった。

その階段には妙に心惹かれる雰囲気が漂っていた。鈍く光る木製の手すりがついており、小さな円窓のある踊り場で右手へ向かって折れ曲がり、明かりの消えた二階へ通じている。踊り場には小さなテーブルが置かれ、赤い硝子の笠のついたランプが潤んだような光を放っていた。階段口は太い金色のロープでふさいであって、二階へのぼることは禁止されているらしい。しばらく私は二階の物音に耳を澄ましてみた。何の物音も聞こえないが、なんとなく人の気配がするようでもある。

二階の書斎で私を待っている人がいる。

ふとそんな感覚にとらわれた。

その瞬間、遠い昔の春のことが鮮やかによみがえってきた。

○

節分祭の出来事のあと、吉田山からは足が遠のいた。

「どうして訪ねてこないのだろう」

栄造氏が残念がっていると、千夜さんから幾度も言われた。

しかし私は何かと理由をつけて訪ねるのを先延ばしにしていた。自分の経験したことが理解できなかったし、なによりも栄造氏のことが怖ろしかったのである。私は下宿先の四畳半からほとんど出ることもなく机に向かい、家の人ともあまり口をきかなかった。今西君の両親が「ノイローゼではないか」と心配したのも当然といえるだろう。今西君はときどき私の部屋に顔を出して世間話をしていったが、それとなく私の様子をうかがっていたのだと思う。

ある日の昼、何気なく机の前の硝子窓を開けると、良い香りのする風が吹きこんできた。この街のどこかで咲く花の匂いだった。いつの間にか冬は終わっていた。うららかな陽射しが隣家の庭を照らし、太った猫がのんびりと寝転がっているのが見えた。しばらく窓枠に肘をついてそんな情景を眺めているうちに、久しぶりに外へ出かける気になった。

外へ出て歩きだしたとき、二階の窓の開く音が聞こえた。

振り返ると、今西君が身を乗りだしている。

「おい、佐山。どこへ行くんだ」

「ちょっと散歩してくる」

「……帰ったら映画を観に行こう」

「映画？」

「たまには付き合え。怠けるのも大事だ」

私は「分かった」と返事をして手を振った。

昼下がりの静かな住宅地を歩いているうちに、足は自然と吉田山へ向いた。今出川通を渡って吉田山の登り口に立ったとき、かすかに胸がざわめくのが感じられた。しかし、うららかな陽射しと、花の匂いを含んだ風が不安を紛らわせてくれた。

私は思い切って吉田山を登り始めた。春の風が森を揺らすたびに、小径を染め上げる木漏れ日が、水明かりのように揺れていた。こんなにも美しい春の日に怖ろしいことなど起こるはずがないと私は思った。

気がつくと、行く手に千夜さんの姿があった。

「佐山君、どこへ行くの？」

「栄造さんのところへ」

私は言った。「君はどこへ？」

「あなたを迎えに行くところだった」

訪ねてこない私に業を煮やし、今日こそは引っ張りだすつもりだったらしい。

私に寄り添って引き返しながら、千夜さんは小さな貝殻を見せてくれた。それは干し葡萄ぐらいの大きさで澄んだ桃色をしていた。私が芳蓮堂で見つけて、しばらく机に置いていたものを、乞われるままに千夜さんに進呈したものである。

それを枕元に置いて眠ると南の島の夢を見る――そんなことを私は彼女に言った。もちろんただの他愛ない空想である。

「佐山君の言ったとおりだった」

千夜さんは言った。「本当に南の島の夢を見た」

「どんな夢だった？」

「それは秘密」

「どうして」

「またいつか教えてあげましょう」

千夜さんはそう言って微笑んだ。

やがて千夜さんの家に着くと、彼女は二階への階段を指さした。

「父は書斎にいます。ごゆっくり」

そして私は階段をのぼり、栄造氏の書斎を訪ねた。

いまでもあの書斎の情景を鮮やかに思い浮かべることができる。

吹きこんでくる風は春の匂いを運び、西の窓に迫る吉田山の新緑が室内を青く染めるようだった。驚かされたのは、最後に訪ねたときよりも書斎がずっと明るくなっていたことである。カードボックスを盗みだした「部屋の中の部屋」は消え去り、そこには南向きの大きな窓が外に向かって開かれていた。

栄造氏は嬉しそうに迎えてくれた。

「やあ、よく来てくれた」

私は応接用ソファに腰を下ろし、栄造氏と向かい合った。

そのとき私は、栄造氏の印象も変わっていることに気づいた。美しい容貌は変わっていないのに、こちらを自分の世界へ吸いこんでしまうような、あの強烈な印象は消え失せていた。その淡々とした口調も、かつては冷ややかなものを含んでいたが、いまはただ穏やかで心地良い。

私が戸惑っていると、彼は「どうした？」と不思議そうに言った。

「ずいぶん御無沙汰をいたしまして」

「忙しいようだね」

「ええ、まあ」

「たいへんけっこうなことだ。いまのうちにやれるだけのことをやるといい」

栄造氏は微笑んで銀髪を撫でた。「しかし矛盾することを言うようだが、少しは自分のことも気遣ってやるべきだな。身体のことも、心のこともね。この先、この道で生きていこうと決めたのであれば尚更のことだ。なにごとも長い目で見なければならない」

「気をつけます」

「生き延びることが大事だよ、佐山君」

栄造氏は言った。「なんとしても生き延びなければ」

春の風が森を揺らす音が聞こえ、心地良い風が吹きこんできた。

あの節分祭の夜から二ヶ月以上、私は自分の経験したことを誰にも語らず、ひとりで胸にしまいこんできた。そのとき、ふいに「話してしまおう」と私は思った。

「栄造さん」

「なんだね」

「これから僕が話すことは秘密にしていただけますか」

栄造氏は一瞬、戸惑ったように見えた。

しかしすぐに真剣な顔をして背筋を伸ばした。

「話したまえ」

そして私は自分の身に起こった出来事を語った。

あの不思議な経験について他人に語ったのは、後にも先にもその一度きりである。

私が語り終えると、栄造氏は両手を合わせて鼻先にあて、じっと考えこんでいる様子だった。

「じつに不思議な経験だな」

「信じてもらえなくてもかまわないんです」

私は言った。「自分でも信じられないんですから」

栄造氏は立ち上がると書棚へ行き、『千一夜物語』を持って戻ってきた。

「昔はよく『千一夜』の魔術について考えたものだよ」

「……魔術？」

「これまで大勢の人間が『千一夜物語』に取り憑かれてきた。そこには魔術が働いている気がしないかね。シャハラザードが物語を求めていて、かかわった人々はみんな彼女の魔術に操られてしまう。なぜなら彼女は語り続けなければ生き延びられないからだ。その同じ魔術が君にその手記を書かせたとすればどうだろう」

「生き延びるため、ですか」

「彼女は生きたいと願う」

栄造氏は窓の新緑に目をやった。

「君はその手記、『熱帯』を残してきた」

栄造氏は穏やかな声で言った。「それを読むのはどんな人たちだろうね」

かつてこの書斎を訪ねたとき、はるか地平線の彼方を見るような栄造氏の不思議な視線に、私は心惹かれたものだった。しかしいまの栄造氏の目に映っているのは、ただ窓の外で風に揺れている新緑ばかりだった。

そのときになってようやく私は気づいたのである。

この書斎を訪ねてくるとき、いつも私を駆り立てていたあの「感覚」は消えていた。この世界のどこかに穴が開いていて、その向こうには不思議な世界が広がっているという感覚。つねに「神隠し」が我が身に迫っているという感覚。それは決して失われたわけではないが、何か他のものへと姿を変えたように感じられた。しかしそれがどんなふうに自分の心を充たしているか、私はうまく言葉にすることができなかった。

やがて栄造氏は私を見つめて言った。

「もう一度、それを書いてみる気はないのかね」

「……もう僕には書けません」

私は首を振った。

「僕は変わってしまった」

そのとき湧き上がってきた感情は哀しみとも安堵ともつかないものだった。

失われた世界への哀惜と、新しく切り開かれていく世界への期待。

ただひとつ分かっていたことは、この世界も私自身も、二度と以前の姿に返ることはなく、ここから私の新しい生が始まるということだけであった。

栄造氏は穏やかな顔で私を見つめていた。

その栄造氏もいまは亡《な》い。

◯

『熱帯』とは何だったのであろう。

それはまるで熱風のように私を通り抜けていった。

自分が創りだしたのか、それとも自分が創りだされたのか。おそらくどちらも正しいのであろう。我々はたがいを生みだしあったのである。

私はそんなことを考えながら階段下に佇んでいた。

「失礼ですが、佐山先生でいらっしゃいますか」

背広姿の男性が声をかけてきた。

「池内と申します」

千夜さんをこの読書会へ誘ったという若者だろう。黒いノートと大きな本を脇に抱えて、見るからに几帳面そうな印象である。

「ようやくお会いできました」と彼は微笑んだ。「以前から一度お目にかかりたいと思っていたんです」

私の書いた本も読んだことがあるらしい。

『千一夜物語』について話しながら、元の部屋へ引き返していくと、千夜さんと今西君はすでに窓際のソファ席についていた。同じグループにはもうひとり、二十代半ばぐらいの若い女性が腰かけている。

私と池内氏がそのテーブルにつくと、千夜さんが「さて」と澄ました声で言った。

「どなたから始めます？」

私はノートを開いて、マルドリュスの覚え書きをテーブルに置いた。どうしたものかと思っていると、池内氏が女性に声をかけた。

「いかがです、白石さん」

「そうですね。それなら私から始めましょうか？」

白石と呼ばれた女性は背筋を伸ばした。

「今夜はこの本について紹介したいと思って」

彼女はそう言って一冊の本をテーブルに置いた。

それは不思議な装幀の本であった。夜明けを思わせる菫色の海。そこに一冊の巨大な本が頁を開いたかたちで置かれている。どうやらそれは島をあらわしているらしく、何本かの椰子の木が生えていた。左の頁は半分破り取られて、それが砂浜をなしている。波打ち際にうずくまっている人物の影が曙光に長く伸びていた。それは森見登美彦という小説家の書いた『熱帯』という小説であった。

「この小説はこんな言葉から始まるんです」

彼女は言った。「汝にかかわりなきことを語るなかれ――」

そのとき、鮮やかな南の島の情景が目の前にちらついた。

眩しく光る白い砂浜、暗い密林、澄んだ海に浮かぶ不思議な島々。頬に吹きつける風の感触さえ思いだせそうな気がする。あの観測所の島で『熱帯』を書いた三十六年前、たしかに私はあの世界にいた。そして長い歳月が過ぎ、いまこうして私はふたたび『熱帯』と巡り会う。これはひとつの物語の終わりであり、新しい物語の始まりでもある。

あのシャハラザードの言葉が脳裏に浮かんできた。

「当然のお務めとして喜んで、お話をいたしましょう。ただし、このいとも立派な、いとも都雅《みやび》な、王様のお許しがありますれば！」

◯

かくして彼女は語り始め、ここに『熱帯』の門は開く。

初出
第一章〜第三章　ウェブ文芸誌『マトグロッソ』に掲載したものを全面改訂
第四章以降　書き下ろし

単行本
二〇一八年十一月　文藝春秋刊

引用出典及び参考文献

『完訳 千一夜物語』（豊島与志雄・渡辺一夫・佐藤正彰・岡部正孝訳／岩波書店）
『アラビアン・ナイトと日本人』（杉田英明／岩波書店）
『アラビアンナイト——文明のはざまに生まれた物語』（西尾哲夫／岩波書店）
『秘境西域八年の潜行』（西川一三／中央公論社）
『文官屯 在満回想録』（前田春義編／旧南満陸軍造兵廠技能者養成所生徒親睦会）

アラビアン・ナイト研究については、国立民族学博物館の西尾哲夫教授に貴重なお話をうかがいました。感謝いたします。
なお、作中で描かれている事柄は、あくまでこれらをもとにして膨らませた妄想であり、必ずしも参考文献や歴史的事実を忠実になぞっているわけではありません。その点をご理解いただければ幸いでございます。

森見登美彦

Cover Photo
Tatsuya Tanaka（MINIATURE LIFE）

Book Design
Akiko Okubo

Chart
Masahiko Shimizu

“Nettai by Shoichi Sayama”
Book Design
Yumiko Minami

ＤＴＰ制作　エヴリ・シンク

文春文庫

熱《ねつ》帯《たい》

定価はカバーに
表示してあります

2021年9月10日　第1刷

著　者　森《もり》見《み》登《と》美《み》彦《ひこ》
発行者　花田朋子
発行所　株式会社 文藝春秋

東京都千代田区紀尾井町 3-23　〒102-8008
TEL 03・3265・1211㈹
文藝春秋ホームページ　http://www.bunshun.co.jp

落丁、乱丁本は、お手数ですが小社製作部宛お送り下さい。送料小社負担でお取替致します。

印刷・凸版印刷　製本・加藤製本

Printed in Japan
ISBN978-4-16-791746-3